尋秦記

卷伍 黄易作品集

【卷五】目次

【卷五】目次

第一章

兩虎爭雄

呂不韋尚未有機會說話，項少龍先發制人的大笑道：「痛快痛快！若仲父是要我和管大人中途罷手，那麼末將怎也不會同意。我看場內亦沒有誰人會同意。」

全場各人立即爆起一陣喝采聲，支持項少龍不肯罷休的意向。呼叫聲此起彼落，呂不韋這時就算說話也沒有人聽得到。

呂不韋想不到項少龍公然不給他面子，擺明要和管中邪分出生死，心中暗怒，卻又是無可奈何。說到底此事確由他一手策動，迫項少龍出手，哪知項少龍如此厲害，逼得管中邪屢屢落在下風。更教人吃驚是項少龍那種視死如歸、以命搏命的打法。他呂不韋明知項少龍活不到明天此刻，怎肯於此際白白賠上個管中邪。而使他氣惱的是項少龍竟棋高一著，不管他說什麼話，有理沒理的先硬說他呂不韋是想中斷比武。更使人人認爲呂不韋是怕管中邪會落敗受傷，自然大大滅了管中邪的威風。

管中邪雖明白呂不韋是一番好意，但在這種如火如荼的氣氛下，知道假若退縮，此生休想再有顏面向項少龍公然挑戰，大吼一聲向呂不韋恭敬施禮。衆人知他有話要說，倏地靜下來，所有眼光轉移到管中邪身上。

管中邪臉容肅穆，平靜地道：「末將明白仲父心意，是不想見到項大人和末將有流血場面出現。仲父請放心，項大人和末將只是切磋較技，點到即止，末將希望繼續與項大人比試。」

各人立即爆起震天采聲，知道好戲仍繼續登場。項少龍托劍含笑而立，心懷大暢。他終於克服了技不及管中邪的心理障礙，同時明白到若今晚勝不過管中邪，以後休想贏他。最有利的因素，莫過於現在這可怕的對手絕不肯和自己「同歸於盡」。試問以後還哪來如斯妙不可言的形勢。

呂不韋臉色數變，知道再不能阻止比武的進行，同時想到項少龍下了拚死收拾管中邪的決心，不由暗嘆一口氣。事情發展至此，確是他始料不及。他求助的往朱姬望去，赫然發覺秦國太后正痴痴迷迷地呆瞪項少龍，完全察覺不到他的眼色，正把心一橫，鹿公適時振臂喝道：「政儲君請指示比武該不該繼續下去。」事情立即交到小盤手上，再由不得呂不韋作主，等若當衆摑呂不韋一巴掌。

小盤環視四周擠得水洩不通的秦人，眼睛亮了起來，出奇平靜地道：「仲父請先坐下！」

呂不韋亦是非常人物，哈哈一笑道：「各位誤會，這麼精采的劍賽，我呂不韋怎捨得把它中斷，只不過想掛個采頭，誰若是得勝者，我就把女兒嫁給他。」

此語一出，全場立即起哄，氣氛更趨熱烈。呂娘蓉想不到乃父有此提議，呆了一呆，旋即霞燒粉臉，手足無措，不勝嬌羞。在這種情況下，她是欲拒無從。管中邪則雙目精芒大盛，要知若勝的是項少龍，那呂娘蓉嫁他一事勢成定局，縱使他明晚毒發身亡，日後呂娘蓉即使回復自由之身，亦勢不再嫁給他這個失敗者。所以呂不韋此語一出，實迫得他今晚非勝不可，一時鬥志昂揚，再不像先前的顧慮多多，認為不值得與對方以生死相拚的心情立即一掃而空。

項少龍一直在留意呂不韋，見到他向雜在人群裡圍觀的莫傲互打眼色，而莫傲則手指微動，向呂娘蓉指點，不由暗叫厲害。莫傲才智之高，確是不作第二人想，竟看出管中邪不是技不如他，而是少了全力拚搏的心。現下推了呂娘蓉出來，變成關乎到管中邪一生的得失榮辱，形勢全面逆轉過來。項少龍自加入特種部隊後，多年來受到最嚴格的軍事訓練，心志堅毅無比，並沒有因此洩氣，反激起更強大的鬥志，微微一笑，望向小盤。

小盤亦看出管中邪像變成另一個人般渾身揮散殺氣，不過此時包括他在內都是勢成騎虎，揮手喝道：「如仲父奏請，兩位卿家繼續比武。」

鬧哄哄的聲音立即斂去，全場肅靜，目光集中在場中的兩大劍手身上。在旁觀戰的琴清、紀嫣然、荊俊等人更是緊張，只恨在這種情況下，誰都不能插手或幫忙。

管中邪面容冷酷，兩目神光若電，貫注項少龍身上，手中長刃緩緩擺開要搶攻的架勢，一時殺氣騰騰。人人感到他手中長刃透露出即將猛攻的徵兆，同時知道只要他出手，必是威猛之極。單是管中邪能使觀者生出這種難以說明的感覺，可知他的氣勢是如何強大和清晰。

項少龍頓時感到自己的氣勢遜色一籌，心念一動，想起最重氣勢的東洋刀法，假若自己擺出那種架勢，必能教從未見過東洋刀法的管中邪摸不清自己的劍路，達到使敵生疑的目的。當下雙腳分開，不丁不八地傲然穩立，左右手握上劍柄，變成雙手握劍，先朝前指向管中邪，再緩緩昇起，高舉頭上，作了個大上段的架勢，倒也似模似樣。不但管中邪大感愕然，全場亦響起嗡嗡細語，顯然對項少龍這史無先例的起手式，完全摸不著頭腦。

管中邪面覺無論自己如何進攻，對方的木劍勢將由頭上閃電劈下，且由於項少龍雙手握劍，這一劈必是淩震天下，勢若雷霆，一時間使他如箭在弦的一劍，竟發不出去。他的劍法最重氣勢，這一窒礙，使他如虹的鬥志，立時削弱三分。

項少龍知道對方中計，哪肯放過千載一時的良機，冷喝一聲，腳步前標，頂上墨子劍閃電般往管中邪劈去，使的仍是墨子劍法的其中一式，不同的只是雙手握劍。管中邪知道退縮不得，但又不能厚顏學他般雙手運劍，悶哼一聲，運聚手勁，長擊刃往上挑出，斜斜削往急劈而下的墨子劍去。

「噗！」的一聲，墨子劍給挑得微彈起來，豈知項少龍得機不饒人，竟趁勢連續五劍像五道閃電般全力疾劈下來，震得管中邪蹬蹬蹬連退數步，若非他膂力確勝過項少龍，早就拿不住椿子，給墨子劍狂猛的力道衝翻地上。為項少龍打氣的采聲震天響起，場內占了七、八成的人都希望見到他們心中的英雄得勝。呂不韋和莫傲的臉色變得非常難看，想不到項少龍有此奇招，教膂力過人的管中邪完全發揮不出本身的優點。不過項少龍卻也暗自心驚，因為管中邪長擊刃反震之力，也令他非常難受。更兼對方用的全是卸力的抵禦方法，雖似落在下風，自己卻比他更要耗力。若非自己用的是墨子劍這類重劍，休想把他迫退半步。

項少龍知道管中邪仍未看破自己的窘境，見好就收，哈哈一笑，往後退開，劍交右手，遙指著驚魂甫定的管中邪道：「管大人果是不凡，承讓了！」

管中邪大失面子，眼中閃過森寒的殺機，冷冷道：「項大人占了上風，為何忽然收止攻勢，是否腿傷發作？」

項少龍乘機回氣，微笑道：「管大人說笑，我們又非真要分出生死，自然該有來有往，我攻你守，我守你攻，互展所長，為今晚的宴會助興，也好讓娘蓉小姐看清楚我們的本領。」

眾人見他兩人雖停劍暫時罷鬥，但唇槍舌劍，仍是繼續交鋒，大感刺激，不覺半點悶場。

管中邪輸在因顏面受損而動氣，知道自己在言語上失了風度，忙暗自警惕，再不敢輕視對手，微笑道：「既是如此，中邪只好奉項大人之命進擊。」

言罷目光如電，罩視對方。項少龍心知肚明管中邪不但膂力勝過自己，若論老練深沉，亦比他勝上一籌。尤幸自己連番施計，重挫對方的銳氣，否則恐怕早負傷落敗。際此生死勝敗的時刻，哪敢怠慢，立即排除萬念，凝神守志，無論動作和心靈都不露出絲毫破綻空隙，擺出墨子三大殺招的以守代攻，門戶森嚴地靜候對手的攻勢。管中邪知道這是唯一挽回頹局的機會，最理想當然是漂漂亮亮的敗敵於劍下，否則也要迫得對方進退失據，否則只好棄劍認輸。一向以來，他有可穩勝項少龍的信心，但今晚交手以來，他雖未曾真敗，卻是連番受挫，使他強大的信心爲之動搖，發揮不出全部的實力。

圍觀者愈聚愈多，已過三千之數，卻不聞半點聲息，從而可知現場的氣氛是如何緊張凝重。管中邪長擊刃微微晃動，當氣勢蓄至巔峰，雙眉聳豎，大步前跨，一股徹骨的劍氣，立即潮湧而去。項少龍雄立如山，虎目寒芒閃閃，使人感到他氣勢強如峭壁，絕不怕驚濤駭浪的沖擊。

管中邪再跨前一步，離開項少龍只有十步左右的距離，氣勢更見強勁，冷然道：「項大人是否必要與小將分出勝敗，好奪得美人歸呢？」

項少龍心中暗罵管中邪卑鄙，明知自己並不甘願娶呂娘蓉爲妻，卻偏這麼說，目的當然是見自己氣勢強大，故欲以此分自己心神，假設他項少龍想到贏了便須娶呂娘蓉，爭勝之心自然會因而減弱，氣勢自是水退船低，大幅減弱。這也是莫傲教呂不韋以呂娘蓉爲彩注的毒計最微妙之處。攻人者攻心爲上，莫傲深明箇中道理。

項少龍收攝心神，朗聲笑道：「娘蓉小姐國色天香，管大人不正是爲她全力求勝嗎？」

這兩句話是針鋒相對，只要管中邪想到他項少龍明天便要毒發身亡，能否娶到呂娘蓉已是無關痛癢，而他管中邪卻是輸不起，心神一分，將難以發揮全力。管中邪因心有所求，果然微一愕然，劍尖立透出一股肅殺之氣，顯是求勝之心大起，自然而然流露出來。項少龍不驚反喜，「嚓」地跨前一步，墨子劍似吞若吐，籠罩對手。這是趁管中邪於心存雜念時出手，但因他仍是守勢，故沒有違反任對方主攻的承諾。衆人見兩人無論才智劍法，均在不同的層面上交鋒，無不看得如癡如醉，嘆服不已。管中邪再無選擇，清嘯一聲，長擊刃化作一道精芒，電掣而去，直取項少龍面門。這一出手，威勢強猛無儔，有若風雷並發，看得眾人忘掉呼叫。項少龍正是要引對方提早發劍，不慌不忙，墨子劍疾出如風，於嚴密封架中作反擊。

剎那之間，長擊刃和墨子劍交擊十多記，「噗噗」之聲使人聽得心弦震撼、狂跳不止，兩人愈打愈快，眾人眼花神搖，竟忘了喝采助威。項少龍藉助重劍的優點，使出硬封硬砍的打法，務要挫折對手的信心和銳氣。墨子劍法除了三大殺招外，本是重守不重攻，以王道之氣不戰而屈人之兵。但最厲害是每一守式均暗含反攻之勢，寓攻於守，使管中邪每一劍都難以盡展攻勢，不能暢施連消帶打的妙著。當年墨家鉅子元宗指點項少龍劍術，只是虛晃劍招，便輕輕鬆鬆地迫退項少龍，可知墨子劍法守勢之妙。項少龍剛才雖盡展智謀策略，說到底仍是對管中邪屢攻不下，難以取其性命。故退而求其次，利用墨子劍法以守代攻的妙著，既守且攻，在這情況下，只要管中邪破不了他的守勢，還要應付他的攻勢，那任何人都該覺得勝的是他。最妙的是由於尚未眞正分出勝負，那他就不用娶呂娘蓉爲妻。今晚項少龍爲應付大敵，展盡智慧與渾身解數，在策略上確是無懈可擊。

管中邪這時愈打愈心驚，別人看他長擊刃旋飛似雪，勁氣鼓盪，威猛無儔，但他卻心知肚明自己由於主攻的關係，力量損耗的速度遠遠快於對方，可是三十多劍後仍未能把對手迫退，這樣打下去，力道盡時，就是對方再作凌厲反攻的時刻。他乃劍道的大行家，心知不妙，故意手中劍緩了一線，露出空間，引對方反擊。豈知項少龍來自元宗的墨子劍法乃仁者的劍法，根本沒有乘隙取敵的意向，雖不知是詐，仍沒有把握時機立施反擊，嚇得管中邪汗流浹背，以爲對方看破自己的詭謀，氣勢頓時再削弱一分。四周的人終忍不住吶喊鼓譟，發出震耳欲聾打氣助威的聲音。

「噗」的一聲清響，管中邪終於無功而退，趁力竭之前收手，免得山窮水盡，給項少龍的木劍奪掉小命。項少龍並非不想殺他，而是體力方面也好不上多少，縱想反攻亦力有不逮。同時心中駭然，若管中邪可堅持多半刻，說不定敗的會是自己。兩人又成遙對之局，全場靜至落針可聞。兩人均難以隱藏地劇烈喘息。

徐先長身而起道：「讓微臣作個公證人，此戰以不分勝敗作罷，娘蓉小組花落誰家得另作安排。」

全場響起如雷采聲，表示對這場精采的比劍嘆爲觀止，久久不歇。

項少龍回席，受到嬌妻和衆人英雄式的歡迎。但他卻知道自己的雙腿仍在不受控制的抖動，而無論體能和劍法，均遜管中邪半籌，他之所以能一直領前，皆因戰略合宜和得重劍之利，換了使的是血浪，此仗必敗無疑，所以心中絕沒有絲毫歡欣之情。對面的燕太子丹向他頷首示意，對他出手挫折管中邪的威風，表示感激。

回到呂不韋一席的管中邪木無表情，默默接受呂不韋諸人的道賀。不過他雖然自感顏臉無光，但實質上他已成了王翦之外，第二位能與項少龍擷抗的高手，使他的身價頓然不同，有增無損。

此時擠在四方的人仍是議論紛紛，不肯離去，朱姬見宴會的氣氛亂成一片，宣布宴會結束。項少龍待小盤、朱姬離席後，返回營帳。紀嫣然等爲他檢視腿傷，發覺滲出血水，忙爲他洗滌傷口，換藥敷治。荊俊仍興奮地和趙致及烏廷芳討論剛才驚心動魄的一戰。

項少龍向紀嫣然問起滕翼，知他在宴會剛開始時起程，嘆道：「管中邪確是高手，韌力驚人，我不是不想殺他，只是辦不到。」

荊俊笑道：「但他也奈何不了你。」

紀嫣然搖頭道：「小俊錯了，管中邪今晚落在下風的原因，只爲開始時他沒有痛下殺手，以爲項郎橫豎活不過明天，他怎肯甘冒衆怒殺死項郎呢？」

衆人聽得心情沉重起來，這麼說，管中邪雖未必可勝過項少龍，但至少該可與他平分秋色。

趙致道：「別人卻不會這麼想，我看包括呂不韋和管中邪在內，都以爲我們夫君大人因不想娶呂娘蓉，遂在占盡優勢時改攻爲守，所以到現在仍摸不清項郎的虛實。」

紀嫣然欣然道：「致致言之成理，總之這一仗對雙方既有利亦有害，項郎要努力了，管中邪遲早會藉呂娘蓉再向你挑戰，假設你那種既怪異又快速的打法能發揮更大威力，說不定管中邪終要敗下陣來。」

項少龍心中大動，暗忖假若能鑄製一把東洋刀，更有把握。

此時在外當值巡視的桓齮匆匆回來，到項少龍旁低聲道：「高陵君的人開始移動。」

在小盤的王帳內，桓齮報告了高陵君叛軍的情況，正要說出自己的判斷，項少龍截斷他道：「儲君對敵人的調動，有什麼看法？」

李斯露出讚賞之色，暗忖秦廷之內，恐怕最懂揣摩儲君心意的是項少龍。項少龍卻是心中好笑，他對小盤實在有雙重的感覺。一方面，他是看著小盤由少長大的人，深明他的個性，清楚他因母親妮夫人受辱自盡，性情大變，心中充滿仇恨和懷疑，明白到生存之道，是要掌握權力。即使是他最信任的項少龍，若事事爲他代勞作主，遲早會生出問題。另一方面，是項少龍更知小盤將會是未來一統天下的秦始皇，威凌天下，故不期然地信任他的能力，不會像其他人般當他是個未成熟的孩子。這兩個因素合起上來，使項少龍對小盤既疼愛又尊敬，盡量予他發揮的機會。

小盤聞言欣然道：「桓卿家對敵情的掌握非常翔確，應記一功，事後寡人當重重有賞。」

桓齮大喜叩頭謝恩，暗想跟儲君做事確是不同，若同一番話向王翦說出來，能換來微微點頭已喜出望外，何有功勞可言？

小盤略一沉吟道：「高陵君既把人馬沿河下移，看來仍不出火攻水淹兩種手段，由於我們軍力在叛軍三倍以上，故他必須製造種種形勢，使我們陷進亂局裡，而有可乘之機。」

桓齮見未成年的儲君分析起來頭頭是道，禁不住生出遇上明君的感覺，折服不已。他那嘆服崇敬的眼光，比任何拍馬屁更有效力。縱是對他關懷愛護的項少龍，亦從未以這種目光看過他。

小盤信心大增，沉吟片晌道：「可推知高陵君發動的時候，必是先使人燒自己的營帳，由於風勢關係，火又是往高處蔓延，首先波及的是木寨後的營帳，那時只要再對木寨內發射火箭，爲了寨內太后和王眷的安全，我們必會倉忙往涇水撤去，以爲渡過涇水之後，就可安全。」

這回項少龍也露出欣賞神色，未來的秦始皇確是材料，如有先見之明般洞悉一切。在發動火攻之時，高陵君只要使人在寨後的營帳和草地澆上火油，火起後休想撲熄。假若完全不知道禍之將至，高陵君成功的機會頗大。

小盤續道：「高陵君的目標主要是寡人，所以他必使人扮作禁衛，隱在附近，暗中找尋下手的機會，那他必須製造第二個混亂。」

李斯和桓齮均知趣地沒有作聲，好讓他把心中所想到的說出來。

項少龍故意道：「儲君認爲高陵君會運用什麼手段呢？」

小盤興奮地道：「當然是水攻，高陵君將會在火勢上風處虛張聲勢，好迫使我們倉皇率眾逃過對岸，當人群爭先恐後渡河之時，再在上游放下儲滿的水，夾雜巨木，一舉把四道橋樑淹沒撞毀，假若寡人剛好在橋上，高陵君立可奸謀得逞；如若不然，也可把我們的軍力破成兩截，首尾難顧，那時只要叛軍順流而來，以火箭同時往兩岸發射，便可趁混亂形勢登岸來行刺寡人，裡應外合下敵人的計策既毒辣又是可行的。」

桓齮忍不住讚嘆道：「儲君英明，小將佩服得五體投地。」

小盤立即飄飄然起來道：「那時只要呂不韋派幾個像管中邪那樣箭術高明的人，又使人潛伏水中，要射殺那個人不是易如反掌。更由於項卿家其時該是剛毒發身亡，都騎軍群龍無首，於是呂不韋和管中邪可以在事後護主立功，從於叛亂中身亡的鹿公、徐先等人手上把軍權接掌過去，那時我秦室天下，立要落入呂家之手。哼！」

三人當然明白小盤意思，呂不韋因為深悉高陵君的計畫，屆時要殺哪一個人便殺哪一個人，要提拔誰人就提拔誰人。功勞和權勢全屬他們的，罪衍則由高陵君這被人利用了尚不知是甚麼一回事的糊塗鬼承受。莫傲想出來的計策，高明得教人心寒。幸好他明天就要死了，否則項少龍遲早給他害死。這也是命運，否則將沒有秦始皇。

天尚未亮，田獵的隊伍出發。隊伍裡少了太子丹的人，不知是否因被呂不韋故意羞辱，故沒有顏臉參加田獵，又或藉此以作抗議。呂不韋神采飛揚地主動向項少龍示好和打招呼，當然因他認定這是項少龍最後的一天。管中邪與項少龍碰頭，少了點往日信心十足、穩吃住對方的神氣，卻多了兩分尊敬和三分惋惜。劍術臻達管中邪的境界，難尋對手，而像項少龍如此旗鼓相當的對手，今晚便要「一命嗚呼」，試問管中邪怎會不心情矛盾，爲自己永無擊敗項少龍的機會而「惋惜」。朱姬、琴清和紀嫣然諸女都在這場早獵裡缺席，由小盤之下至昌文君等人無不心神悠閒，虛應故事般打些飛禽走獸，收隊回營。至於其他人不知就裡，仍在大草原上盡情放獵。

回途時呂娘蓉故意策騎來到項少龍身旁，瞪了李斯一眼，嚇得後者忙藉故後退，道：「項少龍，你是否故意不取勝，免得要娶你心內討厭的人爲妻？」

項少龍大感頭痛，這仇人之女的脾氣既剛烈又反覆，既說明不願嫁給自己，更明知自己過不了今晚，偏又執著於自己是否討厭她，但無論如何也可由此清楚她對自己並非全無愛意，否則何須斤斤計較。苦笑道：「非不願是不行也，嚴格來說我還算是輸了。因爲管大人迫得我腿上傷口復裂，只不過我因怕失去爭逐三小姐的資格，撈著良心不說出來吧！三小姐可滿意嗎？」

呂娘蓉給他盯得俏臉微紅，聞言先露出些微喜意，旋又神色一黯，垂下頭來，咬著唇皮，欲言又止，說不出話來。項少龍明白她正飽受良知的煎熬，更怕她忍不住告訴自己被下毒一事，正要岔開話題，呂不韋在前方揮手喚呂娘蓉過去，旁邊還有莫傲，顯是和項少龍有著同樣的恐懼。

呂娘蓉瞥他一眼，輕嘆一聲，趕了過去。接著輪到昌文君來到他旁，苦笑道：「嬴盈的事，項大人不須再放在心上，我昨晚向她提及與你的親事，她卻諸多推搪，唉！這種事看來勉強不得，但我兩兄弟對少龍仍是非常感激。」

項少龍不但沒有受傷害的感覺，還輕鬆起來，暗忖管中邪必然在肉體上予嬴盈極大的滿足和快樂，所以她在未試過自己的能耐前，不肯以身相許。眞想不到和管中邪既要在戰場上分出高低，還要和他在情場上見過眞章。唉！坦白說，自己哪還是以前般喜愛爭風吃醋的人？她嬴大小姐愛嫁誰嫁誰好了，他項少龍才不放在心上呢。回到營地，項少龍剛安排了親衛保護諸位嬌妻，鹿公遣人來找他。到了鹿公帳內，徐先、王陵和幾位心腹將領正在密議，敗在周子桓手下的白充亦在其中。

鹿公欣然著他在身旁坐下，親切地拍他肩頭道：「昨晚少龍的表現精采絕倫，殺得管中邪那傢伙全無還手之力，又先發制人阻止自居仲父的老賊中斷比武，著著領先。教人大爲嘆服，若你領軍沙場，必是無敵的猛將。」

王陵皺眉道：「少龍昨晚爲何不趁機把管中邪幹掉？若他今晚躲在暗處以冷箭傷人，恐怕我們這裡有很多人會沒命。」

項少龍明白管中邪兩箭四鵰的絕技，已震驚大秦。而自己昨晚則成功營造劍壓管中邪的僞象，所以目下亦不宜說出自己根本沒有本事殺死管中邪的眞相，苦笑道：「我因腿傷復發，不得不反採守勢，至於管中邪無論箭術如何高明，休想有發放冷箭的機會。」當下順便將小盤對高陵君的估計說出來，同時道：「此回應敵之策，全由儲君一手策畫，我們只是遵令而行吧！」

鹿公嘆道：「老夫總共先後侍奉過我大秦五位君主，卻無人及得上政儲君般以弱冠之年，便顯露出一代霸主的識見、手段和氣魄。我大秦有望了，只不知老夫能否在有生之年，見到天下統一在政儲君手上。」

項少龍聽得心中欣慰，知道小盤由於這一段時日表現出色，又經證實不是呂不韋的賊種，已贏得秦國以鹿公爲首本地傳統和保守的軍方將領竭誠效忠，只是這些籌碼，已可保他穩坐秦君之位。

徐先也讚道：「以政儲君的年紀，不但事事合度，最難得是有膽有識，深藏不露，在兩位君主連續被人毒害的危急之時，我大秦出了如此明主，確是我大秦的福氣。」

王陵加入讚了兩句後，道：「對付高陵君還容易，但由於有莫傲爲呂不韋暗中策畫，屆時使出我們意想不到的手段來，確是防不勝防，爲何少龍卻不太把呂不韋放在心上？」

項少龍道：「知己知彼，百戰百勝。我們現在既對高陵君的布置動靜瞭若指掌，呂不韋有多少人手，又全在我們的掌握內，到時莫傲更要毒發身亡，我則安然無恙。那在政儲君的領導下，縱使孫武復生，亦難以爲呂不韋挽回頹局。」

徐先沉聲道：「我們應否布下陷阱，讓呂不韋露出狐狸尾巴，好把他乘機除掉？若證據確鑿，蒙驁也要無話可說。」

項少龍大感頭痛，幸好鹿公道：「若要同時對付呂不韋，會把事情弄得非常複雜，我們恐怕應付不來。現在蔡澤、王綰那批傢伙，都靠往這他娘的什麼仲父，一下吃他不住，給反咬一口，又有太后站在他那邊，好事恐怕反變成壞事。老徐你最好多點耐性，莫忘了杜壁那方的勢力亦是不可小覷。」

王陵道：「現在蒙驁領軍在外，他對呂不韋是死心塌地，若聞變造反，又或擁東三郡自立，我們便麻煩了。」

徐先嘆一口氣，沒有堅持下去。項少龍愈來愈明白什麼叫命運，明明眼前有個可殺死呂不韋的機會，偏是動彈不得。衆人再商量一些細節後，鹿公、徐先和王陵三人齊往謁見小盤，而項少龍因怕惹人注目，沒有隨行，逕自離開。剛出營地，迎面遇上鹿丹兒和嬴盈二女，兩人應是今早田獵時大有所穫，故趾高氣揚。見到項少龍單身一人，俏目都亮了起來。

鹿丹兒頑皮地施禮道：「大劍客你好！」

嬴盈因拒絕他的提親，神情有點尷尬道：「我正想找你。」轉向鹿丹兒道：「丹兒！先讓我和大劍客說幾句話好嗎？」

鹿丹兒不依道：「妳不能把他霸著哩！」又捂著小耳朵嗔道：「快說吧！」

嬴盈拿她沒法，拉著項少龍走開兩步，耳語道：「人家不是不想嫁給你，只是事情來得太快，給點時間人家想想好嗎？」

項少龍暗忖妳想給管中邪點時間才眞，沒有好氣地盯她一眼。

嬴盈頓足道：「不要歪想，我絕非你想像中那回事哩！」

項少龍嘆道：「妳若要拒絕一件事，自然可找到藉口，以後我若不再理妳，嬴大小姐最好莫要怪我無情。」

嬴盈吃了一驚，仔細看他，鹿丹兒早衝過來，扯著項少龍道：「來！我們到河邊釣魚，今天不知是否所有人都失常了，連小俊那頭頑猴都說沒空陪我們，由你項大人來代替他好了。」

項少龍縱是有閒，也不想和她們鬼混，何況現在情況是每過一刻，多添一分緊張，說盡好話，脫身溜了。午前時分，出發田獵的隊伍陸續回來，自然有一番熱鬧。禁衛軍和都騎軍，前者主內，後者主外，默默地進入戒備的狀態，以應付即將來臨的動亂。當然不會讓人見到大規模的調動布置，以免打草驚蛇，把高陵君的人嚇走。荊俊成爲小盤的探子頭頭，以來自烏家精兵團的親衛，組成一個籠罩營地內外的偵察網，監察高陵君和呂不韋等人的動靜。這個偵察網仍是處於半靜止的狀態，因爲任高陵君如何膽大妄爲，絕不敢在晚獵前人人整裝以待之際，前來偷襲。兼且若在白天燒營，只是笑話鬧劇一場而已。

午膳在平靜的氣氛裡度過。有資格參加晚獵的人，都到營內小休片刻，好養精蓄銳。時間一分一秒地溜走。當號角聲響，田獵的隊伍奉召到王營前的主騎射場集合，氣氛開始緊張起來。小盤、朱姬偕一衆大臣，在看台處檢閱前往西狩山晚獵的隊伍，看著精神抖擻的參加者逐隊開出，知情的人無不感到山雨欲來前的壓力。嬴盈等一衆女兒軍，亦隨大隊出發去了。太陽逐漸往西山落下去，營地的燈火亮起來，炊煙四起，木寨內更見熱鬧，禁衛在準備晚宴的場地和食物。此時太子丹和從屬突然離去，返回咸陽。這一著出乎呂不韋意料之外，但仍沒有惹起他的警覺，只以爲他因昨晚手下受挫，故沒有顏臉參加今晚的宴會。

暮色蒼茫中，行動終於開始。首先調動的是由桓齮指揮的都騎軍，部分悄悄渡過涇水，在兩岸高處的隱蔽點布防，所有人均不准離隊，以免洩漏風聲。營地內的禁衛軍，則暗中加強對王營的防守。荊俊的偵察隊伍活躍起來，營地內外盡在他們耳目的嚴密監察下。這批人曾受過項少龍這精通間諜偵察的人的訓練，對此並不算困難的任務自是應付自如。進入晚宴場地前，項少龍、鹿公兩人，站在木寨外的斜坡頂上，感受原野的長風朝涇水吹去，看著落日下昏茫的大地，大感興奮。

鹿公嘆道：「白起之後，我大秦再無天資橫逸的勇將，現在終於有了少龍，令我大感欣慰。」

項少龍汗顏道：「鹿公切勿誇我，來秦之後，我尚未曾正式領軍出征，何堪鹿公讚賞？」

鹿公笑道：「小處觀人，最見眞章。當年白起初出道，亦像少龍般大小事情無有遺漏，人人折服，將士用命。少龍雖未正式征戰沙場，但既能令上下人等均樂意爲你賣命，正是作爲一個名將的基本條件。」頓了頓道：「爲將之道，首要治兵，只看少龍現在悠悠閒閒的樣子，便知你深懂將帥之道。所謂紀律不嚴，何以能整？非練習嫻熟，何以能暇？若非既整且暇，何以能萬戰萬勝而無敵於天下乎？只看這幾天少龍好整以暇的樣子，就使我想起當年的白起。」

項少龍聽得發呆起來，鹿公的一番話確是妙論，即使當年在邯鄲對付趙穆，自己因為手下既有滕翼、荊俊兩位兄弟班的猛將，精兵團又是訓練精良，兼之趙穆府內更有劉巢等伏兵，定下計策後，確是好整以暇，只是沒有想過此為當名將的條件。孫子兵法中的「擇人而任勢」，該就是這麼的一回事。

鹿公談興大發道：「天生賢才，自是供一代之用。不患世無人，而患不知人；不患不知人，而患知人而不能用。少龍先後向儲君推薦李斯、桓齮，又對王翦另眼相看，可知少龍的眼光是如何高明，這方面恐怕白起都要遜你一籌。」

項少龍暗叫慚愧。這時手下來請兩人到寨內赴宴，遂結束談話。太陽終消沒在西山下，莫傲的死期亦快到了。

宴會的氣氛仍是熱烈如常，高陵君當然是隨便找個藉口沒有出席。紀嫣然諸女全體出席，與琴清共席，她們是抱著看戲的心情前來，況且眼下最安全的地方，是這座木寨。包括小盤在內，所有公卿大臣仍是全副獵裝。最後一天的宴會，依慣例將會通宵舉行，以等待晚獵的隊伍在天明前趕回來。荊俊、桓齮奇、昌文君各有任務，沒有在場。小盤意氣飛揚，兩眼神光閃閃，顯是在非常亢奮的狀態中。呂不韋同樣神采照人，不住向朱姬敬酒談笑。不知是否想親眼看著項少龍毒發身亡，又或不須再隱藏身分，莫傲亦有出席宴會，與魯殘和周子桓等居於後席。坐在呂不韋和管中邪間的呂娘蓉一直低垂著頭，沒有往項少龍望來。

當一群挑選自禁衛的高手表演過精采的劍舞，熱烈鼓掌聲中，荊俊的得力手下兼同村兄弟荊善來到項少龍後側，低聲稟告道：「高陵君的人開始把火油澆在寨後的營帳外，俊爺故意派人在附近巡邏，教他們只能在有限的營帳間做手腳。」

項少龍低聲道：「呂不韋的人有什麼動靜？」

荊善道：「呂不韋的三百家將逐一離開營地，潛往涇水去，俊爺估計他們仍是採取在水中伏擊的策略，當橋被沖斷後，兵慌馬亂之時，他的人自可為所欲為。」

荊善走後，項少龍向身旁的昌平君道：「兄弟！是時候了！」

昌平君和他交換個興奮的眼神，悄悄退席，另一邊的李斯移近到項少龍旁，低聲道：「看呂不韋的神色，似奇怪你的毒怎會仍未到發作，嘿！真是有趣之極。」接著續道：「不過我仍不明白，呂不韋任得高陵君的人胡作非為，不怕玩火自焚，自己都給人幹掉嗎？」

項少龍這時看到周子桓和魯殘先後溜走，微微一笑道：「首先高陵君的手下中，必有呂不韋派去的內鬼，使呂不韋對高陵君的行動瞭若指掌，其次呂不韋身邊雖只得數百人，但他另外的一批從外地抽調回來的手下卻可趁混亂掩來此處進行陰謀，加上到時我該已身亡，管仲邪乘機把指揮權搶過去，那只要呂不韋傍在太后和儲君身旁，又有莫傲給他出主意，誰敢不聽他仲父的話呢？」再一嘆道：「不冒點險，怎會有好的收成？」

李斯忍不住笑道：「如此複雜的情況，我確是未曾想過。嘿！你看儲君的精力多麼旺盛，昨晚最多只睡了兩、三個時辰，今天又忙了整天，現在仍是那麼神氣，先王比他差遠哩。」

項少龍心中同意，能成大事者總是精力過人之輩，否則哪有精神辦事和應付各方面的壓力。小盤既是秦始皇，精力當然比一般人旺盛。管中邪這時離開席位，繞了個圈去找嫪毒說話。

項少龍差點想派人去偷聽，終按下強烈的衝動，同時心忖不知呂不韋今晚的刺殺名單裡，嫪毒是否榜上有名呢？

荊善又來道：「依據燈號傳訊，高陵君藏在上游密林的人已把巨木和筏子推進水裡，只要營地火起，立即會配合攻來。周子桓和魯殘兩人一個到了涇河去，另一個則離開營地，看來是要與另一批呂不韋的手下會合，俊爺已使蒲布去跟蹤他，若有異動，立殺無赦。」

荊善走後，項少龍側身向李斯道：「是時候了，李大人立即去知會儲君，我則過去找呂不韋搞玩意兒。」

兩人分頭行事，昌平君布置好一切後回轉頭來，碰上項少龍道：「所有王族的內眷均被撤至安全地方，一切妥當，現在我去保護太后和儲君，少龍小心。」

兩人對視一笑，各自去了。

項少龍繞了個圈，首先來到管中邪和嫪毒處，微笑道：「兩位大人談什麼談得這麼興高采烈呢？」

事實上兩人神情肅穆，沒有絲毫興高采烈的味兒，聞他這麼形容，均知項少龍話裡有話。

管中邪尷尬一笑道：「沒有項大人在，說話總不夠勁兒，來！我們喝兩杯去！」

這一席設於呂不韋下首，隔開三席，但由於項少龍、管中邪和嫪毒都是身形雄偉，引得正和朱姬說話的呂不韋訝然望來。

項少龍舉頭望往天上的一彎新月，搖頭道：「今晚明月晦暗，最利偷襲，我身負保安之責，不宜喝酒，這兩杯管大人還是饒了我吧！」

以管中邪的冷狠深沉，仍禁不住臉色微變。

嫪毒顯是毫不知情，笑道：「有項少龍在，誰敢來偷營，必要栽個大觔斗。」

項少龍暗忖不趁此時挫挫管中邪的信心，更待何時，語重心長的道：「世事的離奇怪異，往往出人意表，所謂人算不如天算，管大人以為我這番話還有點道理嗎？」

管中邪大感不妥，臉色再變，項少龍含笑去了。項少龍朝呂不韋和莫傲走去，心中百感交集，思潮起伏。自倩公主和春盈四婢遇襲慘死，他一直處於絕對下風，縱有千般怨恨憤慨，只有硬壓在內心深處，自悲自苦。到烏廷威間接被呂不韋害死，對自己情深義重的莊襄王一命嗚呼，他最期待的事就是把利刃捅進呂不韋肚皮內的一刻。可是由於知道呂不韋「氣數未盡」，熱切的期待遂變成深刻的淒楚。使手段令呂雄掉官，只稍洩積在心頭的少許惡氣，仍未有較大的快慰感覺。但今天絕對不同，因為死的會是莫傲。假若沒有莫傲，呂不韋會不會以這樣毒辣的手段來對付自己，尚在未知之數，所以莫傲實乃罪魁禍首。今夜之後，他再不會對呂不韋客氣。只有放手大幹一場，才能令他捱到小盤加冕的一天。而在莫傲死前，他定要把呂不韋和莫傲儘情戲弄一番，當是先討點欠債。想著想著，來到莫傲一席處。

坐在前席的呂不韋和呂娘蓉訝然回頭往他望來，前者堆出笑容道：「少龍快來和我喝酒？」

朱姬的美目亦向他瞟來，見他神情肅然，大感奇怪。管中邪追在身後來到項少龍身旁，見他冷然盯著莫傲，臉色再變。此時宴會中各席間互相鬥酒談笑，氣氛融和熾烈，而鹿公、徐先、王陵等已接到暗號逐一溜掉。小盤則神態自若，與朱姬親熱說話，但兩人眼光都凝定在項少龍身上。

項少龍目光掃過呂不韋和呂娘蓉兩人，嘴角逸出一絲笑意道：「我這次過來，是要向莫先生表示謝意。」

以莫傲的才智，仍測不透項少龍話裡玄機，總知不大妥當，愕然站起來，一臉茫然道：「項大人為了何事要謝莫某人呢？」

秦人的宴會，輕鬆隨便，不少人是站著鬧酒，所以三人雖站著說話，兼之又是後席，所以並不矚目。朱姬和小盤停止說話，豎起耳朵來聽他們的對答。

呂不韋也感到那異樣的氣氛，捧著酒杯長身而起，移到他們中間來道：「少龍要謝莫先生什麼事呢？我也心急想聽聽呀！」

項少龍看了臉色凝重的管中邪一眼，從容道：「首先要謝的就是莫先生使醉風樓的伍孚先生贈我以飛龍，日後項少龍必以之馳騁沙場，以紀念莫先生贈槍之德。」

「噹！」

呂不韋大手一震，酒杯滑落地上，跌成碎片，三人同時色變。

項少龍看著地上的破碎酒杯，哈哈笑道：「落地開花，富貴榮華，好兆頭，僅祝仲父長命百歲，身體健康。」

這幾句話一出，不但呂不韋等吃不消，朱姬亦花容劇變，看出箇中不妥。

莫傲驚疑不定地道：「伍孚樓主贈項大人寶槍，於我莫某人究竟有何關係？」

呂不韋臉色沉下來，剛才項少龍祝他長命百歲，擺明是反話，但念在他命不久矣，當然不會蠢得在朱姬和小盤面前和他衝突。鄰席的蔡澤、王綰等人，開始感到他們間異樣的氣氛，停止交談，朝他們望來。小盤知道項少龍在給他製造機會，藉口如廁，遁了開去。呂不韋等不是不知小盤離開，只是項少龍語出驚人，使他們再無暇去理這之外的事。

項少龍雙目寒光一閃，盯著莫傲道：「智者千慮，必有一失，我只說伍孚贈我飛龍，卻沒有說是槍是劍，爲何莫先生卻知飛龍是寶槍呢？」

莫傲愕然以對，管中邪沉聲道：「項大人第二件要謝莫先生的，又是什麼事呢？」

項少龍仰天笑道：「當然是歸燕小姐深情一吻，莫先生嚐慣美人香吻，當然比小弟更知箇中滋味。」

呂不韋三人因控制不住，同時臉色大變。

莫傲終是才智過人，倏地摸著喉嚨，大駭道：「你──」

項少龍仰首望天，喟然道：「時間差不多了，莫先生一向精於計算，對自己的生時死忌當不會有失誤。」接著雙目射出兩道寒芒，罩定莫傲，一字一字道：「算人者人亦算之，莫先生明白這句話的意思嗎？」

呂不韋冷喝道：「少龍！」

項少龍冷然與他對視，沉聲道：「周子桓和魯殘兩人到哪裡去了？現在外面情況混亂，不要被人錯手殺掉就好了。」

呂不韋臉色再變，暴喝道：「項統領這幾句話是什麼意思。」

「呀！」

莫傲臉色劇變，兩手緊握喉嚨，「呵呵」的說不出話來，兩眼射出恐懼的神色。

管中邪搶前把他挽著，駭然道：「什麼事？」

莫傲搖晃一下，豆大的汗珠從額上流下，嘴角逸出血絲，形狀可怖至極點。

項少龍向管中邪道：「管大人最好不要離開這裡，否則莫怪我以軍法治你以擅離職守之罪。」再轉向呂不韋淡淡笑道：「今晚月色暗晦，仲父走路過橋時小心點。」

當莫傲倒入管中邪懷內時，項少龍早昂然遠去。火光和喊殺聲同時由木寨背河一方傳來，小盤接位後的第一次叛亂終於開始。

與會的數百公卿大臣、王族眷屬正慌惶失措的時候，小盤在徐先、鹿公、王陵三名大將陪同下，威風凜凜的回到場地，大喝道：「高陵君叛亂作反，寡人立即親自出戰，爾等各人留在原席，待寡人收拾亂賊，再來和各位卿家喝酒。」

眾人雖聞陣陣喊殺火燒之聲，但只局限在寨後遠處，更見周圍的禁衛軍陣容整齊，心下稍安，齊呼萬歲。

朱姬長身而起，瞥了面無血色的呂不韋和呆抱著毒發的莫傲的管中邪一眼，顫聲道：「王兒！這是什麼一回事？」

小盤冷然道：「太后放心，一切有王兒處理，人來！先扶太后回營休息。」

朱姬知道在這種情況下，實在不宜向這個莫測高深的兒子追問，茫然在內侍宮娥禁衛簇擁下，回營去了。

小盤轉向呂不韋道：「仲父和三小姐受驚了，請到寡人帳內小休片刻，亂事敉定後，寡人再請仲父出來喝杯祝捷酒。」

呂不韋有點不知所措地望向已是出氣多入氣少的莫傲，十多名禁衛來到他處，請他到王帳歇息。此時涇水上游方向傳來隆隆水響和巨木撞橋的可怕聲音，更把緊張惶懼的氣氛推上巔峰。不過看到小盤指揮若定，胸有成竹的樣子，眾人又稍覺安心。呂不韋知道如若違令，立即是人頭落地之局。頹然一嘆，回頭再看管中邪和莫傲一眼，與呂娘蓉隨禁衛去了。

禁衛準備好戰馬，小盤再安慰群臣幾句，在鹿公等大將和禁衛前呼後擁下，昂然跨上戰馬，蹄聲轟隆中，馳出木寨去。莫傲此時剛嚥下最後一口氣。管中邪只覺全身發麻，首次感受到與項少龍對敵的可怕感覺。今晚他們已一敗塗地，現在呂不韋和呂娘蓉父女等若給軟禁起來，自己更成眾矢之的。假若離開席位，週遭的禁衛軍將群起攻來，把自己亂劍斬殺。同一時間，他知道魯殘和周子桓已完蛋了，項少龍絕不會放過他們。

火勢剛起時，昌平君兄弟率領伏在兩旁的五千禁衛軍，殺進高陵君的營地，擒殺叛黨。救火的隊伍把預備好的沙石覆蓋在草地樹叢之上，隔斷火勢的蔓延。高陵君潛進來的三千多人，被禁衛重重圍困，打一開始就成困獸之鬥，陷於一面倒的形勢下。荊俊則領二千都騎軍把由魯殘接應而來的近千呂不韋的人截個正著，先是一陣驟箭，射得他們人仰馬翻，接著再由兩旁殺出，下手當然絕不留情。這時四道木橋均被撞得中分而斷，乘筏隨水而下的高陵君叛兵，被伏在上游兩岸由桓齮率領的五千都騎軍以矢石作居高臨下的截擊，登時潰不成軍。木盾雖可擋開勁箭，但那堪由投石機彈出的巨石，兼且河道上無險可守，數百條木筏被打沉近半，其餘匆匆靠岸，給深悉兵法的桓齮率人斬瓜切菜般斬殺。小盤則縱橫於兩個戰場之間，以燈號指揮進退，一派威凌天下的「小霸主」氣概。

項少龍自領兩千都騎軍，沿河搜索，卻找不到周子桓和呂不韋那幾百家將的蹤影，知道對方見勢色不對，游過對岸潛走。不禁暗嘆呂不韋氣數未盡，若周子桓和這批家將被一網成擒，那縱使呂不韋口才和演技如何了得，都要百詞莫辯，可見冥冥之中，自有主宰。只不知他項少龍這個角色，是不是天意中的一個環扣。

朱姬和呂不韋被請出來，鹿公等重新入席。紀嫣然等見愛郎無恙歸來，都眉開眼笑，連一向吝嗇笑容的琴清，亦破例的向他甜甜淺笑。群臣全體向小盤下跪，高呼萬歲，小盤興奮得臉都紅了，與對他敬酒的公卿王族舉杯痛飲。項少龍心中欣慰，知道經此一役，小盤已確立他在秦人心中的地位。荊善又來報告道：「給魯殘溜掉，由他接應的人均是來自外地，非是呂不韋在咸陽的家將。」

項少龍暗忖這才是道理，以莫傲的才智，怎會留下把柄給人抓著。想到這裡不由望向呂不韋一席處。莫傲已給抬走，管中邪木無表情，但呂不韋不但神態如常，還頻頻向小盤和朱姬勸酒，不禁打心底佩服他的演技。叱喝聲中，給綑綁的高陵君和十多個將領，推到場心，被押送的昌平君和禁衛硬迫跪了下來。全場立時肅靜無聲。

小盤先向朱姬請示，朱姬嘆道：「王兒看著辦吧！」

高陵君披頭散髮，身上沾滿血污，眼睛噴射怨恨的毒火，怒瞪小盤。

禁衛正要把他的頭按在地上，小盤伸手阻止，淡然道：「叛上作反，陰謀不軌，高陵君你可知罪。」

高陵君破口大罵道：「呸！你這野種何來──」

還沒說完，旁邊的昌平君把預備好的布團塞進他口內，另一邊的禁衛一掌劈在他的背脊上，高陵君慘哼一聲，痛倒地上，狼狽之極。

小盤若無其事的向呂不韋道：「犯上作反，仲父以為該治以何罪？」

呂不韋慷慨激昂道：「自是罪該萬死，儲君先把他收入監牢，再昭告天下，擇期行刑。」

小盤在全場肅然中，點頭道：「仲父所言甚是，不過何須擇日行刑，給我把他們全部推到涇河旁立即斬首，死後不得安葬，任由屍身曝於荒野，以佐猛獸之腹。」

眾人哪想得到仍未成年的儲君如此狠辣，要知高陵君身分尊崇，若非莊襄王異人的介入，差點就作了秦君，現在竟死無葬身之地，聽得人人噤若寒蟬，被未來的秦始皇威勢震懾。高陵君一呆下掙扎抬頭，卻苦於雙手反綁，口內又塞了東西，說不出話來。和他同時被擒的手下中有幾人抖顫得軟倒地上。

昌平君一聲令下，眾禁衛牽羊趕狗般把高陵君等押出木寨行刑去。

小盤仍是那毫不動容的樣子，冷冷道：「凡與亂黨有關的家屬，男的發往西疆開荒，女的充為官婢，高陵君子子孫孫全體處死，凡有異心者，均以此為戒。」

整個宴會場中數百大臣與權貴內眷均鴉雀無聲，靜得落針可聞。項少龍聽得心中不忍，但只要看看身旁的李斯等人個個若無其事，便知道這種禍及親族的不仁道手法，實在是當時的常規。假若換了小盤作階下之囚，同一樣的事情會發生在小盤和他身上，沒什麼話可說的了。這種一人犯事全族當誅的做法，正是君權至上的社會壓制人民的方法，如此情況下，誰敢不規行矩步？

小盤續道：「這次功勞最大者，是剛加入都騎軍的桓齮，全賴他先一步識破叛黨的陰謀，寡人得以從容布置，將賊子一網成擒，應記首功。寡人把他破格陞為將軍，而王翦薦人有功，兼之在北疆戰績彪炳，擢陞為大將軍，立時生效。」

小盤挾清除叛黨的餘威，作此人事上的陞遷，即使朱姬亦難以異議。呂不韋更是啞子吃黃連，有苦自己知。這些事均早徵得鹿公、徐先和王陵同意，他們當然更不會反對。桓齮和荊俊仍在外四處追截叛黨的逃兵，暫時未能知道這天大的喜訊。小盤這番話有眞有假，目的還是在依項少龍之言，以桓齮爲首成立一支直接由小盤指揮的快速應變部隊，用於將來對付嫪毒和呂不韋兩股大勢力。小盤本想把項少龍同時陞爲大將軍，但卻被項少龍以尚無戰功婉言拒絕，因他根本對權位沒有興趣。

小盤續道：「桓齮將軍將留守京師，成立訓練營，專責訓練由各地精選送來的新兵，提拔人才，爲我大秦將來一統天下打好根基。王賁此回勇猛殺敵，斬敵首二十，立下大功，寡人任他爲桓將軍副將，同爲我大秦出力。太后、仲父、上將軍、大將軍和眾卿家可有異議？」

朱姬感到自己的寶貝兒子成長了，但與自己的隔膜亦增多。今晚的事，分明由項少龍一手策畫，而呂不韋則暗有陰謀，可是兩方面都不向自己透露任何風聲，心中不由茫然若有所失，忍不住往嫪毒望去，暗忖他是否自己唯一能夠倚賴的人呢？

小盤又道：「太后！孩兒在聽妳的指示。」

朱姬感到一陣疲累襲上心頭，搖頭道：「王兒自己拿主意。」

呂不韋乘機道：「禁衛、都騎、都衛三軍，有足夠實力作京城防衛的支柱，是否還需要另立新軍？請儲君明察。」

鹿公先在心裡罵了兩聲你娘的仲父，呵呵笑道：「仲父正說出問題所在，禁衛、都騎和都衛若只論守城，實力綽有餘裕，但若以之平定京城以外的動亂，卻力有不逮，像這次爲了平東郡之亂，把京城附近的駐軍全抽空了，令高陵君有可乘之機，故此新軍實有成立之必要。」

徐先接著道：「現時我大秦與三晉勢成水火，說不定要同時在幾條戰線與敵週旋，有了這支精銳的新軍，就不怕再有像東郡那種動亂和民變。」

呂不韋為之啞口無言，這正是他最大的弱點，說到底他仍是文官，沒有蒙鰲在旁，實在沒有資格在軍事的題目上和秦國這批軍方資歷最深的人爭辯。由此可知鹿公等對小盤的支持多麼重要。

小盤作出決定道：「就依此安排，項統領接令。」

眾人均感愕然，不知項少龍要接什麼令？鹿公、李斯等則是雞食放光蟲，心知肚明。

項少龍離席來到小盤朱姬席前跪下。

小盤取出令符，使侍臣送交項少龍道：「高陵君能以萬人之眾，神不知鬼不覺潛來京城，途中必有接應之人，項統領立即離京，徹查此事，若發覺有任何人曾為叛黨出力，立殺無赦，統領在京的職務暫由荊副統領代行。」

項少龍高聲領命。

小盤大喝道：「今晚宴會至此而止，諸卿先休息一會，待橋修好後，再和寡人到涇河迎接晚獵回來的大隊人馬，檢閱他們的豐富收穫。」

小盤恭送朱姬離席，所有人均心悅誠服地跪地相送。項少龍心中一陣感動，多年來的努力並沒有白費，由今晚開始，小盤建起他未來秦始皇的威信。秦朝的權力再不在權臣手上，呂不韋更要給他牽著鼻子走。自己殺了田單回來後，只要手段夠高明，可坐觀嫪毒和呂不韋兩人鬥個你死我活。辛苦了這麼久，該可以享點清福吧？

第二章 跨嶺入楚

當晚眾獵者由西狩山回來之時，項少龍已領著紀嫣然、趙致和十八鐵衛匆匆上路，趕往秦楚邊界與滕翼會合。自趙倩、春盈等遇襲身亡，他從未有一刻比現在更輕鬆舒暢。莫傲已死，小盤得到軍方全面支持，勢力大盛。朱姬又因嫪毒的關係，開始與呂不韋生出問題。在種種的形勢轉變下，自己大概可以有些安樂的日子可過吧！可是心中又隱隱有抹揮之不去的陰影。當日與趙倩等上路出使前，何嘗想過會遇到凶險，但噩夢忽然降臨，直到這晚狠狠打擊了呂不韋，才算喘定口氣。對於茫不可測的命運，他已成驚弓之鳥。他依照早先與滕翼定下的路線，日夜兼程趕路，七天後越過東嶺，地勢轉趨平坦，這晚在一條小河旁紮營生火。不知為何項少龍總是心緒不寧，對著烏言著、荊善等一眾鐵衛打回來的野味提不起勁。

紀嫣然訝道：「項郎有心事嗎？」

趙致笑道：「是否掛念芳妹和寶兒他們哩？」

項少龍凝望正噼啪熊燒的火燄，沉聲道：「不！我有種很不安寧的感覺，事實上自離開咸陽後，便有此感覺，只不過今晚特別強烈。」

紀嫣然色變道：「項郎乃非常人，若有預感必有不平常事會發生。」轉向正圍著另一堆篝火燒烤著獵穫的烏舒等道：「你們聽到嗎？」

荊善站起來道：「我們立即去偵查一下。」

眾鐵衛均奉項少龍有若神明，聽他這麼說，哪還不提高戒備，分頭去了。

鐵衛們去後，趙致訝道：「照說理應沒有人會跟蹤我們圖謀不軌的，特別是呂不韋方面的人全在小俊和禁衛的監視下，想動動指頭亦相當困難，這事確是非常難解。」

紀嫣然柔聲道：「項郎心裡那種感覺，會不會是因別的事引起哩？因爲表面看來確應沒有人會跟蹤我們的！」

項少龍苦笑道：「我還沒有那麼本事，能對別處發生的事生出感應。只不過基於長年處在步步驚心的險境裡，對是否有伏兵或被人跟蹤特別敏感。還好很快可以知道答案，荊善的鼻子比獵犬還要厲害。」

趙致有點軟弱地偎入他懷裡，低聲道：「我有點害怕！」

項少龍知她想起當日趙倩等遇襲慘死的往事，憐意大起，摟著她香肩道：「有我在，絕不會教人傷害到我的致致半根毫毛。」

紀嫣然望往天上的夜空，輕輕道：「假若有人一直在追蹤我們，那項郎今晚的不安感覺特別強烈，就非常有道理，因爲這裡地勢較爲平坦，而且──」

「啊！」

一聲慘叫，畫破荒原星野的寧靜，更證實項少龍的擔心不是多餘的。

趙致色變道：「這不是烏達的聲音嗎？」

烏達乃十八鐵衛之一，人極機伶，身手敏捷，他若如此輕易遇襲，那敵人若非身手極爲高強，就是在布置上極爲巧妙。項少龍和兩女跳了起來，各自去取箭矢兵器和解開繫著的馬兒。卻不敢把篝火弄熄，否則就要和其他鐵衛失去聯繫。那燃燒著的火燄，正似有力地告訴他們即將來臨的危險，因爲他們已成爲敵人進攻的目標。直至這時，他們對敵人仍是一無所知，完全找不著頭緒。此時荊善等倉皇回來，人人臉現悲憤之色，烏達被烏言著背著，中了兩箭，分在背上和脅下，渾身鮮血，氣若遊絲。趙致見本是生龍活虎的烏達變了這個模樣，激動得掉下眼淚來。

烏舒正想過去把篝火弄熄，給項少龍制止，道：「嫣然先給烏達止血，截斷箭桿，卻千萬不要移動箭簇。」

紀嫣然不待他吩咐，早動手施救起來。烏言著等鐵衛均和烏達情同兄弟，個個眼都紅了，噴著仇恨的火燄。

項少龍知此乃生死關頭，絕不可粗心大意，冷靜地問道：「來的是什麼人？有何布置？烏達怎會受傷的？」

衆人眼光集中到烏言著身上，顯然是因他和烏達一夥，而其他人尚未遇上敵人。

烏言著深吸一口氣，硬壓下悲傷道：「我和烏達往東摸去，想攀上一座丘頂居高下望，冷箭便來了。」

項少龍一聽下立時心跳加劇，東向之路正是通往楚境的路途，這麼說，眼前神祕的敵人應已完成對他們的包圍。不過現在黑漆一片，諒敵人在天明前不敢謬然動手。

可是曙光來臨之時，卻將是他們的末日。

趙致忽地失聲痛哭，衆人心知不妙，往躺在地上的烏達望去，果然已斷了氣。

項少龍心中一動，攔著要撲過去的諸衛，冷喝道：「讓我盡點人事！」

他想起的是二十一世紀學來的救急方法。烏達一向身強力壯，利箭亦未傷及要害，這刻忽然噎氣，可能是因失血過多，心臟一時疲弱下失去功能，未必救不回來。當下使人把他放平，用手有節奏地敲擊和按壓他的心臟，只幾下工夫，烏達渾身一震，重新開始呼吸，心臟回復跳動，連做人工呼吸都省掉。

紀嫣然等看得瞪目以對，不能相信眼前事實。

項少龍取出匕首，向烏達道：「千萬不可睡覺，否則你就沒命。」

他狠著心，把箭簇剜出來，紀嫣然等立即給他敷上止血藥。然後指使眾人砍削樹幹以造擔架床，烏舒等見他連死了的人都可弄活過來，哪還不信心大增，士氣激振。

紀嫣然和趙致為烏達包紮妥當後，來到項少龍旁，後者崇慕地道：「夫君大人眞有本領，竟把死去的人救活過來。」

紀嫣然道：「我對我們夫君層出不窮的本領，是見怪不怪。」秀眸環顧深黑的山林荒野，低聲道：「我們一直疏忽了一個人，項郎猜到是誰嗎？」

項少龍正苦思脫身之計，聞言脫口道：「杜壁！」

趙致「啊」的一聲，叫了出來。

紀嫣然道：「正是此人，這次高陵君的人馬能神不知鬼不覺前來舉事，必有他在背後大力支持。」

項少龍恍然道：「我明白哩，他一直在旁窺伺，假若高陵君成功，他就出來混水摸魚。可是現在卻以為我眞的是奉命出來調查與高陵君勾結的人，遂乘機吊著我們的尾巴，找尋殺死我們的機會，哼！」

紀嫣然輕嘆道：「由於我們從沒有想及杜壁那方面的人，故而粗心大意，致陷身眼前田地。不過亦可由此看出這次跟蹤我們的不應該有太多人，但卻無一不是高手。」

趙致臉色煞白，咬著唇皮道：「還有兩個多時辰就天亮了，怎辦好呢？」

此時烏言著、荊善等弄好擔架，把烏達放了上去，正等候項少龍的指令。

項少龍湊過去吻紀嫣然的臉蛋，欣然道：「就憑嫣然的一句話，救了我們所有人。」再向眾人道：

「今天敵人之所以要射殺烏達，是由於本身人手不多，不能把整個山林徹底封鎖，故施下馬威，好教我們不敢逃走。」

眾人聽得精神一振，不過旋又感到頹然，現在四周一片黑暗，既不利敵人進攻，也不利他們逃走，因爲誰都看不清楚路途方向。

項少龍沉聲道：「敵人若想以有限的兵力阻截我們，必須占據高地以控下，我們就沿溪涉水從低地溜走，既不怕迷路，更可利用溪澗兩邊高起的泥阜躲避敵人箭矢。」再微微一笑道：「若沒有燈火，盲目發箭何來準繩可言？」

眾人牽著馬兒，涉著深可及腰的溪水，緩緩前行。在這種惡劣的情況下，盡顯衆鐵衛幾年來軍事上的嚴格訓練，沒有半點白費。爲掩人耳目，烏家精兵團八成的集訓均是在晚間摸黑進行，這麼的涉水而行，只是非常小兒科的事。更難得是二十多匹戰馬一聲不響，乖乖地隨著眾主人逃生。在前方的是高舉木盾的烏舒和荊善兩人，後者最擅長山野夜行，由他探路最是妥當。另有兩人負責運送身受重傷的烏達，一人牽引馬兒，其他人包括紀嫣然和趙致在內，無不手持弩箭，只要任何地方稍有異動，立即撥動機括，毫不留情。

無驚無險、不動聲色地潛行十多丈後，眾人知道關鍵的時刻來了，把警覺提高至極限。猶幸地勢微往下斜去，溪流更有高低，流水淙淙，把他們涉水之聲掩蓋。四周林木高密，樹頂雖隱見星輝，可是溪內仍是伸手不見五指的黑暗，溪旁泥土腐葉的味道，充盈空氣間。

荊善憑像野獸般靈銳的感覺，領著眾人緩緩前行。再走十多步，溪床低陷下去，兩岸在爾消我長下，土崖高出水面足有丈許之多。這處的林木更趨濃密，不見半點星光，令人睜目如盲，使人只能藉聽覺和感覺去移動。就在此時，強烈的咳嗽聲在左岸近處響起來。眾人嚇得停下來，提高戒心。他們雖一直有心理準備會碰上敵人，但卻沒想到會如此突如其來，事前沒有半點徵兆。在凹陷下去的地勢裡，若敵人居高發動亂箭攻擊，他們肯定無人能活著離去。此時只要其中一匹馬兒輕嘶一聲，大伙兒都要完蛋。幸好現在他們固是看不到敵人，敵人也見不到他們。

右處另一起聲音響起，先罵兩句，才道：「想嚇死人嗎？把遊魂野鬼都要咳出來。」

左岸另一人低笑道：「你們都給項少龍嚇怕了，整晚在提心吊膽，照我看被我們射倒他的人後，就算有天大的膽子他都不敢再亂撞亂闖，更何況我們在主要的地方布下拌馬索，連水道都沒有放過。」

河裡一動都不敢動的諸人聽得汗流浹背，大叫好險。荊善趁岸上敵人低聲說話，心神分散的最佳時刻，把木盾交給烏舒，自己拔出匕首往前摸去，一連割斷三條拌馬索，清除所有障礙。正要繼續潛行，足音由左方山林傳至。

不一會敵人的傳信兵抵達道：「白爺有命，天亮時立即照早先定下路線進攻。誰能割下項少龍人頭，賞五百金，生擒紀才女者，賞一千金，清楚了嗎？」

溪裡諸人聽得呆了起來，想不到紀嫣然的身體比項少龍的人頭價值竟高出一倍。但這時哪還有心情和敵人計較身價，在荊善帶路下，各人愈去愈遠。

天明時，各人離開險境足有兩里之遙。他們爬上一座山丘之頂，遙遙窺視敵人。烏達的情況穩定下來，使各人心情轉佳。眾鐵衛分散四方，荊善等更爬上樹頂，擴闊視野。山下草原無垠，林海莽莽，草浪中隱見河道，一群群的飛鳥，際此春光明媚的時刻，横空而過，構成一幅生氣盎然、有聲有色的大自然圖畫。

項少龍和兩位嬌妻伏在一塊大石後，暗嘆雖是美景當前，卻無觀賞之閒，紀嫣然在他耳旁細語道：「昨晚敵人不是提過他們的頭領是姓白的嗎？杜壁的家將裡有個叫白飛的人，在秦國相當有名，本是縱橫北方的馬賊，但因開罪匈奴王，後來投靠杜壁。這人最擅追蹤暗襲之術，若眞是此人，我們將非常危險。」

項少龍訝道：「嫣然爲何對杜壁的人這麼熟悉呢？」

紀嫣然柔聲道：「人家關心你嘛！你沒時間做的事，只好由爲妻代勞。別看清姊深居簡出，事實上她很留心國內國外的所有事情，杜壁的事是由她那裡探問回來的。」

項少龍凝神看著昨夜紮營的地方，沉聲道：「若是如此，我們將有暗算白飛的機會，只要看是誰領路往這邊追來，那人定是此君，覷準機會給他來記冷箭，將會去掉我們所有煩惱。」

太陽在東方地平露出玉容之時，遠方人聲馬嘶中，約五百多敵人分成五組，穿林越野往他們追來。領頭的一組人數最少，只約五十多人，行動迅速。更令人驚異的是他們只在項少龍等人捨溪登岸處逗留半盞熱茶的工夫，便準確無誤地循著他們走過的路線追躡而來，看得他們心生寒意。不過白飛既是馬賊裡的佼佼者，這點本領就不足爲奇。

紀嫣然持著的是特製的強弩，須以腳蹬上箭，射程可及千步，現在居高臨下，射程自然大幅增加。由於白飛理該帶頭領路，所以只要看到誰走在最前頭，便知這一箭該送給誰。看著敵人由遠而近，各人的心都提到咽喉處，呼吸困難。若不能射殺白飛，由於對方乃追蹤的大行家，人數多逾廿倍，個個身手高強，他們又因有烏達的累贅，情勢的凶險，縱使是最沒有想像力的人，也可想到面臨的險惡情況。兩里多的路程，白飛只略停三次，逕直進入射程之內，但因林木的掩阻，始終沒有發箭的機會。白飛亦是非常人物，總在有林木遮掩的地方穿行，教人無法找到下手的良機。白飛這類殺戮無數的凶人，能活到今天自有他的一套本領。

就在此時，白飛剛到達一座疏林裡，紀嫣然哪還猶豫，忙扳機括。豈知機括聲響的同時，白飛竟翻身避開，弩箭在馬背上掠過，投進草叢裡。機括連響，烏言著等衆鐵衛的弩箭飛蝗般投去，白飛的座騎立時中箭倒地，卻再看不到白飛的蹤影。這時才知白飛的耳朵和他的眼睛、鼻子同樣厲害。敵人一陣混亂，紛紛躍下馬背，四散躲藏。

項少龍心中一嘆。未來的日子將會在貓捉老鼠式的艱辛中度過，一個不好，就要栽在杳無人跡的荒野裡。

戰馬一聲長嘶，前蹄先往下跪，才往地上傾山倒柱般仆下去，把趙致拋在草原上。項少龍等紛紛下馬，把早疲乏不堪的趙致扶起來。項少龍吩咐把給綁在馬背擔架上的烏達放下來，心中不由一陣茫然。他們日夜不停地逃了三天三夜，仍沒法撇下時近時遠、緊追不捨的敵人，現在最令人擔心的事發生了，終有戰馬支持不住。在地平線遠處是橫亙前方的秦嶺，布滿摺皺紋的山嶺，使人更感心疲力累。但只要能逃到那裡去，生存的機會勢將大增，不似在平原上躲無可躲，避無可避。只恨要到那裡去，即使戰馬處在最佳的狀態裡，沒多來個三天三夜絕辦不到。看著秦嶺一個連一個積雪的峰頂和把他們分隔開的草原，眾人禁不住生出望洋興嘆的頹喪感覺。

偵察敵情的荊善返回來報告道：「看塵頭敵人仍在五里之外，速度減緩下來。眞氣死人了，我們已經以種種手法布置蠱惑他們，但均被白飛那渾蛋識破，沒有上當。」

項少龍心煩神困，過去看望正由紀趙二女負責換藥的烏達。

紀嫣然起來把項少龍拉到一旁道：「烏達全身發熱，神智迷糊，若再顚簸趕路，我怕他會捱不到秦嶺。」

項少龍煩上加煩，朝秦嶺望去。連綿數百里的大山脈，像由大自然之手般畫下秦楚間的國界，只要能到那裡去，大有機會憑地勢且戰且走，往與滕翼等會合去。但由於要躲避敵人，故未可依照原定路線行軍，現在究竟身在何處？誰都弄不清楚。

紀嫣然見他呆望秦嶺，明白他的心意，指著其中一個明顯高出的積雪峰頂道：「若我沒有猜錯，那該是秦嶺第一高峰太白山，照這麼看，我們往東偏離原本路線近百多里，難怪沒有追上滕二哥。」

即使在這種情況下，這絕世美女仍不失她慵懶優雅的楚楚嬌姿。聽著她令人舒服至直入心脾的悅耳聲音，項少龍鬆弛下來，同時豪情湧起，吩咐各人暫作休息，拉著紀嫣然走上附近一處小丘之上，縱目四顧。太陽沒在秦嶺之後，扇射出千萬道夕照的餘暉。東北方來的敵人顯然並不比他們好多少，停了下來，隱隱傳來馬嘶之音。一道河流由西北而來，朝東而去，在左後方蜿延而過。

紀嫣然道：「聽說太白山上有神泉，溫度可用來煮食，又可療傷生肌，若能到那裡去，烏達或有希望。」

項少龍道：「那是溫泉水，泉水吸收死火山岩漿的熱力，又含有大量的礦物質，故功效神奇。」

紀嫣然一呆道：「什麼是死火山和礦物質？」

項少龍知又說漏嘴，摟著她香肩道：「遲些給妳解說，當今首務，是要設法逃到秦嶺去。」指著往秦嶺流去的大河說：「假若嫣然是白飛，看到這麼交通方便的一條河，會有什麼主意？」

紀嫣然的俏目亮起來道：「當然怕你伐木造筏，順河溜掉。」

項少龍道：「妳會怎辦呢？」

紀嫣然道：「我會雙管齊下，一方面派人趁夜色摸黑過來，另一方面亦伐木造筏，好能以最快方法趕過來，假如先一步趕抵前方，我們將陷於前虎後狼、插翼難飛之局。」

此時遠方一處疏林宿鳥驚起，在天上旋飛亂舞，項少龍微微一笑道：「嫣然伐木爲筏一句話，可使我今晚穩操勝券。」

紀嫣然愕然道：「你眞要造筏逃生嗎？只是這裡林木稀疏，要造幾條可載這麼多人馬的筏子，沒有整晚工夫休想完成，那時敵人早來哩。」

項少龍的手移到她柔軟的腰肢處，貪婪地揉捏著，故作漫不經意的道：「我們不是心有靈犀一點通嗎？怎麼紀才女這次竟猜不中爲夫的心意呢？」

紀嫣然嬌吟一聲，投入他懷裡，用盡力氣抱緊他，心迷神醉道：「心有靈犀一點通，還有什麼情話可更令人著迷呢。」

芳心同時知道，愛郎在經過三日三夜有若喪家之犬的逃亡後，終於回復信心。事情起得太突然了，因失於戒備以致一時措手不及。但在這生死存亡的絕境裡，項少龍終於被激起鬥志。

今晚的月亮比三天前逃出險境之時，大上了一個碼，但由於厚雲積壓，夜色濃重，林野間更是殺機四伏。項少龍等伏在大河離敵較遠的對岸，勁箭上弩，蓄勢以待。戰馬被帶往遠處，儘量予牠們休息的機會。當彎月抵達中天，宿鳥在敵人方向激飛天上，顯示敵人的地面部隊正潛往他們的方向來。此時雙方的戰馬均到了油盡燈枯的境地，欲行不得，靠的唯有是人的腳力。水聲響起，只見上游處出現十多條木筏的影子，順水飄來。果然是水陸兩路同時攻至。

項少龍等因有大河之險，完全不把對方陸路的攻勢放在心上，更因他們早前故意在另一邊離岸半里許處的疏林弄出聲響，營造出伐木造筏的假象，敵人不知就裡下，定以該處爲進攻目標，待知道中計，他們已有足夠時間收拾沿河攻來的敵人。若他們與敵比賽造筏的速度，由於人數上太吃虧，可說必輸無疑。現在看對方在短短幾個時辰內造了十多條筏子，當知其況。不過對方雖多達五百人之衆，但要有此效率，則必須把全部人手投進去，而且筏子造好立即發動攻勢，中間全無休息的時間，更兼急趕三日三夜路，可肯定對方定是人人疲不能興。而他們至少多休息幾個時辰，只是在這方面的比較，對他們已非常有利。

不用項少龍吩咐，所有箭鋒都朝向敵筏，居高臨下，占盡優勢。他們雖只有二十人，卻廣布在近百丈的崖岸上，以石頭樹叢隱起身體，先立於不敗之地。

木筏上隱見幢幢人影，他們俯伏筏上，外圍者以盾牌護著身體，內圍者則彎弓搭箭，嚴陣以待。項少龍等悶聲不哼，任由敵人自遠而近。五丈、四丈、三丈——第一條筏子進入近距離射程，其中兩人左右撐出長竿，以免筏子撞到岸旁的大石去，尤其是這段河水石頭特多、水流湍急。項少龍揀這河段埋伏，自有一定的道理。

對岸那故弄玄虛的疏林處，忽地響起漫天喊殺聲，火把熊熊地燃點起來，照紅半邊天。項少龍知道是時候了，一拉機括，弩箭破空而下，第一條筏子上那站著撐竿的敵人發出撕心裂肺的慘叫，被勁箭帶得倒跌入河水裡，揭開這邊的戰爭序幕。敵人驚而不亂，紛紛高舉盾牌，勁箭盲目的往兩岸射去，當然射不中任何人。項少龍正是要他們如此，再沒有發射弩箭，只是口么喝作態。

驀地慘叫紛起，只見第一條筏子上的人紛紛翻騰橫飛，掉往水裡去。原來項少龍在河流彎道處以十多條巨籐攔河而繫，筏子上的人撞上巨籐，加上筏子有若奔馬的速度，哪還留得在筏上。弩箭這才發射。

第二條筏子的人遇上同樣的命運，紛紛給撞進水裡，盾牌弓箭都不知掉到哪裡去了。一排排的弩箭射進河中，鮮血隨慘叫聲不斷湧出來，和那兩艘空筏子同時往下遊流去。第三條筏子見勢色不對，忙往一旁靠去，豈知後來之筏留不住勢子，猛撞在前一筏上，登時又有人掉進水裡去，筏上的人東翻西倒。箭如雨發下，加上對方人人身疲力盡，紛紛中箭倒下。

河道寬不過兩丈，給兩條筏子橫攔在前，尾隨的十多條筏子立即撞成一團，加上慘叫連連，人心惶惶下，紛紛跳水逃命。再有兩條空筏飄往下遊去。項少龍知是時候，打個招呼，領著衆人凱旋而去。狂奔近半里路，遇上在下游的烏光和烏德兩人，後者喜報道：「夠到四條筏子，可以走哩。」

筏子順流而去，趙致興奮得狂吻項少龍。

紀嫣然嘆道：「這一著克敵借筏之計，只有項郎才可以想出來，這回除非白飛眞的會飛，否則休想再追上我們。」

項少龍仰首觀看天上壯麗的星空，微笑道：「別忘了他們仍有近十條木筏，不過若以每筏十五人計，他們最多只有百多人繼續追來，幸好我們無一人不是能以一擋十之輩，儘管來的全是高手，我們打個折扣以一擋五，又欺他們身疲力怠，就在秦嶺處再教訓他們一頓，便可乘機好好休養，留點精神欣賞秦嶺的冰川，亦是一樂。」

旁邊的烏言著等聽得目瞪口呆，想不到項少龍大勝後仍不肯罷手。旋又摩拳擦掌，因為這幾天實在受夠了氣。忽然間，他們反希望敵人追上來。愈往秦嶺去，林木愈趨茂密。本要三日完成的路程，只一晚就走完。清晨時分他們棄筏登岸，故意走了一段路，安置妥當烏達和馬兒後，留下趙致和烏光兩人看守，其他人折回登岸處，以裝妥的弩箭恭候敵人大駕。

項少龍和紀嫣然兩人舒適地靠坐在一推亂石後，肩頭相觸，不由湧起同甘共苦的甜蜜感覺。

項少龍見嬌妻眼睛亮閃閃的，問道：「我的才女想著些什麼呢？」

紀嫣然把頭枕到他肩上去，嬌痴地道：「我在想假若當年人家不放下矜持，厚顏以身相許，現在仍是悶在大梁，且還要苦念著你，那就慘透。」

項少龍一陣感動道：「我定會被沒有紀才女為嬌妻這大缺陷折磨終生。」

紀嫣然哂道：「你才不會呢？男人不但以事業為重，又天生見一個愛一個的性情，不要哄人家哩。」

項少龍失笑道：「這麼想於妳沒有半點好處，而且我說的全是肺腑之言，別忘記妳比我的頭顱還要多值一倍的黃金呢。」

紀嫣然憤然道：「杜壁竟是這麼一個人，要了人的命還不夠，還想辱人之妻，遲些我定要找他算賬。」

烏鳴暗號傳至，敵人終於來了。

不知是否昨晚在碰撞下壞掉幾條筏子，來的只有七條木筏，每筏上擠了足有二十人，壓得筏子全浸在水裡去，速度緩慢。筏子剛拐彎，立即撞上項少龍等棄下故意橫擱河心三條綁在一起的筏子去，登時亂成一團，七條筏子全攪到一塊兒。其中三條筏子更傾側翻沉，狼狽不堪。一翻擾攘下，敵人紛紛跳下水裡，往岸邊爬上來。

項少龍一聲令下，伏在四周的諸鐵衛立即發箭。正如項少龍所料，敵人三日三夜未闔過眼睛，再勞累整晚，士氣大降，驟然遇上伏擊，人人四散逃命，失去頑抗之心。鮮血染紅了河水，登岸的人固避不開弩箭，水裡的人更逃不過大難，轉眼間近三十人中箭，百多人潰不成軍，紛往上游逃去。混亂之中，亦弄不清楚誰是白飛。

項少龍拔出血浪，領頭撲出，向僥倖爬上岸來的十多人殺去。敵人不知是否懾於項少龍威名，一見他出現，更是無心戀戰，一個不留的跳回水裡，拚命往上游泅逃，情況混亂之極，預期的激戰並沒有發生。項少龍阻止手下追殺敵人，施施然離開。四日來的追殺，終於告一段落。

秦嶺上高澗流泉，草木繁茂，最奇特是高山上的湖，使人馳想著不知在若干年前，當冰川消退後在冰斗槽谷內集水而成的奇妙過程。愈往上走，氣候愈冷，風疾雲湧，青松宛如飄浮在雲海之內。由於偏離原本路線不知多少里，這時其實早迷了路。不過在重創敵人之後，心情興奮，更怕敵人後援追來，不得不倉卒入山，抱著只要越過秦嶺，便可抵達楚境的心情，到時再作打算。黃昏前左攀右轉，在一個霧氣濃重的低谷紮營。人人換上禦寒皮裘，努力工作，衆鐵衛有些劈樹生火，一些取出草料餵飼馬兒。紀嫣然兩女負責爲烏達換藥。烏達醒轉過來，知已脫離險境，高興和感動得掉下淚來，心情大有好轉。

荊善和烏舒兩人打了一頭山鹿回來，興奮地報告在谷外發現溫泉，更添歡騰熱烈的氣氛。紀嫣然和趙致一刻的耐性都沒有，命令荊善、烏光兩人起烏達，扯著項少龍往最大的溫泉出發。出了谷口，眼前豁然開朗。無數山峰聳峙對立，植物依地勢垂直分帶，一道泉水由谷口流過，熱氣騰升，他們逆流而上，不到二百步在老松環抱間發現一個闊約半丈的大溫池，深十餘尺，有如山中仙界，瑰麗迷人。溫泉由紫黑色的花崗岩孔中涓涓流出，看得衆人心懷大暢。

「噯喲！」趙致猛地縮回探入泉水裡的手，嬌嗔道：「這麼熱！怎能洗澡啊！」

烏舒恭敬地道：「讓小人回去拿桶子來，只要取水上來，待一會水冷了，便可應用。」

紀嫣然一臉惋惜道：「若不把整個人浸在池內，會大失情趣哩！」

項少龍笑道：「才女和致致請放心，我們只是走錯方向，若往下走，泉水必另有結聚之處，由於暴露在空氣中久了，所以溫度該會適合。」

兩女心情登時好起來，帶頭往下流尋去，往低處走近五百多步，攀過幾堆分布有致的大石，一個翠綠色的大潭仿似一面天然寶鏡地嵌在一個石台上，四周林木深深，潭水清澈，熱氣大減。兩女一聲歡呼，探手湖水，發覺項少龍所料不差，果然是人類能忍受的溫度，差點便要躍進潭水去。烏光兩人放下烏達，兩女爲他脫掉上衣，取溫潭之水爲他洗濯傷口。

項少龍見他傷口痊癒了七、八成，心懷大開道：「只要小達退了燒，該很快復原。」

烏達被熱水沖洗傷口，舒服得呻吟道：「兩位夫人，小人想整個浸到潭內去行嗎？」

紀嫣然俏臉微紅地站起來，向荊善兩人道：「聽到你們兄弟的要求嗎？還不來侍候他。」

兩個小子應命而至，爲他脫衣服時，項少龍和兩女移到潭子另一邊的高崖處，悠然坐下，欣賞廣闊壯麗的山景。泉水下流處，是個深達百丈的峽谷，懸崖峭壁對峙兩旁，松柏則矗立於峭壁之巓，在昏暗的夕照餘暉中，陣陣霧氣在峰巒間飄搖，景色之美，令人心迷神醉。兩女在左右緊挽項少龍臂膀，一時說不出話來。

看了一會，項少龍道：「嫣然曾到過楚國，對她的歷史熟悉嗎？」

紀嫣然橫他既嗔且媚的一眼，沒有說話，項少龍正摸不著頭腦，不知自己說錯什麼之時，趙致解圍道：「夫君大人竟敢懷疑嫣然姐胸中所學，該被痛打一頓。」

背後傳來烏達舒服得直沁心脾的呻吟聲，項少龍扭頭看去，赫然發覺包括荊善和烏光兩人在內，都赤條條浸浴潭內，還向他揮手表示箇中快慰的情況，啞然失笑道：「好娘子紀才女請原諒爲夫口不擇言，請問楚國有何輝煌的歷史呢？現今的國勢又是如何？」

紀嫣然回嗔作喜，以她清甜的聲音道：「楚國確曾強極一時，幾乎霸占了南方所有富饒的土地。」接著眼中射出惘然之色，不知是否想起自己亡故了的國家，因爲越國最後正是給強楚吞併的。

項少龍俯頭過去吻她臉蛋，愛憐地道：「青山依舊在，幾度夕陽紅，往者已矣！嫣然不要多想。」

紀嫣然和趙致同時動容。項少龍又知自己盜用「後人」的創作，苦笑長嘆。

紀嫣然讚嘆道：「青山依舊在，幾度夕陽紅，寓意深遠，使人低徊感慨，誰可比夫君大人說得更深切呢？」

趙致意亂情迷道：「夫君坐對夕陽，出口成章，眞是了得。」

項少龍心叫慚愧，岔開話題道：「嫣然還未說出目下楚國的形勢哩！」

紀嫣然美目凄迷，遙觀夕照，像夢遊般囈語道：「楚懷王末年，秦用商鞅變法致強，其連橫兼併政策節節勝利，楚的合縱抗秦卻是著著失敗。丹陽、藍田二役，均爲秦大敗，最沉重的打擊是失掉漢中和商于六百里之地，而魏則乘機攻打楚鄰的鄭國，至此楚國把整個國策改變過來，此後有得有失，夫君大人須知道其中細節嗎？」

她的描述精簡扼要，項少龍雖不知丹陽、藍田，又或漢中和商于在什麼地方，亦可猜出個大概。點頭道：「橫豎那三個小子怎也不肯這麼快爬上來，我們便當是閒聊。」

趙致不知道烏光和荊善都進了潭水，忍不住扭頭望去，一看下俏臉飛紅別回頭來。項少龍暗忖若窺看的是趙雅或善柔，定不會像她般害羞，說不定還會調笑兩句，不由念起她們，心中火熱。

紀嫣然道：「楚懷王受騙來秦，困苦而死，楚國自此一蹶不振。頃襄王登位，再無力往東北擴張，像以前般不斷蠶食土地，轉而開拓西南，派大將莊蹻循沅江入滇，出且蘭，克夜郎，建立起一群受楚統治的諸侯國。就是靠滇地的支援，楚人續向西南擴展，占領巴、蜀兩國大片土地，勢力直達大江兩岸。」

項少龍開始明白爲何楚人屢次在諸國抗秦一事上臨陣退縮，皆因無暇北顧。

趙致奇道：「對楚人該是好事，爲何嫣然姐姐卻說他們有得有失呢？」

紀嫣然道：「國土大增，固是好事，卻須有強大的軍力作支持，楚人爲秦人所迫，先後三次遷都。像秦人占領巫、黔兩郡後，莊蹻等楚貴族各自稱王，滇、夜郎、岷山，且蘭、筰等侯國互不統屬，頃襄王雖曾向秦反攻，奪回江旁十五邑以爲郡，仍然處於挨打的局面。所以現今孝烈王被迫納州于秦以求和，失去一半國土，還須向東南遷都於鉅陽。此後雖再滅魯國，但對著秦兵時仍是頻頻失利，地方勢力又大盛，只得再往東南移都於壽春。青陽以西之地盡入大秦之手，現在只能苟延殘喘，所以每當李園向我說及他振興楚國的計畫，我半句都聽不入耳。」

趙致道：「李園眞糊塗，茫不知嫣然姐最不喜歡楚人。」

紀嫣然道：「也不可以這麼說，雖說有亡國之恨，但這數百年來一直是強國吞併小國的歷史，若以滅國多少論，楚人大可稱冠，統一東南半壁江山，在中原文化上影響最爲廣闊深遠，亡我越國後，影響力更沿大江擴展到下游以至淮、泗、南海等地。」稍頓續道：「中原沒有任何一國的文化比楚人更多姿多采，其中一個主要原因，是楚人吞併幾十個國家和部族，透過通婚把各種文化融合在一起。但在政治上卻成爲負擔，現今各國之中，以楚國的地方勢力最是強大，很多時孝烈王也不能說做就做，楚國在抗秦一事上反覆搖擺，背後實有說不出來的苦衷。」

與嬌一夕話，勝讀十年書。項少龍的思域立時擴大至整個在當時代仍不存在的「中國」去。想到將來小盤的秦始皇把這麼多不同的國家、文化、民族和人才統一在他旗幟之下，頓感天遙地闊，頗有因自己一手造就秦始皇出來那睥睨天下波瀾壯闊的感覺。

獵獵聲中，烏達等三人浴罷爲他們點起火把，以紅光代替昏黑的天色。兩女歡叫著跳起來，烏達像脫胎換骨般容光煥發，已能在攙扶下離去，看得項少龍嘖嘖稱奇。現在這溫潭成爲他們私有的天地，看著兩女寬衣解帶，項少龍立時燃起愛火，隨她們投進火熱的潭水內去。

攀高折低，上坡下坡。

在秦嶺趕近五天路後，眾人才眞的知道迷了路。秦嶺雖仍是峰峰成景，景景稱奇，但他們已失去欣賞的心情，尤其晚上野狼嗥叫聲忽近忽遠，就像無時無刻不在旁窺伺，更使他們睡不安寧。唯一的好事是烏達逐漸康復過來，可以自己走路，大大減輕實質和心理上的負擔。項少龍本身有豐富的行軍經驗，曉得認準了日月星辰，朝著東南方而去，才心頭稍定。知道橫越秦嶺之日，應是抵達楚境某處之時。

再兩日行程，跌死兩匹戰馬後，地勢始往下延伸，氣候溫暖起來，再見不到使人心寒體冷的原始冰川。松樹再不積雪，使他們心情轉佳。這晚他們找了個靠山的台地紮營，吃過晚膳，除值夜的人外，其他人躲進營裡去。山中無事，項少龍放開心情，和兩女更是如魚得水，毫不寂寞。紀嫣然與項少龍獨處時雖是浪漫多情，但在項少龍與其他妻婢前卻非常矜持，更不要說同室歡好。但在眼前這種特殊的情況下，更由於與趙致再無隔閡，亦把自己開放了來接受帳幕裡的現實，教項少龍享盡艷福。

當他們相擁而眠，趙致道：「今晚的狼群爲何叫得特別厲害呢？」

項少龍側耳細聽，發覺狼嗥的聲音集中在東南方的低坡處，雖感奇怪，但若要他離開溫暖的被窩、動人的嬌妻和帳幕，卻是絕不會幹的事。遂笑道：「或許是因知道有長著最嫩滑嬌肉的兩位可口佳人，快要離開牠們，所以特別舉行一個歡送會吧！」

兩女乘機撒嬌，在被窩裡扭作一團，箇中情景，實不可與外人道。不可開交之時，狼嗥聲中，忽傳來有人喝叫的聲音，混亂之極。項少龍跳將起來，囑兩女留在營中，匆匆趕出去。兩女不是不想跟去，只恨仍是疲軟無力，唯有乖乖留下。

項少龍撲出帳外，全體人均到了帳外候命，項少龍吩咐其他人留下看守營地，點著火把，與荊善、荊奇、烏光、烏言著和烏舒五名最得力的手下，朝人聲來處趕去。

攀過一座山頭，衆人手持弩箭，走下長坡，狼嘷狽號的聲音清楚起來，使他們知道狼群正在對某一目標物展開圍攻。尚未抵達長達三十丈的坡底，十多條狼嗅到他們的氣味，掉頭往他們撲來。牠們全速飛撲，像十多道電火般朝他們衝至，白森森的牙齒，反映著火光的瑩綠色眼睛，看得他們毛骨悚然。六枝弩箭射出，六頭野狼於慘嘶聲中倒跌回坡底的幽谷去，仍有近十頭狼蠻不畏死往他們衝來。時間再不容許他們裝上弩箭，人人抽出配劍，向狼群照頭照面劈去。鮮血激濺，野狼慘號。

那些野狼靈動之極，幸好六人個個身手高強，重要部位更有護甲保護，但仍感窮於應付。項少龍剛斬殺一頭野狼，另一頭狼已由側離地竄起，往他咽喉噬去。項少龍大喝一聲，右腳撐出，正中惡狼胸口，豈知惡狼竟低頭咬在他靴子上，幸好迴劍畫中惡狼雙目，惡狼慘嘶跌退，靴上已多了兩個齒印，可知狼牙如何鋒利。荊善和荊奇兩人狩獵慣了，最是了得，不但絲毫不懼，還大喝衝前，劍揮腳踢，藉著斜坡居高壓下之勢，加上霍霍揮舞的火把，把其他新加入搶上來的惡狼硬趕回去。烏光一聲悶哼，給一頭由側撲來的惡狼衝倒地上，這小子一向自恃力大，使出狠性，硬把整隻惡狼拋飛往斜坡旁，撞在一堆亂石處，但手臂衣衫盡裂，鮮血流下。

項少龍一腳踢翻另一頭想撲噬烏光的惡狼之時，十多頭狼已死的死、傷的傷，逃的逃了。環目一看，除荊善外，無一人不或多或少被咬傷抓傷，禁不住心中駭然，想不到這些野狼如此悍狠厲害。狼嘷聲明顯減少，坡底隱隱傳來呼叫聲。

衆人想不到會在深山窮谷遇到別的人，好奇心和同情心大起下，不顧惡狼的兇悍，結成陣勢，搭上弩箭，趕下坡去。坡下地勢平坦，四面環山，近百條餓狼聚在東端，不斷要往石坡上衝去。坡頂隱見火光，但卻接近柴盡火滅的地步。由於藏在暗影裡，只聽到人聲，卻不見人影。

餓狼見有人趕至，戒備地散開去，幾頭衝來的都給弩箭射倒。這次衆人學乖了，一邊以火把驅趕狼群，一邊裝上新弩箭，連珠發射。惡狼一隻接一隻倒下，當荊善和荊奇兩人帶頭來到矮石坡底，狼群散往遠處，不敢靠近。荊善等卻殺出癮頭，不住追逐射殺，大大出了先前那口惡氣。

項少龍知狼群怯了，放下心來，往上大叫道：「上面是何方朋友，有人受傷嗎？」

一個人影現身坡頂，抱拳道：「多謝各位壯士援手之恩，我們有三人被狼咬傷，幸均沒有生命之險，只要再取枯枝，生起火頭，當可捱至天明。」

項少龍聽他措詞得體，但卻似是有難言之隱，又或對他們生出提防之心，所以沒有邀他們上去見面，亦不見怪，大聲道：「既是如此，我們負責把狼群趕走，讓兄台可以下來取樹生火。」

向衆人打個招呼，繼續趕殺狼群去也。

次晨醒來，兩女早起身離帳。項少龍因昨晚殺狼驅狼，辛勞半晚，到太陽昇上半天方爬起身來。仍在梳洗當兒，有人客來了。那人生得方面大耳，形相威武，一身武士服，顯是身手高明之輩，包紮著左臂，該是昨晚抗狼的戰績。

知道項少龍是頭領，那人趨前道：「鄙人莊孔，不知壯士高姓大名，昨晚未曾請教恩公大名，後受夫人重責，今早特來請罪。」

項少龍見他依然沒有表露身分，更悉對方有女眷隨行，大訝道：「兄台既不肯表露身分行蹤，爲何又要上來探聽我們的來歷，不如大家各若萍水相逢，就此分道如何。」

莊孔想不到項少龍如此直接了當，又點出自己故意隱瞞來歷，大感尷尬，不過他也是非常之人，汗顏道：「恩公責怪得好，只恨奉了夫人嚴命，不得隨意表露身分。不過我一見恩公，便心中歡喜，可否讓鄙人先向夫人請示，回頭再見恩公。」

紀嫣然和趙致拉著手由林木處回到營地來，看得莊孔兩眼發呆，顯是想不到能在此等地方，見到如此絕代佳人。

項少龍笑道：「此事大可免了，我們有急事在身，須立即起程，就這麼算了吧！祝莊兄和貴夫人一路順風。」

莊孔嚇得收回目光，懇切地道：「恩公是否要進入楚境呢？」

紀嫣然兩女見項少龍和人說話，已知事情大概，站在一旁靜心聆聽。

項少龍一呆道：「這處下去不是漢中郡嗎？應仍屬秦國的土地才對。」

莊孔愕然道：「恩公怕是迷路了，此處乃秦嶺支脈，橫過漢中、南陽兩郡，直抵楚境，若方向正確，還有五天路程，鄙人曾走過兩趟，定不會錯。」

項少龍不禁心中大罵杜壁，若非給他的人迫離路線，早在十天前該趕上滕翼，現在卻到了這鬼地方來。想起來時的艱辛，再沒有回頭的勇氣。現在唯有先進楚境，再設法去與滕翼會合。嘆道：「你們也是要到楚國去嗎？」

莊孔道：「正是如此，若壯士不嫌棄的話，可結伴同行，路上大家好有個照應。」

項少龍暗忖對方給昨夜的狼群嚇怕，沉吟片晌後道：「你們共有多少人？」

莊孔道：「除夫人外，還有五名女眷，一個小孩和包括鄙人在內的十五名侍從。」

項少龍心想若沒有莊孔帶路，尚不知要走上多少冤枉路。只要一出秦嶺，立道再見珍重，該不會有什麼問題吧，遂點頭答應。莊孔大喜，連項少龍姓甚名誰都略過不問，約定一會後在坡底會合，匆匆去了。

紀嫣然含笑而來道：「看他衣著款式，說話口音，此人乃楚國貴族，夫君大人小心點。」

項少龍笑道：「暫時我叫項然，你是大夫人，致致是二夫人，這次到楚國是做生意，他們不相信也沒有法子。」

項少龍等拔營牽馬下坡，莊孔等十五男五女和一個小孩早在恭候。十五男中有小半人負傷，其中兩人頸面均見狼抓之痕，令人看得觸目驚心。若只憑觀察，稱得上好手的，除莊孔外，只有兩個人可勉強入圍。衆女大半戴上斗篷，以紗遮臉，雖隱約見到輪廓，卻不眞切。沒遮臉紗的兩婦粗壯如牛，容貌不算醜，卻毫不起眼。另三女姿態娉婷，一眼望去便知是出身高貴的仕女，在半遮半掩的臉紗裡，有種朦朧朧的神祕美艷。其中一婦身材特高，年紀亦以她最大，該已三十出頭，看來應是莊孔口中的夫人。小孩生得眉清目秀，雙目精靈，約在十一至十二歲之間，見到項少龍等人，張大好奇的眼睛打量他們。五女見他們到來，躬身施禮，眼睛卻落在紀嫣然二女身上。

夫人先發言道：「妾身夫君姓莊，壯士昨夜援手之恩，妾身沒齒不忘，未知先生高姓大名，好教妾身銘記心頭。」

項少龍來到她身前，依足禮數還禮，笑道：「在下項然，這兩位是我的妻子，這回是要到楚國去碰碰運氣，看看可否購得高質的黃金，想不到竟迷了路途，不過若非迷路，亦遇不上夫人和貴屬，這位小哥兒是否令郎呢？」

莊夫人在輕紗後的眼睛盯著項少龍道：「是小兒莊保義，她兩人是妾身的三妹和四妹尤翠之和尤凝之，其他是來自我府的僕從。」

兩女害羞地微一福身。

莊夫人目光落在紀嫣然臉上，似是若有所思，卻沒說出來，只道：「想不到山裡的野狼如此悍不畏人，我們已有防備，仍差點遭狼吻，幸有壯士解困。現在有壯士們同行，心裡踏實多了。」

項少龍看看天色，微笑道：「今天起身遲了，不若立即起程吧！」

莊夫人點頭答應，莊孔忙命人牽馬來，讓莊夫人三姊妹和小孩登上馬背，莊保義年紀雖小，卻在馬上坐得穩若泰山，毫無懼意。衆人於是開始下山，莊孔確沒有吹牛，果是識途老馬，省卻項少龍等不少工夫力氣。但因三女一孩均要人牽馬而行，故速度甚緩，這也是沒法子的事。一路上兩隊人間再沒有交談，只那莊孔不時指點路途上的風光，使項少龍有參加旅行團的優悠感覺。到晚上宿營之時，莊夫人等均躲在帳裡進食，更沒有說話的機會。這樣地走了五天路，楚境終於在望。

這晚如常紮營休息，項少龍則和紀嫣然二女和一衆鐵衛，圍著篝火，一邊燒烤打來的野味，隨口談笑。莊孔等則在營地另一端吃他們的乾糧，婉拒項少龍禮貌上的邀請。滿月高掛中天，照得附近山野一片金黃，遠方的雪峰，更是閃爍著神祕詭奇的異芒。間有狼嗥傳來，又使人感到寧靜平和的山野仍是危機四伏。

趙致如釋重負地道：「再過兩個山頭，我們可以踏足平地，眞恨不得現在立即天明。」

紀嫣然挨近項少龍輕輕道：「他們很緊張呢。」

項少龍望向莊孔等，果然發覺他們沉默得可以，又有點坐立不安，點頭表示同意，卻找不到可說的話。人家既不肯告訴你，問來也沒有用。況且到達楚境，自顧尚且不暇，那還有本領去理別人的閒事。

附近傳來一陣狼嗥，烏光向荊善笑道：「你的老朋友來哩，還叫你動手時不要留情，否則會用牙齒來和你親熱。」

荊奇神色凝重道：「我看狼群是來報仇。」

荊善亦皺眉不語。

烏言著奇道：「你當狼是人嗎，竟懂得記仇。」

荊奇道：「此事一點不假，馬有馬性，所以認得誰是主人；狼有狼性，故知道誰是仇人有啥稀奇。」

趙致膽子最小，心寒起來道：「那你們還不快想些應付的辦法出來。」

項少龍亦是心驚肉跳，因爲所處雖是靠崖台地，但三面斜坡，樹木繁茂，若竄幾十頭或幾百頭狼出來，確非是鬧著玩的一回事，有一挺重機槍會較保險些兒。

烏舒在衆鐵衛中最是冷靜多智，微笑道：「二夫人吩咐，敢不從命，不過可否待我們塡飽肚子，有了力氣才去工作。」

趙致嬌嗔地向項少龍投訴道：「烏舒這小子在耍人家，致致又沒說不讓他吃東西。」

項少龍哈哈笑道：「羊腿快給烤焦，還不取下來上盤，我的二夫人有東西吃，什麼都可忘掉。」

紀嫣然嬌嗔道：「致致是饞嘴鬼嗎？說得她這麼不堪，我要爲她討回公道。」

時間如此過去。膳後荊善等興高采烈去布置陷阱，一副唯恐惡狼不來的樣子，教人又好氣又好笑。

紀嫣然兩女亦去湊熱鬧，反是項少龍偷得空閒，一個人坐在篝火前發呆，思前想後，喜怒哀樂一一掠過心頭。就在此時，莊夫人揭帳而出，向項少龍盈盈而來，身穿素白的長襦衣，加上件白色的長披風，戴著一頂綴上明珠的帽子，垂下面紗，活像由幽冥來的美麗精靈。

項少龍有點愕然地望著她，直至她來到身旁施禮坐下，道：「莊夫人何故尚未安寢？」

在氣息可聞的近距離下，藉著火光，薄紗再無遮蔽的作用，只見她面上線條輪廓有種古典的優雅美態，雖及不上琴清的驚心動魄，已是難得一見的美人兒。

她水汪汪的眼睛反映篝火的光芒，爍動變化，專注地凝視項少龍，忽地幽幽一嘆道：「心中有事，怎睡得好呢？」

這麼多天來，項少龍尚是首趟和她如此接近地對話，不由湧起異樣的感覺。點頭道：「夫人的事不必告訴在下。」

莊夫人見他盯著自己的臉龐，低聲道：「壯士是否可以看到妾身的模樣。」

項少龍有點尷尬道：「在這角度和火光的映照下，確多少看到一點。」心中卻在嘀咕，這些話頗帶有點男女挑情的味道，難道她要色誘自己，好使他去爲她辦某一件事？莊夫人使他聯想到平原夫人和晶王后，像她們這種成熟和年紀較大的美麗女性，再不像少女時代的純潔，想法實際，最懂利用本身的條件，以美色去達到某一目的。

莊夫人垂下螓首，幽幽道：「壯士這次往楚，眞的是去收購黃金嗎？」

項少龍想不到她這麼直接了當，不敢遲疑答道：「人爲財死，鳥爲食亡，不是爲了黃金，誰願長途跋涉，僕僕風塵呢？」

莊夫人默然不語，似在咀嚼他「人為財死，鳥為食亡」兩句精警句子，好一會抬起頭來道：「項壯士出口成章，言之有物，當是非常之人，況且兩位夫人均為人間絕色，氣質高雅，貴屬更無一不是高手，若說會為區區財貨四處奔波，妾身應該相信嗎？」

項少龍矢口不認道：「黃金豈是區區財貨，夫人說笑。」

莊夫人輕紗後的美目一眨不眨盯著他，緩緩道：「既是如此，只要項壯士把我們護送往滇國，我便以千兩黃金酬謝壯士，妾身可立下毒誓，絕不食言。」

項少龍心中一震，想起紀嫣然說過由於楚人東侵受挫，故轉向西南開發，而主事者的大將莊蹻，正與莊夫人的夫君同姓。後來楚勢轉弱，莊蹻與其他諸侯坐地稱王，莊蹻不正是滇王嗎？愕然半晌後，淡淡道：「不知夫人和滇王莊蹻是何關係？」

莊夫人低聲道：「先王乃妾身家翁。」

項少龍暗忖看來又是一宗爭奪王位的王室悲劇，哪還有心情去聽，嘆道：「夫人的提議，確令人心動，不過千兩黃金並不易賺。我更不願兩位本是隨在下來遊山玩水的嬌妻冒上生命之險，恕在下有心無力。」

莊夫人也嘆一口氣，柔聲道：「我只是試試你吧！項少龍有烏家作後盾，哪會把千兩黃金放在眼內？」

項少龍苦笑道：「原來你早知我是誰，卻故意來耍我。」

莊夫人「噗哧」笑道：「像你那種相貌體型的人，固是萬中無一，紀才女更是瞞不過人，你們又都那麼名遍遐邇，妾身眞奇怪項先生竟以為可以騙過我們。」又微笑道：「若換過是一般男人，妾身或會以身體來換取你的幫助，但卻知這一著對你毫不管用。故而不若明賣明買，大家作個對雙方均有利的交易好嗎？」

項少龍忽然湧起古怪的感覺，莊夫人不但有平原夫人和晶王后的特質，還包含了趙雅在內的混合體，一副不怕妳不合作的俏樣兒，使人既感刺激又充滿挑逗性。深吸一口氣，收攝心神道：「坦白說，我倒看不出你可以用什麼東西來和我交易。」

莊夫人胸有成竹道：「項先生這次來楚，目標究竟是李園還是田單呢？若是後者的話，妾身不愁你不答應交易。」

項少龍立時瞪目結舌，須知自己對付田單一事，雖是很多人知道的祕密，亦只限於咸陽軍方與王族的一撮小圈子裡，莊夫人怎會知悉祕密？

莊夫人輕輕道：「項先生若知華陽夫人乃我的親嬸母，當不會如此吃驚。」

項少龍深吸一口氣道：「夫人是否由咸陽來的呢？」

莊夫人避而不答道：「先生請先告訴我這次是否為田單而來，若答案是『否』的話，妾身再無可與先生交易的條件，此事就此作罷。」

項少龍心念電傳，聽她語氣，似乎在田單一事的背後上大有文章，不由有點心動，嘆道：「夫人厲害，不如說來聽聽。」

莊夫人欣然道：「妾身信任先生是正直君子，縱使知道妾身的祕密，儘管不作交易，亦不會洩漏出去，是這樣嗎？」

項少龍苦笑道：「難道我項少龍會害你這些婦人和孺子嗎？」

莊夫人精神一振道：「我之所以知道這麼多祕密，皆因李園的心腹裡，有我的人在，先生現在明白吧！」

項少龍恍然大悟，莊夫人本身是楚人，又是莊蹻的媳婦，更是華陽夫人的近親，李園的心腹裡有來自她那系統的人，絕非不合理的事，難怪她會知道自己是要對付田單。

莊夫人微微笑道：「項先生可否拉起妾身的遮面紗，妾身要面對面告訴你一個夢想不到的祕密。」

項少龍皺眉道：「夫人乃身有所屬的人，我這麼做，恐怕於禮不合吧？」

莊夫人黯然道：「先夫已於五年前被叛軍在鬧市中斬首，妾身現在不屬於任何人，否則何須離鄉背井，避難秦國？若不是得華陽夫人維護，妾身早給楚人擒回去。」

項少龍嘆一口氣，揭起她的面紗，一張宜喜宜嗔，充滿成熟美女風韻的俏臉，呈現眼前。她的玉臉稍嫌長了點，可是由於粉頸像天鵝般優美修長，卻配合得恰到好處，形成一種特具魅力的吸引力。再加上下頷一顆有如點漆的小小美人痣，把一切平衡得完美無缺。她的眼睛果然是水汪汪的，可令任何男人見而心跳。古典的美態雖遜於琴清，卻多了琴清所沒有的大膽和野性，使人生出一見便想和她上床的衝動。難怪她要以面紗遮臉。

莊夫人見他目不轉睛打量自己，大感滿意，含羞道：「先生覺得妾身的容色尚可入眼吧！」

項少龍暗自警惕，她雖開宗明義表示不會色誘自己，其實一直都在這樣做著，不過也難怪她，以她如此一個弱質女流，爲了復國和讓兒子重登王位，除去天賦的本錢外，還可倚靠甚麼呢？可想像由亡國到現今的一刻，她必然曾多次利用美麗的身體，來換取男人的幫助。不由苦笑道：「夫人何須妄自菲薄，你還未說出那天大的祕密哩！」

莊夫人眼中掠過驚異之色，輕輕道：「到這時我才明白爲何寡婦清會對先生情難自禁，說話正代表一個人的胸懷修養，只聽先生談吐別出心裁，當知先生非常人也。」

項少龍暗叫慚愧，苦笑道：「復國爲重，夫人千萬別看上在下，致自招煩惱。」

莊夫人掩嘴媚笑道：「你對自己很有信心，但人家欣賞你也要心驚膽跳嗎？且還出言警告，唉！世間竟有你這類怕令女子傾心的男人，說出去絕不會有人相信。」

項少龍愈接觸莊夫人，愈感覺到她的誘惑力，此時忽然覺察到莊孔等都到斜坡處幫忙，營外的空地只賸下了他們這對孤男寡女，暗暗心驚，正容道：「在下洗耳恭聽。」

莊夫人斂起笑容，輕輕道：「田單現在應已抵達楚都壽春。」

項少龍劇震道：「什麼？」

莊夫人好整以暇地道：「田單由於國內國外均仇家遍地，所以身邊常帶著個和他長得一模一樣的替身，知道你不肯放過他後，當日混在李園的隊伍裡一起上路，後來你見到的只是他的替身吧！」

項少龍登時出了一身冷汗，難怪田獵時田單這麼低調，又儘量不出席公開場合，原來其中竟是這般的原因。自己終是棋差一著，鬥不過這頭老狐狸。還須立即通知滕翼和徐夷亂，免得被楚人反撲下全軍覆沒。想到這裡，什麼心情都沒有了。以後自己的名字還要倒轉來寫，這回確是一敗塗地。忽地感到莊夫人的臉龐在眼前擴大，他仍是神智迷糊之際，莊夫人的聲音在耳旁響起道：「你助我復國，我幫你刺殺田單。」

項少龍一呆道：「妳自身難保，如何助我？」

莊夫人肅容道：「李令這奸人之所以能弒主賣國，皆因有孝烈王在後支持，現在孝烈已死，壽春和滇國支持我們的大有人在，整個形勢截然不同，否則我怎敢回楚去。」

項少龍愕然道：「孝烈王過世的消息，妳不是由李園處聽回來的吧？」

莊夫人道：「當然不是，我們莊家在楚蒂固根深，莊孔特地由楚遠道來通知我們，並接我們回去的。」

項少龍失聲道：「什麼？孝烈王真的死了？」

莊夫人不解地看著他。

項少龍的震盪仍未過去，想不到誤打誤撞下，竟真的造就李園及時趕回去奪權，否則李園恐怕仍在咸陽。

世事之奇，確是出人意表。

深吸一口氣後，斷然道：「好吧，若我能殺死田單，就全力助妳的兒子重掌王位。」

第三章 破浪長淮

原本的如意算盤，忽然全被打亂。當晚沒有狼來，經過討論後，紀嫣然亦相信莊夫人該不是在說謊，因爲田獵時田單的表現確是太失常，而且以田單的深謀遠慮，絕不會處於那種一面倒的被動局面裡，要靠呂不韋來保護他。在很大的程度上，田單根本不會相信呂不韋可以弄死項少龍，雖然呂不韋差點辦到。所以旦楚返楚的軍隊必安排好妥善的接應，甚至反布下陷阱來應付尾隨的敵人，不過他們當然不曉得徐夷亂這著奇兵的存在。最後項少龍決定派剛痊癒的烏達和另一來自蒲布、劉巢系統的鐵衛丹泉兩人，乘快馬全速往截滕翼，教他們改變整個作戰計畫，只設法拖住田單的軍隊，而非是殲滅對方。這樣可延誤田單返齊的行程，使他們多點刺殺他的機會。由於劉氏兄弟和旦楚均不在田單之旁，田單這段時間內的保護網可說是最脆弱的。

次日清晨拔營起程前，莊夫人領著她兩個「妹子」過來商量到壽春的細節。她們脫去面紗，尤翠之和尤凝之果是貌似姊妹，姿色出衆，但比之莊夫人獨特的迷人風姿，卻遜了半籌。

莊夫人笑道：「她們確是我的妹子，只不過非是親妹，而同是莊家的人吧！」又與紀嫣然兩女親熱地打招呼，說了一番仰慕的話，轉入正題道：「李園的手下裡，不乏認識項先生的人，紀才女更是壽春街知巷聞的著名人物，所以要靠一些障眼法來瞞過楚人。」

項少龍摸著臉頰和下頷道：「我可以長滿鬍鬚，到晚上出動，那樣該可避人耳目。」

莊夫人道：「避人耳目絕非難事，問題卻在於若行動不便，將更難找到行刺田單的機會，幸好我兩位好妹子最懂易容之道，可在項先生臉上弄點手腳，那除非面對面碰上熟人，否則該可蒙混過去。」

紀嫣然道：「那他以什麼身分去見人呢？」

莊夫人道：「充作我的親兄弟萬瑞光如何？他於當年兵變時受了重傷，雖逃出楚境，卻一直沒有好過來，三個月前過世，壽春該沒有認識他的人。」

她說來雖語調平淡，但衆人都聽得出其中洗不清的深仇血恨。

趙致惻然道：「這次夫人回滇對付仇人，究竟有多少分把握？」

莊夫人若無其事道：「本來沒有半分把握，只是抱著必死之心，趁楚國自顧不暇時我母子們回去與賊子拚個死活，但現在有了項少龍，卻有十分把握。」

項少龍苦笑道：「夫人太看得起在下。」

莊夫人微笑道：「你最好由現在開始改稱我作大姊，我則喚你作瑞光，到壽春還有整個月的行程，我詳細地把瑞光的身世遭遇告訴你。幸好瑞光乃西北方著名悍將，一向有威武之名，最適合你冒充。由於我們本是滇人，並沒有楚音，只要你努力點學習，該可瞞過楚人。」

項少龍暗忖上次扮的是董馬癡，這次扮的是悍將萬瑞光，若都能把田單騙倒，就非常精采。

紀嫣然最是細心，道：「莊夫人這次以什麼名義回楚京的？」

莊夫人道：「春申君乃家翁好友，當年孝烈王因怕我們滇國坐大，成為西南之霸，故策動李令聯結夜郎人推翻我們莊家，一夜間我們莊族被殺者近萬人，春申君曾力阻此事，只不過爭不過孝烈王，而若非得他派人接應，我們休想逃離楚境，所以我們這次理該先到春申君府去。」

項少龍和紀嫣然對望一眼，放下心事。

現在孝烈王已死，楚國變成春申君和李園爭霸的場所，對傾向春申君的莊夫人來說，殺了與李園勾結的田單自然不算什麼一回事。

項少龍精神大振道：「好了！起程吧！」

趙致嗔道：「夫人仍未說我和嫣然姐該扮什麼哩！」

項少龍笑道：「當然是我萬瑞光的嬌妻，只要遮上塊厚點的面紗，可解決所有的問題。」

一向以來，直至強秦興起前，諸國之中，楚國以地處南方，附近又無勁敵，所以無論軍事上和經濟上，都有著別國所欠缺的安全和穩定。加上南方土地肥沃，洞庭湖外是無窮盡的沃野，只等著楚人去開發，故富足無憂。在最盛之時，楚人屬地南捲沅、湘；北繞穎、泗；西包巴、蜀；東裹郯、淮。穎、汝以爲洫，江、漢以爲池；垣之以鄭林，綿之以方城，幾乎統一了南方。戰國開始之時，乃首屈一指的大國。除了吞併眾多的小國外，還大量開拓東夷、南蠻和西南夷的疆土，把她們置於楚邦文化的影響下。不過正如紀嫣然的分析，要管治這麼多的民族和如斯廣闊的疆土，必須一個強大有爲的政府。可惜楚人自悼王、宣王之後，再無有爲君主，懷王更困死于秦。中央既失去制衡的力量，地方勢力自是乘時興起。孝烈王策動滇國的兵變，正是對地方勢力的一個反撲。不過事實並無任何改變，只不過由莊姓之王改爲李姓之王罷了。現在孝烈駕崩，紛亂又再出現。項少龍等陰差陽錯，被迫趕上這個「盛會」。驟聽楚國似是亂成一團，事實卻非如此，秦人由於國內連喪兩王，小盤又年幼，軍方和呂不韋的鬥爭成了拉鋸戰，且須集中全力去防衛東三郡，楚國遂得偏安南方之局。由於經濟的蓬勃，楚人的生活充滿優游閒適的味兒，和北人的嚴肅緊張成爲強烈的對比。當離開秦嶺，再翻了兩天起伏不平的山路之後，終抵達漢中平原。丹泉和烏光兩人在莊夫人一名家將帶路下去會滕翼，眾人則朝壽春出發。

紀嫣然與項少龍並騎而行，談起楚國文化道：「楚人雖是我的亡國仇人，但我對楚人的文化卻一向傾慕，像他們的始祖，並非胼手胝足的農神，而是飛揚縹緲的火神，河神更是位妙目流盼的美女。其他的神祇，或是彩衣姣服的巫女，又或桂酒椒漿的芳烈。楚辭更是音節委婉，詞藻繽紛，充滿哀艷纏綿的情緒。」

項少龍有少許妒忌地道：「不過我在李園身上卻完全看不到這些聽著蠻美麗的東西。」

紀嫣然「噗哧」嬌笑，橫他一眼，忍俊不住道：「他又不是追求你，哪有時間大拋文采。」吁出一口仙氣，得意洋洋地道：「眞好！很少聽到夫君大人以這麼酸溜溜的口氣說話。」

莊夫人使人來喚，要他們墮往後方，好趁旅途無事時，教他們學習滇地的鄉音。項少龍等只好苦著臉去學習。當時戰國最流行的是周語，各國王族和有點身分的人都以此作爲交流的言語。因地域的不同，周語自然夾雜了各地的方言和用語。所以只聽口音，可知大概是哪個地方的人。差異最少的是趙、魏、韓三國，這是由於她們都是從晉國分裂出來。秦人則因本身文化淺薄，又與三晉爲鄰，所以口音用語非常接近三晉。差別最大的是楚國，直至此時，楚人仍被譏爲「南蠻」，用詞上分別更大，所以項少龍等要學習帶著滇音的楚語，自是吃盡苦頭。

楚人的根據地，以長江兩岸的廣闊地域和碧波萬頃的洞庭湖爲中心，再朝南開發。壽春位於長江之北，淮水西岸，比之最初位於洞庭湖西北角的舊都「郢」，足足東移過千里，雖遠離秦人，但亦明擺出沒有臥薪嘗膽、以身犯險的勇氣，難怪楚國雖大，卻是三晉人最看不起的一國。

走了五天路後，越過桐柏山，到達淮水西端的大城「城陽」。衆人找得旅館住下，再由莊孔出外奔走買船，以減旅途跋涉之苦。由於他們入城時須報上身分名字，到旅館剛安頓好行囊馬匹，府令屈申率人來拜會。項少龍自是由得莊夫人去應付，在房內與兩位嬌妻調笑取樂，好享受「回到人間」之樂。

不一會莊夫人過來，席地坐下欣悅地道：「解決了船的問題，這裡的府令屈大人知我是誰後，非常幫忙。」

換上常服的莊夫人，又是另一番風姿。

她穿的是這時代最流行的「深衣」，上衣下裳連成一體，衣襟右掩，接長了一段，作成斜角，由前繞至背後，美女穿起來別有一種韻味。她梳的是墮馬髻，把挽束的秀髮盤結於顱後，垂得很低，眞有點像由馬上墮下來的姿態，加上她嫵媚的神采，折腰式般的步姿，確是我見猶憐。項少龍暗中警告自己，絕不可對這美女動心，否則將會添加很多煩惱。而且他終是二十一世紀的人，能擁有多位嬌妻，早心滿意足，理該對紀嫣然等「忠誠」。

紀嫣然也在打量這風韻迷人的美女，似乎感到少許威脅，淡淡道：「我曾在壽春住過一段短時間，不知現在是否仍是斗、成、遠、屈四族的人勢力最大呢？」

項少龍立時想起屈原，原來此君竟是楚國四大族中的人，難怪可以當上大官。

莊夫人美目掃過項少龍，道：「四大族的勢力已大不如前，現在興起的是李園的一族，那是四大族外最有勢力的一族，且由於李嫣嫣生下太子，李族更如水漲船高。現在李嫣嫣成爲掌實權的太后，誰不在巴結李族的人？」

項少龍見莊夫人對壽春的事如此清楚，忍不住問道：「李圓是否娶了郭開的女兒郭秀兒回來？」

莊夫人點頭道：「正是！聽說她還有了身孕，頗得李園愛寵。」

項少龍的注意力不由落在掛在胸膛的鳳形玉墜處，這是當年郭秀兒奉父命下嫁李園前，送與自己之物。往者已矣，心中不由有點神傷魂斷的感覺！莊夫人深望他一眼，垂下頭去，似乎窺破他和郭秀兒間的私隱。

紀趙二女知道他和郭秀兒的關係，反不在意，前者道：「郭縱有沒有把他的生意移過來呢？」

莊夫人皺眉道：「這個我不大清楚。」

項少龍感到氣氛有些異樣，岔開話題道：「王族裡是否有位秀夫人？華陽夫人曾囑我把一件禮物交給她，後來我卻沒有到楚國去。」

莊夫人點頭道：「本還想不起是誰，但若與嬌母有關係，那定是清秀夫人。她的美貌在楚國非常有名，嫁了給大將斗介，本極受愛寵，後來斗介迷上大夫成素寧的小妾燕菲，清秀夫人一怒下搬到城郊淮水旁的別院隱居，不准斗介踏進大門半步，否則立即自盡，她的剛烈，贏得國人的尊敬。斗介從此失寵於孝烈王，不過現在他依附李族，宦途又大有起色。」

趙致奇道：「燕菲既是大夫成素寧的愛妾，爲何會和斗介鬼混？」

莊夫人鄙夷地道：「成素寧最沒骨氣，斗介乃軍方重臣，使個眼色他便把燕菲乖乖奉上。這次我們莊家復國，最大障礙是以李園爲首的一群人，因爲李令正是李園的堂兄。」

項少龍不由大感刺激，正要說話，烏言著敲門求見，進來後神色凝重道：「有點不對勁，剛才發現有形跡可疑的人在附近偵查我們，後來府令屈申離開，在兩條街外和其中一名疑人躲在車上說了一番話，然後那些可疑的人全部撤走。」

莊夫人聽得玉容微變。

項少龍從容笑道：「看來他們準備在船上對付我們，只要鑿沉船隻，他們的人可在水裡刺殺小公子，我們的復國大計也要完蛋，想得很周到。」

莊夫人道：「怎辦好？船上的船伕和舵手都是他們的人。」

紀嫣然俏皮地道：「只要離開城陽，我們可要船不要人，看屈申能奈何得我們什麼？」

翌晨府令屈申親來送行，大船揚起三桅風帆，順水開出。

船上共有船伕三十人，人人粗壯慓悍，雖是神色恭敬，卻一看便知不是善類，不過當然不會被項少龍放在心上，派出眾鐵衛十二個時辰輪番監聽他們的動靜，一邊學習滇音楚語，同時儘情休息，好在抵達壽春後，以最快時間幹掉田單，立即溜走。

他並不太擔心會給人識穿身分，因為熟識他的田單、李園等人均身分尊貴，縱是自己這「亡國之將」蓄意求見，仍恐難有機會，所以碰面的機會微乎其微。唯一的困難，是如何去把握田單的行蹤。

南方的景色，比之西北方大是不同，秀麗如畫，迷人之極。際此春夏之交，大船放流而下，平山遠林，分綴左右，一片恬靜中惟粼粼江水，滔滔而流。沿江而下，不時見到漁舟在江中打魚，使人很難聯想到戰國諸雄那永無休止的鬥爭。江水蜿曲，每拐一個彎兒，眼前會出現一個不同的畫面，使人永無重覆沉悶的感覺。

有外人在，紀趙兩女戴上小帽面巾，多添了使人心癢的神祕美感。那些不懷好意的船伕，灼灼的目光不時掃視她們的身體，顯然存心殺人外，對船上的女人都起了不軌之心。

不知是否因偏安的關係，楚人在風俗上大異於三晉和秦國，最明顯是已婚的婦人出門時戴上各式各樣的面紗，一點不怕累贅和不通氣。除了戴冠垂紗外，亦有以頭巾紮髻，再延長下來遮著臉龐，這種頭巾均是孔眼稀疏，以紗羅製成，但由於質地輕薄，覆在臉上時，內中玄虛若現若隱，更添引人入勝的誘惑力。給紀嫣然和趙致這等美女戴上後，更是不得了，害得項少龍也希望夜色快點降臨。

項少龍經過這些日子，臉上長出寸許長的鬍鬚來，不但改變了他的臉形，也使他更添陽剛威霸之氣。

留鬚在那時代乃非常普遍的事，特別是文官，多蓄長鬚；武將則較多留短髯，所以臉白無鬚，反是異常。

當項少龍偕二女在船頭欣賞美景，莊孔來到他身旁低聲道：「在到達上游期思縣前，有一段水流特別水深湍急，險灘相接，危崖對峙，賊子若要動手，那處該是最佳地點。」

項少龍沉聲道：「什麼時候到得哪裡去？」

莊孔答道：「入夜後該可到達。」

莊孔去後，項少龍望江而嘆。

趙致訝道：「夫君大人不是爲這些小毛賊而煩惱吧？」

項少龍苦笑道：「他們雖是小毛賊，卻破壞了今晚我和兩位嬌妻的榻上狂歡大計，怎能不憤然怒嘆。」

兩女吃吃笑起來，說不出的媚惑誘人。

黃昏忽來驟雨，下了小半個時辰，雨勢漸歇，仍是毛絲絲地下個不絕，天空蓋滿厚雲，一片淒迷沉重的感覺。項少龍和兩位嬌妻，與莊夫人、尤翠之、尤凝之及小孩莊保義聚在主艙共膳。自相遇後衆人還是第一趟共進膳食，顯示雙方的關係又再密切了一點。

莊保義不時以既崇慕又渴望的眼光瞧著項少龍，紀嫣然最疼愛孩子，忍不住問道：「小公子想到什麼事兒哩？」

莊保義小臉立時脹紅，垂頭道：「保義想拜項先生爲師，學習劍術。」

莊夫人和尤翠之兩女均含笑不語，靜待項少龍的反應。

項少龍哪忍傷一個小孩子的心，何況他的境遇如此悽慘，微笑道：「你怕吃苦頭嗎？」

莊保義挺起小胸膛昂然道：「保義是最吃得苦的，不信可問娘親。」

莊夫人大喜道：「能得西秦第一劍手，秦王之師指點保義，小女子感激零涕，保義還不立即行拜師大禮。」

當下一番揖讓，行過拜師之禮，氣氛更見融洽，但項少龍則知道自己對莊家又再多三分道義和心理上的照顧責任。想起莊保義將來即使成爲滇王，也逃不了再被自己另一個徒弟小盤滅國之禍，心中也不知是何滋味。莊夫人固是不時把美目往他掃來，其他尤翠之兩女亦偶送秋波，幸好她們出身高貴，否則會更是媚眼亂飛、言挑語逗的局面。項少龍絕不介意逢場作興，但更重要是須尊重紀趙兩位嬌妻，故在神態言語上小心翼翼，不敢有絲毫逾越，所以這一頓飯吃得既刺激又是有苦自己知。

烏光這時闖進來，到項少龍後側耳語道：「我們在底艙處發現鑿船的工具和幾大罈火油，看來這批羔孫子是要沉船放火，雙管齊下。」

莊夫人等細聆烏光和項少龍的對話。

項少龍道：「有沒有偷聽到他們的話。」

在項少龍的設計下，他們有各式各樣的原始竊聽工具，例如被名爲「隔壁耳」、狀若喇叭的銅筒，按貼壁上可以把隔壁的聲音擴大，易於偷聽。

烏光口不擇言道：「當然聽到，連他們的方便撒尿的聲音都瞞不過我們。」

衆女聽得俏臉飛紅，趙致嗔道：「小光你檢點一下好嗎？」

項少龍笑道：「快說出來！」

烏光先向趙致謝罪，道：「他們的頭兒叫成祈，似乎是大夫成素寧的親戚，聽口氣他們早知道夫人們會在這幾天經此到壽春去，故已在這裡等候整個月，奉命一個不留。嘿！我也很想對他們說同樣的話。」

莊夫人聽得臉色微變，低頭不語。

項少龍道：「還有什麼？他們有沒有說何時下手。」

烏光得意洋洋道：「當然有哩，哪瞞得過我們這些大行家，他們準備把迷藥放進水裡去，迷倒我們後，會將所有女的污辱，接著沉船放火，手段毒辣之極。」

莊夫人等三女聽到「污辱」這種敏感的字眼，俏臉都紅起來。

這次連紀嫣然都啐罵道：「烏光你滿口污言，非常失禮。」

趙致擔心的卻是另一回事，問道：「現在我們喝的水有問題嗎？」

烏光道：「當然沒有問題，下了藥的水會有一陣異味，須以茶味掩飾，待會若他們拿壺茶來招待夫人，千萬不要喝。」

烏光的低級風趣令項少龍想起烏果的高級風趣，不由更想起趙雅，未知烏果是否已順利的把趙雅迎回咸陽？這美女實在吃了太多苦頭。笑罵聲中，烏光給趙致逐出去，紀嫣然則爲烏光的粗言俗語向莊夫人等致歉。

莊夫人毫不介懷，反道：「光小哥這種人方是眞性眞情的人，道貌岸然、滿口仁義的人妾身見得多，給他們在暗中害了尚未知是怎麼一回事。」

紀嫣然道：「夫人回楚京一事應是祕密，爲何成素寧卻得到風聲，還派人到這裡謀害你們？」

莊夫人淒然道：「現在我已弄不清楚誰是敵人。」

忽然有人叩門而入，跪地稟道：「小人特來奉上城陽特產『安神茶』，味道雖有點古怪，但喝後卻不畏風浪，是府令屈大人特別孝敬夫人和小公子的。」

莊夫人裝作欣然的答應。

此人去後，項少龍湊到趙致的小耳旁道：「他們眞合作，我們今晚仍有無限的春光哩！」

趙致哪想到項少龍會在「大庭廣衆」前與她說這種頑皮話兒，登時俏臉飛紅。莊夫人看到他們的情景，那對本已水汪汪的美目更似要滴出汁液來。

戰鬥幾乎尚未開始，就已結束。當項少龍他們詐作喝下藥茶暈倒，衆賊子露出猙獰臉目，衆鐵衛立以迅雷不及掩耳的手法，把他們全體擊倒制服，綑縛起來，大船落入他們的掌握裡去。項少龍陪著莊夫人到甲板上，著鐵衛把這批凶徒一字排開，進行審問。江水兩岸一片黑沉，雨雖停了，仍不見半點星光。

項少龍冷冷道：「誰是成祈！」

三十名被五花大綁的敵人想不到他們竟知道成祈之名，齊感愕然，但仍人人緊抿著嘴，沒有說話，一副難道你敢殺我嗎的神氣。

項少龍暗嘆一聲，低聲向莊夫人道：「夫人請別轉頭不要看！」

莊夫人堅強地道：「我不怕！」

項少龍打出手勢，守在俘虜後的烏舒一腳撐在其中一人的背脊，那人由於手足均被縛連在一起，立即踉踉前跌，滾倒地上。

項少龍身旁搶出荊善，用腳挑得他仰躺在甲板上，「鏘！」的一聲拔出長劍，在他眼前比畫著道：「最後機會，誰是成祈！」

那人仍不肯屈服，「呸！」的一聲，露出不屑神色。

荊善冷笑一聲，長劍猛揮，那人立即咽喉血濺，立斃劍下。

「咚咚！」兩聲，俘虜中有兩人嚇得軟跌地上，數人則雙腿抖震，無人不血色盡褪，想不到對方狠辣無情至此。

莊夫人亦看得俏臉煞白，估不到眞會殺人，下意識地把嬌軀靠向項少龍。荊善若無其事地在被殺者身上抹拭劍刃血漬，才讓人把屍身拖往一旁。莊孔等莊夫人的侍從，均瞪大眼睛，呆在當場。雖說在這時代，對武士來說殺人絕非什麼大事，可是荊善那種在殺人前後漫不經意的態度，卻對敵我均帶來很大的震撼。項少龍當年揀選十八人當隨身鐵衛，其中一項要求是堅毅的心志，只有不怕殺人和不怕被人殺，方有資格入選。際此弱肉強食的戰爭年代，對敵人仁慈，是對自己的殘忍。若這次被擒的是他們，想這樣痛快的死掉也沒有可能，特別是紀趙一衆美女們。

項少龍指著另一人，淡淡道：「誰是成祈？」

那人雙腿一軟，學早先兩個同伙般坐跌地上，眼光卻投往其中一個特別粗壯陰沉的漢子。

那漢子知露了底，移前少許大聲道：「不用問了，我就是成祈，若你們敢……」

「砰！」

烏光一腳踢出，正中他下陰。痛得他立時蝦公般彎倒地上，痛不成聲。

項少龍笑道：「帶他到艙底大刑侍候，看他口硬到何時。」

當下烏舒、荊善等興高采烈地押著他去了。其他俘虜人人臉如土色，渾身發抖。

項少龍道：「把這些人分開審問，然後再對口供，誰人有半句謊言，又或故意隱瞞，立殺無赦。」

莊孔等人一擁而上，和其他鐵衛把俘虜帶到不同角落審問去了。

莊夫人的嬌軀軟弱無力地靠貼項少龍，輕輕道：「到今天我才見識到這種雷霆萬鈞的手段，先夫以前對人實在太心軟。」

項少龍輕擁她香肩一下，柔聲道：「回艙歇息吧！明天早膳之時，會有審訊得來的消息。」

莊夫人像是很留戀挨著項少龍的感覺，低聲道：「如何處置這些人呢？」

項少龍苦笑道：「我很想把他們全數釋放掉，但卻是最愚蠢的行為，尤其他們見到我們的手段，會生出疑心，莊夫人該明白我的意思吧！」

天明時，船上再無半個俘虜，血跡均被洗刷乾淨。

在主艙進早膳時項少龍對莊夫人道：「這事背後的主使者不但有成素寧，還有斗介和一個叫方卓的人，夫人有什麼印象嗎？據說正是方卓把夫人會到壽春的消息通知斗介和成素寧的。」

莊夫人俏臉轉白道：「我當然認識，方卓是春申君府中食客之一，一向負責與我們通消息，想不到竟出賣我們。」

尤翠之顫聲道：「春申君會否是背後的主謀呢？」

莊夫人堅決搖頭道：「春申君絕不會這樣做，何況若保義能夠復位，對他有百利而無一害，他更非這種卑鄙小人，看來方卓該是給成素寧收買了。」

紀嫣然道：「成素寧和斗介爲何要置小公子於死地？」

莊夫人道：「現在楚境之內，共有十多個諸侯國，其中以滇、夜郎、岷山，且蘭四國最是強大，兵員均達上萬之眾，故深遭楚王顧忌。不過他雖有廢侯之意，卻不敢輕舉妄動，怕激得眾侯國聯手抗楚。而眾國中又以我們莊家聲望最高，隱有眾侯之長的威望。所以孝烈第一個要對付的是我們，卻不敢明目張膽，只敢策動奸賊李令作反，可是滇國的子民仍是心向我們莊家，其他侯國亦對莊家復辟一事大力支持，故此李園所代表的李族怎肯讓我們回國呢？」

趙致道：「既是如此，夫人這番往壽春去，豈非送羊入虎口。」

莊夫人道：「現在壽春話事的人，仍非李園，而是春申君。兼且四大家族裡除了像斗介和成素寧一眾投靠李族的無恥之徒外，大多數人均不滿李令做滇王，即管李園亦不敢公然說支持李令。這次妾身一行人先往壽春，就是要正式向楚廷投訴李令背主叛變的不合法行爲，因爲先家翁是正式受朝廷王命策封的。」

項少龍心中叫妙，道：「這就最好，我看李園必會設法把事情拖著，因爲他若明示李令背叛有理，勢將使諸侯國人人自危，更增離心之意，假若我們有什麼三長兩短，人人曉得是誰幹的。所以事情通了天，我們反反危爲安。」

尤凝之「噗哧」嬌笑道：「項先生的用詞眞怪，什麼『三長兩短』，『通了天』，但聽懂又覺非常貼切精采。」

項少龍當然知道自己這方面的問題，含糊的胡混過去道：「這幾天我們該可輕鬆一下。」

莊夫人笑道：「不！該是爲你裝扮的時間了。」

項少龍坐在艙房內的梳妝几前，看著銅鏡的反映，鼻端嗅著尤翠之和尤凝之的體香衣香，如入眾香之國。

尤翠之親熱地按著他兩邊寬肩，跪在他背後由左肩膀探出頭來，陪他看著銅鏡的反映道：「娥姊並沒有誇大，我們兩姊妹曾從楚國第一化妝巧手蘇六娘習藝，任何臉孔到了我們手上，均可變妍爲媸或變媸爲妍。」

項少龍感到她的酥胸慷慨地壓在背上，大吃不消，又不好意思要她挪後一點，同時老實說亦很覺享受，唯有道：「可是我是男人哪！」

坐在另一側正翻弄幾個化妝箱的尤凝之嬌笑道：「楚國的男人最愛妝扮，我們以前每天都給大王妝扮哩！」

說罷神色微黯，顯是念起先夫。

尤翠之道：「敷臉的粉，大致可分兩類，一種是以米粒研碎後加入香料製成；另一種是糊狀的臉脂，叫鉛粉。後者較能持久，所以只要我們每天給你敷面一次，保證沒有人可把你認出來。」

項少龍暗忖難怪「粉」字從「米」從「分」，原來這時代的粉是由米做的，口上應道：「難道沒有人見過萬瑞光嗎？」

尤翠之對項少龍愈看愈愛，差點把臉蛋貼上他左頰，媚眼如絲地道：「萬瑞光是滇人，屬最大的滇南族，娥姊便是滇南第一美人，娥姊曾隨先君到壽春見過楚王，萬瑞光於逃秦前則從未踏出滇南半步，李令亦未見過他，壽春想找個認識他的人就難哩。」

項少龍心想難怪莊家這麼得滇人支持，原來採用和親的政策，莊夫人不用說是族長之女那類有身分的人，難怪楚人怕莊保義回滇。尤凝之來到項少龍前面，用神端詳他的臉孔。

項少龍道：「還有三天才到壽春，兩位夫人不用立即動手吧？」

尤凝之媚眼一拋，嗔道：「我們要試試哪種方法最能改變你的樣貌嘛！還可能要特別配方，幾天的時間怕不夠用呢。」

背後的尤翠之吹一口氣進他耳內，聲道：「不歡喜我們姊妹侍候大爺嗎？我們學過推拿之術，最懂侍候男人。」

話完就在他肩肌處搓揉起來。無可否認，那是非常高的享受，而且她肯定是此中高手，項少龍不由自主地嘻哼作聲。

尤凝之橫他嬌媚的一眼，取起一個小杯，不一會弄了小盃漿糊狀的白色東西，以小玉杵攪拌著道：「你的皮膚比較黝黑，待奴家為你弄成好像很久沒見過太陽的樣子，那別人更不會起疑心。」接著小心翼翼把鉛粉抹到他臉上去，涼浸浸的，加上她纖柔的玉指輕輕撫揉，項少龍一時不知人間何世。

背後的尤翠之與乃妹商量道：「我看最好用胭脂把他的唇色改淡一點，眉毛則加粗一些，再染了他的鬚髮就更妥當。」

項少龍大吃一驚道：「若日後改不回原先的樣子，豈非糟糕之極。」尤翠之笑得整個人伏在他背上喘氣道：「愛美的男人啊！你只要用特製的藥水一洗，保證可以回復原狀。」

項少龍仍不放心，看著銅鏡裡逐漸化出的「另一個人」，苦笑道：「若我變成個濃妝艷抹的男人，休想我白天出街。」

兩女笑得彎下腰去，尤凝之乘機埋首入他懷裡。

尤翠之道：「最高的妝扮之術，是使人不覺得上了妝，不信看看我們和娥姊吧！」

項少龍看兩女幾眼，果如她所言，並不覺上了濃妝，放下心來，專心享受兩女香噴噴的服務。

尤凝之給他弄好面妝，開始爲他畫眉，情深款款地道：「項先生是我姊妹見過的男人中最守禮的君子，不過知不知道奴家姊妹都心甘情願侍候項爺呢。」

後面的尤翠之開始爲他解下頭上的英雄巾，聞言道：「想起回滇後我們要和項爺分開，奴家便有神傷魂斷的感覺。但念到先君對我們情深義重，奴家的得失又算什麼哩！」

項少龍想不到她們會公然示愛，同時也有點感動，若沒有遇上他項少龍，莊夫人一行是必死無疑，而且三女更會受盡凌辱，但三女爲替先夫復國，仍義無反顧的回楚，只是這種忘我的勇氣，已教人肅然起敬。正不知如何回答她們，莊夫人偕趙致進來看他。

趙致差點認不出自己的夫君來，大訝道：「翠姊和凝姊確是神乎其技，看來我和嫣然姊也好該改變一下樣子。」

莊夫人道：「妳們只要把頭髮染得花白一些，讓年紀看上去大上十年左右，加上面巾，保證沒有人可認得出妳們來。」

項少龍看著銅鏡裡的自己，信心不斷增長，暗忖就算面對面撞上李園或田單，若再換上滇人的裝束，保證對方認不出自己來。

楚國自秦將白起攻入郢都，楚襄王往東敗走，兩次遷都，離秦愈遠。淮東之地本屬陳，爲楚征服，於是襄王收陳地兵得十餘萬，回過氣來後再由秦人手上奪回淮北十五郡，聲勢復振。到去年聯同其他四國攻秦，大敗蒙驁之軍，秦人閉關不敢應戰，楚國似乎又在一夜間回復了春秋時的霸主姿態。說到底，楚國雖失去大片國土，但由於幅員廣闊，秦人要來攻楚又是不便，所以才能成其偏安中興之局。

壽春位於淮水之南，與另一軍事重鎮下蔡成夾江對峙之局，由於交通方便，楚人在這區域又有深厚的根基，人力物力不虞缺乏，故亦有一番盛況，在當時的聲勢實在其他東北方諸國之上。壽春都城特大，城作箕形，周圍約三十多里，外郭則達五十餘里，可說是當時最偉大的城市之一，規模僅次於咸陽，還建有四個附城，以作屏護。人口多達二萬戶，繁盛非常。加上河谷土壤肥沃，糧食充足，使壽春成爲繼郢都之後楚國最繁華的都城。所有重要的建築集中在位於中央的內城，宮殿、台榭、倉廩、府庫、祖廟、祀土神的社、祀穀神的稷，官卿大夫的邸第和給外國使臣居住的客館，均位於此處。外城是縱橫交錯的街道，井然有序地分布著民居、墟市、旅館、店鋪。壽春城防極嚴，城郭入口處有可以升降的懸門，城外有護城河，日夜有楚軍把守，凡通過城門者，均要納稅。項少龍等抵達城外的碼頭，在江上給楚戰船截著，到莊夫人亮出朵兒，才准他們泊到碼頭去，卻不准他們登岸，另外派人入城飛報。衆人唯有悶在船上耐心等待。這時的項少龍換上一身寬鬆的袍服，遮蔽他健美的體型，髮鬚有點未老先衰的花斑灰雜，容色蒼白，眉濃掩目，比以前的董馬痴更不像項少龍。等足整個時辰，終見一隊車隊離城而至，帶頭的是個大胖子，身穿官服，年在五十左右，眼細長而鼻大，有點像上承祖蔭，被酒色侵蝕了靈魂和肉體的二世祖。

正在船上恭候的莊夫人低聲向身旁的項少龍道：「那胖子就是春申君黃歇。」

項少龍心中打個突兀，起先還以為是黃歇的家將食客那類人物，怎知卻是黃歇本人。戰國四公子中項少龍雖只見過信陵君，但看來應以此人外型最差，難怪在四公子裡以他的聲譽最低。想起曾幹掉他一點也不像他的兒子的趙穆，心中禁不住生起古怪的感覺。

另一邊的紀嫣然低聲道：「比我上次見他之時，又胖了一點。」

項少龍心中一寒，記起紀嫣然曾來過這裡，假若她給春申君一眼看出，由於自己乃他的殺子仇人，一切立時完蛋大吉。幸好化了粧和換過楚服的紀嫣然和趙致一點不像原來的樣子。

楚國的女服和別國相比，顯得特別寬敞和華麗，曳地的連身長裙，腰繫白色寬帶，衣領斜交，延結摺疊於背後，袖和下襬均有寬沿。帽子圓頂結纓，結帶於頷下，加上重粉敷面，另有異國的情調。至於兩女的髮型，與莊夫人等看齊，額髮梳得平齊，並由兩鬢束成長辮垂於腦後，直至頸部，髮辮復結成雙鬟。只是在髮型上的改變，若項少龍在不知情下，亦會一時認不出她們來，更何況花白的髮腳，使她們看來年紀至少老了二十年。

五女的楚服分別以朱紅、絳紅、金黃、素綠、青藍為主色，加上龍、鳳、鳥等刺繡，輔以枝蔓、草葉、花卉和幾何紋，構圖奇特生動，充分顯示楚人遼闊的想像力和充滿神話色彩的文化。男服較為樸素，衣長而露腳，右衽交領寬袖，袖口處略為收束，衣沿和袖口處飾以紋邊，以棕、黑、褐、白等色為主，最奪目是束腰寬帶，以不同的對比顏色相間雜。眾鐵衛則全換過楚國的武士服，上衣過腰，下穿束腳褲，腳蹬長靴，於重要部位綴上輕甲，髮型全改變了，戴上楚帽，模樣相當有趣。

此時春申君來至岸旁，打手勢著人請他們上岸。莊夫人在兩個粗壯女僕扶持下，婷婷的帶頭步上岸去。不知是否項少龍多心，他感到春申君的細眼亮起來，狠狠盯著蠻腰楚楚、好似經不住輕風吹拂隨時會斷折的莊夫人萬青娥。黃歇等紛紛下馬，施禮迎接。

莊夫人剛施過禮，立時失聲痛哭道：「君上要為妾身犬子作主啊！」

黃歇登時慌了手腳，道：「萬王妃請勿悲傷，一切回府後從長計議。」

望向項少龍，雙眼瞇緊了點，眼睛掠過懾人精芒，道：「久仰萬先生之名，果是一表人才，本君好生歡喜。」

項少龍體會到盛名之下無虛士的道理，春申君雖是耽於酒色，但只看他的眼神，便知他胸有城府，不像他外型和面貌所予人的感覺。連忙壓沉聲音，以剛學來帶有滇音楚語的流行周語應對道：「君上威名震天下，該是瑞光感到榮幸才對。」

黃歇眼光掠過紀嫣然等諸女，莊夫人收止啼聲，一一替他介紹。

黃歇見紀、趙兩女已達「入暮之年」，沒有多加注意，只用神打量尤翠之和尤凝之二女，目光最後落到莊夫人身上，聲音轉柔道：「王妃不若先到敝府歇息，其他一切慢慢商議。」

項少龍忽地想到這次若不是遇上自己，那莊夫人和尤氏姊妹唯一可用上的就是美人計，以美色達到目的。因為看春申君現在的神態，顯然對助她們復國一事，並非熱心。只看他對莊保義毫不在意，即可見一斑。黃歇身後有幾個食客模樣的人，其他全是慓悍的武士。食客的其中一人身量高頎，留著一把美鬚，長及於胸，臉長鼻曲，唇片極薄，雙目閃著驚異不定的神色，留心打量己方諸人，特別是滇國流亡小儲君莊保義。

身後的莊孔見項少龍注意此君，低聲道：「那是方卓！」

項少龍微一點頭，莊夫人鶯聲嚦嚦道：「不用打擾君上，妾身只想返回滇王府去。」

項少龍等均微感愕然，首次知道壽春竟有莊家的府第。

春申君臉露古怪神色，乾咳一聲道：「這事也待回到敝府後再說好嗎？」

莊夫人嬌軀微顫，面紗後的秀目盯著春申君道：「請問君上，有什麼問題呢？」

春申君道：「自滇國亂起，王妃和小公子避往秦地，滇王府的婢僕四散潛逃，丟空多年，最近左令尹李闖文見了頗為心喜，強行搬進滇王府去，本君雖曾多次與他交涉，可是他仗著先王的默許，一概不理睬，本君也極為不滿。」

莊夫人嬌軀劇顫，怒道：「天理何在，君上須為妾身討回公道。」

春申君嘴角露出一絲苦澀的笑容，低聲道：「早晚本君會使這小子受到教訓，不過現在形勢微妙，不宜輕舉妄動。王妃舟車勞頓，不若先回敝府休息吧！」

項少龍卻是心中叫妙，現在壽春要置莊保義於死地的固是大有人在，可是由於牽涉到十多個諸侯國，卻是沒有人敢動手。所以只要占在有道理的一方，自可大鬧一場以營造聲勢，哈哈一笑道：「君上好意心領，此回我們來壽春，正是要討回公道，若膽怯怕事，何能完成復國大業？君上請先回府，我們自有主意。」

春申君愕然望向項少龍。萬瑞光乃滇南名將，更是滇南族的著名領袖，文武兼資，在楚國有一定地位，但仍想不到他如此敢作敢為，擺明要把滇王府奪回手上。莊夫人也嬌軀一顫，差點出言阻止，幸好想起項少龍乃非常人，自有非常手段，臨時把到口的話吞回肚子裡。

春申君不愧戰國四大公子之一，沉吟頃刻後道：「李闖文這一莽撞行爲，很多人看不順眼，就是李族中人亦有微言，諸侯國派駐此處的使臣曾聯名上書抗議，只是給先王一直拖著，萬將軍若要把王府奪回，無人敢說半句話，只不過李闖文府內家將中高手如雲，發生衝突後果難料，萬將軍還請三思，而本君更不便眞接參與。」

項少龍心中大喜，若情勢如此，更不可放過爲莊家揚威的機會，當所有人均認爲他們有復國的能力，由於滇國乃楚國諸侯之首，就算掌權的是李園，在衡量形勢下，仍不得不賣他們賬。冷喝道：「自反而縮，雖千萬人，吾往矣。君上可否先遣人通知李闖文，說我們要立即收回滇王府，來個先禮後兵。」這孟子的名句，是他中學時唸回來的東西，恰好在此時此景派上用場，學以致用。

春申君雙目亮起奇光，點首道：「萬先生果是眞豪傑，我黃歇服了，人來！」

方卓自動請纓，踏前施禮道：「這事由小人去辦吧！」

項少龍心中暗笑，當然知道方卓是去教李闖文集齊高手，與他們打場硬仗。但由於他們中有莊夫人和莊保義兩個政治上非常敏感的人在，任李闖文有多少家將，也絕不敢以衆凌寡，一個對一個，就要教他好看。

滇王府位於內城中心，與王宮比鄰，整列街道不是外國使節的賓館，便是諸侯國的行府，所以滇王府被李闖文強占，確是非常礙眼的事，亦是過世的孝烈王以之削減侯國聲威的手段。現今孝烈王已死，李闖文的行爲，立時失去憑依，間接造成莊家奪回己府的聲勢。一直以來，楚王廷都推說李令謀反乃滇國內部之事，與楚廷沒有半點關係。當然表面上亦不承認李令的地位，以免惹起其他諸侯國的反感甚至叛離。若諸侯國歸附強秦，楚國將頓失西南屏障，國勢危矣。因著種種形勢，項少龍決意放手大幹，第一個拿李闖文來開刀。

由於不能眞的動手殺人，所以項少龍從春申君處取了一批重木棍，藏在莊夫人車底，然後往滇王府開去。到達滇王府外，只見府門大開，二百多名武士排列府前廣場內，擺開陣勢迎接他們這區區一行四十多人，其中還包括婦孺和小孩。此乃午後時分，街上行人衆多，不乏住在附近的公卿大臣，又或來弔祭孝烈王的東北方諸國和諸侯國的有關人等，見到滇王府前這種陣仗，無不圍在府外觀看，不片刻人山人海，氣氛熱烈。項少龍一馬當先，領衆人便要進入滇王府。

有人在主府長階上平台處，大喝道：「來人止步，何故亂闖我府。」

項少龍等好整以暇地跳下馬來，只見對方二百多名武士布成鉗形之勢，封擋他們所有進路，主力集中在府門處。

頭望往已換了「李令尹府」的大橫匾，冷笑道：「何人霸占我滇王的府第，給我萬瑞光報上名來。」

那顯然是李闖文的人一身武服，生得頗有威勢，只可惜一臉俗氣，眼睛不合比例的細小，手握劍柄哈哈大笑道：「眞是好笑，滇王因不擅治國，早於五年前被當地民衆殺死，還哪裡找個滇王出來。」

項少龍更是放下心事，即使李族之人，也不敢明目張膽承認李令繼位，以免造成衆諸侯國群起作反一發不可收拾的惡果。莊夫人等仍留在車內，由紀趙兩女貼身保護，莊孔等負責守護馬車，使他們動起手來再無後顧之憂。

項少龍兩眼寒芒一閃，大喝道：「好膽，我家儲君在此，誰敢說滇王不在，你這強占滇王府的狂徒，可敢和我到大王座前理論，查看有關國璽文書令符，以證我儲君方是滇國之主。」

李闖文獰笑道：「你才是狂妄之徒，誰知你是否亂臣賊子，弄些假證物來招搖撞騙，快給我滾出大門去，否則我就把你們的狗腿子敲斷。」街上登時一陣譁然，旁觀者都對李闖文橫蠻的行徑表示不滿，亦可見此人平時必是橫行霸道，得罪人多，稱呼人少。

項少龍知是時候，故意露出膽怯之態，道：「你既不相信，我這就去面謁太后大王請求評個公道。」

李闖文得勢豈肯饒人，大笑道：「走得這麼容易嗎？待我把你們綁往見太后吧！」府外又是一陣起哄，李闖文實在太過份。項少龍早知李闖文不會如此容易罷休，更知他覬覦剛才自己所說國璽令符等物，冷笑中打出手勢。此時兩旁的李府武士已開始往他們迫近過來，烏舒等立由馬車底抽出長棍，迅速拋送到各人手上。

李闖文終於大感不妥，喝道：「動手！」

項少龍早大棍在握，甩掉外袍，露出一身武士勁裝，撲前揮棍左挑右打，敵人手中長劍立被磕飛幾柄。慘哼聲中，圍上來的武士在諸鐵衛反擊下，紛紛變作滾地葫蘆，腿骨手骨斷折的聲音連珠響起。數千圍觀者人人都有鋤強扶弱的心理，又一向憎厭李闖文，一時歡聲雷動，更添項少龍一方的聲勢。這批武士一向養尊處優，本身的實力又與項少龍和眾鐵衛有段遙不可及的距離，加上重木棍占盡長兵器的優勢，縱是人數在對方十倍以上，在措手不及下立時潰不成軍。項少龍和諸鐵衛以迅雷不及掩耳的手法放倒廣場上七十多名武士，結成陣勢，向高踞階上的李闖文和百多名武士攻去。

李闖文哪想得到來人如此厲害，狂亂揮舞長劍，拚命驅使手下衝前攔敵。項少龍如出柙之虎，踏著倒地呻吟的敵人身體，長棍一記橫掃千軍，硬將兩人掃飛丈尋之外，登上最上的一級台階。烏舒等大呼過癮，見人就打，衝前來者若非腿骨折斷，就是血流披面的倒往四方，其中十多人更被當場打得半死。

項少龍擋者披靡的直迫李闖文而去，其他武士見勢色不對，紛紛散開。李闖文見狀大驚，在十多名家將護翼下，退進府門內。項少龍伸腳撐跌一人，人棍合一的旋風般衝入主府大堂裡。府外則倒下最少過百名李府武士。

李闖文回過身來，項少龍與烏舒、烏光、烏言著、荊奇等人已附影而來。氣勢如虹下，在李闖文身前倉皇布陣的武士再被斬瓜切菜的擊倒地上。李闖文呆立當場，手中雖仍握著長劍，卻不知應動手還是放棄反抗。

項少龍收棍而立，微笑道：「原來你不但是狂徒，還是膽怯之徒！」

李闖文臉色數變，終是還劍入鞘，還口硬道：「我乃大楚令尹，你若敢動我半根毫毛……」

話尚未完，項少龍打個手勢，兩支木棍重重敲在他小腿骨處，骨裂聲中，李闖文慘嘶倒地。

項少龍下令道：「將所有霸占我滇王府的狂賊，全給我扔出街外。」

眾鐵衛轟然答應。

收復滇王府後，接著發生的事，連項少龍都感到出乎意外。首先來賀的是春申君，接著是被逐離滇王府不久的一眾婢僕武士，再就是各諸侯國來弔祭孝烈王的代表甚或侯王，以及東方各國的使節和一向崇敬莊家的名將大臣，弄得莊夫人和項少龍爲應酬接見忙個不停。黃昏時太后李嫣嫣發旨下來，召見莊夫人和莊保義，卻不包括項少龍在內。項少龍知道造勢成功，放心讓莊夫人母子在春申君陪同下，入宮見李嫣嫣和只有兩歲多的小儲君。幸好尤氏姊妹仍在，遂陪他接見客人，以免露出馬腳。

忙得暈頭轉向之時，下人報上道：「魏國龍陽君求見！」

項少龍大喜，囑咐尤氏姊妹繼續應付其他來人，使人把龍陽君引進內堂。

龍陽君正為這安排感到茫然，至抵達內堂，見到項少龍，一時呆在當場，項少龍離席起迎道：「這回又瞞倒你！」

龍陽君不能相信地瞪大「秀眸」，失聲道：「項少龍！」

項少龍拉著他到一角坐下，笑道：「不是我是誰？」

龍陽君大喜道：「你可知道田單到這裡來了！」

項少龍含笑點頭。

龍陽君嘆道：「你真有通天徹地之能，先是董馬癡，現在則是萬瑞光，害我還為你擔透心事，三天前我到此時赫然發覺田單神滿氣足的在這裡擺風光，還以為你給他殺掉呢。」

項少龍當下把事情和盤托出，不知為何，他全心全意地信任這位「男朋友」。

龍陽君聽得田單藉替身遁走一事，恍然道：「怪不得劉氏昆仲和旦楚等人一個不見，不過你能嚇得他如此不風光的溜掉，足可自豪。」

項少龍道：「君上是否來參加孝烈王的喪禮？」

龍陽君道：「名義上當然是這樣，實際上卻希望從田單手上把楚人爭取過來，現在我們知道田單、李園和呂不韋定下密議，要瓜分天下。」

項少龍道：「只要君上助我殺死田單，不就一切問題都解決了嗎？」

龍陽君一想也是道理，點頭道：「若你能使滇國小儲君復位，那便可牽制楚國，教楚人不敢有異心。不過事情挺複雜哩！最後我們仍是要對付你們秦國，不是非常矛盾嗎？」

項少龍道：「那是日後的事，若不解決呂不韋的陰謀，立即大禍臨頭，所以殺田單乃對你對我均有利的事。」

龍陽君苦笑道：「天下間怕只有一個項少龍是我拒絕不了的，遲些你還會見到很多老朋友呢。」

項少龍道：「韓闖！對嗎？」

龍陽君道：「韓闖這人不大靠得住，你最好不要讓他知悉身分，否則說不定他在某些情況下會出賣你。」

項少龍問起趙雅，龍陽君道：「她已隨貴屬返咸陽去，在此事上太子為你奔走出力，因為韓晶始終不肯放過她，女人嫉忌起來，是不顧大局的。」

項少龍放下心頭大石，順口問道：「各國還有些什麼人來？」

龍陽君數著手指道：「趙國來的是郭開，他現在非常得寵，有他弄鬼，我看廉頗快要相位不保。」

項少龍曉得他作此猜測，背後必發生過一些事，方如此肯定，不由心中暗嘆，卻是愛莫能助。

龍陽君續道：「燕國來的應是太子丹，但到現在仍未有信息，確是奇怪。」

項少龍亦大惑不解，假設太子丹的人以快馬經魏境到壽春報信，至少該比自己快上十天，沒有理由到現在仍沒有消息。一般使節往來，均必先遞上正式文書，假設現在太子丹仍未有信息到來，可能趕不及半月後楚王的大殮。

項少龍道：「秦國有人來嗎？」

龍陽君道：「秦國一向和楚國關係較密切，現在又是罕有的和平時期，當然會派人來，不過奇怪是派來者不是呂不韋，而是左丞相徐先。」

項少龍心中劇震，隱隱間大感不妥。

龍陽君訝道：「有什麼問題？為何少龍臉色變得這麼難看？」

項少龍道：「現在還不知有什麼事，君上可否幫我一個忙，查察徐先取什麼路線到壽春來，此事至關緊要。」

龍陽君立時明白過來，色變而起道：「此事我立即遣人去辦，若是經過我大魏，我會派軍保護他。哼！這一著可能是嫁禍我大魏的陰謀。」

項少龍倒沒有想起此點，徐先到壽春，不出取韓或取魏兩條路線，若呂不韋使人在任何一國刺殺徐先，均可牽起軒然大波，而呂不韋更可乘機對韓或魏用兵。想不到莫傲死了，呂不韋仍如此計出不窮。

至此兩人均無心說話，龍陽君匆匆離去。

送走所有賓客，天已入黑。項少龍肚子餓得咕咕發叫，忙返入內宅他的院落去，紀趙二女剛洗過澡，候他進來吃晚膳。滇王府規模中等，是由一座主府加上六個四合院落組成，四周圍以高牆。每個四合院均以庭院為中心，四周圍以房屋而成，布局內向，幾乎所有門窗均開向庭院，府內遍植大樹，故即使際此炎夏時節，仍是非常陰涼。入口均設於南方，左右對稱，有明顯的中軸線。對著正門的房子是正房，左右則是東西廂房。項少龍和眾鐵衛占了兩個四合院落，地方寬敞舒適，有若回到家中。項少龍吃飽肚子，嘆一口氣，把見過龍陽君和對徐先的擔心說出來。紀嫣然聽後色變無語。

趙致道：「徐相乃西秦三大虎將之一，該有辦法保護自己吧！」

紀嫣然道：「最怕他手下裡有呂不韋的奸細，徐相又想不到出手的是李園潛往韓魏境的人，那就非常危險。」旋又皺眉道：「雖說秦楚關係密切，但只要派個王族的人來，比徐先更加適合，可知其中必有原因。」

項少龍道：「只要隨便找個政治藉口，例如要與楚人另簽和約，可迫得徐先非來不可，太后雖對呂不韋的不滿與日俱增，但暫時仍很難不倚賴他這臭仲父辦事，因爲秦國軍方一向看不起她這個太后。」

紀嫣然對徐先極有好感，憂慼慼地道：「現在一切只好聽天由命！」

此時莊孔過來相請項少龍，說莊夫人回來想與他面談。項少龍只有收拾情懷，隨莊孔去了。

莊夫人身穿燕尾長褂衣，衣裾處被裁成數片三角，疊疊相交，形同燕尾，故以此名。她斜倚在靠中央庭院的一扇窗漏旁的臥几上，神采飛揚地看著項少龍進來。秀髮挽成墜髻，以一枝金釵把髮型固定，在燈火裡金釵閃閃生光，使她更顯高貴優雅，亦非常誘人。腰上掛著一串形狀不同的玉佩，備添瑰麗富貴的貴婦身分。

莊孔離去，莊夫人盈盈起立，移到項少龍身前，甜甜一笑道：「妾身早回來了，但要待沐浴更衣後見你，嗅到人家身上的浴香嗎？」言罷傲然挺起酥胸。

項少龍暗忖滇南土族的女人必是特別開放，誘惑起男人來既直接又大膽，同時知她因感激自己，故更添愛意。微微一笑道：「看夫人的樣兒，便知這次楚宮之行大有所獲，在下有說錯嗎？」

莊夫人舉起一對玉掌，按在他胸口上，媚笑道：「少龍！你的心跳加速。」

項少龍大感尷尬，莊夫人放開雙手，以動人優雅，似是弱不禁風的步姿，嬝娜移到窗旁，背著他看著外面月夜下的庭院，柔聲道：「項少龍果是名不虛傳，只虛晃一招，立時震動整個壽春，現在再沒有人敢小覷我們這些亡國婦孺，衆諸侯國都表明立場，支持我們復國，唯一的障礙仍是楚廷。」

項少龍來到她身後五步左右立定，問道：「李嫣嫣對妳態度如何？」

莊夫人道：「我本以爲李嫣嫣是個非常厲害的女人，但出乎意料之外她只給人溫柔多情的感覺，還帶著一種說不出的哀傷淒艷，人當然是絕色尤物，甚至可與你的紀才女相媲美。而更使我奇怪的是她在春申君和李園之間，她似乎更傾向於春申君，確是令人費解。」

項少龍聽得呆起來，李嫣嫣竟會是這樣我見猶憐的女子嗎？

莊夫人轉過身來，倚窗而立，嘴角帶著個迷人的笑容，眉梢眼角則是無盡的風情，雙肩輕聳道：「李園和春申君對妾身的身體都很有意思，妾身該怎麼辦呢？」

項少龍苦笑道：「夫人要我給些什麼意見呢？」

莊夫人淒然一笑道：「這種男人的嘴臉我早見慣，若非遇上你，妾身定不會吝嗇身體，以爭取他們的支持，但現在卻感到要先徵求你的意見。天下之間，除你之外，再沒有任何人可以得到妾身所有的信任。」

項少龍正思忖她是否在迷惑自己，莊夫人移步過來，貼入他懷裡，用盡氣力摟緊他的熊腰，俏臉埋入他寬肩裡，呻吟道：「擁抱我好嗎？我需要一個強大的男人支持我。」

要說在這種情況下，對這樣一位身分高貴、千嬌百媚的尤物投懷送抱不動心，定是騙人。項少龍不由把她摟個結實，愛撫著她豐盈和充滿彈性的背肌，柔聲道：「夫人不必如此，就算我們沒有肉體的關係，我項少龍決不會食言，定會助小王儲登上王位。」

莊夫人仰起俏臉，甜甜一笑道：「你以爲妾身當你是其他的男人嗎？不！你錯了，人家昨晚便在夢中見到你，唉！只可惜我們的一段情，到王兒登基後就要一刀兩斷，想起來便感到人生沒有什麼味道。」

忽然離開他的懷抱，拉著他到一旁席地坐下，肅容道：「現在李嫣嫣已確認我和王兒的合法地位，但李園卻以強秦壓境爲藉口，拒不出兵助我母子，春申君不知是否怕開罪李族，亦搖擺不定，神態曖昧。別人所說的支持，只是口上說說，不會有實質的行動，所以我們母子的命運，仍是操在少龍手上。」

項少龍爲安她的心，低聲道：「我在秦楚邊界有支實力強大的部隊，到時可扮作滇人，攻入滇京。但若我殺死田單，便得立即祕密溜走，否則恐怕難以離開壽春。現在李園唯一對付妳的方法，是把你們母子軟禁楚京，又可玩弄妳的身體，一舉兩得。」

莊夫人色變道：「我倒沒有想過這問題。」

項少龍忍不住摟著她的香肩，低聲道：「妳現在最重要的是裝出急需援手的姿態，不妨跟李園和春申君虛與委蛇，擺出一副若果楚廷不肯出兵，就全無辦法的樣子，定可以騙倒所有人。」

莊夫人咬著唇皮道：「你是否暗示我要犧牲自己的色相呢？本來我早有此意，但有了你後，我又不想那麼作賤自己。」

項少龍見她對自己確似動了眞情，自己又風流慣了，忍不住親吻她的臉蛋，柔聲道：「凡是容易上手的東西都不覺珍貴，所以妳要對所有對妳有野心的人欲迎還拒，若即若離，弄得他們心癢難熬時，我們早離開楚京。假若我在楚王大殮前殺不死田單，唯有放棄，全心爲妳復國好了。」

莊夫人現出迷醉的神情，昵聲道：「愈和你接觸，愈覺你有本領，偏偏你卻是個情深義重的豪傑，這感覺眞教人矛盾。少龍啊！人家這麼易上你的手，你會不會看不起人家呢？」

項少龍心道尙未入室登榻，哪算上了手，口上當然不可這麼說，柔聲道：「在小儲君復國之前，我們不可以發生肉體上的關係，那會使我們沉迷慾海之中，誤了正事，我們必要抱上臥薪嘗膽的態度，只有刻苦砥勵，方可成其大業。」

莊夫人差點是呻吟出來道：「你室有美女，怎算是臥薪嘗膽，用這來形容人家倒差不多。」

項少龍放開她道：「女人若在男女之事上得到滿足，會在神態上給李園和春申君這些花叢老手看出來的，那時夫人便難以玩弄手段，此事微妙至極，夫人定要聽我忠告。」

莊夫人驚醒過來，坐直嬌軀道：「妾身明白，但不要忘記你的諾言，復國事成，人家絕不肯放過你的。」項少龍心中暗嘆，處身於此生死懸於一髮的險境裡，他不想有任何因素影響他的大計，包括男女的關係在內。十五天內若殺不了田單，他立即溜走，絕不會猶豫。殺死田單雖重要，卻遠及不上紀趙兩女和衆鐵衛的生命，何況家中還有烏廷芳、項寶兒和正在苦候他的薄命女子趙雅。他終於明白什麼是英雄氣短。

第四章

歷史重演

「鏗鏘」之聲，響個不絕。項少龍、紀嫣然、趙致和一衆鐵衛，加上尤氏姊妹，看著滇國小王儲莊保義和荊善劍來劍往，打得倒也似模似樣。衆女當然頻頻爲小孩子打氣，荊善則憑其靈活的身手，只守不攻。「噹！」莊保義終是人小力弱，一下握不住劍柄，掉在地上。可是他毫不氣餒，滾身地上，拾劍再打。

項少龍心中暗讚，喝停後傳他幾個基本功，著他自行練習，便到尤氏姊妹處讓她們爲他化妝，紀嫣然等亦避返內堂，以免給人見到她們的絕世姿容。尤氏姊妹昨天目睹他大展神威，更是傾慕，熱情如火，幸好項少龍意志堅定，否則說不定會鬧出事來。項少龍終究是曾受嚴格軍事訓練的人，知道在行動之際，若荒淫過度，對精神身體均有害無益。兩女亦由莊夫人處明白項少龍的苦衷，所以只止於一般的親熱和言語上的示意。化好妝後，兩女仍不肯放他離開，硬迫他躺在臥几上，爲他按摩推拿。只推了幾下，項少龍舒服鬆弛得睡了過去。醒來時，兩女正在一左一右的爲他推拿腳板，使他如在雲端，好不自在。

尤翠之笑道：「睡得好嗎？」

尤凝之道：「龍陽君來找你，在外面等了整刻鐘哩！」

項少龍嚇了一跳，坐起來道：「爲什麼不喚醒我？」

尤翠之過來服侍他穿上外裳，柔情似水地道：「不捨得嘛！今晚項爺沐浴時，由我們再給你推拿吧！」

項少龍習慣了她們無微不至和毫不避男女之嫌的悉心侍候，點點頭坐起來。

尤凝之扯著他衣袖幽怨道：「項爺不獎賞我們姊妹嗎？」

項少龍想起這時代的男人誰不是隨處攀折美女，自己的行爲已近似異類，盛情難卻下，摟著兩人痛吻一番，然後一步高一步低的出去見龍陽君。

不知是否因重會項少龍，今天美麗的男人特別容光煥發，項少龍坐好後接過手下奉上的香茗，呷了幾口，龍陽君道：「田單的事非常棘手，因爲田單現在住進楚宮，與李園爲鄰，所以守衛森嚴，我看除非把握到他離開王宮的時間，否則休想行刺他。」

項少龍大感頭痛，道：「有沒有方法弄張王宮的地形圖來呢？」

龍陽君爲難地道：「假若多點時間，說不定可以辦到，但依我看於孝烈王大殮後，田單會立即起程返齊……唉！」

項少龍道：「楚宮防衛方面情況如何呢？」

龍陽君道：「不大清楚，不過只是環繞王宮的護河、高牆和哨樓，均是不能解決的難題。何況現在尚未弄清楚田單住在宮內什麼地方。」

項少龍道：「凡是王侯巨宅府第，必有逃生祕道——」

龍陽君打斷他道：「不用想這方面的可行性，像我們的魏宮，有人十二個時辰輪番監聽地底的動靜，否則掘條地道進宮，不是要宰誰誰就沒命嗎？」

項少龍道：「田單總要參加宴會吧？只要知道他何時會到何地赴會，不是可在中途截殺他嗎？」

龍陽君頹然道：「楚人雖被稱爲南蠻，但比之我們北方諸國更是守禮，楚王大殮前，理該禁止一切宴會喜慶之事，所以你這一著仍是行不通。」

項少龍苦惱地道：「那誰可以把田單由王宮引出來呢？唉！只要知道田單住在王宮何處，說不定我會有辦法。」

這時他腦內想的，自是通往趙穆宅中的下水道，不過由於楚宮大多了，又沒有內應，楚宮的下水道更不知是否那麼方便，所以此法仍是行不通的居多。

龍陽君忽壓低聲音道：「滇王妃是否非常美麗？」

項少龍奇道：「確是非常動人，君上難道……」

龍陽君「俏臉」微紅，「嬌嗔」道：「不要誤會，只是昨晚我到春申君府上之時，李園和春申君都大讚滇王妃，說這樣狐媚的女人確是萬中無一，當時田單、韓闖和郭開全體在座，人人動容，所以我想到滇王妃說不定可以美色引誘田單上當呢！不過卻是想易行難。」

項少龍道：「他們有說起我嗎？」

龍陽君「橫」他一眼道：「怎會漏了你，他們對你的身手和果斷的行爲大感驚異，不過任他們想破腦袋，也不會聯想到項少龍來，奴家既認不出你來，其他人更休想了。」

項少龍最少把龍陽君當作半個女人，又因著相互間「深厚」的交情，無論他作什麼女兒嬌態，只覺親切，而不會生出反感。笑道：「李園說起萬瑞光的時候，有沒有咬牙切齒？」

龍陽君道：「這倒沒有，照我看李族內爭權奪勢非常激烈，李園昨晚大罵李闖文不知進退，活該給人打斷腿骨。」

項少龍糊塗起來，問道：「春申君和李園是什麼關係？」

龍陽君道：「好到不得了，李園見到春申君時像老鼠見到貓，逢迎恭敬得過了份。我看李園暗中必有對付春申君的陰謀，否則不須如此卑躬屈膝。」又道：「你可見過李嫣嫣？我看除紀才女，沒有人比她更清秀明麗，不過她眉眼間總有股化不開的哀愁，教人心痛。」

項少龍苦笑道：「可惜她全無見我的意思，否則我可和君上分享觀感。」

龍陽君沉吟片晌，道：「我派人去偵查徐先的行蹤，不過恐怕已遲了一步，急死奴家哩。」

項少龍輕拍他肩頭道：「只要有我項少龍在，定不教秦軍入侵魏境。」

龍陽君大喜道：「這事拜託你。」

兩人商量一會，發覺一時間實難找到行刺田單的方法，龍陽君唯有先行告退。龍陽君甫離去，李園和春申君相偕而至。項少龍當然由得莊夫人去應付，不過尚未回到紀趙二女的院落，莊孔來請他出主府見客，他唯有硬著頭皮去了。由後進舉步走入主廳之時，他故意改變了一向行路的姿勢，迎面走向正和莊夫人分賓主坐下的春申君和李園，廳的四週均守立著兩人的親衛。果如龍陽君所料，李園沒半點懷疑地站起來迎接他這個萬瑞光，春申君則自重身分，安坐如故。

李園施禮道：「萬將軍果是非常之人，難怪一到壽春，立時成爲家傳戶曉的人物。」

項少龍還禮，以改變了聲調和帶著濃重滇音的周語道：「比起君上和太國舅，我萬瑞光只配作提鞋抹蓆的小廝，太國舅客氣了。」

莊夫人見李園毫不懷疑，放下心事，欣然道：「太國舅今天登門造訪，是要來見瑞光你哩！」

項少龍暗忖兩人是找藉口來與你這萬中無一的女人親近才眞，含笑坐在居左的李園下首。

李園深深望了莊夫人一眼，別過頭來對項少龍道：「萬將軍乃滇南名將，不知對復國一事有何大計？」

項少龍正在注意莊夫人的動靜，見到李園望她之時，她有點慌亂和下意識地垂下目光，心中叫糟，知道李園憑著俊朗的外型、充滿魅力的談吐和風度，擾亂了莊夫人的芳心，所以她有這種失常的舉止。口中應道：「此正爲我們到壽春來的目的，若大王能撥一批軍馬讓小臣指揮，可望一舉破賊，收復滇地。」

春申君乾咳一聲道：「此事還須從長計議，由於先王新喪，儲君年紀尚幼，一切該待大殮後再作決定，希望王妃和萬先生能體諒箇中情況。」

項少龍暗忖這樣最好之時，又見李園以眼神去挑逗莊夫人，春申君卻沒有見到。

李園向莊夫人展露一個項少龍亦不得不承認非常好看的笑容，柔聲道：「太后對滇王妃一見如故，加上先王大殮前心情困苦，著我來邀請王妃和小儲君到宮內小住，好讓我們一盡地主之誼。」

項少龍大吃一驚，心叫不妙。若讓莊夫人和莊保義住到王宮去，再要出來勢非自己可以作主。況且憑李園的手段，莊夫人又是久曠之軀，要得到她確是易如反掌，那時會有什麼後果，實在難以逆料。忙向莊夫人打個眼色。

莊夫人會意，垂首黯然道：「太后心意，青娥心領，青娥乃亡國之人，一天滇國未復，難消愁慮，青娥怎敢以愁容侍奉太后，希望國舅爺能向太后陳說青娥的苦衷。」

李園登時語塞，唯有點頭表示同意。

春申君顯然亦在大打莊夫人主意，柔聲道：「王妃不若到我府小住兩天，免得在這裡觸景傷情，只要先王入土爲安，一切復常，本君定會全力支持小儲君復位。」

莊夫人當然明白春申君說話背後的含意，想起項少龍所說的欲拒還迎，先幽幽地橫了春申君嬌媚的一眼，垂下螓首，輕輕道：「過了大殮之期後好嗎？奴家在來京途中小病一場，到今天仍未康服，希望可以休息數天，養好身體再說。」

看著她我見猶憐的神態，想起昨晚的親熱，項少龍立即腦袋發熱，春申君和李園自是露出色授魂與的表情。美女的魅力確是沒有男人能抵擋的，特別是尚未到手的美女。

李園關切地道：「待會我找宮內最好的御醫來給夫人看病。」

莊夫人推辭不得，只好道謝。春申君和李園找不到再留下的藉口，唯有站起來告辭。

項少龍正鬆一口氣，李園親熱地扯著他衣袖道：「還未曾好好與萬將軍說話，不若到敝府吃一餐便飯吧！」

項少龍一則以喜，一則以驚。喜的當然是有機會到宮內去，驚的卻是怕沒有莊夫人在旁照應，會露出馬腳來。但無論如何，都知道是難以脫身。只是不明白李園爲何要籠絡他。

項少龍和李園坐在馬車內，春申君則自行回府去了。

李園微微一笑道：「萬兄對復國一事，心中成數如何？」

項少龍苦笑道：「滇地叛亂之時，我們莊家和萬家能逃出來的就那麼多人，雖說滇地各族都希望我們回去，但由於李令得到夜郎人撐腰，假若沒有外援，我們成功的機會仍然不大。」

李園狠狠道：「李令此人我早看不順眼，雖說同族，我卻和他沒有半點親情。此人自得勢之後，舉兵四處侵占別國土地，顯然狼子野心，不過若要太后點頭派出大軍，卻不容易，何況滇地實在太遠了，若不能一下子攻克滇京，戰事蔓延，形成亂局，恐秦人會乘機來侵，於我大楚非常不利。」

項少龍恍然大悟，明白到儘管李族裡也分成至少兩個派系，那麼斗介和成素寧，該是支持李令的一派。由於李園沒有把握說服乃妹李嫣嫣，可知李嫣嫣正秉承孝烈王的遺旨，希望通過李令把諸侯國收服，重新納入楚國版圖。但李園卻看穿李令的野心，知道李令只是想另樹勢力，對李園自是構成威脅。其中情況可能更複雜，不過那可是項少龍想像力之外的事。項少龍愈來愈深切體會到表面看去的表象和眞正的事實，可以是完全不同的兩回事。

李園見項少龍呆若木雞，還以爲他正爲復國希望愈來愈黯淡而神傷，抓著他肩頭，裝出懇切的神色道：「說出來或者萬兄不會相信，反對出兵滇國最力的人物，正是春申君黃歇。」

項少龍失聲道：「什麼？」

李園道：「所以我說萬兄很難相信吧！現在的形勢大大不同，諸侯國擁兵自重，王令難行，朝廷又鞭長莫及，難以討伐。所以春申君反對貴國的復辟。」

項少龍苦笑道：「太國舅很坦白。」

李園道：「我卻有完全不同的看法，諸侯國已是既成事實，若要去之只是徒增亂事，最後不但勞而無功，還會培植出更多像李令這種新勢力，所以我對滇國復國一事，是完全支持的。」

項少龍反相信他的話。因爲正是春申君的食客方卓把莊夫人母子到壽春的消息通知成素寧，若說沒有春申君在背後首肯，方卓這麼做對他有何好處？春申君表面做足好人，暗裡卻在扯莊家的後腿，政治本就是這麼卑鄙的一回事。李園也非心腸特好，只是因著某種原因，李嫣嫣現在似乎較傾向於春申君，甚至李族裡也有人站在春申君的一方，使李園大感威脅，現因見到他英雄了得，所以大力拉攏，使項少龍加入他的陣營，背後當然更另有陰謀。

項少龍把心一橫道：「其實我對太國舅的話深信不疑，因爲我們在來此途中，差點爲奸人所害。」

遂把成素寧使人假扮船伕，意圖毀船殺人的事說出來。

李園大喜道：「如此我不必多費唇舌，萬兄如肯與我合作，保證你可以復國，只不知萬兄有沒有那種膽量？」

項少龍哪還不心知肚明是什麼一回事，故作昂然道：「只要能還我滇土，我萬瑞光赴湯蹈火，在所不辭。」

李園沉聲道：「那就必須先殺死春申君。」

項少龍立時聯想起信陵君曾哄他去行刺魏君的舊事，想不到歷史又在重演。

楚宮的規模，在項少龍曾見過的宮殿中，僅次於咸陽宮，守衛之森嚴，卻猶有過之。宮城環以高牆，牆高三丈，四隅各有一座精巧的角樓。牆外護城河環繞維護，寬達五丈，水清見底，最厲害是河心設有高出水面的尖木柵，想潛游過去亦難以辦到。共設兩座城門，憑可隨意昇降的懸門以作出入通道。高牆內殿宇重重，分外朝、內廷兩大部分。中間以連接兩座鐘鼓樓的內牆爲分界。設置內宮門，爲貫通外朝內廷的通道。布局中軸對稱，一條大道貫通南北城門和內宮門，八座巨殿和近六十個四合院落依中軸線井然有序的分布在大道兩旁，綴以花石魚池，小橋流水，參天古樹，瑰麗堂皇。

項少龍與李園由北門入宮，先是一個方形廣場，然後一道小河橫貫其間，過橋後到達兩座主殿「議政」和「儀禮」，均築在白石台基之上，四周有圍欄台道，氣氛莊重華貴。其他六座較小的宮殿，四座位於外朝，兩座座落於內廷，均以楚國神話中的人物爲名，分別是外朝的「火神」、「河神」、「刑神」、「司命」。內廷則是「芳烈」和「巫女」兩殿。聽著李園的介紹，項少龍印象最深刻的當然是巫女殿，只是這些名字，已知楚人實乃諸國中最有創造力和浪漫的民族，在其他諸國休想有這類大膽創新的殿名。同時心念電轉，剛才李園提出必須殺死春申君後，便岔開話題，似乎是給點時間自己消化這難嚥下去的提議，不過他已想到李園的不安好心。春申君畢竟掌權已久，又是門下食客數千，在諸國有很高威望，各方面均是實力雄厚、柢固根深。若李園動手把他殺死，說不定會惹起大動亂，所以自須尋找一代罪的羔羊，那人就是自己。

他項少龍甫到壽春，立以強硬手段逐走霸占滇王府的李闖文，似是完全不顧後果，落在李園眼中，便是有勇無謀之輩。假設他能驅使自己去刺殺春申君，自可把罪名全推到他萬瑞光身上，亦可化解了莊家要求復國的圖謀，甚至可順手把莊夫人據爲己有，一石三鳥，沒有計策比這更狠毒。站在楚人的立場，誰都希望藉李令之手，把諸侯國敉平，土地重新納入楚國國土內。如此看來，李園、春申君都是和李令蛇鼠一窩，只是在敷衍莊夫人這美人兒。

馬車通過內宮門進入內廷，那是楚王處理日常政務及起居的地方，主要的建築物是巫女和芳烈兩殿及東西六宮，每宮由四座四合院落組成，另有三座花園，即中路的御花園與東西兩路的東園和西園，景色怡人，勝境無窮。李園所學甚博，逐一爲他介紹殿名所代表神祇的傳說，談吐高雅，確有引人入勝的魅力。難怪莊夫人雖心屬他項少龍，又明知李園不是好人，對他仍有點情不自禁。

此時他說到河神和巫女，笑語道：「我們最美的兩位女神河神和巫女，不是居住於楚境之內，而是韓境的洛水和秦境的巫山。含睇宜笑、虛緲若神，居住於遠方長河深山之處，想想已教人神往。」

項少龍道：「剛才太國舅所說有關春申君的事……」

李園親切地拍著他肩頭道：「遲些再說，我想萬兒花點工夫，先認識清楚春申君的眞面目，明白到我李園不是誣衊好人，萬兒再作決定。但萬兒請切記這是我們男人家的事，若給女流知道，不但怕她們神態間露出破綻，還徒令她們終日憂心，有害無益。」

項少龍暗呼高招，當然點頭答應。李園在騙自己，自己何嘗不在騙他，兩下扯平，大家都沒好怨的。此時馬車轉往東路，只是不知田單身在何院。

李園笑道：「我在宮外有座府第比這座要大上十倍，不過我仍喜住在宮內，大部分時間在這裡度過。」

項少龍心想你要在近處設法控制李嫣嫣才是眞意吧。衛士拉開車門，項少龍收攝雜念，隨李園步下馬車。

李園和項少龍在主廳內分賓主坐下，俏侍女奉上香茗。項少龍環目一掃，不由暗讚李園果然是有品味的人。朝合院中央庭院望去，是一排十八扇有窗漏的木門，平台水池，池中尙有小亭假石山，以一道石橋貫通，庭院深闊達五百步，遍植茶花、香桂。際此炎夏之時，茶花盛開，桂樹飄香，紅白相映，一派鬥艷爭春的景象。廳內傢俱全用雕鏤精細的香梨木，地席鋪以織錦，裝飾的古瓷、掛雕、屏風一應俱全，項少龍便自問沒有這種心思。若非自己得到紀才女的芳心在先，又因著種種特殊的形勢，說不定在那場角逐裡會敗在他手上。由於北廳背陽，又臨水池，故清爽涼快，消暑解熱。項少龍與李園安坐廳心，品嘗香茗，一時間感到很難把這風神俊朗、貌似正人君子的李園當作敵人。這小子也恁地厲害，竟懂得以親如家人兄弟的手法，對浪蕩無依的「亡國之徒」展開攻心之術，自己當然不該讓他「失望」。

裝作感激要說話之時，李園輕拍手掌，發出一聲脆響道：「萬兒先用點時間去觀察形勢，再考慮我的話。唉！李園之所以不怕交淺言深，只是基於義憤和我大楚的前途，捨此再無其他。」

隨著他的掌聲，四名身材曼妙，身穿楚服，高髻環帽垂巾的美女由側門踏著舞步走出來，到了兩人座前下跪行禮，屈膝以優美的姿態坐在兩人伸手可觸的近處。遮面的紗羅，更使她們引人入勝。到此時項少龍終體會到紀嫣然的話，若此子蓄意討好你，確有過人手段。禁不住爲紀才女沒有被他追到手而抹了一額冷汗，全虧李園只懂詩經楚辭，而不懂什麼「絕對權力絕對腐化」那類警句，又或是「蜜糖的故事」。

李園道：「吾人交友，不是以美女就是以黃金示意，此四女來自不同地方，各有風情，但均是千中挑一的標致人兒，且全是未經人道的懷春少女，萬兄可逐一揭開她們掩面紗巾，看看哪個最合眼緣，好作爲我對萬兄的見面禮。」

項少龍心呼厲害，李園可能是他所遇到的人中裡，最懂心理戰術的一個。如此去揭開四女的面紗予以挑選，不但大增好奇心，還有種侵犯私隱的高度刺激。自己雖無心收納美女，仍有很強烈的衝動去揭紗一看，但他當然不可以這樣做。臉色一沉道：「太國舅的好意心領，可是我萬瑞光一日未復滇國，其他一切不會放在心上。」

李園聞言不怒反喜，哈哈一笑，揮走四女後道：「不知萬兄是否相信，剛才李某是故意相試，看看萬兄會否見色起心。如此我更放心。」

再拍手掌，俏婢奉上精美酒食，兩人把盞淺酌，暢談起來。李園口角風生，不住問起滇地情況，表示極大關注，幸好李園對滇地比他更不清楚，答不上來項少龍隨口編些奇風異俗出來敷衍他，倒也沒有什麼破綻。當年他受軍訓，曾到過中國不少地方，加上對中國地勢風土的認識，說起來自是似模似樣。

吃至一半，門衛報上太后駕到。

項少龍嚇了一跳，正要迴避，李園不慌不忙，先著人搬走酒食，扯著他到一角的屏風後道：「萬兒躲在這裡，當聽我問起有關助貴國復國之事，萬兒當知是誰從中作梗。」

項少龍失聲道：「若給太后發現了怎辦？」

李園拍胸保證道：「舍妹和我說話之時，不會有其他人在旁，若有什麼事，我自會一力承擔，不會讓萬兒受到任何委屈，但記緊只能耳聽，不可眼望。」

上次做董馬痴是要扮粗豪，今次的萬瑞光則由李園定型為有勇無謀，項少龍只好傻楞楞的接受了荒謬的安排。環佩聲響，「迷死了」孝烈王的絕代嬌嬈終於到達。

關門聲響，聽足音果然宮娥侍衛均退出門外去。項少龍想起龍陽君和莊夫人對李嫣嫣的形容，哪還理會得李園的吩咐，把眼睛湊到屏風隙縫處，朝廳心望去。一看下，立時呼吸頓止。他不能相信地看到一位無論秀麗和氣質均足以與紀嫣然和琴清匹敵的美女。平心而說，若論嫵媚清秀，她仍遜紀嫣然半籌，高貴典雅亦不及琴清。可是她卻有一股騷在骨子裡，楚楚動人，弱質纖纖，人見人憐的氣質。這時她盈盈俏立廳心，輕蹙黛眉，只要是男人，就會興起把她擁入懷裡輕憐蜜愛的強烈衝動。她是那種正常男人見到便想拉她登榻尋歡，但又不忍稍加傷害傾國傾城的可人兒。莊夫人說得對，她清麗脫俗的玉容上籠罩著淡淡一抹難以形容的哀愁，似是人世間再沒有事情能夠令她快樂起來。

李嫣嫣頭結雲髻，連額髮處理也作成雲形，瀟灑地擱在修長入鬢的黛眉之上，確堪當「雲髻凝香曉黛濃」的形容。她的鬢髮被整理成彎曲的鉤狀，卻是輕薄透明，雲鬢慵梳，縹緲如蟬翼，更強調了她完美的瓜子臉型和含愁默默的美眸。修長優美，纖穠合度的嬌軀，配上鳳冠翠衣，更使她有種超乎衆生、難以攀折、高高在上的仙姿美態。她身上佩帶著各式各樣的飾物，最奪目仍是掛在粉頸垂在酥胸的一串項鏈，上層由二十多顆鑲有珠寶的金珠構成，最下由一顆滴露狀的玉石作墜飾，與頭頂珠光寶氣的鳳冠互相輝映，澄澈晶瑩，光彩奪目，但卻一點不能奪去她清秀脫俗，超越了所有富貴華麗的氣質。

項少龍不由生出驚艷的感覺。若她肯和自己上榻，項少龍肯定自己會立即付諸行動。此時李園來到她身後，溫柔地爲她脫下外袍，露出刺繡了精美鳳紋、地黑紋金的連身垂地長裾，腰束玉帶，透出一股高貴華美的姿緻。當李園指尖碰到她香肩，貴爲楚太后的美女明顯地嬌軀一震，還垂下目光，神情古怪之極。項少龍心中劇震，暗忖難道他們並非親兄妹的關係，但又知道若是如此，怎瞞得過春申君呢？像李嫣嫣這等舉國聞名的美人，要冒充也冒充不來的。

李嫣嫣豐潤性感的紅唇，輕抖一下，輕輕道：「大哥爲何會在這裡呢？我約好秀兒來看她最新的刺繡哩！」

聲音嬌甜清脆，還帶著鏗鏘和充滿磁力的餘音，上天實在太厚待她。項少龍經過多年來的禍患經歷，對縱是莊夫人、嬴盈那等誘人美女，也可如老僧入定般不動心，可是此刻偷看到李嫣嫣，仍要敗下陣來。同時心發奇想，李園矢志要得到紀嫣然，是否因只有紀才女才能替代李嫣嫣在他心中的位置，難道他兄妹竟有不可告人的關係。在這時代裡，一夫多妻乃當然的制度。有身分地位的人，女子嫁給他們，她的姊妹甚至姪女都會有些跟了去給新郎做媵妾，更不要說陪嫁的婢女。更可異的是一個國君嫁女，同姓或友好的國君依禮都要送些本宗的女子去做媵。除此之外，王侯大臣可隨時把看上的女人收到宮中府裡，姬妾之多可想而知。

多妻家庭最是複雜，很容易發生骨肉相殘的事件，亦很容易出現有乖倫常的亂事。李園和李嫣嫣很大可能是同父異母的兄妹，郎才女貌，加上李園狼子野心，想藉李嫣嫣重施呂不韋的詭計，還哄得春申君以為自己寶刀未老，晚年生子，再轉嫁孝烈王這另一個糊塗鬼，可想像孝烈王見到李嫣嫣之時，連老爹姓甚名誰都忘了，哪會想得到李嫣嫣肚內的「奇蹟」，乃李園一手一腳炮製出來的呢？若非項少龍從趙穆處知悉李園、李嫣嫣、春申君和孝烈王的關係，又明白李園不擇手段的性格，斷不能只看兩人間一個動作和片刻的神情，竟得出如此駭人聽聞的推論。李園若知道的話，殺了他亦不肯予項少龍偷看兩人獨處的機會，想到這裡，呼吸不由急促起來。

李園著李嫣嫣坐下，柔聲道：「秀兒正在東廂刺繡，難得有這等機會，讓大哥和嫣嫣說句話兒好嗎？」

這麼一說，項少龍便知李園看似無意地遇上李嫣嫣，其實卻是故意的安排，好教自己聽到不利於春申君的對話，以堅定自己成為他刺殺春申君的工具。因為李園該早知道李嫣嫣會在午膳後來看郭秀兒的刺繡，而刺繡因未完成的關係，必是不好搬運，所以楚國現時最有權力的太后只好紓尊降貴到這裡來，亦可見她和郭秀兒間的關係非常良好。

李嫣嫣嘆道：「說吧！」

李園在妹子面前頗為戰戰兢兢，乾咳一聲，清了清喉嚨道：「滇王妃母子請我們出兵助他們復國一事，我想和嫣嫣商量一下。」

李嫣嫣冷冷道：「大哥是看上滇王妃吧。」

李園因「萬瑞光」正在偷聽，立時大感尷尬，不悅道：「嫣嫣怎可如此看你大哥，我只是為大楚著想，先君新喪，若我們對滇王妃母子的要求無動於衷，說不定會惹起衆侯國叛離之心，若他們靠向秦人，楚國危矣！」

項少龍心中好笑，李園這麼慷慨陳詞，對自己是一片苦心。

李嫣嫣默然片晌，淡淡笑道：「這事不是由你和我決定便可成事，還須詢問軍將大臣的意見，否則必起爭端。大哥有和春申君提過這方面的意見嗎？」

孝烈王去世，春申君立時成爲楚廷軍政兩方面最舉足輕重的人物，亦是基於這理由，莊夫人不遲勞苦趕回壽春，央求春申君伸出援手，豈知春申君正是背後策畫要毀掉她母子的人。

李園正中下懷，昂然道：「當然說過，可是春申君仍是一意孤行，決意用李令來平定諸侯，還說除滇王妃可留下外，其他一切人等均要除掉。唉！李令若得勢，肯遵服王命而行嗎？所以大哥不得不向太后進言。」

他還是首次稱李嫣嫣爲太后。正凝神偷看的項少龍暗叫厲害，這番話不論眞假，但李園當著楚太后說來，假也要變成眞。若他是如假包換的萬瑞光，必會深信不疑，橫豎也是死，自會依李園的命令去博他一鋪。

李嫣嫣沉吟片晌，緩緩道：「我教大哥去請滇王妃母子入宮小住一事如何？若她們來了這裡，就沒有人可傷害她們。唉！寡婦孤兒，教人憐惜。」

項少龍心中一陣感動，耳內傳來李園解釋莊夫人母子爲何拒絕的因由，心想原來李嫣嫣的心腸這麼好，看來她一切作爲，都是被以李園爲首的族人迫出來的。難怪她這麼不快樂，不由憐意大起。

神思迷惘間，只聽李嫣嫣柔聲道：「大哥你現在立刻給我去見滇王妃，無論如何也要把她母子和所隨人員請到宮內來，就算我們不能出兵替他們復國，亦絕不容他們給人害死。莊蹻於我大楚功勳蓋世，對忠良之後，怎也該有憐恤之情吧！」

李園深慶得計，長身而起，才發覺李嫣嫣半點站起來的意思都沒有，大奇道：「嫣嫣不是要去看秀兒嗎？」

李嫣嫣淡淡道：「我想一個人在這裡靜靜想點事情，誰也不得進來打擾哀家。」

李園忍不住回頭瞪了屏風一眼，嚇得項少龍立時縮回頭去。

李嫣嫣不悅道：「大哥還猶豫什麼呢？」

接著是門開門闔的聲音，可以想像無奈離開的李園是多麼惶急苦惱。項少龍也非常痛苦，假設這美人兒冥坐一個時辰，他就要給活生生悶壞。

李嫣嫣的聲音響起道：「不論你是誰，立刻給我滾出來！」

項少龍一聽下立時汗流浹背，若這樣給李嫣嫣斬了頭，確是冤哉枉也之極。

項少龍龍行虎步般由屏風後昂然走出來，隔遠跪拜地上，沉聲道：「亡國之臣萬瑞光罪該萬死，請太后賜罪。」

李嫣嫣冷冷望著他，淡淡道：「抬起頭來！」

項少龍心中暗喜，抬起頭深深望進她眼裡，一副視死如歸的慷慨模樣。

李嫣嫣秀眸射出銳利的神光，肅容道：「現在我問你一句你答一句，若稍有猶豫，我立即喚人進來把你推出去斬首，不要欺我是女流之輩，哀家自幼學習騎射劍術，等閒幾個人休想近得了我。」

項少龍暗忖難怪你這麼大膽子，嘆道：「太后不若把我乾脆斬首好了，若問及有關太國舅爺的事，我怎可未經他允准便說出來。」

李嫣嫣不悅道：「現在我大楚究竟誰在當家作主？」

項少龍知道不能太過火，黯然道：「我萬瑞光只是亡國之臣，這次返回壽春，早不存活望，只求爲國盡得點心力而死，已心滿意足。」

李嫣嫣怒道：「你想死嗎？我偏教你求生不得，求死不能。還派你一個意圖行刺哀家的罪名，使你禍連親族。」

項少龍哈哈一笑道：「說到底，原來是太后要亡我莊家，好吧！我萬瑞光認命如何。」

他並非有意和她抬槓，只是眼前形勢複雜，李園和李嫣嫣的關係更是令人莫明其妙，若乖乖屈服，出賣李園，定會使她心中鄙夷。不若試一試她對莊家的同情心達至何種程度，反更划算。李嫣嫣狠狠盯著他，臉色忽晴忽暗，顯是對這充滿英雄氣概、泯不畏死的軒昂俊偉男子拿不定主意。

項少龍見好就收，在地上重重叩三個響頭，道：「這是謝過太后剛才對我莊家的維護之情。現在太后若改變心意，小臣仍是非常感激，只望能以一死息太后之怒，望太后高抬貴手，放過莊蹻僅存的一點香火。」言罷迅捷地彈退兩步，再跪下來，抽劍便要自刎。

李嫣嫣嬌喝道：「且慢！」

項少龍當然不會自殺，若李嫣嫣不喝止，他只好撞破後面的窗漏，以最高速度逃回莊府，再設法逃命。暗叫好險，像電影的凝鏡般橫劍頸項，苦笑道：「太后尚有什麼吩咐？」

李嫣嫣道：「先把劍放回鞘內，到我身前坐下。」

項少龍一言不發，還劍鞘內，移到她身前十步處舒適地坐下來，神態不亢不卑。這時代最重英雄，項少龍是不是英雄自有定論。但因他是來自人人平等的二十一世紀，今雖入鄉隨俗，依足禮數，但自然而然流露出一種天不怕地不怕的氣魄，使他給人與衆不同的昂揚感覺。

李嫣嫣端詳他好一會，幽幽嘆道：「大哥是否曾指使你去行刺春申君呢？」

這次輪到項少龍大吃一驚，想不到李嫣嫣如此高明，竟由李園囑他躲在屏風後偷聽，又故意說春申君壞話，從而推出這麼樣的結論來。故作沉吟道：「太國舅爺或有此意，但尚未正式對小臣說出來。」

李嫣嫣聲調轉冷道：「殺了春申君，你想你們莊家仍有人可活著嗎？」

項少龍有點摸不清她究竟是站在李園的一方還是春申君的一方，道：「當然我會成爲代罪羔羊哪！」

李嫣嫣呆了一呆，奇道：「代罪羔羊，哪有這麼古怪的詞語，不過聽來倒很貼切。羔羊確只有任人宰割的份兒。」

項少龍這時已非常熟悉宮廷中人的心態，李嫣嫣等若另一個朱姬，寂寞難耐，所以於忽然遇上自己這麼一個人，順手拿來消遣一下，靈機一觸道：「這又叫黑狗得食，白狗當災，是否更貼切呢？」

李嫣嫣一時仍未明白，想了想後，「噗哧」一聲笑起來，旋又知有失莊重，玉容收斂，但語氣已轉溫和，淡淡道：「你這人並非如表面看來般有勇無謀，只懂動劍。唉！你走吧！說到底，並不關你的事，我只是氣你竟膽敢偷看哀家。」

項少龍不敢露出歡喜之色，叩頭謝恩，站起來道：「請太后指點一條離去的明路。」

李嫣嫣道：「我離開後，你可由偏門經中庭從後廂離開，你若不想人頭落地，最好不要將我的話透露給太國舅爺知道，否則絕不饒你。」

項少龍將她的話當作耳邊風，隨便應一聲，便要往後退到中庭去。

李嫣嫣不悅道：「站住！你究竟有沒有聽到我的話。」

項少龍坦然道：「小臣因不大把自己的人頭當作一回事，所以並沒有十分在意。但若太后說這樣哀家會不高興，那縱使五馬分屍，我也會至死凜遵。」

李嫣嫣先是杏目怒睜，但聽到最後幾句，神色漸轉柔和，柔聲道：「你若非大奸大惡的人，就是坦誠正直者，滇國出了你這種人才，復國有望。去吧！以後我再不想見到你。」

項少龍愕然道：「太后剛才不是著太國舅爺命我們入宮嗎？」

李嫣嫣沒好氣地道：「你當那麼容易見到我嗎？快滾！」

項少龍苦笑道：「若太后眞的要我滾出去，我情願給你殺了。太后有聽過士可殺不可辱嗎？」

李嫣嫣顯是從未聽過，只覺此人妙語如珠，引人入勝，平生罕見，更不宜和他多接觸，一副給他氣壞的樣子，轉身往大門走去。項少龍乘機退到庭院裡，快步來到後廂處，心中仍被李嫣嫣的倩影塡滿之時，推門便要出去，香風飄至，一道人影朝他直撞過來。心神恍惚下，項少龍只知對方是一名女子，哪敢讓對方撞入懷內，伸手去按對方香肩。那女子驚呼一聲，伸手按上他胸口，借點力往後退開去。後廂中傳來數聲女子喝罵的聲音。項少龍和那差點撞個滿懷的女子打個照臉，吃了一驚，不是嫁給李園的郭秀兒還有何人。

隨在郭秀兒身後的婢女聲勢洶洶地一擁而上，給郭秀兒一手攔著，嬌喝道：「不得無禮，這位是萬瑞光將軍，太國舅爺的朋友。」大有深意地狠狠看項少龍一眼，施禮道：「先生請恕妾身走路時沒帶眼睛。」

項少龍隱隱感到郭秀兒識穿他的身分，但又不知破綻出在何處，大感頭痛，可又是心中欣悅，還禮道：「請太國舅夫人恕我冒犯之罪。」

郭秀兒向身後四婢喝道：「還不給我去侍候太后去？」

四婢少有見到溫婉嫻雅的夫人如此疾言厲色，邊嘀咕此人不知是何來頭，匆匆領命而去。

郭秀兒柔聲道：「讓妾身送將軍一程吧！」

領路而行，到了後門處，對把守後門的兩個門衛道：「給我去爲萬將軍喚輛馬車來。」

其中一人應命去了。

郭秀兒找個藉口支開另一守衛，到只剩下兩人，低聲道：「項少龍！我想得你好苦，你爲何會到這裡來呢？是否想對付秀兒的夫君呢？」

項少龍心想她果然看穿自己的僞裝，嘆道：「妳怎知道我是項少龍？」

郭秀兒低聲道：「我剛才手按到你的胸口，摸到那鳳形玉墜子，我自幼把玩它，當然認得！秀兒很高興，你眞的一直懸著它。」

項少龍恍然而悟。

郭秀兒幽幽道：「少龍可否放過秀兒的夫君？」

項少龍心中一陣感動，郭秀兒若要他死，只要嬌呼一聲，他立即完蛋，可是她縱是猜他來刺殺李園，仍不肯這麼做，只是向自己求情，可知她是打定主意不肯出賣自己。忍不住道：「他疼妳嗎？」

郭秀兒肯定地點點頭，旋又嘆道：「那又有什麼用，他太多女人哩！」

項少龍當然知道李園風流自賞，認眞地道：「秀兒放心，我這趟來絕非爲了他。」

到馬車遠去，郭秀兒神傷魂斷的返回院內去。

馬車馳出宮門，兩騎飛至，其中一人項少龍認得是斯文秀氣的東閭子，此人曾在邯鄲的比武場上大出風頭，與另一劍客樓無心乃李園手下最著名的兩大高手。

東閭子恭敬地勒馬問好，道：「太國舅爺在偎紅樓等候萬爺，讓小人領路。」

另一人早吩附御者改道，項少龍笑道：「何用領路，車子不是正朝那裡去嗎？這位壯士高姓大名。」

東閭子有點尷尬，在壽春他們已慣了這種橫行無忌的作風，乾咳一聲，爲那人報上名字。此時蹄聲響起，一隊二十多人的騎士迎面而來，帶頭者年約二十許，身穿貴族的武士服，面相粗豪，身形壯碩，一看便知是勇武過人之輩，雙目盯到東閭子，立時射出兩道寒芒，神情興奮。

東閭子見到這青年，冷哼一聲，低聲對項少龍道：「萬爺！這是春申君第七子黃戰，爲人好勇鬥狠，在壽春論騎射劍術乃數一數二的人物，太國舅爺曾有嚴令，禁止我們開罪他，他若有言語上的不敬，萬爺請多多包涵。」

項少龍暗忖原來是壽春的貴族惡霸，黃戰已在前方攔著去路，從人左右散開，竟把整條路的交通截斷。

東閭子施禮道：「東閭子向黃公子請安問好。」

黃戰悶哼一聲，策馬而出，來到東閭子旁，一臉傲氣，瞥了項少龍一眼。

東閭子忙道：「這位是滇國的萬瑞光將軍，剛抵壽春。」

黃戰精神一振，呵呵笑道：「原來是把李闖文硬掃出門口的萬瑞光，不若找個地方，讓黃戰領教高明，免得被外人譏我壽春無人。」

項少龍心中好笑，原來只是個徒逞武力、有勇無謀之輩，難怪李園會得勢。

東閭子沉聲道：「黃公子……」

黃戰不留情面地打斷他道：「狗奴材！哪裡到你來說話。」

東閭子垂頭不語，顯然心中狂怒。

黃戰不屑地盯著項少龍，嘲笑道：「萬將軍不是心怯吧？」

項少龍微微一笑道：「黃公子抬舉在下，在下更不會狂妄得以為壽春無人，不過在下手中之劍只用於沙場卻敵，又或保衛社稷田園，公子自當深明此理。」

黃戰色變道：「你在嘲笑我不懂沙場征戰嗎？」

項少龍這時更清楚他只是好勇鬥狠之徒，從容道：「黃公子若有興趣，可擇日公開切磋比試，不過此事必須先得尊君同意，公子請！」

這番話軟硬兼備，擺明我不怕你。黃戰何曾遇過如此厲害的人，發愣半晌，喝道：「就此一言為定，姓萬的不要到時臨陣退縮。」

項少龍仰天大笑道：「公子放心，能與高手比武，正是我萬瑞光求之不得的事。」

聽到他笑聲裡透露出來的豪情和信心，黃戰愕了一愕，轉向東閭子道：「芳烈閣的小珠兒是我黃戰的人，東閭子你以後最好不要再到那裡去。」

言罷一聲呼嘯，領著隨人策馬而去，這時街上兩方排滿車龍和馬龍。

東閭子射出怨毒神色，盯在黃戰背影，待他們轉上另一條街，深吸一口氣道：「眞希望萬將軍可一劍把這小子宰掉。」

壽春是項少龍來到這時代後，最多徵歌逐色場所的地方，只是最繁盛的鄰靠內城以酒神命名的芳烈大道，有上百間大小妓寨、歌臺舞榭和酒館，且是私營的，其興旺可知。據東閭子說，大部分歌姬來自各被征服國家，其中以越女身價最高。「貨源」可直接從那些被楚國王族長期剝削的地方「採購」，又可向政府購買被俘虜的亡國奴，只是想想箇中情況，項少龍已聽得搖頭嘆息。偎紅樓是壽春最具規模的歌舞樓之一，其餘兩間是神女齋和黃戰警告東閭子不要去的芳烈閣。

偎紅樓是一組圍以高牆的院落組群，園林內分布著七、八座四合院，主樓樓高兩層，憑窗後望，可看到不遠處殿宇森森、金碧輝煌的楚宮和內城牆、護河與壽春著名的園林勝地郢園，位於園中央的郢湖像一塊嵌在林木間的明鏡，景色怡人，項少龍居住的滇王府在郢園的東端。項少龍在東閭子的引路下，登上主樓二樓，四名彩衣美婢跪地恭迎，遞上兩盆清水，侍候他們濯手抹臉，那種排場確非三晉和強秦能及。管事的是個叫叔齊的大胖子，這人拍馬屁的功夫一流，難得的是恰到好處，連項少龍都覺得須對他加以打賞，才能心安理得。

李園此時正在靠郢園的一邊其中一間廂房內喝酒，陪他的還有兩名曾是滕翼手下敗將的樓無心和言復。見到項少龍來，請他入席，神色凝重道：「太后有沒有發現萬兒躲在屏風之後？」

項少龍心念電轉，知道必須作出賣李園還是收買李嫣嫣的抉擇。苦笑道：「太后曾有嚴令，不准我把事情說出來，不過我萬瑞光豈是怕死之人，太國舅爺又對我們莊家如此盡心盡力。是的，太后不知如何竟會知道我躲在屏風之後。」他終決定買李園，原因說來好笑兼諷刺，皆因李嫣嫣本性善良，開罪她尚有轉圜餘地，李園卻是不折不扣的奸人，若讓他知道自己說謊，自然大是不妙。

李園欣然道：「萬兒這般看得起我，我李園自然會盡力保著萬兒，萬兒可以放心。嘿！你猜她為何知道你躲在屏風後呢？我也是事發後想到答案。」

項少龍確不知道，搔頭道：「太國舅爺請說原委！」

李園道：「原因有兩方面，首先她早從門衛處知道我和萬兒在喝酒談心，其次是地上的足印，當太后著我離開之時，我回頭一看，見到地上足印由深至淺延往屏風處，便知露出破綻。」

項少龍暗叫好險，若諉稱太后只是在那裡發了一陣呆就溜掉，就要當場給李園識破他在作偽。

李園笑道：「萬兒！李園敬你一盃。」

樓無心、言復和東閭子等齊齊舉盃。

酒過三巡，項少龍自動獻身道：「太后似乎隱隱知道太國舅爺故意問起敝國之事，是要讓我清楚誰是阻我莊家復國之人，還嚴詞訓斥我一頓。」

李園若無其事道：「萬兒請把與太后見面的整個過程，一字不漏的述說出來，此事至關重要，千萬不要有絲毫隱瞞的遺漏。」

項少龍立即半盤託出，眞眞假假的作其描述，其中最關鍵的地方，例如李嫣嫣看穿李園要他項少龍去刺殺春申君那類言語，自須隱瞞。

李園皺眉沉思頃刻，又反覆問過其他細節，迫得項少龍連拔劍自刎都說出來，神情古怪道：「我最清楚我太后妹子的性格，少有與人說這麼多話，最奇怪是一點沒有責罰萬兒。」轉向其他人道：「你們有什麼看法？」

樓無心等三人神情古怪，卻不敢說出心中所想。

李園拍几怒道：「我要你們說就說呀！難道我猜不到嗎？只是想跟你們印證一下而已。」

樓無心垂頭恭敬地道：「說到底太后仍是個女人，可能是……嘿！大爺明白我的意思吧！」

李園瞥項少龍一眼，哈哈笑道：「你看他們身為男兒漢，說起女人來竟要這麼吞吞吐吐，不是挺可笑嗎？」

這時輪到項少龍奇怪起來，難道自己猜錯，若李園和美麗的妹子有乖逆倫常的關係，對她看上第二個男人，多多少少會有妒忌之意，但看他現在如此開心，於理不合。

李園舉盃道：「我們再喝一盃！」

項少龍糊裡糊塗的和各人舉杯對飲。

李園放下盃子，眼中閃著懾人的異采，神情充滿憧憬地道：「我的太后妹子終於耐不住寂寞，為萬兒而心動。男女間的事最難解釋，只不過實情確是如此，萬兒這次復國有望。」

項少龍心中暗罵，早先是要自己作刺客殺手，這回卻是想自己當舞男。搖頭道：「太國舅爺誤會，太后只是關心我們莊家的事，故和我多說幾句話，亦因此放過在下，不該涉及男女之私。」

李園興奮地道：「當然大有可能是空歡喜一場。不過我會用言語向她試探，我太清楚她，她可以瞞過任何人，絕瞞不過我。」

項少龍正容道：「太國舅爺要我萬瑞光提劍殺敵，在下絕不皺半下眉頭，可是……」

李園打斷他道：「好！不愧好漢子。但萬兒有沒有想過成大事者，不但要不拘於小節，還須無所不用其極，否則萬兒就不用到壽春來，乾脆殺返滇國，看看可否憑手中之劍把奸黨殺盡。」

項少龍爲之語塞，同時大惑不解道：「在下有一事不明，說到底李令是太國舅爺李族之人，爲何春申君反要維護他，而太國舅爺卻要對付他呢？」

李園嘆一口氣，向言復打手勢道：「言復你來說！」

言復肅容道：「萬將軍有所不知，即使李族之內，亦有不同黨派。最具實力的當然是我們大爺，另一黨則以大爺的親叔太祝李權爲首，他專掌國內一切祭祀之事，最近與相國春申君狼狽爲奸，李令和李闖文屬他們一黨，故與大爺不和。」

項少龍終於明白。表面看來，春申君和李園似甚融洽，內裡卻是暗爭劇烈。春申君於是拉攏李族內與李園敵對的勢力，以之打擊李園。正爲此原因，所以春申君改變立場，由支持莊家復國變成反對和破壞，說到底沒有一個是好人。在這種情況下，李嫣嫣自然成爲最關鍵的人物，誰取得她的支持，誰就能在最後勝出來。

楚廷最有權力的職位，首先當然是右相國春申君和左相國李園，其次是太祝、太宗、太正和太史。後四者中又以兼掌律法的太祝權力最大，右相國與太祝聯手，難怪李園處在劣勢。這麼看來，李園倒非全沒爲莊家復國之意，因爲復國後的莊家，將變成李園的心腹勢力，既可助他穩定其他諸侯國，亦可使他勢力大增，壓倒其他反對的力量。

李園道：「這次太后想把滇王妃及王儲請入王宮，實是出於李權的主意，表面的理由雖是冠冕堂皇，其實只是不想你們和其他諸侯國聯繫及達成密議，不利於李令吧！萬兒現在明白嗎？」

項少龍裝作感激零涕道：「多謝太國舅爺指點。」

李園又沉吟半晌，續道：「此事自有我向太后推搪，春申君一事則可暫擱一旁，目前最緊要的事，是弄清楚太后是否對萬兒有意思，可決定下一步該怎麼走。」長身而起道：「我現在先回王宮，讓他三人陪你飲酒作樂。這裡的姑娘姿色出衆，保證萬兒滿意。」

項少龍哪有興趣嫖妓，站起來施禮道：「太國舅爺的好意端光心領，亡國之臣，哪有閒情開心玩樂。」

李園見他除復國一事外，對其他事再無半絲興趣，欣然道：「讓我先送萬兒一程吧！」

相偕去了。

項少龍回到滇王府，只見大門外守著十多名禁衛軍，入門後，弄清楚是李嫣嫣親自下令派這些人來保護王府的。剛進府立刻給莊夫人請去說話，聽畢項少龍的敘述，莊夫人忿然道：「想不到春申君是這樣的人，想我先家翁當年如何待他，怎想到現在竟與李族的人聯手來害我們。」

項少龍早見慣這種事，安慰道：「有多少個人不是見利忘義的，幸好我們根本不用倚靠任何人，只要幹掉田單，我們立即遠離是非之地，盡力作復國之謀，任得他們自相殘殺好了。」

莊夫人幽幽嘆氣，低聲道：「幸好我還有你可以倚賴。」

項少龍暗暗心驚，岔開話題問道：「今天有什麼特別的事？」

莊夫人精神一振道：「我們這次可說是來得合時，各地侯王不是派出重臣，就是親來弔喪，他們都很懷念先家翁的恩德，除了支持李令的夜郎人外，都表示若我們舉事，可在軍餉和物資上支助我們，近年來夜郎人勢力大增，人人希望我們能夠復國，把夜郎人的野心壓下去，聽說這次夜郎王花剌瓦亦會來弔唁呢？」

項少龍皺眉道：「李令會不會來？」

莊夫人有點茫然地搖搖頭，苦笑道：「若楚廷肯接受他來壽春，那代表楚人正式承認他的身分，李園該不會容許此事發生的。」

項少龍沉聲道：「我看他來的機會很高，否則春申君不會故意請妳回來，又派人在中途行刺妳。照我看他定是和夜郎王花剌瓦聯袂而來，李闖文的霸占滇王府，正是要為李令造勢，只不過想不到我們仍活得好好的。孝烈王一死，壽春陷進各大勢力的鬥爭之中，李嫣嫣就是因清楚此事的來龍去脈，故而派人來守衛滇王府。」

莊夫人色變道：「少龍！我終是婦道人家，遇上這種情況心中六神無主，該怎麼應付好呢？」

項少龍道：「現在還要弄清楚一件事，是為何太祝李權建議我們搬進王宮去？不過其中的一個可能性，該是讓李令可大模大樣住進滇王府去，而春申君則以安全理由，把我們軟禁在王宮內，既可阻止我們和其他侯王接觸，又可公然明示天下，李令已正式成為滇國之主，手段確是卑劣之極。」

莊夫人怒道：「李嫣嫣難道任由他們擺布嗎？」

項少龍道：「李嫣嫣是個怎樣的人，我們還未真正摸清楚，不過照我看，她還是比較遠李園而親春申君和李權的，否則李園不會因李嫣嫣對我另眼相看而欣喜若狂。」

莊夫人細看他一會，點頭道：「你確是個能令女人心動的男人，李嫣嫣一向憎恨男人，說不定會因你而改變。」

項少龍失聲道：「憎恨男人，她是愛搞同性戀嗎？」

莊夫人愕然道：「什麼是同性戀？」

項少龍知道又失言，解釋道：「即是歡喜與同性別的女人相好，嘿！」

莊夫人抿嘴一笑道：「這倒沒有聽過，只知她由懂事開始，凡男人用過的東西絕不去碰。對男人更是不假辭色，否則李園不會因她和你說了一會話，竟猜到那方面去。」

就在此時，莊孔連門都不拍闖進來道：「太后和太祝來了！」

項少龍和莊夫人愕然對望，既大感意外，更不知如何是好。

臉垂重紗的李嫣嫣，高坐於滇王府主廳向門一端的主席上，太祝李權手捧朝笏，恭立一旁，慓悍的禁衛軍林立廳外兩旁，直排到入門處，氣氛莊嚴肅穆。

莊夫人、項少龍領著莊保義叩頭施禮，隨來的禮儀官高喝道：「平身！」

莊夫人等站起來。項少龍留心偷看太祝李權，此人臉型窄長，身形高瘦，美鬚垂胸，年紀在四十左右，頗有點仙風道骨的格局，可惜臉容蒼白，一副酒色過度的樣子，兩眼更是轉個不停，顯是滿肚子壞水。

太后李嫣嫣平靜地道：「未知太國舅是否來見過王妃和儲君，傳達哀家的意思？」

莊夫人當然不能睜著眼說這種絕瞞不了人的謊話，正不知如何是好，項少龍乾咳一聲道：「太后明鑑，太國舅爺曾……」

太祝李權冷喝一聲，打斷他的話道：「太后在詢問滇王妃，哪到其他人代答。」

項少龍差點拔劍衝前把他宰了，此君實在欺人太甚。

莊夫人冷冷道：「我弟萬瑞光的話，等若我的說話。」

李權冷哼一聲望向臉藏在深紗之內的李嫣嫣。

李嫣嫣淡淡道：「萬將軍請說。」

項少龍暗忖若不施點顏色，他們連在壽春立足的地方都沒有了，從容自若道：「請問太后，奸徒李令，是否正和夜郎王聯袂前來壽春的途上。」

李嫣嫣和李權同時一震，愕在當場。氣氛尷尬難堪之極。

項少龍雙目厲芒閃動，沉聲道：「太后請回答小臣。」

李權回過神來，大喝道：「萬瑞光你竟敢對太后無禮？」

項少龍沒好氣地奇道：「李太祝請恕愚魯，小臣詢問的乃關於我們滇國的事，何無禮之有？」

李權一向比李園更橫行霸道，罕有給人頂撞，但在這情況下又不可以不講道理，一時語塞起來。項少龍冷冷望著他，嘴角飄出一絲令李權不寒而慄的森冷笑意，轉往李嫣嫣，索性擺出一副天不怕地不怕的神氣，靜候她的答覆。

李嫣嫣平靜地道：「李令確曾要求來此，給哀家一口拒絕，至於他有沒有隨花刺瓦同行，哀家並不清楚。」

項少龍哈哈一笑道：「我敢以項上人頭作賭注，花刺瓦和李令狼狽爲奸的兩個人，均已抵達壽春，否則何用勞動太后和太祝親臨，把我們請入王宮去。」

李權登時色變，大喝道：「好大膽子！」

項少龍仰天狂笑道：「有何大膽可言，楚既要亡我滇國，我等也不願再忍辱偷生，太后請回宮吧！我們祭祀了歷代先王後，立即全體自盡，不用太后再爲我等費神。」

李權臉色再變，假若發生此事，必使諸侯離心，說不定會靠向強秦，那就大大不妙，而此正是楚人最害怕發生的事。李嫣嫣嬌軀微顫，不知如何去應付這個局面。莊夫人跪下來，把莊保義摟入懷裡，反是這小子仍昂然而立，沒有露出半點害怕的神色。項少龍目如鷹隼，緊盯李嫣嫣。他當然不會蠢得去自殺，必要時自然是立即遠走高飛，總好過給軟禁宮內，任人宰割。且最怕是給人發現他身上的飛針，那時連李園都要來殺他。

就在此時，門外響起一連串兵器交擊之聲，接著李園直闖進來，怒喝道：「誰敢阻我！」守在門處的八名禁衛長戟一挺，截著他的進路。

李嫣嫣嬌叱道：「讓太國舅進來！」

長戟收起，李園還劍鞘內，確有不可一世的英雄氣概。項少龍見到莊夫人美目盯著李園，露出迷醉神色，暗叫不妙，一時又全無辦法。

李園大步來到項少龍旁，施禮後剛站起來，李權已冷笑道：「太國舅爺……」

李嫣嫣冷然截斷他道：「此事待哀家處理！」

李園不屑地瞅李權一眼，沉聲道：「恕我李園不懂逢迎之道，若太后再任由奸人唆擺，亡國之禍，就在眼前。」

李權不理李嫣嫣的指示，厲聲道：「左相國此話何意，定須還本太祝一個公道。」接著向李嫣嫣跪下來，叩頭道：「太后請爲老臣作主，即使先王在世之日，亦從沒有對老臣有半句侮辱之言。」

項少龍暗忖李權確非什麼像樣的人物，難怪會被春申君收買，想不到秦、楚、趙三國，權力都到了太后手上，原因則各有不同。趙孝成王是生活過於靡爛，受不住壓力而亡，秦莊襄王給呂不韋毒死，而楚孝烈王則大概是喪命於李嫣嫣的肚皮上。

李嫣嫣因粉臉藏於面紗後，使人高深莫測，難猜其意，沉默好一會，緩緩道：「太國舅爺莫要危言聳聽。」

事實上到現在項少龍仍弄不清楚李嫣嫣的眞正立場，她似乎相當維護莊家，當然也可能是在演戲。但肯定在莊保義復位一事上她是站在李權和春申君的一方，否則此刻不會出現在滇王府內。今早她吩咐李園把莊家全體人等接進宮內，應已得到李令前來壽春的消息。

李園頹然道：「要說的話，我早說了。先聖有言，逆人心者，無有不敗。現在李令勾結夜郎人，凌迫鄰國，實存虎狼之心。可笑是竟有人視而不見，還一心一意玉成其事，令諸侯國心存離意，只看滇王儲到壽春後人人爭相拜訪，該知人心所向。我說太后受小人唆擺，楚亡在即，絕非虛語。假若西南屏藩盡去，強秦大軍將長驅直進，不出一個月時間可兵臨壽春城下，那時再對侯國安撫，爲時已晚。」

項少龍開始感到李園對莊家復國一事，並非全無誠意。無論李園是如何壞透的一個人，但他終仍是愛國和愛家族的。在某一程度上，假設自己仍要留在壽春，他的命運就要和李園掛上鉤。若李園被人幹掉，他也不能再活多久。此事確是始料難及，就算當代預言學大師鄒衍親口告訴他，他亦不會相信。

仍跪在地上的李權帶著哭音陳情道：「太后切勿誤信饞言，老臣一切作爲，無不秉照先王遺命而行，太后明鑑。」

就在這一剎那，項少龍把握到李嫣嫣的立場。她並非對李令有什麼好感，又或特別靠向李權或春申君，而是遵循楚孝烈王的遺命，希望通過李令把眾諸侯國重新歸納入楚國的版圖內。而李園則看出此事行不通之處，加上李族內兩系的鬥爭，變成現在僵持的局面。項少龍設身處地，不禁爲李嫣嫣要作的取捨而頭痛。比較起來，李園確是高明多了，至少有不受孝烈王亂命的勇氣。莊夫人仍靜靜地跪在地上，眼光不時巡視項少龍和李園兩人，可能也有點難以取捨。

李嫣嫣蹙起黛眉，爲難的道：「此事遲點再說，哀家要回宮了。」

李權惶急叫道：「太后！」

項少龍哈哈笑道：「李太祝最好和奸賊李令說一聲，無論他帶來千軍萬馬，我萬瑞光誓要取他項上人頭。」

李嫣嫣嬌軀劇震，站了起來。項少龍、李園和莊保義忙依禮跪伏地上。

李嫣嫣緩緩道：「李令到京之事，確沒有得到哀家同意，李權你命他留在夜郎王府，不准踏出府門半步，若這樣都給人殺了，怨他命苦吧。」轉向李園道：「太國舅爺給我調來一團禁衛軍，十二個時辰把守滇王府，若有任何人敢來冒犯，立殺無赦。」

擺駕回宮聲中，在八名宮娥前後護擁下，楚域的第一美人出門去了。李權怨毒無比的眼光掃過李園和項少龍，追了出去。

莊夫人親自爲李園和項少龍把盞斟酒，向李園媚笑道：「到今天妾身才知道誰是爲我莊家盡心盡力的人，讓我姊弟向太國舅爺敬一杯。」

李園舉杯道：「若有一天我李園能鬥得過朝中權奸，必保滇王儲能安坐滇王之位，就以此杯起誓。」

莊夫人秀眸湧出感激的熱淚，酒盡後垂首道：「太國舅爺如此高義隆情，妾身即使爲牛爲馬，亦心甘情願。」

李園雙目亮起來，極有風度地道：「滇王妃休要折煞李園。」

項少龍雖對莊夫人沒有野心，但看她願意任李園大快朵頤的格局，亦頗不舒服。幸好他心胸廣闊，喝一杯後把心事拋開。

莊夫人偷偷望項少龍一眼，嘴角逸出一絲笑意，柔聲道：「瑞光你再喝一杯就該歇了。」轉向李園道：「我這小弟最受不得酒，但怎麼喝也不會臉紅。」

項少龍吃了一驚，暗讚莊夫人細心，自己臉上鋪上厚粉，確是怎麼喝都不會臉紅的。

李園微笑道：「滇王妃請勿怪李園冒瀆，我想和萬兄私下說幾句密話。」

項少龍和莊夫人同時愕然。莊夫人柔順地點了點頭，離開廳堂，還爲兩人關上門。

李園怔怔地望著項少龍，好一會後長嘆道：「項少龍！我李園服了你啦！」

項少龍立時魂飛魄散，手按到劍柄去。

李園舉高雙手道：「項兄切勿緊張，我若要對付你，不會來此和你喝酒。」

項少龍驚魂甫定，苦笑道：「你是如何把我認出來的？」

李園道：「我第一眼見到項兄之時，已覺眼熟，但由於這事太不可能，兼且你長了鬍子，臉形改變，髮色膚色均大異從前，加上你語帶滇音，故以爲眞的人有相似、物有相同。」又搖頭失笑道：「剛才其實我早來了，只是在門外偷看項兄隻手扭轉乾坤的精采表現，那時你不但忘記掩飾聲調，連一貫的神態都顯露出來，那是天下只你一家，別無分號，我除非是盲了或聾了，否則怎會不知你是項少龍呢？」

項少龍奇道：「李兄和小弟是敵非友，爲何現在卻像故友重逢，款款深談呢？」

李園俯前道：「我與項兄之隙，實始於紀才女，那時我恨不得將項兄碎屍萬段，但現在米已成炊。唉！」李園眼中射出深刻的痛苦，喟然道：「事情總要過去的，殺了項兄又有什麼用，徒使紀才女恨我一生一世，若她殉情自盡，我更痛苦。」

項少龍破天荒第一次接觸到李園多情的一面，有點感動地道：「想不到李兄有此襟懷，小弟失敬。」想不到來壽春短短兩天，分別給郭秀兒和李園認出來，看來易容術作用不大。幸好除了田單、韓闖、郭開等有限幾人外，壽春再沒有人認識自己。

李園顯是滿懷感觸，長嗟短嘆，以充滿譏嘲的語調道：「不知項兄相信與否，就算項兄走到街上，大叫我是項少龍，保証沒有人敢動你半根毫毛。現在誰不知秦王儲和太后視你爲心腹，秦國軍方更是奉你爲神明，若今天把你殺掉，明天秦國大軍就會開來，項兄只是自己不知道吧！天下間現在只有呂不韋和田單兩人敢碰你。」

項少龍沉聲道：「這正是我橫梗心中的事，李兄不是與田單結成聯盟嗎？」

李園狠聲道：「不要再說這忘恩負義的老狐狸，來到壽春後，發覺春申君的形勢比我好，立即倒戈相向，靠向他們那一方，昨天才搬進春申君府去，還把我的計畫向春申君和盤託出，幸好我在春申君府裡有人，否則死了都不知是什麼一回事。」

項少龍恍然笑道：「原來如此！」

李園老臉一紅道：「項兄怎麼會知道田單到這裡來呢？」

隱瞞他再沒有意思。項少龍把事實和盤託上，聽得李園不住大嘆他好運氣。

弄清楚來龍去脈後，李園正容道：「要項兄完全信任我，當然不容易。現在項兄應知我形勢惡劣，而我亦知項兄要殺田單和爲滇人復國兩事均是難之又難。但假若我們兩人聯手，說不定所有這些沒有可能的事，均會迎刃而解。」

項少龍點頭道：「這樣兩全其美的事，誰能拒絕？但我卻首先要弄清楚一件事，李兄是否知道呂不韋要借你楚人之手殺死徐先的陰謀？」

李園道：「當然知道，但我李園怎會中呂不韋之計，假設徐先死於我楚人手上，而徐先還是因弔祭先王而來，後果確是不堪想像。」

換了以前，項少龍定不會相信李園的話，但現在已清楚他的立場，更知在壽春能呼風喚雨的人仍是春申君而非李園，再沒有理由懷疑他。此刻的李園最關心的事，首先是保命，然後談得到奪權。只看今午春申君第七子黃戰對東閭子的氣燄，可見其餘。

李園忽地劇震道：「不好！」

項少龍嚇了一跳道：「什麼事？」

李園臉上血色退盡，拍案大怒道：「春申君眞不識大局，爲了討好田單和呂不韋，竟做出這種蠢事來。」

項少龍的心直往下沉。

李園臉如死灰道：「十五天前春申君第六子黃虎率領三千家將，坐船西去，那是我們收到徐先來壽春的消息後的一天，我當時已有懷疑，但想不到春申君如此臨老糊塗，不知輕重。」

項少龍嘆道：「事實上春申君和田單一直互相勾結，你或許尚未知趙穆實是春申君第五子，當年囂魏牟便是應春申君請求到魏國來殺我。」

李園聽得目瞪口呆，始知被田單利用。而自己還推心置腹，妄想借助齊人之力對付春申君。

項少龍伸出手來道：「這個盟約締成了！」

李園大喜，伸手和他緊握著道：「我是絕對信任項兄的。」旋又有點尷尬地道：「但我卻知項兄仍不敢完全信任我，現在我向天立誓，若有違此約，教我萬箭穿身而亡。」

項少龍心中暗讚，因為李園若不能贏得他完全的信任，他定要處處防他一手，那麼這樣的合作便不完美。想想也覺好笑，不太久前兩人還是你要我死，我想你亡，現在形勢利害所迫下，卻變成戰友。

李園精神大振，道：「第一步我們先殺死李令，給他們來個下馬威如何？」

兩人對望一眼，同時大笑起來，充滿棋逢敵手的味兒。

第五章 險死還生

項少龍把李園送到宅外，三十多名親衛等得頸都長了，李園上鞍前，低聲道：「嫣然是否來了？」

項少龍微微點頭。

李園沉吟片晌，苦笑道：「我眞的很羨慕項兄。」

項少龍道：「想見她嗎？」

李園先是露出驚喜之色，旋又搖頭道：「相見等如不見，項兄請代我向她問好，告訴她紀嫣然是我李園心中最敬愛的女子。」

仰天一笑，登上馬背，領著衆親隨旋風般馳出大門外。

項少龍慨然一嘆，搖搖頭，返回宅內去，正想回去見紀嫣然，向她報告此事，半路給莊夫人截著，把他扯到一間無人廂房去，低聲道：「李園和你說了什麼？」

項少龍想起她剛才對李園意亂情迷的態度，心中有氣，冷冷道：「都是些動刀動槍的事，沒什麼特別的。」

莊夫人俯過來細審他的眼睛，看得他渾身不自然的時候，笑靨如花柔聲道：「少龍妒忌哩，妾身眞高興。」

項少龍索性把脾氣發出來道：「並非妒忌，而是沒有一個男人喜歡聽女人當著他面說願爲另一個男人爲牛爲馬，這是尊重或不尊重的問題。放開妳的手好嗎？」

莊夫人挽得他更緊，湊到他耳旁吐氣如蘭道：「若我要說的對象，是項少龍而非李園，同樣的話就該改作爲妾爲婢。少龍明白其中的分別嗎？」

項少龍哂道：「我豈是那麼易騙易哄的人，夫人敢說對李園沒有動心？」

說到這裡，心中一動，知道自己確是對莊夫人動了點心。對女人他可說是非常有風度，絕少責罵或傷害女性，甚至像單美美和歸燕的蓄意謀害，他亦從沒有要找她們算賬的念頭。給他罵得最多的女人是趙雅，但最後他還是原諒她，像以前般疼她。但他爲何卻要向莊夫人發這麼大的脾氣呢？項少龍因曾飽受打擊，更不想學當時代的男人般對女人多多益善，廣納姬妾。不過這只是一廂情願的想法，反是女人不斷向他投懷送抱，心甘情願加入他的妻妾群內。人非草木，孰能無情。加上他對女人又容易心軟，所以他一直小心翼翼，不想涉足男女之事內。到目前爲止，眞正令他情難自禁的只有琴清一女而已，對其他的他很有克制力。但莊夫人的情況卻很特別。無論她復國成功與否，都不會成爲他的姬妾。這是身分的問題，莊夫人和兒子已成爲滇國人人承認的正統和象徵，一旦莊夫人嫁了給人，這象徵將給徹底破壞。她可以和男人發生肉體關係，在其時是非常平常的事。所以項少龍和莊夫人即使發生男女之情，亦注定是短暫的，當莊保義登上王座，項少龍離滇之時，這段男女之情便要宣告壽終正寢。正是因爲沒有心理障礙，兼之項少龍又對這對孤立無援的母子有極大憐惜，所以在不自覺下，他逐漸地接受莊夫人，或者是日久生情吧。只是連他自己都不知道，直至現在大發脾氣，猛然醒覺是什麼一回事。

莊夫人雖被責罵，卻沒有絲毫受責的應有反應，反正容道：「你說得不錯，李園確是個令我心動的男人，而且不理他的眞正用心怎樣，表面上他仍是對我莊家仗義支持。假設我沒有遇上你，我必會以身體作出報答。但現在卻不會這樣做，因爲怕你會看不起人家。這樣剖白心跡，你該滿意吧！」

項少龍搖道：「但妳現在撩起李園的心，恐怕事情不是可以由妳控制。」

莊夫人道：「我對應付男人早經驗豐富。」接著狐媚一笑道：「剛才我是故意的，好看看你這鐵石心腸的人會有什麼反應，現在終於知道答案。唉！少龍！今晚讓妾身侍寢陪你好嗎？」

項少龍想起紀嫣然和趙致，硬著心腸道：「別忘了我們早先的協議，大事要緊，男女之情只好暫擱一旁。」

莊夫人感動得眼也紅了，垂頭道：「妾身還是首次遇上第一個不是爲我的姿色而幫助我的男人。」說時靠得他更緊更擠。

項少龍忙把身分被識破，又與李園結盟的事告訴她，莊夫人自是聽得目瞪口呆，大喜下迫項少龍和她纏綿一番，方肯放他離去。項少龍回到住處，把事情向紀趙兩女重覆一趟，兩女亦是聽得目瞪口呆，想不到事情會有如此出人意表的發展。

紀嫣然欣然道：「李園雖是個自私自利、心胸狹窄和做事不擇手段的人，但終是有識之士，在這種情況下與你結盟是最聰明的做法，況且有了你這朋友，說不定可影響秦國不以楚國作爲第一個征服的目標呢。」

項少龍苦笑道：「在此事上我是很難發言的，你不去打人，人就來打你，不要說朋友可以成敵人，父子兄弟也可反目成仇，紀才女精通歷史，對這該有一番體會。」

趙致點頭道：「夫君大人說得對，何況現在項郎處處都有朋友，想幫都不知該幫哪一國。」

項少龍坦白道：「我是個只愛和平不好戰爭的人，將來儲君登位，我們遠赴他方，找個山明水秀的原野或幽谷終老，那不是挺寫意嗎？」

兩女感動得投入他懷內去。此時荊善來報，說內城官屈士明求見。項少龍大訝，問起紀嫣然，才知內城官等若禁衛統領，忙一肚狐疑地出前堂會客。屈士明年在三十左右，神態穩重，一臉和氣，生得挺拔高大，面目英俊，予人很好的印象。不過這只是表面的假象，因爲項少龍總覺得他眼睛內藏有另一些與其外象截然相反的東西，使他直覺感到屈士明是那種笑裡藏刀的人。

寒暄過後。屈士明道：「太后命我前來，請萬將軍入宮，萬將軍可否立即起程？」

項少龍暗忖現在光天化日，到王宮走的又是通衢大道，該不怕他弄花樣，且有起事來在人潮熙攘的大道上逃也逃得掉，點頭答應，隨他策騎往王宮去。一路上屈士明對沿途景物和建築指點談笑，令他得到不少情報，至少知道王宮旁一組宏偉的建築群是春申君府，李園的左相府則在春申君府斜對面。李園在宮內宮外均有居室，與李嫣嫣的關係自是比其他李族人或春申君更親密。難怪雖惹起春申君的妒忌，但至目前為止仍奈何不了他。但隨著李令入壽春，田單和春申君公然勾結，平衡終被打破。入宮後，衆人下馬。

屈士明低聲道：「太后想在她東宮的養心別院見萬將軍，那是她彈琴自娛的地方，她心情好之時，說不定會奏一曲給先生聽呢。」

項少龍暗忖難道李嫣嫣眞的看上自己，但想想又不大可能，一個憎恨男人的女人，怎會只兩天改變過來。不過多想無益，只好隨屈士明去了。八名禁衛在前開路，另十六人隨在後方，對他的保護可說過份了一點，可見李嫣嫣對他的維護。二十四名禁衛顯然是特別的精銳，人人身型彪悍，項粗肩厚，均是孔武有力的大漢，假若楚兵全是這種水準，連秦人都非其對手。此時項少龍和屈士明在前後簇擁下，穿過東園一條碎石鋪成的小路，四周花木繁茂，小亭小橋，流水魚池，點綴得園內生氣盎然。左方草樹外有一列房舍，卻不覺有人在內。四周靜悄無人。

屈士明指著房舍道：「萬將軍請看！」

項少龍循他指引望去，奇道：「看什麼？」

就在此時，忽感右腰給尖銳硬物重重插擊一下，發出叮的一聲。項少龍立知是什麼一回事。屈士明以匕首暗算他，卻刺中他插滿飛針藏在腰處的針囊。想也不想，一肘強撞在屈士明脅下處。

屈士明於匕首甩手掉地、脅骨折斷聲中，慘然傾倒往旁，仍不忘大叫道：「動手！」

先動手的是項少龍，換了劍鞘以掩人耳目的血浪寶刃離鞘而出，前方最近的兩人立被畫中頸項，濺血倒地。項少龍知道不宜力敵，側身撲入一堆小樹叢裡，再由另一方滾出來，敵人的攻勢全面展開。左右各有兩人奮不顧身殺來，悍如瘋虎。項少龍知道絕對退縮不得，振起無與匹敵的鬥志，先往前衝，也不知踏毀多少鮮花，卻避過被圍困的危險，猛然旋身，血浪閃電劈出。這些禁衛果是千中挑一的高手，首當其鋒那人運劍硬架他凌厲的一擊，卻避不開項少龍由下方疾踢過來的一腳，下陰中招，慘嚎倒地。後面衝來的兩人收不住勢子，給絆得差點掉在地上。項少龍劍光暴漲，旋飛一匝，兩人撒劍倒跌，立斃當場。此時更多人由前面三方蜂擁而至，都是由草叢花樹間鑽出來。不過卻沒有人吆喝作聲，只是一聲不吭的攻來。項少龍心中一動，一邊大聲叫喊，一邊往左方房舍狂奔過去。奔上一道小橋，後方風聲響起，項少龍心知不妙，滾落橋上，一把長劍在上方破空而過。項少龍在橋上跳起來，使出一招以攻代守，幻出重重劍浪，照著衝上來的兩人疾施反擊。

「嗆！」的一響，左方那人的長劍竟只剩下半截。可惜項少龍卻沒有殺他的機會，順勢迫退另一人，只見敵方七、八人橫過穿流橋底的小溪，想趕往橋的另一邊攔截。項少龍放過眼前敵人，跳上橋欄，再凌空翻個觔斗，落到一片草地上。兩名敵人立即聲勢洶洶撲過來。項少龍心中叫苦，這些人個個武技強橫，以眾凌寡，足夠殺死自己有餘。若給攔著苦戰，自己必無倖理，猛一咬牙，由地上滾過去。那兩名敵人雖是勇悍，但何曾見過這等打法，慌了手腳，其中一人已經給項少龍雙腳絞纏下肢，翻倒地上，另一人則被血浪透腹而入。

四方盡是人影劍光。項少龍放過倒地者，往旁邊一棵大樹滾過去，撞到樹身彈起來，三把長劍由不同角度朝他砍刺過來。項少龍知是危急關頭，若不能破圍而出，今日必喪身於此，一聲狂喝，使出壓箱底的「攻守兼資」，三把劍盡劈在他畫出的劍光上，更被他似有無限後著的劍勢迫退。眼角瞥處，其他人瘋了般追來，已成合圍的死局。項少龍仰頭一看，見上方有條伸出來的橫枝，再上處更是枝葉繁密，心中大喜，趁敵人尚未攻來之時，劍回鞘內，離地躍起，雙手抓在粗若兒臂的橫枝上。敵人見狀躍起揮劍攻來。項少龍兩腳左右飛出，掃在兩人劍身處，兩把劍立時盪開去。雙腳再連環踢出，兩人面門中腳，血光迸現下，踉蹌倒跌。借一下腰力，翻上橫椏之時，下方已滿是敵人。三把劍脫手往他擲來。項少龍貼往樹身，避過長劍，往上迅速攀去。敵人亂了方寸，在下邊手足無措地看著，這時只能悔恨沒有帶得弩箭在身。到了樹頂，離地足有八、九丈。

項少龍心花怒放，擘大喉嚨像哨樓上的哨兵般狂呼道：「造反了！造反了！」

四名敵人開始往上爬來。項少龍不驚反喜，拔出血浪，迎了下去。以居高臨下之勢，斬瓜切菜的把四人劈下樹去，眼看都活不成。

此時屈士明按著脅下骨折處辛苦地來到樹下，亦是無計可施，進退失據，喝道：「斬樹！」

項少龍大笑道：「辛苦你們哩！」

要以長劍斬斷這一棵人抱不過的大樹，沒有半個時辰休想辦到。就在此時，無數禁衛由四方八面湧進園裡來。

屈士明臉色大變，喝道：「走！」

不過已走遲一步，禁衛把人和樹團團圍著，見到竟是上司屈士明，都呆了起來。

「太后駕到！」眾衛忙跪在地上。在樹頂處的項少龍不便施禮，自是免了。終於度過一次被刺殺的危險，靠的卻是幸運。

太后宮。

屈士明和十七名偷襲項少龍的手下雙手被反綁，跪伏李嫣嫣鸞台之下，其中五人受了輕重不一的劍傷，渾身血污，形相淒厲。包括屈士明在內，二十五名刺殺者被項少龍幹掉七個。李權和正在王宮內辦事的大臣聞訊趕至，其中兩人正是大將斗介和大夫成素寧。斗介本是依附李園的人，後來見春申君勢大，又投向春申君和李權。成素寧則一向是李權的爪牙，當日便是由他派出姪兒成祈，和家將假扮船伕，意圖在淮水害死莊夫人母子。斗介和成素寧均年近四十，前者長相威武，頗有大將之風；後者高頎蒼白，一看便知是躭於酒色之輩。另外還有外城守武瞻和專責保護太后和王儲的禁衛長練安廷。項少龍悠然自得地站在李權下首，接著是武瞻和練安廷，對面是斗介和成素寧。屈士明臉如死灰，垂頭不語。

李嫣嫣頭頂鳳冠，沒有以重紗覆臉，艷絕楚境的玉容罩上一層寒霜，鳳目生威道：「這是什麼一回事？究竟是何人指使？」

屈士明垂頭稟上道：「萬瑞光來壽春，橫行無忌，視我大楚有若無人，今天又在滇王府冒犯太后，更明言殺人，小人心生憤怨，才要下手教訓他一頓，絕沒有人在背後指使。」

李園的聲音在入門處響起，長笑道：「萬瑞光怎樣橫行無忌？若你屈士明的家被人占據，你該怎麼辦呢？」

眾人目光投往入門處，只見李園神采飛揚地快步而來，先向李嫣嫣施禮，移到項少龍旁，擺明與他站在同一陣線。

李權冷笑道：「左相國此言差了，兩件事怎可以相提並論，李令尹占據滇王府之時，先王尚在，亦沒有出言反對，分明——」

李嫣嫣冷叱截斷他道：「太祝！」

李權瞪了李園和項少龍一眼，悶哼一聲，沒有再說下去。但人人都知他要說的是李闖文強占滇王府一事，是得到死鬼孝烈王的同意和默許的。

斗介乾咳一聲道：「屈士明瞞著太后，在宮廷內動手犯事，確是有違軍紀，但他只是激於義憤，故仍是情有可原，願太后從輕發落。」

他乃楚國軍方重臣，說出來的話即使貴為太后的李嫣嫣亦不得不予以考慮，由此可見春申君現在的實力，實有壓倒性優勢。

成素寧也求情道：「屈士明只是想挫折一下萬將軍的氣燄，並無殺人之心，太后明鑑。」

項少龍哈哈笑道：「這眞是奇哉怪也，各位當時並不在場，爲何卻能一口咬定屈將軍只是想對在下略施教訓，難道你們早就商量好嗎？」

成素寧爲之語塞，雙眼射出怨毒神色，狠狠盯著項少龍。

禁衛長練安廷躬身道：「太后明鑑，當微臣率人趕至東園，屈大人等人人手持利刃，不是一般鬧事打架的情況，而死去的七人，屍體分布在園內，顯是經過一番激烈的打鬥和追逐。」

李權冷笑道：「此事是否正中禁衛長的下懷哩？」

練安廷顯是涵養極深，雖被李權明諷他覬覦高他一級的內城守之位，仍神色不動道：「李太祝言重，末將只是依實情稟上太后，假若蓄意隱瞞，便是失職。」

李園笑道：「故意歪曲事實，不但有失職之嫌，還是欺君之罪，李太祝莫要太過忘形。」

李權怒道：「左相國──」

李嫣嫣打斷他，向尚未發言的外城守武瞻道：「武將軍對此事有何看法？」

武瞻掌握城衛，權力極大，地位與斗介同級，立場一向不偏不倚，所以他的說話份外有影響力。

狀若雄獅的武瞻銅鈴般的巨目一睜，射出冷厲的神色，落在屈士明身上，沉聲道：「王宮之內，妄動刀劍，已是大罪，況是逞兇殺人，更是罪無可恕，不過既然屈大人堅持只是一般鬧事打架，我等理該把事情弄個一清二楚。太后只要把犯事者由末將盡數帶走，分別審問箇中情況，保證可眞相大白。」

李權、斗介等立時色變，想不到武瞻一點不看他們的情面，若把他們這批背後的主使人抖出來，就更糟糕。

門官此時唱道：「春申君到！」

春申君左右各跟著一名武將，其中一人赫然是七兒子黃戰，聲勢洶洶的闖進殿來。施禮時，李園低聲告訴項少龍另一武將是春申君的第三子黃霸。

春申君到了斗介的上首處，出乎衆人意料之外，竟戟指大罵屈士明道：「屈士明你身爲內城守，負責禁宮安全，竟知法犯法，是否知罪。」

項少龍和李園交換個眼色，均知春申君要殺人滅口。

屈士明還以爲春申君想以另一種手段爲他開脫，忙道：「末將知罪！」

春申君轉向李嫣嫣道：「老臣請太后立即下旨，將犯事者全部斬首。」

屈士明渾身劇震，愕然抬頭叫道：「君上！這事……」

春申君後的黃戰竄出來，一腳踢在屈士明嘴上，後者登時齒碎唇爆，慘嚎一聲，滾倒地上，再說不出話來。

春申君回頭瞪了在地上痛苦呻吟的屈士明一眼，不屑道：「身犯死罪，還敢出言辱罵太后，萬死不足以辭其咎。」

輕輕數語，就將把黃戰封口的行動帶過去。

李嫣嫣冷冷看著春申君，好一會後，冷然道：「來人！給哀家把這些人推出殿外，立即絞死，禁衛長負責監刑。」

練安廷跪地接旨，命禁衛押著屈士明等人去了。李權等均臉無血色，但又知這是對他們最有利的解決方法。

李嫣嫣美目掠過眾人，當眼光落在項少龍身上，略停半晌，閃過令人難明的複雜神色，最後來到武瞻處，柔聲道：「武將軍認爲內城守之職，該由何人擔任？」

項少龍對猛將武瞻甚有好感，很想聽聽他的提議。春申君等無不露出戒備神色，可見內城守之位，對兩派鬥爭，極有關鍵性的影響。反是李園神態從容，嘴角含笑。

武瞻肅容道：「現在壽春正值多事之秋，宮禁之地亦不能免，末將認爲不宜大變，由練大人升上一級，而禁衛長之位，則由副禁衛長獨貴補上，太后以爲是否可行？」

李嫣嫣在春申君等人反對前，早一步道：「武將軍提議，甚合哀家之意，就此決定，其他人再不得異議。」接著又道：「萬將軍受驚？請留貴步，退廷！」

李嫣嫣在後廷單獨接見項少龍，侍衛婢女給她趕出去後，絕美的太后露出罕有的笑容，向坐在下首的項少龍道：「萬將軍應比現在出名得多才是合理哩！」

項少龍心中一懍，故作不解道：「太后何出此言？」

李嫣嫣橫他一眼道：「剛才要刺殺你的全是禁衛裡出類拔萃之輩，人人均可以一擋十，但蓄意偷襲下，仍給萬將軍斬殺七人，而先生卻不損分毫，教我想起一個人來。」

項少龍整條脊骨涼浸浸的，問道：「太后想起哪個人呢？」

李嫣嫣岔開話題道：「今早與將軍見面後，我去看秀兒夫人刺繡，她心神恍惚，接連出錯，還刺傷指頭。我問起下人，方知將軍離宮時曾與秀兒碰過面，還由她安排馬車送將軍離開。當時我仍沒有想到什麼，但見到將軍後來在滇王府和宮內的表現，想法自是不同。」

項少龍暗叫不妙，知她對自己動了疑心嘛。

李嫣嫣秀眸亮起來，狠狠盯著他道：「天下間，能令秀兒一見便失魂落魄的男人只有一個，萬將軍能否告訴我那人是誰呢？」

項少龍知道身分已被識破，郭秀兒乃李嫣嫣的閨中密友，定不時向她說及關於自己的事，所以李嫣嫣發覺到她神態有異，自己又出奇地行爲詭祕，身手厲害，終給這秀外慧中的美女猜出自己是項少龍來。自己這趟僞裝可說處處碰壁，一場糊塗，幸好田單尚未知道自己來了。而李嫣嫣遣開其他人後，方迫自己表露身分，事情該還有轉圜的餘地。嘆一口氣，回復平日的從容瀟灑，淡淡道：「她有沒有告訴妳『蜜糖』的故事呢？」

李嫣嫣微一點頭，玉臉轉寒道：「項少龍！你好大膽，這次是否奉秦人之命，來蠱惑我大楚衆多諸侯國？」

項少龍苦笑道：「我項少龍怎會是這等卑鄙小人，亦不屑做這種事。要嘛，就在沙場上見個眞章。這次我來是要殺死田單。現在既給太后揭穿身分，只好返回秦國，唯一要求只是希望能領滇國的孤兒寡婦安然離開。」

李嫣嫣寒聲道：「走得這麼容易嗎？」

項少龍含笑看著她，先飽餐一頓秀色，平靜地道：「要殺要剮，悉隨尊便，但若在下被殺，再加上春申君派人行刺徐先一事，即使有呂不韋也難阻止秦人大軍壓境之禍。」

李嫣嫣勃然大怒道：「實在欺人太甚，你當我大楚眞是怕了你們秦國嗎？秦國正値東郡民變，自顧不暇，還敢來凌迫我大楚？」這番話外硬內軟，明眼人都知她心怯。這也難怪，現在誰不是談秦色變。

項少龍微笑道：「秦國現在是自顧不暇，但東郡民變算什麼一回事，兵到亂平，藥到病除。反是大楚因滇國之事，諸侯思變，人心向亂，秦國現在或者仍沒有滅楚之力，但只要迫得太后再次遷都，後果不言可知。」

兩人目光不讓地對視頃刻，李嫣嫣冷冷道：「剛才你說春申君派人襲擊徐先的使節團，究竟是什麼一回事？」

項少龍心中暗喜，知道事情有了轉機，沉聲道：「這實是田單和呂不韋要傾覆楚國的一個天大陰謀，春申君以爲殺徐先可討好呂不韋，豈知卻是掉進陷阱去。」

遂把事情始末說出來，特別強調呂不韋和田單狼狽為奸，先慫恿李園，見其不為所動，故捨李園而取春申君一事說出來。順便把在秦嶺遇上莊夫人，後來又給成祈假扮船伕意圖謀害的過程都詳細說了。

李嫣嫣那對美目不住睜大，玉容忽明忽暗，顯是非常震驚。

最後項少龍道：「太后現在該知道我對大楚沒有半點不軌之心。」

李嫣嫣苦惱地道：「春申君為何如此糊塗？竟冒大不韙去襲殺秦人來弔唁的使節團，我必須阻止此事。」

項少龍道：「可以阻止的話，我早阻止了，徐先乃秦國軍方的核心人物，若有不測，而呂不韋又透露出是春申君所為，那唯一能平息秦國軍方怒火的方法，是獻上春申君的人頭。那我或可設法為大楚開脫。」

李嫣嫣愕然道：「我怎可以這樣做。唉！我雖身為太后，仍沒有能力這樣輕易的把春申君斬首。」

項少龍知她已經心動，低聲道：「只要太后不反對就成，我會和太國舅爺設法的。」

李嫣嫣一呆道：「太國舅知你是項少龍嗎？」

項少龍點了點頭。

李嫣嫣顯是很清楚兩人間的往事，沉聲道：「他不是和你有奪愛之恨嗎？」

項少龍聳肩道：「李兄現在只能在楚國陷於內亂、秦軍來犯與殺死我之間作一選擇，李兄終是愛家愛國之士，自是選擇與我合作。」

李嫣嫣沉思頃刻後，露出倦容，嬌柔不勝地道：「萬將軍請退下，待我好好想一想。」

她的軟弱神態，看得項少龍怦然心動，忙壓下歪念，退了出去。

剛步出殿門，給李園請去宮內他的別院說話。

項少龍把李嫣嫣識穿他的事說出來，李園喜道：「此事甚妙，若有小妹站在我們這一方，我們將勝算大增。」

項少龍故意試探他的誠意，道：「太后似乎對李兄和春申君的態度均非常特別，究竟內中是否另有隱情？」

李園呆了一呆，深深嘆一口氣，露出痛苦的神色，道：「項兄雖一向是李某人的強仇大敵，但無論我或是田單，心中都非常佩服項兄，甚至以有你這樣一個對手爲榮，假若此話由別人來問，我只會搪塞了事，但現在卻不想騙你，更相信項兄會爲我李家守祕。」

項少龍心中一沉，知道所料不差，李嫣嫣果然涉及有乖倫常的事。

李園默然半晌，才緩緩道：「嫣嫣十四歲之時，已長得非常美麗，爹娘和我這作兄長的，視她如珠似寶，卻沒想到不但外人垂涎她美色，族內亦有抱著狼子野心的人。」

項少龍大感愕然，看來是自己猜錯李園和李嫣嫣的關係，亂倫者是另有其人，但爲何李嫣嫣對李園的態度如此奇怪。

李園道：「詳細的情況我不想再提，事情發生在嫣嫣十六歲那一年，人面獸心的人就是李權，李令亦有份參與，李族中當時以李權的勢力最大，我們敢怒而不敢言，爹娘更因此含恨而逝，嫣嫣則整個人變了，完全不肯接觸男人，終日躲在家裡，只肯見我一個人，有種異乎尋常的依戀。」

項少龍大奇道：「若是如此，她理應恨不得殺了李權才對，爲何仍對他如此寵信？」

李園痛心地道：「因爲她也恨我！」

項少龍愕然望著他。

李園一掌拍在几面上，眼中射出仇恨的火燄，咬牙切齒道：「就由那刻開始，我決定不擇手段也要殺死李權和李令。到嫣嫣二十歲，李權這禽獸不如的人，竟公然三番四次來向我要人，我給他迫得沒法，想出一計，就是把嫣嫣送與春申君，如若懷孕，再由春申君送給大王，項兄該明白我的意思吧！只有這樣，李權才不敢碰嫣嫣，而我則既可取得春申君的寵信，也有可能變成國舅爺。」

項少龍呆望李園，想不到其中過程如此複雜，眞是家家有本難唸的經。同時可看出諸國之中，不但以楚人家族勢力最雄厚，也以他們最淫亂。

李園道：「我費了十天工夫，痛陳利害，終於說服嫣嫣，而她肯答應的原因，主要是爲了楚國，因爲若大王無子，他死後會立生大亂。但她卻有個條件，是孩子的父親必須是我，她只肯爲我生孩子。」

項少龍失聲道：「什麼？」

李園一對俊目紅起來，神態消沉，緩緩道：「我佯作答應她，到行事時換入一個體型與我相近的家將，可惜百密一疏，事後給她發現，她大怒下竟以護身匕首把他殺掉。翌日一言不發隨我到春申君府去，自此再不與我說話，到她成爲太后，才對我好了一點。她故意寵信李權，是爲了要傷害我，到現在我方完全明白她不平衡的心態。所以當我知道她對你另眼相看，會這麼歡喜，是希望她可以回復正常。」

項少龍明白過來，爲何李園和李權兩人會同族操戈，而李權又能如此恃寵生驕的樣子，其中竟有這種畸異和變態的關係。深吸一口氣，道：「李權現在和太后，嘿！還有沒有……」

李園搖頭道：「絕對沒有，嫣嫣自那事後對男人深痛惡絕，只肯和我一個人說話，而後來她卻迷得春申君和大王神魂顛倒，連我都大惑不解，不知她爲何能忍受他們。」

項少龍道：「她是爲了你，因爲只有這樣，你才不會被李權害死。」

李園渾身劇震，一把抓著項少龍的手，喘息道：「眞是這樣嗎？」

項少龍道：「眞的是這樣。她肯爲此放任的去侍候兩個男人，是爲了報仇。但她卻知你現在仍不是春申君和李權的對手，所以故意親李權而冷落你，只看她許你住在王宮內，便隱有保護你的心意。」

李園道：「那她爲何不向我解說清楚？」

項少龍道：「因爲她的確仍恨你，那日我在屏風後偷看你們，已發現了這微妙的情況。」

李園把事情說出來後，舒服多了，點頭道：「項兄之言大有道理，現在項兄該明白我要合作的誠意，只要能殺死春申君、李權和李令，其他一切不再放在我心上。」

現在連項少龍都很想殺李權和李令這兩個禽獸不如的人。問道：「現在壽春究竟是誰在掌握兵權？」

李園回復平靜，道：「壽春的軍隊主要分外城軍、內城軍和外防軍。原本內城軍和外防軍都操縱在春申君和李權手上，但屈士明已死，內城軍由練安廷負責，獨貴則升作禁衛長，兩個都是我的人，所以內城軍已牢牢掌握在我手上。想不到武瞻這麼幫忙我。」

項少龍道：「武瞻原是哪一方面的人？」

李園道：「武瞻只對王儲和嫣嫣忠心。若非有他撐著大局，舍妹早落在春申君和李權的控制下，連我都難以維護她。內城軍人數在一萬左右，我會把屈士明的餘黨全部撤換，只有保住舍妹和王儲，我才有和他們周旋的本錢。」頓了頓續道：「外城軍達三萬人，負責壽春城防和附近四個附城的防務。外防軍的統帥就是忘恩負義的傢伙斗介，當年我大力推舉他擔當此一要職，豈知我由邯鄲回來，他卻投向春申君和李權。外防軍負責水陸兩方面的防務和修築長城，人數達五萬之衆，實力最雄厚，否則我早把李權幹掉。」

項少龍道：「春申君和李權的私人實力呢？」

李園道：「李權毫不足懼，但春申君三子黃戰、黃虎和黃霸均是悍勇無敵的猛將，加上五千家將，在壽春沒有人的勢力比他更大，我手下只有二千家將，比起來差遠了。」

項少龍道：「現在黃虎領三千人去刺殺徐先，實力大減，所以要動手就應在這幾天，否則若讓黃虎回來，春申君定會立即對付我們。」

李園點頭道：「我也想到這點，但夜郎王和李令一到，整個形勢立即不同，他們來了近二千人，其中高手如雲，若非滇王府有禁衛把守，而春申君對舍妹現在又非常顧忌，李令早率人攻入滇王府去。項兄須要小心一些。」

項少龍大感頭痛，問道：「有沒有辦法把武瞻爭取過來？」

李園道：「先不說那是近乎沒有可能的事。若武瞻真的站在我們的一方，將由暗爭轉作明鬥，於我們有害無利，所以最佳方法，是把春申君、李權、李令、斗介等以雷霆萬鈞的手段，一股腦兒殺個乾淨，再由舍妹出面收拾殘局，只恨現在我們仍沒有足夠的力量這麼做。」

項少龍拍拍他肩頭，道：「先發制人，後發制於人，李兄有沒有方法弄一幅夜郎王府的形勢圖給我，如若可行，今晚我就去把李令殺掉，以免夜長夢多。」

李園拍胸道：「這個容易，項兒先返滇王府，我稍後再來找你。」

兩人步出廂門時，剛巧碰到郭秀兒，三人同時一愕。

李園尚不知郭秀兒識穿項少龍的身分，笑道：「秀兒快來拜會萬瑞光將軍，他乃滇王妃之弟。」

郭秀兒不敢望看項少龍，低頭盈盈施禮。項少龍百感交集，客氣兩句，由李園派人送回滇王府去。

一路上項少龍心中仍不時閃動郭秀兒俏秀的玉容，想不到只是邯鄲數次接觸，她對自己仍念念不忘。到壽春後，事情的發展完全出乎他意料之外，自己的本意只是刺殺田單，再離開壽春到滇國去，完成助莊夫人復國的承諾。豈知先後給郭秀兒、李園和李嫣嫣識破身分，深深捲進楚都壽春的權力鬥爭裡去。他眞心眞意要幫助李園，其中一個原因是爲了郭秀兒。因爲若李園坍下台來，郭秀兒的命運將會非常悽慘。另一方面是激於義憤，李權和李令這兩個禽獸不如的人，實在太可惡。至於春申君，撇開滇國的事不說，只就他派人去對付徐先一事，已是不可原諒。問題是即使加上李園的人，他們仍沒有收拾春申君和李權的力量。唯一的方法是迫李嫣嫣站到他們這邊來，只有殺死李令，向她展示實力，才可望使她改變主意。他怎都不相信李嫣嫣不想報那改變了她的性格和一生的恥辱與仇恨，否則她不會處處維護李園和莊家。想到這裡，已抵達滇王府。項少龍猛下決心，定下在今晚到夜郎王府刺殺李令，否則可能永遠沒有機會。

剛踏入府門，荊善迎上來道；「滕爺來了！」

項少龍大喜過望，衝進內堂，滕翼正和紀趙二女在說話。滕翼跳了起來，眞情流露，與他緊擁在一起。

坐下後，紀嫣然笑道：「原來我們與滕二哥失諸交臂，丹泉和烏達只兩天馬程便遇上滕二哥。」

滕翼道：「我們先後七次衝擊旦楚的軍隊，都給他擋著，這人的智謀兵法均不可小覷，現在蒲布和徐夷亂負責把他們拖著。我怕三弟不夠人用，帶了三百人來，他們都扮作由魏境來的商販，分批入城，是我們精兵團最好的人手。」

項少龍大喜道：「我本來正為刺殺李令的事頭痛，現在好了，二哥先挑選數十人出來，扮作滇王的舊部，到來尋找他們的主公，負起保衛滇王府的責任。」

滕翼忙召來荊善及剛到的烏達和丹泉去負責安排。項少龍遂向滕翼解釋當前形勢，當滕翼知道大仇家李園竟成為戰友，眼都睜大了，到項少龍說出給李嫣嫣識破身分，趙致駭得伏往紀嫣然背上去。這時李園來了，三人進入靜室商議。李園見援軍到，又素知烏家精兵團的厲害，三百人足可抵數千軍力，自是精神大振，充滿信心。攤開圖卷商議之時，春申君派人送來請柬，請莊夫人、莊保義、和萬瑞光三人到春申君府赴晚宴。三人眉頭大皺。

李園遣人回府，看看自己有沒有在被邀請之列，再接下來道：「宴無好宴，這事該怎樣應付？」

項少龍道：「我可肯定李兄亦是被邀請者之一。因為經過今天的刺殺失敗，春申君已失去耐性，尤其李兄因屈士明之去而勢力暴漲，所以他決定一舉把我們兩人除去。」

滕翼笑道：「那就不如將計就計，順手在今晚把春申君幹掉。」

李園見他說得輕鬆，苦笑道：「但我們總不能帶數百人去赴宴，若不去的話，又似乎不大妥當，直至現在，表面上我和春申君的關係仍是非常良好的。」

項少龍道：「這個宴會我們是非去不可，這樣才使他們想不到我們竟會偷襲夜郎王府，李兄手下裡，有多少可稱得上是眞正高手的人呢？至少也該是言復、東閭子那種級數。」

李園道：「該可挑十至十二人出來。」

項少龍道：「那就成了。由我手下裡再多撥十二個人給你，我們各帶二十四人。另外李兄再命手下在府內嚴陣以待，若見有訊號火箭發出，立即殺往春申君府去，索性和他們一決生死。」

滕翼道：「要防李令會派人來偷襲滇王府呢？」

項少龍道：「正怕他不來哩！這裡由……嘿！由嫣然負責指揮大局，由於錯估我們的實力，保證來犯者活著來卻回不了去。」

滕翼道：「李令的小命交給我負責。照我看四十八個人實力仍是單薄了點，最好再多上十來人，負責在外看管車馬，有事起來，立即裡應外合，哪會穩妥多呢。」接著一拍褲管，笑道：「我裡面暗藏的『摺弩』，將會是決定勝敗的好幫手。」

項少龍喜出望外，原來滕翼帶來剛研製成功的摺疊弩弓，令他們在這次刺殺行動更是如虎添翼。這時樓無心來報，李園果然收到今晚春申君府宴的請柬。三人商量行事的細節後，李園問清楚「摺弩」的性能用法，和滕翼聯袂去了。項少龍則去找莊夫人。

到了莊夫人的北院，莊孔迎上來道：「清秀夫人來了，正在廳內與夫人敘舊。」

話猶未已，環佩聲響。

兩名小婢開路下，莊夫人和另一麗人並肩步出廳來。由於戴上面紗，他看不到清秀夫人的樣貌，但只瞧其纖穠合度的身材、嬝嬝動人的步姿，可知她是不可多得的美女。斗介倒是艷福不淺，不知他會不是因戀上成素寧的小妾致失去美人的事而後悔？項少龍忙和莊孔退往一旁施禮。

莊夫人道：「夫人！是舍弟萬瑞光。」

清秀夫人透過輕紗的目光瞥項少龍一眼，施禮道：「萬將軍你好！」再沒有另一句說話，蓮步不停的由莊夫人送出府外。項少龍見對方對自己毫不在意，並不介懷。因爲沒有男人可妄求所有女人都會看上他的。

莊夫人回來後，拉他進內堂去，還掩上門，神色凝重道：「清秀夫人來警告我，春申君、李權、斗介、成素寧、李令和夜郎王結成一黨，準備除去我們和李園，要我們立即逃走。」

項少龍皺眉道：「她不是和斗介分開嗎？怎會知道這件事？」

莊夫人道：「她的姪女是黃戰的妻子，黃戰此人最是口疏，在家中大罵你和李園，洩出祕密。」

項少龍伸手摟著花容慘淡的莊夫人，笑道：「就算他們不動手，我也會迫他們出手的。」接著扼要的說清楚現在敵我的形勢。

莊夫人吁一口氣道：「原來你們早已知道，那今晚我和保義應否去赴宴呢？」

項少龍道：「當然不該去，到時我隨便找個藉口向春申君說好了。我看他早預計你們不會去的。」

莊夫人擔心地道：「人數上我們是否太吃虧呢？」

項少龍道：「人數的比例確大大吃虧，實力上卻絕對是另一回事，我的人精通飛簷走壁之能，當夜郎王府起火，保證春申君等手足無措，那時我們將有可乘之機。我決定在今晚與春申君攤牌，若能一並殺死田單，就最理想。」

莊夫人縱體入懷道：「少龍！我眞的很感激你。但什麼是攤牌呢？」

項少龍解釋後道：「怕就怕春申君今晚的目標只是你母子兩人，那我們就很難主動發難。皆因出師無名，那時唯有將就點，只把李令和夜郎王宰掉了事。」

莊夫人「噗哧」嬌笑道：「你倒說得輕鬆容易，李令和夜郎王身邊不乏高手，切勿輕敵啊！」

項少龍見她一對水汪汪的眸子亮閃閃的，非常誘人。湊過去輕吻她一口道：「什麼高手我沒見過？最厲害的是攻其無備，他們的注意力必集中到李園的家將處，怎想得到我另有奇兵，知己不知彼，乃兵家大忌，夫人放心。」

莊夫人道：「有項少龍為我母子擔待，還有什麼不放心的？人家只是關心你吧！」

項少龍見她楚楚動人，忍不住痛吻一番，然後去預備一切，誰都想不到這麼快就要和敵人正面交鋒。精兵團的隊員來了七十二人，都是攀牆過樹的祕密潛入滇王府。紀嫣然知獲委重任，大為興奮，指揮若定，先把莊夫人等婦孺集中起來，再在府內各戰略位置布防，樹杪都不放過。趙致成了她的當然跟班兼勤務兵。

樓無心奉李園之命而來，向項少龍報告形勢道：「現在全城都是春申君和李權的眼線，嚴密監察相府和滇王府的動靜，防止有人逃走，反是夜郎王府非常平靜，閉戶不出，看不到有什麼特別的舉動。」

項少龍道：「閉戶不出，便是不同尋常，也叫欲蓋彌彰，他們今晚必會來襲滇王府，只有通過外人的手，春申君等才可在太后前推卸責任。」

樓無心道：「據我們布在春申君處的眼線說，今晚不會有什麼特別的行動，但黃戰卻誇下海口，說要在宴會時迫你比武，又說會痛下殺手，我們全體兄弟都等著看好戲哩！」又沉聲道：「春申君府以黃戰劍術最高，若能把他幹掉，對春申君會是很嚴重的打擊。」

項少龍淡淡道：「只要把他打成殘廢或重傷已足夠。」

樓無心捧腹笑道：「為項爺辦事，確是不同……」

還要說下去，荊善來報，太后召項少龍入宮。項少龍心中大喜，知道李嫣嫣終於意動。

宮娥奉上香茗退下，臉容深藏輕紗內的李嫣嫣默然無語，使得坐在她下首右席的項少龍，只好自喝悶茶。這是後宮一座幽靜院落的廳堂，關上院門，院內庭園杳無人跡，天地間似就剩下他們兩個人。

想起李嫣嫣剛成年時所遭遇到的恥辱和不幸，現在又要為畸戀著的親兄和楚國的大局與敵人虛與委蛇，不由對她生出憐惜之心。她雖貴為太后，卻一點不快樂。只要想想她要迫自己去曲意逢迎春申君和孝烈王兩個老醜的男人，便知她的辛酸和痛苦。現在一切已成過去，卻又受到權臣制肘，事事都抬出先王遺命來壓制她這弱質女流，強她去做違心的事。想到這裡不由嘆息一聲。

李嫣嫣冷冷道：「先生為何嘆氣？」

項少龍聽出她語氣裡有戒備之意，知她由於過往的遭遇，特別敏感，絕不可把她當作一般人應付，低聲道：「我平時很少靜心去聽某種東西，但剛才我的注意力卻集中到院內風拂葉動的聲音去，發覺其音千變萬化，悅耳若天籟，只是我平時疏忽了。於是幡然而悟，很多美好的事物一直存在於身旁，只不過因我們忘情在其他東西上，方失諸交臂，錯過了去。」

李嫣嫣嬌軀輕顫，沒有說話，由於面紗的遮蓋，項少龍看不到她的神情反應。好一會後，李嫣嫣低聲道：「太國舅是我同父異母的兄長，爹就只得我們兩個，由少到大他都很維護我，我……我還記得十四歲那年，在一個本族的宴會裡，有李族小霸王之稱的李令夥同其他人在園內調戲我，大哥與他們打起來，一個人抵著他們十多人，雖被打得遍體鱗傷，仍誓死相抗，最後驚動大人來解圍。事後我服侍他七天七夜，他才醒轉過來。」

項少龍可以想像到其中的悲苦，欷歔不已，也想到她們的「兄妹之情」，不是沒由來的。而李嫣嫣後來的慘禍，說不定就是由那時種下來的。

李嫣嫣夢囈般道：「在李族內，一向沒有人看得起我爹，害得我們兄妹常受人欺負，幸好大哥從不氣餒，每天太陽出來前苦練劍術和騎射，又廣閱群書。在我心中，沒有人比他的劍術更高明，比他更博學多才。」

項少龍知道她因爲立下非常重要的決定，所以提起往事，好加強對自己決定的信心。現在她雖似是以他爲傾吐的對象，事實上只是說給自己聽的。

李嫣嫣徐徐吐出一口氣，吹得輕紗飄開少許，柔聲道：「知不知道哀家爲何向你說及這些事嗎？」

項少龍柔聲道：「因爲太后信任在下，知道我項少龍不會是那種拿這些事去作話柄的卑鄙小人。」

李嫣嫣緩緩道：「只是部分原因，當大哥由邯鄲鬧得灰頭土臉的回來，我由郭秀兒口中知道原來他竟是敗在董馬癡之手，當我問清楚情況，又派人調查眞正的董馬癡，才知道大哥給你愚弄，到這次大哥由咸陽回來，證實了這猜測，還告訴秀兒。那時我就在想項少龍究竟是怎樣的一個人呢？爲何能以區區數百人，把大哥、田單這等厲害人物，玩弄於股掌之上，還敗得不明不白。以呂不韋那種權傾秦廷的人物，仍奈何不了你？今天終於弄個一清二楚。」

項少龍苦笑道：「在下只不過是有點運道吧！」

李嫣嫣低垂螓首，輕輕道：「你坐到哀家身旁好嗎？」

項少龍愣了好半晌，來到她右側旁三尺許處坐下。

李嫣嫣低頭解下面紗，再仰起絕美的俏臉，原來已滿頰熱淚。

項少龍心神激蕩，失聲道：「太后！」

李嫣嫣閉上眼睛，淚水不受控制的流下來，語氣卻出奇的平靜，一字一字地道：「項少龍！替哀家把李權、李令和春申君全部殺了，他們都是禽獸不如的東西。」

項少龍心痛地道：「少龍謹遵太后懿旨！」

李嫣嫣緩緩張開秀目，那種梨花帶雨、楚楚可憐的美態，看得項少龍忘掉上下男女之防，伸出衣袖，溫柔地為她拭去吹彈得破的粉臉上猶掛著的淚珠。

李嫣嫣視如不見，一動不動的任他為自己拭淚。

項少龍收回衣袖，沉聲道：「太后放心，我定會保著太國舅爺，不使他受到傷害。」心中不由升起荒謬絕倫的感覺，當日在邯鄲，李園可說是他最想殺的人之一，哪想得到現在竟全心全意去與他並肩作戰。

李嫣嫣秀眸射出柔和的神色，凝注在他臉上，以靜若止水的聲音道：「武瞻剛有報告來，說斗介私自調動外防軍，把一支直屬的軍隊由淮水上游移近壽春城十里，又命一組由二十艘戰船組成的艦隊開到壽春城旁，擺明是威脅我不得輕舉妄動。故我除苦忍外別無他法，若非有武瞻在撐持大局，我和大哥早完蛋了，而大哥還似是不知我的苦衷。」

項少龍微笑道：「攻城軍隊的人數，必須在守城的人數兩倍以上，方有點威脅，假若要攻的是自己王城，又出師無名，只會累得軍隊四分五裂，斗介似強實弱，太后不用介懷。」

李嫣嫣白他一眼微嗔道：「你倒說得輕鬆，只恨我們城內亦是不穩，現在外城軍都集中到外圍的防守去，禁衛軍又調回來守護宮禁，若春申君等發難對付你們，教哀家如何是好？」

項少龍哈哈笑起來，透露出強大無倫的信心，再從容道：「兵貴精而不貴多，要擔心的該是李權和李令等人才對。」

李嫣嫣狠狠盯著他道：「項少龍！你是否另有人潛進來壽春呢？」

項少龍微笑道：「太后請恕我賣個關子，明天天明，李令該已魂兮去矣，便當是先爲太后討回點公道。」

李嫣嫣嬌軀劇顫，厲聲道：「是否大哥把我的事向你說了，否則你怎會說這種話。」

項少龍想不到她敏感至此，訝然道：「太后剛才不是說過李令欺負你們兄妹嗎？還打得你大哥昏迷了七日七夜。」

李嫣嫣的胸脯不住急促起伏，淚花又在眼內滾轉，直勾勾看著項少龍的眼空空洞洞的，忽地「嘩」一聲哭出來，撲入項少龍懷內。項少龍輕撫她強烈抽搐的香肩和背脊，感覺襟頭的濕潤不住擴大，心中淒然，知道她多年來苦苦壓抑的情緒，終沖破了堤防，不可收拾地爆發出來。他沒有出言安慰，只是像哄嬰孩般愛撫她，其中當然沒有半點色情的味道。這時他的心湖被高尚的情操和憐惜的摯意塡滿，只願能予一向被僞裝出來的堅強外殼掩飾著的弱質女子一點慰藉和同情。

好半晌後，李嫣嫣收止哭聲，在他幫助下坐直嬌軀，任他拭掉淚水，垂頭輕輕道：「今晚哀家等待你的好消息。」

項少龍一言不發站起來，悄悄離開，整個襟頭全被她的珠淚濕透。項少龍與李園提早少許出發，先在一條橫街會合，交換最新的消息。

兩人躲在馬車裡，李園問道：「太后找你有什麼事？」

項少龍一邊留意窗外的情況，漫不經意道：「她想我殺死李權、李令和春申君。」

李園精神一振道：「她眞的這麼說？」

項少龍微哂道：「我難道要騙你嗎？她爲何這麼恨春申君呢？」

李園頹然嘆道：「她恨所有沾污過她身體的男人，包括孝烈王在內。」

項少龍道：「你那方面有什麼新情況。」

李園道：「看來春申君最多只是用比武下毒那類招數對付我們。因爲今晚被邀的嘉賓遍及各公卿大臣，另有外國或侯國來的使節侯王，任春申君和李權的膽子如何大，也不敢在這情況下湧幾百人出來宰我們。」

項少龍沉聲道：「賓客名單中有沒有夜郎人呢？」

李園道：「沒看到夜郎王的名字。不過這並不代表他不會來，春申君該知道我要看他邀請的嘉賓名單，乃輕而易舉的一回事。」

項少龍淡淡道：「我決定在宴會上與春申君和李權分出勝負，否則不可能有另一個機會。若我沒有猜錯，明天一俟斗介動調好軍隊，春申君就會發難，裡應外合地以壓倒性的兵力控制壽春。因爲內城軍落到你手上，對他們實有切膚之痛。這宴會正是要把我們拖在那裡，更因壽春最重要的人物雲集該處，一時間沒法作應變調動，自然是對他們最爲有利。」

李園愕然道：「可是春申君府家將達二千之衆，我們只得區區六十人，一些還要留在外面廣場處，動起手來，能逃命已叫僥倖，怎還能置敵於死地？」

項少龍微笑道：「射人先射馬，擒賊先擒王，李兄聽過這兩句至理名言嗎？」

李園唸了兩遍，雙目亮起來，顯是有點明白。

項少龍道：「我差點忘記至關緊要的事，田單是否在賓客名單上呢？」

李園搖頭道：「我正要告訴你這件事，自今早他和春申君吃過早膳，田單便失去蹤影，我看他可能已離開壽春。」

項少龍的心直往下沉，苦惱地道：「若他出城，當瞞不過守城的人，爲何你完全不知道呢？」

李園無奈地道：「若有斗介爲他安排，連武瞻都難以過問，所以把田單祕密掩護出城外，實是輕而易舉的一回事。」

項少龍猛下決心道：「出了這件事，我們更不得不動手，只有從春申君口中，方可知道田單到了哪裡去。」

李園明白他的意思，假若田單返齊的話，項少龍必須以最快的速度解決壽春的事，再兼程追去。道：「項兄因我的事而延誤自己的大事，小弟眞不好意思。唉！話說回來，其實我們今晚的勝算並不高哩！」

項少龍含笑搖頭道：「非也非也！知己知彼，百戰不殆。現在我又有新的主意，索性把李兄的隨員都換上我的人，只要春申君不知道我們暗袴弩弓，這一場仗我們至少有七成勝算。這是名副其實以己之長，制敵之短。以弩弓剋長劍；以效率、速度和避重就輕的策略應付對方的人多勢衆。」接著湊到他耳邊說了一番話。

李園嘆道：「即使孫武復生，也難勝項兄妙算！」

項少龍心中暗笑，這正是特種部隊的信條，以精銳勝平庸。只要抓到敵人最弱的一環，就像捏住毒蛇的咽喉，任牠如何厲害，也只有俯首就擒。

兩人分手後，李園先入宮見李嫣嫣，稟告一切，而項少龍則逕赴春申君的宴會。進入外門，只見主宅前可容千人操練的大廣場停滿車馬，燈火通明。主宅設在白石台基之上，迴廊環繞，連接左右和後方的建築物，建築群間古樹參天，環境雅致。項少龍心生感觸。楚君的地位顯然遠及不上秦君。當年莊襄王停柩期間，咸陽停止一切宴會喜慶的活動。但這裡的人卻完全兩樣，就此點即可看出秦勝於楚的一個主因。

項少龍與眾手下躍下馬來，其中六人負責看管馬匹，另二十四人隨他往主宅走去。一般權貴赴宴，帶上十來個家將乃平常之事，二十四個是多了一點，但在這情況下，春申君絕不好反對，何況他怎會把二十四個人放在心上。主宅的台階上下布滿春申君府的家將，春申君和兩子黃戰、黃霸迎接賓客。

項少龍朝長階舉步走去，在半途時後方有人叫道：「啊！請留步！」

項少龍愕然止步，回頭望去，與追上來的人打個照臉，同感愕然。

來的是韓闖，只見他露出古怪神色，乾咳一聲道：「對不起！我認錯人。」

項少龍心知肚明他由背影認出自己是項少龍，但由於自己整個樣子變得太厲害，所以當韓闖見到他正面的尊容，再不敢肯定。笑道：「在下現在是萬瑞光，侯爺你好！」

韓闖立時明白過來，眨了眨眼睛，轉往找其他楚臣打招呼。項少龍心中溫暖，韓闖這人雖是缺點多多，卻很夠朋友。

步上石階，春申君笑裡藏刀地趨前來歡迎道：「得萬將軍光臨，本君不勝榮幸，為何卻不見滇王妃和小儲君呢？」

項少龍依足規矩行謁見之禮，歉然道：「小主公身體不適，滇王妃只好留下照拂他，請君上見諒。」

春申君忙道：「我立即遣人去為小儲君診治，包管藥到病除。」

項少龍掃視了正狠狠瞪著他的黃戰、黃霸和一眾家將、心中暗笑，想著任你們如何眼利，也估不到世上會有可摺起來藏在褲管內的弩弓，這就是「高科技」的好處。口中應道：「君上好意心領。小主公剛吃了藥，明天若仍未見好轉，再勞煩君上照拂吧！」

當下有家將引領項少龍進入大堂裡。那是個比得上宮廷的廣闊廳堂，兩旁各有四根巨木柱，撐起橫過屋頂的四道主樑，氣象萬千。主席設在對正大門的南端，左右各排三列席位，約略一數，至少達百席之多，前席坐的自是主賓，後方席位則是為家將隨人而設。大半席位均坐上賓客，由百多名身穿彩衣的侍女在席間穿花蝴蝶般侍候，一片喜慶熱鬧的氣氛。項少龍瞥見左方首席處坐的是久違了的郭開，此君當上趙相，脫胎換骨的神采飛揚，春風得意，正與鄰席的龍陽君談笑。

領路的家將道：「萬爺請！」

項少龍隨他來到右方第四席處。荊善等則擠到後面兩席去，分幾排坐下來。斜對面的龍陽君和他交換個眼色，郭開便打量著他，但顯然認不出他是項少龍。此時廳內鬧哄哄的，來賓趁宴會開始前的時刻，互相寒暄和詢問近況，獨是項少龍的一席無人過問，只是間有侯國來的使節和他揮手打招呼。一名女婢過來為他斟酒，項少龍瞅她一眼，見她膚色頗黑，左頰還有小方胎痣，容貌平凡，再沒有多看的興趣，轉而打量起其他人來。李權剛好在他對面，不屑地看他一眼，和下首的成素寧說話，眼尾都不望他，好像他已變作死人，再不會對他生出任何影響。

項少龍心中冷笑，耳內傳來一陣熟悉的悅耳聲音道：「死鬼！又在裝神弄鬼。」

項少龍虎軀劇震，差點衝口叫出善柔的芳名。正要再看席前的婢女一眼，善柔低叱道：「不要瞧我，你後面有道暗門，貫通外面的迴廊，小心點！」

說罷盈盈離去，項少龍得與令他夢縈魂牽的紅顏知己重逢，精神大振，整個世界立即充滿生氣、色彩和熱烈的期待和渴望。同時又心中懍然，大堂表面看去，只在中間開有兩道側門，連接外面的迴廊和直通左右院宅的長廊，若非得善柔提點，眞不知席後設有暗門，春申君這一著非常厲害，他差點便要著了道兒。忙揮手召來荊善，告訴他這件事。荊善退回去後，心中仍塡滿善柔的倩影。這美女確是神通廣大，竟然可混到春申君府來當婢女，找尋刺殺田單的機會。善柔又奉上佳餚，低聲說「外面迴廊底下藏有長矛」後，又轉到另一席去。項少龍放下心來，對方顯然仍不敢動用弩箭那類長程武器，自是怕射不中目標，誤傷其他人。這時賓客來得七八成，門官逐一報上來人的名字，大部分項少龍都不認識，只是從銜頭知悉來人不是王族就是重臣，身分顯貴。

斗介、武瞻、練安廷和獨貴四個握著壽春兵權的人物均沒有出現，這是理想當然的事，現在壽春內張外弛，斗介的大軍正與內外城軍互相對峙，互相牽制，暫時誰都奈何不了誰。屈士明暗算他項少龍不成，乃春申君和李權方面最大的失策，使內城軍的控制權落到李嫣嫣和李園手上，迫得敵人只好另用險招來對付他們。

門官唱喏道：「且蘭王駕到！」

項少龍往大門望去，首先入目是肉光緻緻的玉臂和美腿。它們的主人是充滿野性美、青春迫人的性感美女。此女身穿以薄皮革綴成的衣服，秀髮垂肩，坦胸露臂，誘人至極。最引人處是她流波顧盼，毫不吝嗇甜甜的笑容和媚眼，登時吸引全場的注意力。項少龍好不容易把眼光移到她身旁的且蘭王處，他頭頂羽冠，披上長袍，身形矮胖，五官像擠到臉孔中間處，走路時左搖右擺，正與旁邊的春申君說話。身後的十多個親衛無不比他高上至少個半頭，均露出粗壯的腿臂，使人感到異族蠻風的特色。當春申君往他的一席指點，項少龍知道且蘭王正向春申君問及自己，果然且蘭王那對細眼朝他望來，擺脫春申君，大步帶頭往他舉步走來。項少龍忙起立施禮。

且蘭王隔遠大笑道：「萬瑞光不愧滇南第一勇士，甫到壽春，立即把斗膽占據滇王府的鼠輩趕走，大快人心之至。」

這番公開表示支持的話，登時令全場賓客側耳側目。李權重重發出一聲冷哼，表示不滿。且蘭王不知是眞聽不見，還是聽而不聞。逕自來到席前，舉起右掌。項少龍早受過莊夫人教導，忙舉右掌，與他互擊三下。

且蘭王向那迷人女郎道：「采采快來見過萬勇士，哈！這是小女娜采采，我這次是要帶她來見識一下大楚的繁華景象。」

娜采采盈盈施禮，勾魂的眸子送他一記秋波，未語先笑道：「萬將軍非常強壯哩！」

這句話立時惹起一陣嗡嗡低語，如此大膽和肆無忌憚地對初識男人評頭品足的美女，確是罕見。

春申君趕了上來，正要引他坐到右方首席處，且蘭王指著項少龍上首的一席道：「我就坐這一席。」

春申君眼中閃過不悅之色，仍是無奈地答應。

正擾攘時，門官唱道：「夜郎王到！」

且蘭王完全不顧儀態，「呸」的一聲側頭吐出一口涎沫，表示不屑聽到夜郎王之名，這才領著火辣辣的且蘭公主娜采采坐到項少龍上首那席去，擺明和項少龍扮的萬瑞光站在同一陣線。春申君無暇理會他，往迎夜郎王去了。夜郎人的服飾以黑為主色，配以金銀鑲嵌的冠帽和腰帶，新月形的彎刀，非常觸目。加以人人粗壯高挺，臉容強悍，使人聯想到肆虐邊塞的馬賊，難怪如此為其他侯國深惡痛絕。夜郎王花刺瓦左方的一名青年長得最雄偉，身上的金飾比夜郎王還要華麗，背上掛著一對巨斧，每斧至少有五十斤之重，只是這等威勢，已教人心生怯意。夜郎王膚如黑炭，臉孔瘦長，雙目凶光閃閃，神態陰沉，靜心聆聽春申君的話，目光卻落在項少龍身上。春申君引他坐到龍陽君和李權間的一席，不知是有心還是無意，剛好對正項少龍這死敵，氣氛立時異樣起來，平添不少火藥氣味。那個夜郎青年狠狠盯著娜采采，一副想把她生吞下去的饞嘴模樣。項少龍不由往娜采采望去，只見她故意挺起酥胸，作了個慵倦不勝的姿態，看得那夜郎青年眼珠差點掉了出來。

娜采采知項少龍在看她，回眸拋他一個媚眼，低聲笑道：「那是夜郎王的三王子花奇，人稱餓豹，奸淫婦女無數，若萬將軍能宰了他，采采陪你一晚。」

項少龍嚇了一跳，善柔又到他旁邊，故意隔斷兩人目光，低聲怒道：「你再勾搭她，我就殺掉你。他們預備了鉤網等東西來對付你。」

又轉身走了。項少龍確怕開罪善柔，正襟危座，眼角都不敢再望向鄰席的且蘭公主。此時大批春申君的家將分由側門進入大堂，排列在席後，更添隆重緊張的氣氛，亦牢牢控制全場。

韓闖此時入場，到了右方上首一席坐下，接著是黃戰、黃霸的一席。

春申君在十多名家將陪同下，到主席坐下，衆家將則守立席後，防備森嚴。

除項少龍下方李園一席外，全部席位都坐滿人。賓主加上隨員，足有六百多人之衆。酒過三巡，接著是例牌的歌舞表演，此時李園才到，向項少龍打了個一切部署妥當的眼色。

歌姬退下，夜郎王一陣長笑，凶光畢露的雙目落到項少龍處，舉杯道：「先敬萬將軍一杯，然後再有一事相詢，請萬將軍指教。」

項少龍與李園交換個眼色，知道好戲開鑼，且是首先由敵人發動主攻。

第六章 閉門之戰

項少龍一動不動，沉聲喝道：「我萬瑞光一向不和是敵非友的人祝酒，故酒可免了，侯王有什麼事，儘管賜教！」

整個宴會場立時肅靜下來，人人感覺到劍拔弩張的氣氛。

且蘭王冷哼一聲，怒瞪夜郎王。理應出言化解的春申君卻是好整以暇，一副隔岸觀火的神態。李權和成素寧則臉露得色，顯然早知道夜郎王會在席上尋項少龍鬧事。那夜郎王子花奇一臉殺氣地瞪著項少龍。

夜郎王點了點頭，連叫兩聲「好」，以凶睛瞅著項少龍陰惻惻地道：「聽說萬瑞光你今天曾在太后跟前誇下海口，公然表示想要滇王李令的命，小王聞言後大感奇怪，萬瑞光你手上兵力不過五十之數，保護婦人孺子仍力有未逮，所以想請教你究竟有何能耐，敢出此狂言，萬瑞光你可否解說一二。」

這番話登時惹起夜郎人、李權、黃戰等一陣哄笑，極盡揶揄羞辱的能事。笑聲過後，大堂立時鴉雀無聲，充滿一觸即發的火藥味。李權、成素寧、黃戰、黃霸等一眾對立黨派的核心人物，欣然旁觀夜郎王花剌瓦公然羞辱項少龍。

項少龍見慣大場面，呂不韋、田單等人物都不放在眼內，哪會懼他區區一個不知天高地厚「夜郎自大」的小小侯王，故作訝異道：「侯王真愛說笑，滇王刻下正在滇王府內，亦沒有改姓換名叫作甚麼李令，侯王是否給三杯水酒就灌得糊塗起來？」

夜郎王登時語塞，正要說話，李園接口哈哈笑道：「花剌瓦侯王不但弄錯人，還僭越我大楚君權，私下對奸徒加以封贈，不知夜郎王現在和這叛主禍國的奸徒，是什麼關係呢？」

這番話更是難以擋架。要知李令篡奪滇王之位，雖得孝烈王默許，卻從沒有被楚廷公開承認。這刻連老謀深算如春申君者亦一時難以插口。

且蘭王乃夜郎王死敵，落井下石道：「異日花刺瓦你給人篡奪王位，看來本王也可以享受一下私自封賞王位的樂趣。」

夜郎王惱羞成怒道：「眼下誰坐上滇王之位，就是不折不扣的滇國之主，此乃不爭的事實，只有無知之徒，方會斤斤計較名份之事。」

人人感到他是理屈詞窮。

龍陽君「嬌笑」道：「侯王此言差矣，所謂名不正，言不順，李令正因名不正，故侯王言不順，此乃先賢所說，難道先賢們也是無知之徒嗎？」

此語一出，除項少龍外，全場均感愕然。因爲龍陽君代表的是魏王，身分尊崇，說出來的話自是代表魏國的立場。現擺明反對李令當滇王，自是教人大感訝異。

韓闖接口笑道：「龍陽君之言有理，背主叛國之徒，怎能登上正統？」

春申君等無不面面相覷，想不到魏韓兩國代表，齊對夜郎王百般奚落。夜郎王隨來的十多名高手，無不手按劍柄，一副擇人而噬的模樣。郭開則一頭霧水，完全不明白龍陽君和韓闖爲何要「義助」萬瑞光。

項少龍重見善柔，渾身是勁，早手癢起來，笑道：「現在萬某人除了一把劍和幾個不會賣主求榮的從人外，拿得出來見人的東西並不多，侯王若有興趣，不妨遣人出來見識一下本人究竟有何能耐，不是更直接了當？」

誰都想不到他會改採主動，公然宣戰，大堂靜至落針可聞，最響亮仍是夜郎王的呼吸聲，他顯然快給氣炸了肺。一聲暴喝下，夜郎王席上撲出個三王子花奇，左右手各提一斧，兩斧互擊一下，發出一下脆響後，大喝道：「夜郎王第三子花奇，請萬瑞光落場比試。」

項少龍心中大喜，正要出場重創此子，豈知後席的荊善比他手癢得更厲害，搶出來躬身道：「小人萬善，請萬爺賜准出戰。」

項少龍卻是心中暗喜，首先因荊善的身手僅次於荊俊，足可應付此子。其次卻是免了因宰掉此子，惹來且蘭公主娜采采陪他一晚的煩惱。

不過他尚不肯放過春申君，微笑向他道：「君上該瞭解眼前這場比武可非一般較量，動輒流血送命，壞了歡宴的興致，說不定還會形成群鬥的局面，故若君上反對，我可不接受挑戰。」

夜郎王還以為項少龍膽怯，冷喝道：「生死有命，若萬瑞光你有能力損我孩兒半根毫毛，我花刺瓦絕不會因此事糾纏不休。」

春申君怎會因項少龍兩句話壞了今晚的大計，呵呵笑道：「三王子既如此有興致，黃歇怎會做掃興之人，萬將軍請自行決定。」

花奇運斧擺個花式，確是舉重若輕，一派強手格局，暴喝道：「若萬瑞光你叩頭認錯，這一場可以罷休。」

項少龍哈哈笑道：「好！」向荊善作個有殺無赦的手勢，道：「刀劍無眼！大家小心！」

荊善大喜，一個箭步搶出去，來到花奇前十步處，劍仍在鞘內。

黃戰忽然站起來，喝道：「且慢！」

衆人愕然望向他。

項少龍乘機環掃全場，找尋善柔的蹤影，只見女婢都站到席後，與春申君府的家將站在一起，一時間哪找得到狡猾多智的可人兒。

黃戰的聲音傳來道：「若萬將軍方面敗了這場，是否又命手下兒郎上場送死？」

這兩句話實在迫人太甚，現在連不知情的人均曉得春申君和夜郎在聯手欺壓項少龍。

卻沒有多少人敢作聲，只有且蘭王冷笑道：「這一場尚未分出勝負，黃公子是否言之過早？」

項少龍與李園對視而笑，前者懶洋洋地道：「黃公子有何高見？」

黃戰暴喝道：「下一場何不就輪到你和我比試？」

項少龍笑道：「公子少安暴躁，看過這一場再說不遲，比武開始！」

花奇早等得不耐煩，聞言發出焦雷般的大喝，雙斧齊揚，威猛之極，連環揮劈，一派凌厲招數，如排空巨浪般向荊善捲去，果是不可一世的勇將，看得人人動容，連李園都爲荊善擔心起來，娜采采更捧著胸口，緊張得不得了。荊善夷然無懼，長劍閃電擊出，靈巧處有若毒蛇出洞，沉穩迅疾之勢則如風捲殘雲。或挑或架或劈或刺，每一劍都針對著對方的破綻和弱點，加上閃動如飛，充滿舞蹈美感的輕盈步法，採的竟全是硬擋反迫的招數。斧劍交擊之聲不絕於耳，荊善倏進倏退，花奇竟占不到半分便宜。

夜郎人和春申君等立時變色，想不到項少龍隨便派個人出來，竟可與有夜郎第一勇士之稱的花奇平分秋色。而且膂力比花奇只強不弱，怎不驚駭欲絕。花奇這時銳氣已過，又兼斧重耗力，竟滯了一滯，此消彼長下，荊善劍芒暴張，迫退花奇兩步。花奇顏臉大損，暴怒如狂下，奮不顧身拚死反攻。荊善一聲長笑，閃電移前，竟以劍柄硬撞在向他左邊太陽穴揮來的斧鋒處，險至極點地把花奇最凌厲的右手斧盪開去，再一矮身，讓花奇左手斧掠頂而過，手中長劍化作電芒，斜斜由下方雷奔電掣般標射花奇胸口。花奇魂飛魄散，雙斧甩手飛出，抽身猛退。

荊善還劍鞘內，冷冷看著花奇退身往後。由兩人交手開始，場內一直是鴉雀無聲，此時人人眼光集中到花奇身上，知他已受重創，只是不知會不會危及他的生命。花奇再退兩步，發出一下撕心裂肺的慘叫，砰一聲仆跌地上。

夜郎王霍地站起，狂喊道：「孩兒！」

夜郎人早群集而出，撲出去看仰躺地上的花奇，只見胸腹處鮮血泉水般湧出來。荊善若無其事的返回己席去，經過娜采采旁時，給她一把摟著，吻了他的大嘴一口，這才放他回席。這時春申君、黃戰等均離席去看花奇。

驀地夜郎王發出一聲驚天動地的狂叫，在花奇身邊站起來，戟指道：「萬瑞光！這殺兒之仇，我要你千萬倍還回來給我。」

場內大部分人露出不屑神色，都看不起他剛才還說什麼生死有命，絕不糾纏，現在立刻食言。春申君親自把夜郎王拉回席內，花奇的屍身則由後門抬出去，只是地上仍是血跡斑斑，教人觸目驚心。歡宴的氣氛至此蕩然無存，卻沒有人怪責項少龍，因爲這情況全是夜郎王和春申君一手造成的，且人人知道好戲尙在後頭。

且蘭王打破僵寂的氣氛，仰天笑道：「萬將軍有此神勇下屬，可喜可賀，收復滇土，將乃指日可期之事。」

夜郎王噴著火燄的凶眼瞪著且蘭王，氣得說不出話來。

黃戰由後堂走回來，手按劍柄，來到場心，沉聲道：「萬瑞光！該輪到你和我了。」

李園奇道：「這事眞個奇哉怪也，明明是滇國和夜郎國兩國之間的事，為何黃公子卻像給人害了爹娘的樣子。我也手癢得很，不若由我陪公子玩玩吧！」

此語一出，包括春申君在內，衆人無不色變，知道李園正式和春申君決裂。

黃戰自知劍術及不上李園，唯有苦忍這口氣，冷冷道：「這不關李相的事，萬瑞光！是否又要別人來代你出戰？」

項少龍微笑道：「黃公子盛怒之下，實不宜比武較量，更何況在下曾說過，除非君上同意，否則在下絕不與公子動手。」

衆人的眼光自然移往春申君處去。春申君卻是有苦自己知，現在擺明不動手則已，動手便是分出生死始能罷休之局。萬瑞光的手下已這麼厲害，本人更是深不可測。但問題是夜郎王已損一子，自己若不讓黃戰出戰，怎樣向他交待？不由暗恨沒有早點發動突襲，於現在這情況下，若施暗殺手段，會教天下人看不起他。事實上他今晚雖有布置，主要仍是為防患未然，並不是定要把項少龍和李園當場格殺，只是希望拖到天明，好配合斗介一起發動。否則這樣殺掉李園，難保李嫣嫣不會立即命禁衛發動反噬。

心念電轉時，黃戰已道：「請爹賜准孩兒出戰！」

春申君暗嘆一口氣，點頭道：「孩兒小心！」

場內衆人立時精神大振，占了絕大部分人都希望看到黃戰授首於項少龍劍下。此人一向仗著父親寵護，在壽春橫行無忌，雙手染滿血腥，只是無人奈何得了他吧！項少龍哈哈一笑，卓然而起，步出席外，以手輕拍三下劍柄，發出準備摺弩的暗號。

同時淡然自若道：「君上還是收回成命如何？黃公子現在滿腔怒恨，殺氣騰騰，在下縱想手下留情，怕亦難以辦到。」

衆人都覺他口氣過大，不過只看他隨隨便便站著，已有君臨天下的威勢，把黃戰遠遠比下去，又覺他這麼大口氣乃理所當然。

黃戰不待春申君回答，狂喝道：「誰要你手下留情。」揮劍衝前迎頭猛劈。項少龍知他一向恃勢橫行，目無餘子，所以故意撩起他的怒火，此刻見計得逞，忙收攝心神，血浪離鞘而出。「噹！」聲震全場。項少龍抱劍傲立，黃戰則連人帶劍踉蹌跌退，竟是給項少龍只一招便硬生生劈退。

項少龍長笑道：「黃公子！此戰就此作罷好嗎？」

春申君站起來喝道：「戰兒！」

立於席後春申君的家將人人手按到劍柄處，使堂內氣氛更趨緊張。荊善等趁人人目光集中到場中去的千載良機，暗在几底把弩箭裝好。席上各人則無不目瞪口呆。

要知黃戰一向以勇武神力著稱楚地，李園之下便數到他，哪知一個照面竟狼狽地落在下風，試問誰不駭然。

旁邊的李園眼力高明，知道黃戰因暴怒之下心浮氣躁，而項少龍這一劍又大有學問，劈中來劍的時間恰好是對方最難保持平衡的一刻，故有此近乎神奇的戰果。更明顯地是項少龍的膂力實勝於黃戰。

黃戰退了足有十二步，勉強穩住退勢，豈知項少龍又重複道：「黃公子！就這麼算了吧！」

黃戰哪有可能於這種顏臉蕩然無存的屈辱情況下退縮，狂叫道：「我要宰了你！」再撲上來。

項少龍在對方來至中途，倏地前移，一招攻守兼資，毫不留情地強攻過去，以硬碰硬。倏地響起女子的喝采聲和掌聲，原來是娜采采一人在唱獨腳戲。由於這並非一般風花說月的比武，所以人人屏息靜氣，故娜采采的喝采和掌聲分外刺耳，不過這時沒有人有暇理會她。金鐵交鳴聲連串響起。兩人錯身而過。項少龍倏然止步，背著黃戰還劍鞘內。

黃戰仍向前多衝五步，然後發出一聲撕心裂肺的慘叫，長劍掉在地上，左手緊握著右手，跪倒地上，這時衆人才發覺他右手齊腕被斬斷，連著劍掉到地上。

項少龍仰天長笑道：「誰想殺我萬瑞光，當以此子爲誡。」

春申君大喝道：「萬瑞光！」

項少龍頭也不回道：「我早勸君上不要讓令郎出戰，可惜君上殺我的心太過迫切，至會自食其果，君上怨得誰來。」

夜郎王霍地起立，狂喝道：「殺了他！」

春申君亦大喝道：「冤有頭債有主，各位請勿離座！」伸手拿起酒杯，便往地上擲去。「嘭！」杯碎成粉。

春申君身後十多人潮水般湧出，七人護在他旁，另八人擁往堂中扶起倒地的黃戰。其他家將紛由四邊席後湧出，攔在席前，組成人牆，隔斷項少龍李園和一衆賓客的連繫，也成其合圍之勢。反是本在項李兩人席後的春申君家將，退往兩旁，其中二十多人來到且蘭王一席處，壓得他們難以插手。長劍出鞘之聲不絕於耳。

春申君在人牆後大笑道：「想不到吧！若你立與手下棄劍投降，說不定我還可饒爾等狗命。」

李園安坐席上，對周圍閃閃發亮的長劍視若無睹，冷笑道：「君上眞大膽，這樣不怕誤傷賓客嗎？

是否想造反了！」

項少龍仍卓立場心，神態從容，哈哈笑道：「黃歇你這一著實是大錯特錯。」

春申君笑道：「我們走著瞧吧！」

「砰砰！」聲響，所有門被關起來。

項少龍見到龍陽君、韓闖等紛紛握著劍柄，大喝道：「諸位請勿插手又或站起身來，這事由我和黃歇私下解決，動手吧！」

此時荊善等四十八人仍坐在席位間，人人木無表情，教人看得心冒寒意。

春申君喝道：「動手！」

「砰！」荊善等席後的暗門倏然大張開來，一下子擁入幾十個持矛大漢，往荊善等攻去。賓客們想不到春申君有此一著，娜采采首先失聲叫起來。荊善等這才動作，四十八人像彈簧般由地上滾散彈起，四十八道白光離手飛出，原來均是暗藏手內的飛刀。慘叫聲中，撲入者紛紛中刀倒地。這才輪到弩弓，一排排的弩箭準確無誤的射出來，使另一批從暗門外撲上來的敵人猝不及防下，一排排的倒下去，攻勢再冰消瓦解。四十八人以閃電般的手法不斷裝箭，不斷發射，不但把由暗門撲進來的敵人迫出屋外，還把其他原在堂中的家將迫返席後，要以眾嘉賓作掩護。不片晌地上滿是在血泊中痛苦呻吟的敵人，情況慘烈至極。項少龍和李園則往春申君撲去，被他的數十家將拚命擋著。荊善、烏舒等四十八人散往全場，扼守所有戰略位置，只以弩箭射殺膽敢撲上來的敵人。眾賓客則盡是正襟危座，不敢動彈，怕殃及池魚。

李園長劍閃電刺入黃霸的胸膛，一腳踢開他的屍身，善柔的尖叫響起道：「全部停手，否則我宰了黃歇。」

雙方立往春申君望去，才發覺他給個女婢挾到牆角，鋒利的七首橫在他肥頸上，臉若死灰。全場倏地停下來。項少龍和李園齊齊搶前，左右護著善柔。

善柔厲聲叫道：「拋下長劍！」

衆家將你眼望我眼，都手足無措，黃戰重傷，黃霸被殺，再無可以作主的人。

夜郎王狂喝道：「給我殺！」

他的手下們才跳起來，兩排弩箭早已射至，包括夜郎王在內，十多人無不中箭身亡。其他人卻是動也不敢動。

善柔再叱道：「還不棄劍！」不知是誰先帶頭，鏗鏘連聲轉眼間地上全是丟下的長劍。荊善等把全部家將趕往春申君席位的後方處，而善柔、項少龍和李園則把春申君押到大門那一邊去。李權和成素寧都給揪出來，與春申君綑在一塊兒。精兵團顯示出高度的效率，一進一退，均井然有序，絲毫不亂。衆人只能瞪目結舌地看著眼前意想不到的變化。

李園湊到項少龍耳旁道：「到現在我才明白什麼是擒賊先擒王，小弟服了項兄哩！」

項少龍心中好笑，望了正瞪著他只有一分像善柔的她，笑道：「大姐厲害。」

善柔嬌哼一聲，得意洋洋。

春申君顫聲道：「你們想怎樣？」

項少龍向全場賓客施禮道：「累諸位虛驚一場，我萬瑞光非常過意不去，諸位嘉賓可以離場，不過仍請靜待片刻，待我們先肅清道路。」

話猶未已，屋外殺聲震天，好一會後方沉寂下去，聽得人人色變。

敲門暗號響起，負責把門的烏言著將門拉開，樓無心撲進來道：「幸不辱命！」

李園笑道：「各位可以離開，我們為大家押陣。」

欣然望向項少龍，雙方均知今晚已是勝券在握。

項少龍等押走春申君三人後，春申君府內餘下的家將傾巢而出，豈知剛抵街上，給埋伏街道兩旁的李園家將在瓦面上居高臨下以勁箭狂射，一時人仰馬翻，潰不成軍。接著在樓無心、東閭子等家將頭領指揮下，數百人由兩旁衝出，以長矛向人心惶惶的春申君家將發動一浪接一浪的衝擊戰，敵人雖仍在人數上多上一倍，卻是群龍無首，士氣渙散，甫一接戰，立即四散逃竄。樓無心等乘勝追擊，殺進春申君府去。他們奉有嚴令，絕不濫殺婦孺或投降者。這時夜郎王府烈燄沖天，濃煙直上清朗的夜空。十多組建築物，有四組起火，喊殺之聲震耳不絕。而滇王府的戰鬥卻在一刻前結束，來犯的是李令百多名手下，由左右高牆攀進府內，本以為可手到拿來，豈知四面八方箭發如雨，霎眼工夫射倒大半數人，其餘的成功闖入府內，卻遇上紀嫣然和趙致率領的精兵團員，連逃命的機會都沒有，哪還說什麼殺人放火。

在李嫣嫣的命令下，獨貴穩守王宮，新升任內城守的練安廷則把內城封鎖起來，又以內城禁軍在街上設置關卡，同時保衛各外國使館的安全，一切井然有序。他們雖沒有直接參與兩系的鬥爭，但卻阻止其他人的干預。夜郎王府被李園、項少龍組成的聯軍圍得水洩不通，凡衝出來的都被強弓射回去。聯軍人人在頭盔處紮上紅巾，以資識別。內城雖是鬧得如火如荼，外城卻全不受擾，這時武瞻接到李嫣嫣命令，不得干預內城的事。城外的斗介和他的大軍，卻給隔斷消息，尚以為火燄是來自被李令遣人攻打的滇王府。春申君三人分別囚在三輛馬車上，由鐵衛貼身看守。

項少龍和李園這對關係複雜的戰友，並肩站在夜郎王府外，觀察形勢。戰號聲起，近千多名李園家將分作兩組，持盾由前後門攻入夜郎王府內，又爆起一場更激烈的戰鬥和喊殺聲。不過這回很快趨於平靜，滕翼雄偉的身軀出現在府門處，後面烏光等押了一個人出來，直赴項少龍和李園身前，推得他跌在地上。烏光箭步衝前，抓著他頭髮，扯得他仰起臉孔，跪了起來。在火把光下，此人現在雖臉容扭曲，但仍可看出本來五官端正，道貌岸然，哪知由少到大，從未做過好人。

李園兩眼放光，哈哈大笑道：「李令老兄！別來無恙啊！」

「砰！」

李園一腳抽在他小腹上，痛得他蜷曲起來。

項少龍怕李園活活把他打死，喝道：「把他綁起來，押到車上，我們回滇王府去。」

滕翼來到他旁道：「這些夜郎人和李令的滇兵窩囊得很，府內又無特別防禦布置，給我們以強弩火箭逐屋衝殺，阻擋半刻都辦不到，只輕傷我們十多人。」

項少龍暗忖精兵團就是二十一世紀不折不扣的特種部隊，由自己依當時代的方法一手訓練出來。在城市戰中最能發揮效率和威力，夜郎王和李令的人既無防備之心，又輕敵大意，兼之遠程來此，尚未有休息時間，人困馬乏之下，哪是對手。這就是天時、地利、人和在戰爭中所發揮的作用。

李園走過來，搭著兩人肩頭道：「今晚的事，我李園會銘記於心，無論將來秦楚發生什麼事，我仍是兩位的朋友。」

項少龍道：「我和李兄沙場見面的機會微乎其微，且我還有儘早退隱之意，李兄不用擔心。」

李園呆了一呆，待要追問，樓無心和一批家將飛騎而至，叫道：「找不到田單，據說他今早已離開壽春，這事須問春申君才行。」

項少龍和滕翼對望一眼，雖明知後果會是如此，仍大感失望。

李園道：「旦楚等仍未抵此處，他理該尚未返齊，唉！不過也難說得很。」

樓無心道：「內城已在控制之下，可開始搜捕奸黨的行動。」

李園正要答應，給項少龍拉到一旁，用心良苦地道：「李兄可否把打擊的對象，局限在春申君等幾個人身上？報仇雪恨始終不是最佳的解決辦法。」

李園沉吟半晌，點頭道：「若連這樣的事都辦不到，怎報得項兄的恩典，一切照項兄的意思辦吧！」向樓無心道：「你負責爲我通知內城所有大臣將領，今天之事，只是春申君、李權和成素寧三人意圖謀反，與其他人全無牽連，除這三人的直系男子親屬外，婦女可以安返娘家，婢僕則另行安置。」

樓無心大感愕然，露出古怪神色，半晌應命去了。夜郎王府的大火剛被撲熄，內城回復平靜的景象，只是陣陣蹄聲，仍在提醒城中人正在發生的事。

「啪啪！」

莊夫人揮手給跪在廳心的李令兩記耳光，戟指痛罵。李令知道大勢已去，頹然無語，像頭鬥敗的公雞。尤翠之和尤凝之姊妹滿臉熱淚，撲上去加入莊夫人的怒打行列。莊孔等見奸人被擒，小王復位有望無不熱淚盈眶，不可能的事終變成事實。善柔早來了，與紀趙二女摟成一團，親熱到不得了。見項少龍回來，扯了他到內堂說話。春申君三人則分別被囚禁起來，等候發落。

到內堂坐好，善柔喜孜孜地對項少龍道：「算你這人有點良心，終肯來對付田單。」

項少龍道：「妳怎會混到春申君府去的呢？」

趙致歡天喜地的代答道：「柔姊一直追蹤田單，猜到他由咸陽回齊時必會道經壽春，又知他與春申君有勾結，於是賣身爲婢，到春申君府伺候。」

項少龍苦惱道：「現在田單到了哪裡去呢？」

善柔道：「他是去與旦楚會合，據說他正循淮河坐船東下，人家正苦惱不知如何措置，幸好你來了。」

滕翼進來道：「查到田單的去向，他今早祕密出城，坐船到城陽去與旦楚的傷兵殘軍會合，沒有十天半月，都回不到齊國，我們還有足夠時間準備。」

此時烏光的大頭在滕翼肩後探出來，道：「太后在外堂等候項爺！」

李嫣嫣臉罩重紗，身披棗紅長披風，面窗而立，凝望著窗外夜空上的明月，使人難測其心意。隨來的禁衛長獨貴和百多名禁衛，奉命留在屋外。項少龍知她心情複雜，沒有打擾她，靜立一旁。這時荊善等押了李令和李權兩人進來，迫他們跪倒地上。

李權見到李嫣嫣，如獲救星，哭道：「太后請爲老臣作主……」

李嫣嫣冷喝道：「閉嘴！」

李權還想說話，給烏舒照嘴打一拳，登時打落兩隻門牙，說不出話來。

李嫣嫣柔聲道：「除萬將軍外，其他人請出去。」

荊善等望向項少龍，見他打出照辦的手勢，遂放開兩人，走出廳外。

李嫣嫣令人心寒的聲音夢幻般響起道：「你們兩人還記得五年前發生的事嗎？」

李權和李令交換個眼色，現出恐懼驚惶的神色。李嫣嫣緩緩轉過身來，揭開冠紗，隨手丟在地上，露出風華絕代的秀美嬌容，但一對秀目卻寒若冰雪，射出熾熱的怨恨。

李權口齒不清地張闔著滿是血污的嘴，顫聲道：「嫣嫣！別忘記我是妳的堂叔，一向都疼愛妳……」

李嫣嫣搖頭道：「正因為一個是我的堂叔，一個是我的堂兄，我才終身忘不了你們禽獸不如的行爲。若是外人，我或者還能忍受下來。我作踐自己的身體，爲的就是今天。李權你給我滾過來。」

李權魂飛魄散，不住叩頭道：「太后饒命！」

李令「呸」的吐了一口延沫，鄙夷地道：「什麼太后，還不是給我李令騎……」

「砰！」項少龍飛出一腳，正中他面門，李令仰天倒地，再說不出話來。李嫣嫣感激地瞥項少龍一眼，緩緩朝李權走去。

李權感覺不安，駭然仰望，李嫣嫣衣袖揚起，露出粉嫩的小臂和手上亮閃閃鋒帶藍芒的淬毒匕首，閃電般插入李權胸口。李權一聲慘叫，帶著匕首仰跌身亡。李嫣嫣轉身撲入項少龍懷裡，不住喘氣，卻沒有哭出來。

到情緒平靜了點，李嫣嫣離開項少龍，要求道：「你給我殺李令好嗎？」

項少龍苦笑道：「我不慣殺沒有還手之力的人，讓我找別人代勞如何？」

李嫣嫣深深看他一眼，垂首道：「你是個眞正的好人，好吧！」

退回窗旁去，背轉嬌軀。項少龍看了仍在地上呻吟的李令一眼，心想此人壞事做盡，確是死有餘辜，推門剛要喚人，李園和莊夫人聯袂而至。

項少龍不想他們知道李嫣嫣親手宰掉李權，低聲道：「太后心情不好，讓她靜靜吧！李權完蛋了，李令就交給你們。」

李嫣嫣出現在項少龍身後，戴回鳳冠面紗，斷然道：「不！我要親眼看著他被處決！」

項少龍返回內宅，剛過四更，紀嫣然、趙致和善柔三女，仍在興致勃勃地細訴別後的一切，後者抹去化裝，回復本來面貌。項少龍像由一個世界走到另一個世界般，告別了他憎厭但又無可避免的鬥爭仇殺，來到溫馨甜美的小天地。在這裡，他要尋找的並非肉慾上的滿足，而是心靈的平靜和寧謐，尤其在經過這麼血腥的一晚，心身疲累已極，那是爲了生存和保護所愛的人必須付出的代價。三女的美眸不約而同往他飄過來。善柔仍是一副不服氣的樣子，瞟了瞟那雙明眸，斜兜著他，神態迷人如昔。

項少龍坐到善柔旁，尚未說話，善柔伸指按著他的嘴唇，認眞地道：「不要問我別後的情況，想知道就問她們兩個吧！本姑娘絕不會重覆的。」

項少龍湧起熟悉親切的溫馨感覺，笑而不語。

善柔挪開手指，忽地重重吻他嘴唇一下，媚笑道：「眞的很掛念你，每個月至少想一次。」

見作弄了項少龍，又和趙致笑作一團。

紀嫣然柔聲道：「外面情況如何？」

項少龍道：「現在只等斗介明天上朝，李園派了個斗介信任的人去告訴他，訛稱我和李園均給春申君殺了，好誆得他沒有戒備下進城。」

紀嫣然道：「斗介孤掌難鳴，還有什麼作爲？王城豈是這麼容易攻破，下面的人亦不肯陪他把身家性命孤注一擲，誰的家族親人不是居於城內。」

項少龍躺到地蓆上去，嘆道：「眞舒服！」

趙致道：「夜了！夫君不如沐浴休息，今晚讓柔姊陪你。」

善柔大窘，跳起來道：「他算什麼東西，誰陪他？」

項少龍童心大起，勉力爬起來道：「現在還到妳作主嗎？」

善柔尖叫一聲，往內堂逃去。

項少龍剛闔了半晌眼，便要離開善柔昨晚使他顚倒迷醉的肉體，與莊夫人和莊保義趕往出席早朝。

李園身穿官服，在大批禁衛簇擁下，於宮門外等候他。

施禮後，李園讓莊夫人母子先行，與項少龍並騎而進，興奮地道：「斗介中計了，剛進城便給武瞻拿著，現在武瞻執掌軍符，出城接收他的軍隊。」

說不了幾句，到達主殿正門處。四人一起進殿，春申君、斗介和成素寧三人五花大綁，跪倒高坐鸞台上的李嫣嫣階下。群臣大多有份參加昨晚宴會，既知春申君確有殺死李園和萬瑞光之意，更知壽春城已落入李園控制下，誰還敢爲他們求情。李嫣嫣使人宣讀三人罪狀，春申君不但犯了行刺太國舅和莊家遺臣之罪，更指使兒子黃虎率人往襲徐先，此事揭了出來，人人譁然。斗介犯的是私自調動軍隊，意圖謀反之罪，成素寧則是同謀。讀罷罪狀，三人立即推出殿外斬首。接著李嫣嫣宣布李園升爲右丞相，還有連串其他人事調動。最後是重新確認莊保義爲滇國儲君的地位，下令派軍助他們母子復國。

散朝後，李嫣嫣召見莊夫人母子，李園自是忙得不可開交，項少龍則一身輕鬆，乘機與紀嫣然、趙致和善柔三女微服出遊，飽覽壽春的名勝美景，滕翼則去安排對付田單的預備工夫。黃昏時，四人興盡回府。踏入府門，立覺不妥。

李園、龍陽君和韓闖都來了，人人神色凝重，一副大禍臨頭的樣子。

項少龍湧起強烈不祥的感覺，沉聲問道：「徐先是否出事了！」

李園點項道：「不但徐先出事，田單原來連春申君都騙了，暗裡由陸路潛返齊國。」

龍陽君道：「他是怕給捲入這次暗殺中，所以先行溜走。」

善柔叫道：「快追！我知道如何可以把他截著。」

項少龍頹然坐倒，想起徐先不屈不撓的硬漢性格，音容笑貌，淚水不由自主地奪眶而出。想不到又給呂不韋算了一著，咸陽辛苦取得的勢力平衡一下子給破壞掉。

在尤氏姊妹的妙手之下，項少龍看著銅鏡內的自己回復原貌。兩女均充滿離愁別緒，再沒有往常調笑的心情。項少龍亦因徐先之事憂心不已。

事情是由黃虎親自說出來，他事成回來，被李園在城門處一網擒下，去時是三千多人，回來只剩下七百人，可知戰況如何激烈。大刑侍候下，黃虎供出由於徐先的五百隨員中，暗藏有呂不韋的奸細，使他們能準確地在魏境一處峽谷伏擊徐先，由黃虎親自命中他一箭，秦軍拚死反撲下黃虎亦傷亡慘重，倉卒逃走，有些人還給俘虜了，所以李園如此苦惱。龍陽君則因事情發生在魏境，怕呂不韋以此爲藉口，出兵對付魏國。歸根究底，罪魁禍首仍是田單和呂不韋。更可恨是田單，蓄意攪風攪雨，希望從中混水摸魚，享漁人之利。項少龍知悉整件事後，反心情轉佳，至少徐先是否眞的死了，尙是未知之數。不過他已決定天明時起程去追殺田單。

田單離壽春時只有百多名親隨，由於他要避開楚國的關卡要塞，必須繞道而行，所以他們雖落後兩天，但因有楚人領路，專走捷徑，在田單進入齊境前截著他們的機會仍然很大。當他起身欲離，尤氏兩女忍不住撲入他懷裡，千叮萬囑他有機會又或路過時必須來滇國探望她們，才以淚眼送他出去。

莊夫人在門外把他截著，拉他到房內，淒然道：「今晚一別，可能再無相見之日，項郎啊！為何你對妾身情薄如此，妾身想侍候寢第，亦不可得！」

項少龍苦笑道：「事情的發展，確是出人意表，不過夫人不須如此傷心，滇國離秦不遠，說不定我偷得空閒，便來探望你們。」

莊夫人大喜道：「君子一言！」

項少龍道：「快馬一鞭！」心底湧起萬縷柔情，低聲道：「不要哭，應該笑才是，好好照顧保義，我相信我們必有再見的一日。」

莊夫人道：「我後天就要回滇了，你可否在返秦時順道來看望我們，那我會笑給你看。」

朝夕相對共歷患難這麼長的日子，若說沒有萌生感情就是騙自己的，雖恨不得立即撲殺田單和飛返咸陽，但眼前情況下，仍不得不答應。親熱一番，項少龍脫身出來，衆人已備好行裝，隨時起程出發。

李園正和龍陽君、韓闖、滕翼在說話，見他來了，拉他到一旁道：「我剛見過嫣然，心裡反而舒服點，確是只有你配得起她。我這人太熱心追求名利權勢。」

項少龍無言以對，拍拍他肩頭道：「是我運氣好一點，比李兄早一步遇上她吧！事實上她對你一直很欣賞的。」

李園嘆道：「在胸襟一項上，我已比不上你。嘿！秀兒要我對你說，祝你一路順風。」

項少龍想起郭秀兒，心中惻然。

滕翼來催道：「起程哩！」

各人一起出門，跨上戰馬，紀嫣然等以輕紗遮臉，不讓人看到她們的絕世姿容。龍陽君、韓闖和李園親自送行，在楚軍開路下，向內城門馳去。這時天仍未亮，黑沉沉的天色，使人倍添別離那令人黯然神傷的滋味。誰說得定是否還有再見之日？尤其秦和東南六國處於和戰不定的情況，想到或要對仗沙場，更教人惆悵。

項少龍徹底的痛恨戰爭，但又知是其時最無可避免的事。快到王宮，一隊人馬護著一輛馬車全速衝出來，把他們截著，原來是李嫣嫣來了。

禁衛長獨貴馳過來道：「太后想見萬爺，請萬爺登車。」

頭戴竹笠的項少龍點了點頭，登上李嫣嫣的馬車，人馬開出內城門。

李嫣嫣揭掉項少龍的竹笠，怔怔打量他好一會，欣然道：「項少龍比萬瑞光好看多了，難怪秀兒對你念念不忘。噢！我並不是說她貪你俊俏，而是你現在的樣子和氣質，更能配合你的言行和英雄氣概。」

項少龍微笑道：「太后不是拿定主意不來送行嗎？為何忽然改變主意？」

李嫣嫣猛地撲入他懷裡，用盡氣力摟緊他，喘息道：「這就是答案。只要想到或許再無相見之日，嫣嫣便要神傷魂斷，假若有一天，少龍發覺鬥不過呂不韋，我大楚之門永遠為你打開的。」

美人恩重，尤其想起她淒涼屈辱的過去，項少龍心中一熱，低頭找到她灼熱的香唇，痛吻一番，大興感觸道：「我很少會對男女之事生出悔意，但卻知將來的某一天，我必會因錯過和你同衾共枕的機會，和不能享受那種無聲勝有聲、春宵一刻勝千金的良辰美景而心生悔恨。」

李嫣嫣心神皆醉道：「沒有人比你的情話更好聽，不過何用後悔呢？以現在的車速，到城外的碼頭，至少還有一個時辰，可以幹很多事哩！」

項少龍愕然道：「這似乎……嘿！」

李嫣嫣貼上他的臉頰，淒然道：「誰會知道呢？項少龍！你不是說春宵一刻値千金嗎？」

項少龍摟著這位戰國最年青美麗的太后，心中百感交集。他認識她只不過幾天工夫，便有和她相處了半輩子的感覺，恐怕除李園外，就數自己最清楚她的遭遇和內心的世界。他仍弄不清楚自己究竟是愛她多些還是憐惜她多一點，但無疑她的美麗已足夠使他情不自禁地生出愛慕之心。最淒艷浪漫的是這注定是一段不可能有結果的愛情，所以她拋開太后的尊嚴，不顧一切來送行和爭取最後一個機會，好讓生命不致因失去這一段短暫但永恆的回憶而黯然無光。忽然間，他給融化了。車廂內的一切都不眞實起來，就像一個深酣的美夢。茫然不知身在何處，只彌漫著最熾熱的情火和愛燄。

落日西斜裡三艘大船放流東下，順淮水望楚國另一大城鐘離而去。

項少龍找到獨立在船尾處的善柔，奇道：「柔大姊在這裡幹麼？」

善柔沒好氣道：「想一個人靜一靜都不行嗎？」

項少龍過去試探地摟她香肩，見她只橫自己一眼，再沒有其他反抗的動作，放心地吻她玉頰，柔聲道：「若這次成功殺死田單，柔姊肯和我們回咸陽去嗎？」

善柔軟玉溫香的靠入他懷裡，輕輕道：「我過慣四處爲家的流浪生活，恐怕很難呆在一個地方。若天天見著同樣的人，是多麼乏味呢？家庭的生活並不適合我。」

項少龍點頭道：「這個我明白的，浪蕩天涯，確是一種迷人的生活方式。」

善柔奇道：「我這麼說，你難道不生氣嗎？」

項少龍瀟灑笑道：「爲什麼要生氣，你說的是千古不移的眞理，不住重複地去做某種事或吃同樣的東西，山珍海味也會變得味如嚼蠟，不過妳也該到咸陽探探善蘭和她的孩子，妳妹子很掛念妳哩！」

善柔道：「我總會到咸陽去的。不過我答應過一個人，事完後去陪他一段日子，到時再說吧！」

項少龍苦笑道：「是你的新情郎嗎？」

善柔低聲道：「本不應告訴你的，卻不想騙你。離開你後，不知是否給你挑起情芽，我有過幾個男人，但沒有半個可以代替你，這個我想去陪他一段日子的男人，曾冒死救下我性命，治好我的嚴重傷勢，我對他有大半是因感恩而起的。」

項少龍心中滿溢酸澀之意，但回心一想，自己既可和不同的女人相好，善柔自然有權享受與不同男人的愛情，灑然笑道：「悉隨大姊之意，就算妳嫁人生孩子，也別忘記到咸陽來探我們。更須在秦王儲登基加冕之前，否則可能再找不到我們。」

善柔別過頭來，定睛打量他好一會，訝道：「你這人眞特別，其他男人知道我心內有另一個人，無不嫉妒如狂，只有你全不介懷，是否你根本不在乎我哩！」

項少龍失笑道：「這又不對，那又不是，你想我怎樣了？」

善柔臉上露出古怪的神色，道：「正因你是個不折不扣的怪人，累得我善柔沒法忘掉你。那是很痛苦的感覺！可是我更不能放棄我遍遊天下的理想，或者有一天我累了，會來找你們，那時你會嫌棄我嗎？」

項少龍放開摟著她的手，對江仲個懶腰，淡淡道：「不要多心，只要你七年內肯到咸陽來，定可見到我們。」

善柔跺足道：「我不依啊！」

項少龍少有見她這種女兒嬌痴的神態，訝道：「你不依什麼呢？」

善柔一面嗔怨道：「你爲何一點沒有別些男人的反應，好像我來不來找你根本不當作是一回事。」

項少龍大笑道：「妳不是要自由嗎？我現在完全不干涉妳的生活方式，妳反要怪責我，這算是哪門子的道理？」

善柔想了想，「噗哧」嬌笑，撲上來摟貼他，仰起如花俏臉，媚笑道：「你和所有人都不同，難怪我在乎你。」

項少龍柔聲道：「柔大姊好好去享受妳的生命吧！那是每一個人最基本的權利。若說我不妒忌，只是騙妳。可是我覺得沒有權去管束妳，因而壓下私心，尊重妳的自由。」

善柔感動地道：「這是我首次由男人那裡聽回來像樣點的說話，但你會不會因這而不似以前般那樣疼人家呢？」

項少龍坦然道：「我對妳的疼愛是永不會改變的，但卻會迫自己不去想妳那麼多。因爲我會很自然的想到妳可能正摟著另一個男人，那會使我心中非常不舒服，人總是自私的。」

善柔柔情似水地道：「你倒坦白得很，事實上我也因同樣的理由很怕想起你，我眞後悔告訴你事實。直到與你分手，人家才知道一點都忘不掉你。」

項少龍柔聲道：「既然是事實，我和妳只好接受。晚膳的時間到了，我們回艙好嗎？」

善柔倔強地搖頭道：「不！我有點怕終有一天會失去你對我的愛寵。」

項少龍失笑道：「大姊莫要騙我，妳怎會是這種人？妳只是不甘心我對妳和別個男人的事並沒有妳預期中的反應，所以迫我投降吧！」

善柔跺足道：「我恨死你，快說你妒忌得要命。」

項少龍笑彎了腰道：「好了！我快妒忌死了。」

善柔欣然道：「這才像樣！嘻！我剛才的話全是騙你的。根本沒有別個男人令本姑娘可看得上眼，但不要高興得太早，因爲那也包括你在內，來吧！」

緊拉著項少龍的手，回艙去了。

風燈照射下，項少龍、滕翼、紀嫣然、趙致和善柔圍坐席上，研究攤在小几上描繪楚齊邊界的帛圖。

滕翼道：「田單回齊的可能路線，經過我仔細思索，該不出三條。第一條是他棄舟登陸，飛騎往符離塞，再在鐘離買船由水路返齊。第二條路線則在符離塞換馬後，由陸路沿官道經彭城、蘭陵、開陽直抵齊境。第三條路線可迂迴曲折多了，是取東路經羽山返國。我在圖上畫下不同的色線，大家一看便明。」

項少龍等正玩味著那三條路線，善柔斷言道：「不用想了！田單這人最貪舒服，選的定是水路。兼且鐘離的城守夏汝章與他一向關係親密，而田單更不知道我們會咬著他的尾巴追來，豈會捨易取難。」

紀嫣然道：「若是如此，說不定我們抵達鐘離之時，他仍未登船呢？」

各人點頭同意，因爲當天田單詐作坐船到城陽去，逆流往西，遠離壽春十多里後棄舟登陸，又要到鄉間購買可供百多人策騎的馬匹，再繞道東往符離塞和鐘離去，如此一番轉折，自然要多費時間。這人確非常狡詐卑鄙，誑了春申君去作刺殺徐先的行動，立即溜走，任得楚人自己去應付一切後果，而他卻可安然置身事外。

趙致道：「我仍有點不明白田單爲何這麼急趕回去？」

紀嫣然忽地色變道：「不好！我看田單是要對付燕國。」

滕翼一震道：「太子丹危險了！」

項少龍明白過來。呂不韋和田單的勾結，完全築基在利益之上。呂不韋最怕的是東方六國的合縱，所以一直向田單示好，希望齊國不但置身於合縱之外，還可破壞其他五國的聯盟。最近的五國聯軍壓境而來，秦軍幾乎無力相抗，更堅定他的策略。同時他亦知道楚國由於曾有切膚之痛，最終都不會任由三晉給秦蠶食，於是捨楚而取齊爲盟友。田單不是不知道呂不韋的野心，但他更知道靠人不如靠己的道理，只有齊國強大，才是唯一的出路。際此戰爭的年代，成爲強國的方程式就是蠶食他國、擴張領土，擺在眼前的大肥肉是因與趙國交戰以至實力大爲削弱的燕國。田單對呂不韋當然不安好心，像這回他要刺殺徐先，使秦國內部鬥爭更趨激烈，於齊實是有利無害。而呂不韋當然須有回報，其中之一是把太子丹害死於秦境內，燕國失去這中流砥柱式的人物，無論士氣和實力兩方面的打擊都是難以估計，田單可更輕易侵占燕人的土地。忽然間，他們弄清楚田單和呂不韋的陰謀。

紀嫣然肅容道：「這次我們若殺不了田單，燕國就完了。」

善柔咬牙道：「這次他絕逃不掉！」

紀嫣然道：「鐘離的夏汝章既與田單關係密切，說不定會在打聽到我們行動後向他通風報信，著他改由陸路逃走，那時要追他將更困難。」

項少龍心中一動道：「既是如此，不若我們將計就計，故意嚇夏汝章一嚇，弄清楚田單在那裡後，他休想活著回齊國。」

兩日後午前時分，三艘大船，駛進鐘離的主碼頭，夏汝章聞報而來。負責管理艦隊的楚將叫李光，是李園的心腹，人極精明，得到項少龍的指示，下船在碼頭處和他會面。

讓夏汝章看過李嫣嫣簽發的軍令和文件，李光低聲道：「這次我們東來，負有祕密任務。」

夏汝章嚇了一驚道：「究竟是什麼事？」

李光把他拉到一旁道：「壽春的事，將軍該早有耳聞。」

夏汝章苦笑道：「不但風聞，昨天還收到正式的通知，想不到春申君會落得如此收場，他是臨老糊塗。」

李光道：「他不是臨老糊塗，而是誤信奸人之言，不但派人刺殺秦人來弔祭先君的使節，還意圖謀反，太后和李相對此非常震怒，故命我等率軍來追捕此人。夏將軍該知我所指的是何人吧！」

夏汝章神色數變，沉聲道：「李將軍可否說清楚點？」

李光道：「除了田單這奸賊還有何人，夏將軍有沒有他的消息呢？」

夏汝章的手腳顫一下，困難地啞聲道：「沒有？」

李光心知肚明是什麼一回事，卻不揭破。低聲道：「田單必是由水路逃走，夏將軍請立即命人給我們三艘船預備一切所需的補給，我希望於黃昏時可以起航。」

夏汝章當然不迭答應，李光再不理他，返回船上去。夏汝章吩咐手下後，匆匆回城去了。項少龍等早潛入城裡，同行的還有穿上男裝的紀嫣然、善柔、趙致三女，滕翼、荊善、烏光、烏言著、烏舒等十八鐵衛和李光的副將蔡用，由於他們有正式的通行証，進出城門全無問題。夏汝章回城後，馬不停蹄趕回府裡去。光天化日下，將軍府又門禁森嚴，項少龍等只好望高牆興嘆，分散守著各個出口，等待黑夜的來臨。幸好不到半個時辰，換上便服的夏汝章與兩名家將由後門溜出來，往南門馳去。眾人大喜，遠遠吊著。夏汝章直出南門，穿林越野，到黃昏時分，來到一座密藏林內的莊院。林外有河自西北而來，在五里外的下游處匯入淮水，往東流去。那處尚有個小碼頭，泊著四艘大型漁舟。眾人大喜。

滕翼道：「我負責去收拾碼頭和船上的人。三弟入莊對付田單，小心點，田單的親隨不是好惹的人。」領一半鐵衛，往碼頭去了。

項少龍吩咐紀嫣然道：「嫣然帶致致留在莊外，以弩箭阻截或射殺逃出來的人，我和柔大姊潛進莊內，看看田單是否在裡面。」

紀嫣然答應一聲，與其他人散開去。項少龍向善柔打個招呼，迅如鬼魅般潛入林內，不一會無驚無險來到莊院東牆外的草叢處。這座莊院由於高牆環繞，到近處反瞧不見內中的情況。此時夜色早降臨大地，天上群星羅布，月色迷朦，只莊院處透出黯弱的燈火。兩人藉攀索跨過高牆，悄無聲息的落到牆後方形的露天院子裡。項少龍和善柔攀上最接近的房子的屋脊，屋宇重重，一時不知從何處入手。

善柔湊到他耳旁低聲道：「田單最愛住向南的屋子，讓我們到那一座看看。」

項少龍循她指示瞧去，莊院南處是一片園林，花木池沼，假山亭榭，相當幽美，一道小溪，在園內流過，有石橋跨過小溪，另一邊有好些樓台房屋。看莊院便知是權貴避暑避靜的莊院，極有可能是夏汝章的產業，借來給田單暫住。兩人也不打話，一口氣越過數重屋宇，落到園中，小橋另一邊隱有人影人聲，兩人不敢大意，繞到遠處，憑著飛索，由樹頂橫過抵達小溪對岸另一棵高樹上，再落回地上，避過守衛，攀上一座燈火通明的屋宇頂上。人聲由下面傳上來。

田單的聲音道：「此事是否當眞？照理李園該鬥不過春申君才是。」

另一把應是夏汝章的聲音應道：「絕對不假，昨天我正式收到太后的命令，著我嚴守關隘。並諭示李權、李令、斗介和成素寧均被斬首示衆。」

兩人聽得大喜，不由對吻一口。千辛萬苦下，終追上田單老賊。

田單默然半晌，冷哼道：「李園好大膽子，竟敢派人來追殺我，汝章！不若你隨我返齊。」

夏汝章嘆道：「我的親族和家業都在這裡，怎能說走就走？這事容後再說。現在最重要是如何安排田相安然返國。」頓了頓續道：「他們猜你取水路返齊，假若田相由陸路離開，將可教他們撲個空。我看田相不要再等待旦楚將軍，只要田相平安回齊，諒李園有個天大的膽子，亦不敢損旦楚他們半根毫毛。」

項少龍再沒有興趣聽下去，再吻善柔一口，道：「二哥該收拾了碼頭的人，我們現在要製造點混亂，準備好了嗎？」

善柔眼中射出深刻的感情，低聲道：「當然準備好了，我等足十多年哩！」

項少龍揚手發出訊號火箭。點燃了的煙火沖天而起，在天上爆出一朵血紅的光花。

項少龍和善柔以勁箭強攻，伏在屋脊居高臨下，連續射殺十多人，滕翼等已破門攻入莊內。兩人不見田單由屋內逃出，立即想得是什麼一回事，迅以攀索由天窗躍入屋內，很快找到田單等人遁走的祕密地道的入口，忙追了進去。地道寬敞筆直，以木柱和泥板固土，還設有通氣孔，設置周詳。兩人不敢燃亮火把，貼壁摸黑前行，不一會由另一端洞口鑽出去，原來位處樹林邊緣，林外就是那小碼頭，漁舟全給沉到水裡去，十多道黑影，正沿岸往上游逃去。項少龍再發出訊號火箭，偕善柔全速追前。一陣狂奔，對方六個人墮後下來，拔出長劍，掉頭殺至。項少龍哪有閒暇和他們胡纏，拔出飛針，藉夜色掩護，兩手連揮，六人紛紛倒地。前方賸下的七個人想不到他們如此厲害，己方六人連擋他兩人一陣子都辦不到，一聲發喊，離開河岸，分散往河旁的小坡和密林逃去。項少龍再發兩針，登時又有兩人倒地。善柔發了狠性，擲出飛刀，另一個剛奔上土坡的人背後中刀，翻滾下來。此時善柔認出奔上坡頂的其中一人正是田單，不知哪裡來的腳力，越過項少龍箭般衝上坡頂，趕上敵人。項少龍怕她有失，忙提氣追上去。兵刃交擊聲連串響起，善柔的嬌叱夾雜著對方的慘叫，迅即回復平靜。項少龍來到坡頂時，交戰雙方經已分開，兩人滿身是血，善柔的左臂和右肩背均滲出鮮血。田單手提長劍，與善柔對峙，胸口急速起伏，在月照下臉若死灰。

田單一眼瞥見項少龍，慘然笑道：「好！你終於趕上我！」

善柔厲聲道：「田單！你知我是誰嗎？」

此時蹄聲響起，滕翼等手持火把，策馬而來，團團把三人圍在中間。

趙致一聲尖叫，撲下馬來，厲喝道：「當日你誅我三族之時，曾否想過有今天的一日？」

善柔冷叱道：「他是我的，我要親手殺他！」

項少龍退到趙致身旁，低聲道：「讓你柔姊動手吧！」

趙致「嘩」一聲，伏在項少龍肩上，激動得哭起來。

田單仍是神態從容，哈哈笑道：「我田單生平殺人無數，哪記得曾殺過什麼人？項少龍！算你本事，我田單服你了！」

反手一抹，劍鋒在頸上拖過，往後傾跌，當場畢命。善柔全身抖顫起來，跪倒地上。趙致撲過去摟緊她，兩女抱頭痛哭，哭聲響徹林野。一代梟雄，終於殞命。

滕翼跳下馬來，割下田單首級，大喝道：「我們走！」

項少龍心中一片茫然，那是難以形容的感覺。一方面固因善柔姊妹和滕翼得報滅門大仇而歡欣，自己也完成本是不可能達到的目的。但看著千古名傳的人物自刎眼前，總有些失落的感覺，又隱隱感到不對勁，田單竟是這麼容易被幹掉嗎？

回船後，立即起航回壽春去。那晚眾人喝得酩酊大醉，次日睡了整天，先後醒過來。項少龍頭重腳輕地來到艙廳，三女正在喁喁細語，神色歡暢。

趙致喜叫道：「項郎！柔姊肯陪我們回咸陽哩！」

項少龍大喜道：「那天妳說的是騙我了！」

善柔擺出嬌蠻樣兒道：「早說過是騙你的，想來眞氣人！你竟一點不著急。」

紀嫣然笑道：「柔姊莫要氣惱，我們的夫君大人什麼事都藏在心內，口硬心軟，你切莫見怪啊！」

善柔不屑道：「他是你們的夫君大人吧！與我善柔何干？」旋又「噗哧」嬌笑，送他一個甜蜜的笑容。

眾人知她性格，當然沒人會對她的說話認眞。逆流而上，舟行轉慢。比來時多費一天，始抵壽春。項少龍因答應莊夫人路經滇國時花幾天時間去看她，所以沒有停留，直赴城陽。登岸後，與等候他們的精兵團會合，南下往滇國去。

陪莊夫人母子回滇是新委任爲將軍的樓無心，率領八千楚兵，已收復大部分由叛軍占領的地方。滇人知莊保義回來，紛紛起義，組成新滇軍，聚眾二萬人，與楚軍把滇都高澤重重包圍。高澤地處高原，背山依勢而築，形勢險要，兼之水源糧食充足，聯軍一時莫奈他何，還折損了數千人。眾諸侯國見夜郎王新喪，紛紛發難，且蘭王更率眾攻入夜郎國都，另立新主，凱旋而回，夜郎人從此再無力欺壓鄰國。

項少龍等抵達高澤的聯軍營地，攻城軍剛吃了一場敗仗，死傷枕藉。樓無心和莊夫人知項少龍守諾而來，大喜過望，把眾人迎入營裡。樓無心欲設宴爲眾人洗塵，給項少龍婉言拒絕，立即在主帳內舉行會議，研究破城之法。

聽罷樓無心細說高澤城的形勢和環境後，項少龍淡然道：「此城最厲害處是靠山之險，我們就由這處入手，保證三天後便可破城，因爲世上沒有一座山是爬不上去的。」

莊夫人、樓無心等將領無不瞪目以對。

當晚項少龍等漏夜行軍，來到高澤城背靠的大石山後，結營布陣。到次日清晨，項少龍和滕翼研究山勢，擬定五條路線，派人攀上去設置固定的鐵圈，布置攀索。這些都是精兵團久經訓練的基本項目，設備齊全，到天黑之時，項少龍等已可藉攀索和嵌入石壁的腳蹬，迅速來到巉巖不平，雜樹叢生的山頂上。廣達七、八里的高澤城，在腳下延展開去。而樓無心則指揮大軍，日夜攻城，好引開叛軍的注意力。喊殺和矢石破空之聲，不絕於耳。紀嫣然三女這時亦爬上來，嬌喘細細地蹲在項少龍和滕翼之旁。此處離下面足有七十丈的距離，普通人看下去確是觸目驚心，但對一向以烏家牧場附近比這處高出足有三倍的拜月峰作練習場地的精兵團員來說，這座石山實屬小兒科之極。

滕翼一聲令下，身手特別了得的荊善、烏舒、烏言著和丹泉四人，立即由垂下的攀索往下落去，找到落足點，再設置釘圈，設置新的攀索。他們的設備依足二十一世紀爬山專家的設計，靠著腰間的套圈，向下滑去，快若閃電，似玩遊戲般輕鬆容易。剎那間四人抵達山腳的草叢內，與高澤城南的後城牆只隔了一條護城河。城牆上的守衛都到了另三堵城牆協防，只在幾座哨樓處有人把守，但都看不到燈光難及的暗黑下方。滕翼再度發令，烏家特種戰士照足平時訓練，藉著峭壁上雜樹的遮蔽和夜色的掩護，一批批往下滑去，此時荊善等四人穿上水靠，渡過護城河，設置橫渡河上的索子。

紀嫣然凝望城內像蟻般忙碌的守城軍民，道：「單看情況便知道它只是一個靠武力維持的政權，居民都是被鞭子強迫去做搬運的勞工。」

衆人仔細一看，果如紀嫣然所指，城民只是在監視和鞭打下被迫負起種種守城的任務，一派無可奈何神氣。一隊人策馬由另一端巡邏過來，提著風燈往城下和後山照射。衆人嚇了一跳，紛紛躲起來，荊善四人伏到牆腳處，最糟是那四條橫過河面的長索，只要對方稍爲留神，定可發覺。索子雖漆上了不會反光的黑油，終非是隱形之物。項少龍人急智生，當那批人的燈光快要把索子納入光照暈裡，撮唇發出一下尖銳的夜梟叫聲。那些人自然舉燈往後山照來，當發現不到什麼，早越過索子，迅速遠去。衆人抹了一把冷汗。

善柔湊過來道：「算你這傢伙有點辦法！」

荊善等射出鉤索，掛上城頭，迅速攀上去，靈活如猴，分別潛往解決哨樓內的守衛。烏家戰士一批一批的渡河攀城，動作敏捷，乾脆利落，表現出驚人的效率。項少龍看得自豪不已，縱是二十一世紀的特種部隊，也不外如此水平。此時有近千人落到山腳，到達城上者則取出弩箭，扼守城牆上所有戰略位置。

滕翼低笑道：「二哥手癢，要先行一步。」

項少龍道：「一起下去吧！」

當項少龍等抵達牆頭，過千烏家精銳分作四組，準備沿城牆分左右兩方殺過去和攻進城內。滕翼射出訊號火箭，通知攻城的樓無心他們已成功進入城內。項少龍派人把守各個登城的關口，領著三女和五百戰士，來到城內。滕翼則負責占領牆頭。號角聲起。

驀地全體戰士齊聲吶喊道：「城破了！城破了！」

城內軍民一齊愕然，殺聲震天而起，只見後城牆處高插「莊」字大旗，數以百計的戰士從城牆上飛將軍般殺下來。

被迫的城民一聲發喊，丟下正搬運的滾木石頭等東西，四散逃走，還大嚷道：「城破了！城破了！」

混亂像瘟疫般散播開去。項少龍等由城牆的梯級蝗蟲般湧下來，弩箭如雨飛射，敵兵紛紛倒地，轉眼控制了後城門的廣場和附近的建築物。項少龍命人打開城門和放下吊橋，同時指揮手下占領屋頂，布防堅守。衝前來的敵人都給射回去，己方的人卻源源不絕從城門湧進城來，還送進長矛高盾等重武器。

滕翼等趁敵人陣腳大亂之際，勢如破竹地攻占西北各小半截城牆。樓無心的攻城隊伍則全力攻擊東門，把敵人的主力牽制在那裡。占領了西北城牆的己方部隊，居高臨下，以強弓勁箭，廓清在城內下方奔走攔截的敵人。項少龍見時機已至，揮臂發令。一排排的烏家戰士，在勁箭的掩護下，持矛挺戟地往東、西、北三門殺去，戰況淒厲慘烈。

牆上的烏家戰士又高喊道：「棄械蹲地者不殺！棄械蹲地者不殺！」不斷重覆，當然是學過現代心理戰的項少龍想出來的妙計。多處房舍均著火焚燒，烈焰從屋頂冒起老高，再往四方房舍蔓延開去，把整座城沐浴在火光之內，濃煙蔽天，星月黯然無光。守兵紛紛拋兵棄甲，與城民一批一批的蹲在城角或廣場通衢之間，士氣全消。城內已成混戰之局，烏家戰士結成一個個組織嚴密的戰陣，不住擴大占領的範圍。城牆上的戰士更不斷挺進，殺得頑抗者血流成河，屍伏牆頭。受傷者均被迅速運返南牆，由專人救治，一切井然有序。這次是這支特種部隊首次在大規模戰爭中初試身手，果然非同凡響。

在一批盾手和箭手打頭陣下，項少龍領著三女和十八鐵衛，成功破入內城，此時西、北兩門剛落入控制中，並打開城門，讓己方人馬狂湧入城。守內城的敵兵苦苦抵抗，項少龍等衝殺進去，不半晌突破內城門的防守，朝王宮殺去。敵兵知大勢已去，紛紛棄械投降。項少龍使人把降兵集中到一處看管，樓無心和莊孔率領數千精兵，衝了進來，兩股人馬會合，更是勢如破竹，不到一盞熱茶的工夫，攻進王宮內。宮內亂成一片，哭聲震天，宮娥婦孺摟作一團，抖顫求饒，守兵則紛紛跪地投降。項少龍心生憐惜，著人好好安撫和照顧他們。

「砰！」主殿門被硬生生撞開來，一群三十多個敵方將士，舉劍團團護著中間一名身穿王服、頭頂高冠的青年，氣氛悲壯激烈。外面的喊殺打鬥聲逐漸疏落，顯示高澤城已落入攻城軍的手上。項少龍等在這群人前重重排列，數十張弩箭直指殿心的敵陣。

莊孔大喝道：「立即投降，否則殺無赦！」

那王服青年昂頭喝道：「我乃李令之子李期，寧死不降！」

樓無心湊到項少龍耳旁道：「此子作惡多端，曾姦淫婦女無數，死不足惜。」

項少龍苦笑道：「你倒知我心意，這處由你主持吧！」

嘆了一口氣，招呼三女掉頭走出殿外，後面傳來密集的箭矢破空聲和慘叫聲，然後一切漸歸靜默。

收復高澤的三天後，項少龍辭別依依不捨的莊夫人母子和尤氏姊妹等人，趕回咸陽去。這次入楚可說是收穫完滿，不但成功殺死田單，又為楚國和滇國做了好事。但由於徐先的生死未卜，太子丹被陷咸陽，故眾人凱旋而歸的氣氛大為減弱。老朋友安谷傒親自把他們迎入關內。項少龍見秦軍人人臂纏白紗，心知不妙。

果然安谷傒慘然道：「徐相遇襲重傷，死在返回咸陽的歸途中。」

項少龍湧上滔天恨意，呂不韋確是比豺狼更惡毒，為一己私利，完全妄顧秦國的大局，凡是阻礙他的東西，都不擇手段地加以清除。自己和他本是有恩無怨，只因莊襄王、朱姬和小盤親近他，就要來害死自己。現在又以卑鄙手段置徐先於死地，更教人切齒痛恨。

安谷傒嘆道：「此事已證實是春申君所為，楚人雖把春申君首級送上，又允割讓五郡以求和，但我們豈肯就此罷休？」

項少龍與他並騎而行，痛心地道：「若是如此，就正中呂不韋的奸計。現在他是要利用國家危急的形勢，擴大自己的權力。殺徐相的眞兇是呂不韋，春中君只是被他扯線的傀儡吧！」

安谷傒色變道：「什麼？」

翌日項少龍立即起程，趕回咸陽去。十八日後，咸陽終於出現眼前。這時剛過立冬三天，氣候轉寒。不知不覺間，他們離開咸陽足有五個月。精兵團自行返回烏家牧場，而項少龍、滕翼，紀嫣然三女和十八鐵衛則強撐著勞累的身體，回到咸陽城去。入城時又聽到另一個不幸的消息──鹿公病倒了，病是給氣出來的。徐先遺體運回咸陽，鹿公對屍狂哭，當場暈倒，自此一病不起。一波未平一波又起，項少龍等急匆匆趕往上將軍府去。踏進府門，大感不安。府內擠滿了王陵等將領大臣和鹿公的親族，哭聲陣陣。

項少龍還以爲鹿公已去世之時，王陵把項少龍拉進內堂去，沉痛地道：「快去見上將軍最後一面！他一直牽念著你，不肯嚥下最後一口氣。」

項少龍熱淚奪眶而出。忽然間，他知道事實上他不但把鹿公當作一位可敬的朋友和長者，深心中還把他當作親人，對他有種兒子對父親的親切和依戀。

鹿公躺在榻上，臉色蒼白如紙，雙目緊閉，困難地呼吸著。小盤站在榻旁，緊握他的手，神情肅穆得教人吃驚。鹿丹兒跪在榻子的另一邊，哭得昏天黑地，兩位看來是她長輩的貴婦在照顧她。荊俊、昌文君、昌平君、呂不韋、管中邪、李斯、嫪毐等全來了，守在門外處。衆人見到項少龍，都露出驚喜神色。

呂不韋還擺出欣然之貌，摟上項少龍肩頭，低聲道：「少龍回來就好了，快進去見上將軍最後一面。」

項少龍恨不得立即把他宰了，想掙開他的摟抱，呂不韋放開他。

荊俊撲上來，抓著他肩頭，叫了聲「三哥」，忍不住失聲痛哭，聞者心酸。

小盤龍軀一震，別過頭來，見到項少龍，眼中射出深刻的感情，神態卻是出奇的平靜，只緩緩道：「太傅快進來！」

榻上的鹿公「啊」的一聲，醒轉過來。

小盤沉聲道：「扶丹兒姑娘出去。」

鹿丹兒站起來要抗議，雙腿一軟，昏倒在兩婦懷內，荊俊忙衝了過去，把她抱離現場。

項少龍移到榻旁，此時房內只剩下小盤和項少龍兩人，由於小盤沒有命令，其他人不敢進來。唯一敢在這情況下闖入去的呂不韋又心中有鬼，選擇留在房外。鹿公猛一睜目，眼光掃過兩人，臉上現出一片紅暈，竟掙扎要坐起身來。項少龍和小盤對望一眼，均感不妙，知他因見到項少龍而迴光反照，命難保矣。兩人扶他坐起來。

鹿公眼角瀉下熱淚，啞聲道：「徐先是否被那奸賊害死的。」

項少龍淒然點頭，熱淚不受控制的淌下來。

鹿公分別緊抓著兩人的手，顫聲在兩人耳邊道：「保儲君，殺奸賊，爲我和徐先報仇，緊記！緊記！」

隨即嚥下最後一口氣，撒手歸天。

第七章 勢力平衡

不見半年，小盤更成熟了，更懂隱藏內心的感情。離開上將軍府，項少龍隨小盤返回王宮。滕翼和紀嫣然等返回烏府去，至於鹿公的身後事，交由小盤派來的司禮官全權負責。

到書齋內只剩下小盤和項少龍之時，小盤一掌拍在几上，狂怒道：「這奸賊萬死不足以辭其咎。」

項少龍頹然在他下首坐下來，沉聲道：「爲何會派徐先到壽春去呢？」

小盤似怕給他責怪地解釋道：「呂不韋力陳必須連楚齊攻三晉的策略，堅持遣派徐先去與楚人修好，又要我娶楚公主爲后。太后不知是否受嫪毒所惑，與王綰、蔡澤等大力支持呂不韋，我迫於無奈下，只好同意。當時只以爲呂不韋是想把徐先調離咸陽一段時間，使鹿公不敢動他，哪知楚人如此膽大包天，竟敢襲殺代表寡人的使節。」

項少龍首次對朱姬生出怨恨，默然無語。鹿公、徐先、王齕，一向是軍方三大支柱，現在只剩下王齕，此人又傾向呂不韋，辛辛苦苦建造出來的形勢，竟毀於一夜之間。軍方重臣中，勉強還有個王陵是站在他們的一方。其他的如蒙驁則是呂不韋直系分子，杜壁心懷叵測，局勢之險，是來秦後從未有過的。

小盤嘆道：「現在最令人煩惱是徐先死後空出來的左丞相一職，呂不韋舉薦王綰，太后亦傾向他的提議，我實在很難反對。論資歷，除蔡澤外，沒有人比王綰更有當左丞相的資格。」

項少龍道：「此事關係重大，無論用上什麼手段，我們絕不容許左相之位落到呂不韋的人手上，否則秦室不出三年將成呂不韋的囊中之物。」

轉向小盤道：「儲君心中有什麼人選？」

小盤道：「若任我選擇，我會破格提升李斯，此人的才能十倍勝於王綰。」

項少龍搖頭道：「論能力，李斯完全沒有問題，可是他卻非秦人，縱使沒人反對，也不該在你陣腳未穩時如此提拔外人，徒令秦人離心。」

小盤默然片晌，點頭道：「師傅說得對，眼前確不該這麼做，唉！你回來就好了！終有人可爲我拿主意。」

項少龍道：「你已做得非常好，把事情拖到現在。」站了起來，來回踱步，可是腦中仍是一片空白，喃喃道：「這個人選，首先須是秦人，且是我們可絕對信任的，另一個條件是他年輕而有大志，不會輕易讓呂不韋收買過去，同時要很清楚我們和呂不韋的關係，又要得到軍方的支持，這個人到哪裡去找呢？」

小盤嘆道：「這個人就是師傅你，但我卻知道你定會拒絕的。」

項少龍一震道：「我想到了，此君就是昌平君！」

小盤愕然半晌，捧頭道：「他是否嫩了些兒呢？」

項少龍道：「當然是嫩了點，但這一招卻叫明修棧道、暗度陳倉，明的是昌平君，暗的卻是李斯，昌平君乃王族公卿，王綰很難和他爭持。」

小盤一頭霧水道：「明修棧道這句話我大概明白，陳倉卻是什麼東西？」

項少龍暗罵自己又說錯話，因爲這是發生在很多年後的楚漢相爭之時，小盤自然不知道，胡謅道：「那是指一個陳舊空置、不爲人所注意的倉庫，總之實際上是由李斯當丞相，昌平君則是站出來當幌子。」

小盤仍在猶豫，苦惱地道：「可是昌平君的寶貝妹子正和管中邪過從甚密，若嬴盈嫁了給管中邪，會否出問題呢？」

項少龍道：「若在以前，多少會有點問題。但只要讓昌平君兄弟知道徐先是被呂不韋害死，哪就算管中邪娶了他兄弟的娘都沒有用。」

小盤捧腹苦笑道：「師傅莫要逗我，現在實不宜大笑。」

項少龍想起徐先和鹿公，意興索然，肅容道：「這只是第一步，第二步必須把王翦調回來，憑他來對抗王齕、蒙驁和杜壁，我敢斷言他必可成爲我大秦軍方的中流砥柱。再配以桓齮，輔以王陵，會比徐先和鹿公更厲害。」

小盤霍地站起來，道：「太后那關怎麼過？她會以昌平君經驗未夠而拒絕此議。」

項少龍呆了頃刻，斷然道：「此事由我親自去和她說。」

小盤搖頭道：「太后已非以前的母后，目下太后對嫪毒更是迷戀，且覺得我愈來愈不聽她的話。我看師傅對她的影響力已大不如前。而呂不韋現在很拉攏嫪毒，否則母后不會支持呂不韋。」

項少龍微笑道：「那我便和嫪毒說吧！我才不信他肯讓呂不韋總攬大權，現在我回來了，他再非孤掌難鳴，該有背叛呂不韋的膽量。」

小盤點頭道：「一切照師傅的意思去辦，假若所有方法都行不通，索性把呂不韋和管中邪召入宮來，由師傅安排人手，把他們用亂箭快劍一股腦兒殺了，然後隨便派他們一個罪名以收拾殘局。」

項少龍苦笑道：「此乃下下之策，現在大部分兵力集中於蒙驁手上，這麼做誰都不知會惹來什麼後果，而且宮內處處是呂不韋的眼線，一個不好，吃虧的會是我們。」

小盤嘆了一口氣，說不出話來。項少龍想起太子丹，問起此人情況。

小盤若無其事道：「呂不韋把他請到新相府去，竟把他扣押起來，現時生死未卜，而他的手下就給軟禁在賓館處，不准踏出大門半步，由管中邪的人負責看管。我覺得這事沒什麼大不了的，自己要煩的事又太多，所以一直沒有過問。」

項少龍愕然看著他，心底直冒寒氣。秦始皇畢竟是秦始皇，講功利而淡仁義。只看小盤的神態，知他一點不介意呂不韋殺了太子丹，好除去統一天下的其中一個障礙。想到這裡，已知若要打動小盤，使他在此事上幫忙，唯動之以利。想了一會，長嘆一聲道：「儲君這樣做，叫長他人志氣，滅自己威風。」

小盤一呆道：「有問題嗎？」

項少龍正容道：「假若儲君對此事不聞不問，那儲君在田獵平亂辛辛苦苦建立起來的威望，將會盡付東流，使人人知道現在咸陽作主當家的人是那臭仲父呂不韋。所謂兩國相爭，不斬來使，人家遠道來吊祭你王父，竟硬給呂不韋把人拿去，罪名卻由你承擔。以後東方六國還肯信你這不守道義的人嗎？」

小盤愕然道：「為何師傅說的話和李斯說的如此近似？看來果然有些道理。但太子丹說不定已給呂不韋殺了哩！」

項少龍搖頭道：「呂不韋怎捨得這麼容易殺死太子丹。此事擺明是針對我而來，另一方面則好讓死鬼田單可對付燕國。」接而冷哼道：「莫傲給我當眾弄死，去了老賊的首席軍師，使他顏面受損，以他這麼好勝心重的人怎下得這一口氣。但又苦無直接對付我的方法，唯有從太子丹處入手，最好是我強闖相府要人，那他就可布局殺我又或治我以罪。」

小盤冷靜地道：「此事暗中得到母后的支持，因為鹿公和徐先曾多次提出異議，都給母后和呂賊壓下去。嘿！我也很難置喙啊！」

項少龍大感頭痛，小盤說得對，不見大半年，看來朱姬真的變了很多。

小盤道：「由明天開始，師傅務要參加每天的早朝。唉！現在愈來愈少人敢反對呂不韋。」又道：「應否把安谷傒調回來呢？」

項少龍搖頭道：「現在我大秦的重兵全集中在疆界，七成落到蒙驁、王齕和杜壁的手上，其他則操於王翦和安谷傒之手，假若將兩人全調回來，我們將變得外無援應，故萬萬不可。」順口問道：「桓齮的應變部隊弄出個什麼規模呢？」

小盤爽快答道：「桓齮和小賁兩人親自到各地挑選人才，現在已組成近萬人的新軍。李斯給這支軍隊找了個名字，叫做『速援師』，聽起來也過得去吧！」又冷哼道：「但呂不韋卻對桓齮諸多留難，表面什麼都答應，其實卻是陽奉陰違。我想把李斯再陞一級當軍政院的司馬大夫，卻給太后和呂不韋硬擋著，使寡人動彈不得，師傅定要為我想辦法才行。」

項少龍大感頭痛，沒有了徐先和鹿公，而對方則有蒙驁和王齕，自己對用軍和施政又一竅不通，怎鬥得過呂不韋？想到這裡，心中一動，暗忖假若能把蒙驁爭取過來，一切問題可迎刃而解。此事雖是困難，但因呂不韋曾有殺蒙驁兩子之心，所以要策反他並非絕無可能，但定要由蒙武、蒙恬兩兄弟處入手。觸動靈機，心中已有計較。

項少龍總結道：「暫時當務之急，是要把左相國之位弄到自己人手上，同時把王翦委以重任，以代替蒙驁、王齕兩人，至於太子丹的事交由我處理。」

再商量了一些細節，特別是關於太子丹方面的事，項少龍離開小盤的書齋。踏出齋門，一時間不知該到那裡去才是。最渴望的本是返烏府去見趙雅，但道義上則理該去慰問太子丹的手下徐夷則等人，而關鍵上最應見的人卻是嫪毒，好煽動他聯手對付呂不韋。

一顆心七上八落之時，李斯的聲音在耳旁響起道：「項大人！」

項少龍回過神來，大喜道：「李兄！」

李斯一把扯著他，通過側門步往御園去。此時是午後時分，天上烏雲密布，似正醞釀著一場大風雪。

到了一座小亭裡，李斯放開他，頹然道：「呂賊很有手段，幾下手腳，我們又處於下風。嘿！已幹掉田單嗎？」

項少龍點了點頭。

李斯立即雙目放光，興奮地道：「此事對我大秦統一天下，勢將大大有利，而呂不韋再不能與田單互為聲援，以操控東方六國。」

項少龍乘機問道：「現在呂不韋手上除了軍方的蒙驁和王齕外，尚有什麼實力呢？」

李斯道：「比較起來，軍隊方面反是呂不韋最弱的一環，至少在咸陽城我們的力量便要較他為優。」

項少龍眉頭大皺道：「我對朝廷的機制非常糊塗，李兄可否解釋一二。」

李斯愕然看他好一會，點頭道：「若真要詳說清楚，恐怕項大人今晚不用回家，但簡單來說，最主要可分三個階層，最高層的當然是政儲君，加上像我這般的輔政小臣，成為內廷，嘿！只是內廷已非常複雜。」

項少龍道：「我對內廷反為最清楚，李兄不用解說，儲君以下是右丞相和左丞相，究竟兩人職權上有什麼分別？」

李斯耐心解釋道：「這要由孝公時商鞅變法說起，當時國君下設庶長和大良造，至惠文王之時，商鞅的大良造兼庶長集軍政於一身，功高震主，惠文王忌之，遂將商鞅車裂於市，從此集權於君，再置相以代庶長制，置將以代大良造制，把政軍分開來。而相則為百官之首，後來又因丞相職務過重，分為右丞相和左丞相，大致上以右丞相管政，左丞相管軍，故前者就像以前的庶長，而後者就是大良造。」

項少龍聽得頭大起來，問道：「那為何呂不韋總要管軍隊的事？」

李斯苦笑道：「軍政本就難以分開來，由於左右丞相直接輔佐國君，所以凡由國君決定的事，自然須徵詢他們的意見，現在政儲君年紀尚幼，太后又臨朝親政，形勢更趨複雜。」

項少龍更感頭痛，皺眉道：「這兩個丞相究竟是如何運作？」

李斯從容答道：「左右丞相是通過四院去管治國家，四院是軍政、司法、稅役和工務，分由司馬、司寇、司徒、司空四位大臣執掌，現時左丞相管的是軍政和工務，右丞相管的是司法和稅役。鹿公本是司馬，現在這位置自是騰空出來。」

項少龍待要再問，一名內侍來到亭外施禮道：「太后有請項大人！」

項少龍和李斯對望一眼，均感不妙。大雪此時開始飄下來。

太后宮內，朱姬高坐鸞台之上，四名宮娥、四名內侍立於左右兩後側，而禁衛林列，排至殿門。

項少龍一見這等陣仗，便知不妙。因為朱姬是一方面擺明不肯和他說私話，另一方面則顯示她心向嫪毒，故不願獨會項少龍，免惹嫪毒不快。

果然項少龍施禮平身，朱姬鳳目生寒，冷喝道：「項大人，你是否不把我這太后放在眼內，一去大半年，回來後也不來向哀家請個安。」

項少龍知道唯一招數就是以柔制剛，苦笑道：「太后息怒。只因……」

朱姬打斷他道：「任你如何解釋，也難以息哀家之怒，項少龍，告訴哀家你和儲君在搞甚麼鬼，什麼事都鬼鬼祟祟，把哀家瞞在鼓裡。當日田獵高陵君謀反，你們顯然事前早得到消息，爲何不讓哀家知道？」

項少龍心忖她是要算舊賬，道：「微臣縱有千言萬語，在這耳目衆多的情況下，也難以向太后一一道來，難道我可直告太后先王怎樣，儲君怎樣，呂相怎樣，徐相怎樣嗎？」

朱姬美目深注地看他好一會，軟化下來，點頭道：「好吧！所有人給我出去，誰敢偷聽的話，立殺無赦。」

轉眼間，一衆侍從禁衛走得一乾二淨，還關上所有殿門側門。

鑾座上的朱姬嘆一口氣，聲音轉柔道：「早知拿你沒法的，說吧！」

項少龍踏前兩步，把心一橫，索性在階台邊坐下來，淡淡道：「呂不韋殺死徐相，害了鹿公，假若可再置我於死地，下一個必輪到嫪大人。」

朱姬見他竟無禮至背著自己坐在台階處，本要出言斥責，豈知項少龍語出驚人，劇震道：「你說什麼？」

項少龍把臉埋入手掌裡，沉聲道：「凡是擋在呂不韋權力之路上的障礙物，早晚要給他一腳踢開。

除他自己外，什麼都可以犧牲，太后該比我更清楚這點。」

朱姬的呼吸沉重起來，好一會道：「楚人把春申君的首級送來，為徐先之死請罪，這事究竟與呂不韋有什麼關係？你若不說清楚，哀家絕不饒你。」

項少龍大怒而起，猛一旋身，瞪著朱姬道：「殺死徐先對春申君有何好處？若非田單慫恿，呂不韋在背後支持，許以種種好處，楚人哪敢如此膽大妄為？哼！妳不饒我嗎？找人來拿我去斬首好了，看看我項少龍會不會皺半下眉頭。」

朱姬眼中射出森寒殺機，可是與他目光交鋒不到片刻，立即敗下陣來，垂下目光，輕輕道：「算我說話重了，何用發這麼大的脾氣哩！」

項少龍見好即收，但橫豎說開了頭，斷然道：「現在左丞相一位，人人眼紅，假設再落入呂不韋之手，不單我項少龍死無葬身之地，太后身邊的人也沒多少個可以壽終正寢。」

朱姬柔聲道：「假若少龍肯當左丞相，我會大力支持。」

項少龍回復冷靜，微笑搖頭道：「不是我，而是昌平君。」

朱姬愕然道：「昌平君怎能服眾？為何不考慮王陵？」

項少龍道：「因為我們需要王陵代替鹿公去管軍政院，好駕御王齕、蒙驁、杜壁等人，昌平君雖德齡都差了點，但他乃王族貴胄，任他為相，實是安定大秦軍心的最佳方法。太后別忘記西秦三虎將已去其二，王齕不但投向呂不韋，目下的聲勢更不及蒙驁，世間每多趨炎附勢之徒，到人人都靠向呂不韋之時，太后和儲君還有立足之地嗎？」

朱姬眼瞪瞪看他好一會，頹然道：「為何我總是說不過你呢？但此事非同小可，我還要考慮一下，你退下吧！」

項少龍知道她要和嫪毒商議，心中暗嘆，卻又無可奈何，悵然去了。

嫪毒的府第位於王宮之旁，對面是宏偉如小王宮、樓閣連綿的呂不韋新賊巢，外牆高厚，入口處是座高達三丈的石牌樓，鐫刻「仲父府」三個大字，只是這種與國君爭輝的霸道氣勢，就像商鞅為惠文王所忌般，犯了小盤這未來秦始皇的大忌，必招損敗無疑，只可惜那是六年以後的事。要捱過六個艱危的年頭，就必須與逐漸成「奸型」的嫪毒虛與委蛇。在那齣秦始皇的電影裡，朱姬最後完全站在嫪毒的一邊，不但與呂不韋作對，也密謀推翻自己的兒子嬴政。電影內的解釋非常簡單，一切歸究在朱姬對嫪毒的迷戀上。但項少龍卻知道最少多了兩個原因，就是朱姬分別對他和小盤的因愛成恨。其原因複雜異常。

他項少龍是因命運的不可抗拒，所以故意任得朱姬在嫪毒的愛慾操縱下愈陷愈深，致終於不能自拔。他由於問心有愧，又明知朱姬再離不開嫪毒，所以下意識地去疏遠朱姬，更添朱姬的怨恨，終落至今日的田地。小盤則因一向視朱姬為母，自然地把她代替妮夫人，亦希望她像妮夫人般謹守婦道。在內心深處，他除莊襄王外，只能接受項少龍作他的父親。現在朱姬不知自愛，戀上聲名狼藉的嫪毒，一下子粉碎了他的美好印象，隨之而來的失望化成深刻的憎厭，故對朱姬不但態度大改，還含有強烈的恨意，使兩人關係日趨惡劣。在這種情況下，朱姬自然而然地更傾向嫪毒和呂不韋，變得像小盤正和項少龍在聯手對付她那樣，這是誰都不能改變的事實和形勢。項少龍唯一的手法是挑起嫪毒和呂不韋間的衝突和爭端，並使朱姬只站在嫪毒的一方，不再支持呂不韋。來到嫪毒的內使府，報上名字，嫪毒聞報，欣然迎出門來。

這狼心狗肺的壞傢伙一身官服，脫胎換骨般神采飛揚，隔遠微笑施禮道：「聞得項大人遠行歸來，正想登門拜候，怎知大人竟大駕光臨，下官怎擔當得起。」

項少龍暗中罵他的娘，因她竟生了這麼一個喪盡天良的賊種出來。但表面當然做足工夫，迎上去拉著他的手笑道：「我剛見過太后和儲君，方知咸陽發生這麼多的事。來！我們找個地方仔細談談。」

嫪毒顯然知道他見過太后的事，不以爲意地把他引到東廂去，沿途遇上多起婢僕和家將，可見他是如何風光。

兩人坐下，婢僕退出去，喝過奉上的茗茶，嫪道：「太后和項大人說過什麼密話呢？」

項少龍知他最忌的是朱姬對自己餘情未了。若不能釋他之疑，休想爭得合作機會，低聲道：「我告訴太后，徐先是春申君奉呂不韋之命刺殺的。」

嫪毒愕然望著他。

項少龍扼要地作了解釋，然後嘆道：「若讓左相之位落入呂不韋的人手內，那時儲君和太后都要被他牽著鼻子走。」

嫪毒怔了一怔，沉思起來。這正是項少龍的高明處，要知嫪毒野心極大，而他的唯一憑藉是朱姬。假若朱姬失勢，他不但權勢盡喪，還得像以前般要仰呂不韋的鼻息做人。

人性就是那樣，未嘗過甜頭還好，嘗過後就很難捨棄。若要嫪毒再做回呂不韋的奴材，比殺了他更令他難受。

項少龍微笑道：「假若我沒有猜錯，呂不韋和管中邪現在一定用盡方法來籠絡大人，就像他以前籠絡我那樣。」

嫪毒瞅他一眼道：「請恕嫪某直言，項大人為何打一開始就對我那麼看重？」

項少龍以最誠懇的表情道：「原因我只可以告訴嫪兄一人，為的是太后，我和儲君都希望她不感寂寞，加上我對嫪兄又一見喜歡，這樣說，嫪兄該明白我的心意吧！」

嫪忍不住道：「項兄是否想在下支持你登上左相之位？」

項少龍暗罵他以小人之心度自己君子之腹。臉上卻裝出不甘被誤解的神色，忿然道：「若我要當左丞相，先王在位時早已當了，嫪兄該不會不知道此事吧！」

嫪毒當然知道此事，忙道：「項兄請勿誤會，我只是在想，除了你外，誰還有資格和王綰爭相位呢？」

項少龍知他意動，嘆道：「讓我先說幾句題外話，所謂人非草木，孰能無情。我項少龍親手把太后和儲君帶到秦國來，本想就此歸隱，與嬌妻美婢們安享田園之福，這可說是我的夢想。豈知呂不韋這老賊多番欲置我於死地，又害得我妻婢慘死，所以我不得不與呂不韋週旋到底。呂賊授首的一天，就是我項少龍離秦之日，若違此誓，天誅地滅，嫪兄清楚我的心意嗎？」

嫪毒呆看著他，伸出手道：「我明白了！」

項少龍知他已被徹底打動，伸手與他相握，沉聲道：「昌平君為左相，王陵代鹿公，嫪兄同意嗎？」

嫪毒失聲道：「什麼？」

項少龍離開嫪府，領著十八鐵衛，來到門禁森嚴太子丹寄居的行府，十多名都衛立即攔著入門之路，其中領頭的都衛長施禮道：「管大人有命，任何人不得進府。」

項少龍斜睨著他道：「見到我項少龍竟敢無禮攔阻，你叫什麼名字？」

那都衛長方知大禍臨頭，惶然下跪道：「小人知罪！小人知罪！一時沒看清楚是項統領。」

咸陽城內，可說沒有人不知項少龍乃儲君最親近的大紅人，又掌咸陽兵權，要動個小嘍囉，呂不韋也護不住，嚇得衆衛全體下跪。

項少龍哪會和他們計較，冷喝道：「給我開門！」

衆都衛豈敢反對，乖乖的把門打了開來，原來府內的廣場另外駐有一營都衛軍。項少龍跳下馬來，吩咐衆鐵衛把守府門，自己則大模大樣地舉步入宅，都衛懾於他威勢，沒人敢吭半聲。太子丹的大將徐夷則、大夫冷亭、軍師尤之和包括敗於管中邪手上的閻毒在內的十多名高手聽到聲息，齊到主宅大門來迎接他。見到項少龍，人人現出悲憤神色。

到主廳坐下，徐夷則憤然道：「項大人要給我們作主。」

還是尤之冷靜，問道：「幹掉田單了嗎？」

項少龍點頭應是。徐夷則等均鬆了一口氣，要知若田單仍然在世，燕國將大禍臨頭。

尤之冷哼道：「怎也想不到呂不韋竟敢甘冒天下之大不韙，把太子扣押起來，現在太子生死未卜，害得我們不敢輕舉妄動，否則縱使全體戰死，亦要出這口鳥氣。」

項少龍道：「諸位放心，呂不韋天大的膽子，也不敢傷害太子半根毫毛，否則將失信於天下。我看他只是答應田單，要把太子扣押一段時間，好讓死鬼田單奸謀得逞吧！這事包在我身上，若不能明迫著他放了太子，我暗裡也要把太子救出來。好了！各位立即收拾好行李，到我烏府去，否則說不定呂賊雖肯放太子回來，但卻另使手段殺了各位，仍是糟透。」

徐夷等則見項少龍這麼講義氣，完全不介意開罪呂不韋，無不感動，命人立即去收拾行裝。不一會百多人集合在廣場上，負責把守的都衛眼睜睜看著，卻沒有人敢上前干涉。此時蹄聲傳來，一隊人馬旋風般由外大門捲進來，帶頭的自是管中邪。

只見他神色冷然，飛身下馬，來到項少龍身前，昂然道：「項大人且慢，下屬奉有仲父之命，府內之人，不准踏出圍牆半步。」

徐夷則等一齊拔出長劍，刀光劍影下，氣氛立即拉緊。

項少龍哈哈一笑道：「請問管大人有沒有仲父簽發的手令文書一類東西？」

管中邪愕在當場。

他得手下飛報項少龍闖府的消息，立即由官署趕來，根本尚未有機會見到呂不韋。強撐道：「下屬奉有仲父口諭，項大人若不相信，可向仲父面詢。」

項少龍「鏘」的一聲拔出長劍，笑道：「那就成了。我也奉有儲君口諭，來此把人帶走。管大人如若不信，可面詢儲君。誰若敢阻我，有違君令，立殺無赦。」

眾鐵衛紛紛拔劍，把管中邪和十多名親衛圍個密不通風。管中邪臉色微變，知道若再出言頂撞或攔阻，立即是血濺當場的結局。再看自己外圍處一眾手下，人人臉如土色，噤若寒蟬，動起手來，保證沒人敢上前插手。

再看項少龍，只見他眼露殺機，擺明想趁機會把自己除去，君子不吃眼前虧，微笑退往一旁，淡淡道：「項大人誤會了，下屬只是怕大人遠道歸來，不明現況，既是如此，此事就由仲父與儲君處置。大人請！」

項少龍暗叫可惜，還劍入鞘，微笑道：「那就最好。我還以爲管大人不放儲君在眼內，只忠於仲父一人。」

管中邪心中一懔，想起呂不韋最大的弱點，是他終非秦君。所以只要秦儲君有項少龍支持，除非呂不韋公然造反，否則不得不遵從王令。徐夷則等和衆鐵衛，紛紛收起兵刃，跨上馬背。

項少龍眼尾不看管中邪，領著衆人馳出府門。心中一動，命烏舒把徐夷則等帶返烏府，立即與其他人直赴王宮，到內廷找到正和李斯議事的小盤，施禮道：「儲君若要一殺呂賊的氣燄，樹立君權，眼前有個千載一時的良機。」

小盤和李斯同感愕然，面面相覷。

儲君出巡聲中，百多騎禁衛在前開路，昌文君、昌平君、項少龍、李斯前後左右簇擁小盤，三百多騎聲勢浩蕩的馳出王宮，往仲父府開去。

剛好呂不韋由管中邪處得悉項少龍帶走太子丹的人，怒氣沖沖奔出仲父府，要到王宮找朱姬算項少龍的賬，豈知在路上撞個正著。

管中邪等忙避往道旁跪下，剩下呂不韋一人策馬來到小盤等面前，向小盤施禮，先瞅項少龍一眼，沉聲道：「未知儲君要到何處巡視？」

小盤暗罵我的事哪到你來管，表面從容道：「正是要到仲父府上去。」

呂不韋愕然道：「儲君找老臣所爲何事？」

小盤淡淡道：「聽說丹太子到了仲父府盤桓，寡人忽然很想見他，仲父請立即安排他與我相見。」

呂不韋呆了一呆，眼中閃過森寒殺意，冷然道：「丹太子近日頗有去意，不知是否仍在老臣府內。」別過頭向跪在路旁的管中邪喝道：「管統領還不爲儲君去查看一下嗎？」

小盤與項少龍交換一個眼色，冷笑道：「仲父的說話很奇怪，人是否在府上你也不知道嗎？要知丹太子是爲弔祭先王遠道來此，乃我大秦貴賓，如果招待不週，寡人也要擔上責任。」再喝道：「昌平、昌文！你兩人陪管大人去一看究竟！」

呂不韋想不到項少龍回來後，小盤立即變成另一個人般，不但不賣他的賬，還語帶責怪之意。啞口無言下，昌平君和昌文君兩人挾著管中邪去了。小盤一夾馬腹，往仲父府馳去，大隊人馬繼續前行，呂不韋只好隨在小盤之旁。項少龍、小盤和李斯三人心中好笑，呂不韋這次最吃虧的地方，在於道理上站不住腳，所以只好啞子吃黃連，有苦自己知。道上人民見到儲君出巡，紛紛拜伏路旁，向威名日盛的年輕儲君致敬。尚未抵達仲父府，昌平、昌文君兩人護著臉色蒼白的太子丹由府內出來。

小盤拍馬趨前，哈哈笑道：「丹太子別來無恙，寡人招待不週之處，請太子大量包涵，萬勿見怪！」

太子丹見到項少龍哪還會不知道是什麼一回事，說了幾句客套話，向鐵青著臉的呂不韋發話道：「半年多來得仲父殷勤款待，異日必有回報。」

呂不韋知他在說反話，冷哼一聲，沒有回答，連演戲的興趣都失去。

小盤轉對呂不韋道：「仲父不是要入宮嗎？只不知是要見太后還是想見寡人呢？」

呂不韋差點語塞，想不到小盤這麼厲害，若說要見朱姬，擺明要在朱姬前搬弄儲君的是非，但若說想見他，還有什麼話好說的？尷尬地道：「老臣只是想與儲君及太后商量一下左相和大司馬兩個職位的人選。！」

小盤冷然道：「寡人已有主意，明天早朝將有公布，此事不用再說，仲父請！」

呂不韋愕然望向項少龍。項少龍微微一笑，沒有說話，一副高深莫測的模樣，心中暗笑呂不韋終領教到未來秦始皇的霸氣。

呂不韋爲之氣結，小盤下令道：「我因忽然想起一事，不便久留，丹太子先由少龍替寡人好好款待，我要回宮了。」

策馬便去。昌平、昌文君、李斯等慌忙伴隨。

項少龍見呂不韋呆看著小盤的背影，淡然道：「仲父請！末將告退！」

再不理呂不韋，領著太子丹和衆鐵衛走了。同時知道從這一刻起，將進入與呂不韋正面對抗的形勢，再沒有另外的選擇。返烏府途中，路經琴清府，差點要溜進去找美麗的寡婦一敘，不過既有太子丹在旁，又記掛著雅夫人和烏廷芳等，只好把念頭硬壓下去。

項少龍與太子丹回到烏府，徐夷則等做夢都想不到他轉個身便救回主子，無不大喜如狂、感激零涕。項少龍心懸趙雅、烏廷芳、寶兒等，告了一聲罪，把招呼太子丹的責任交給陶方和滕翼，忙往內宅走去，遇上的婢僕，見他回來，人人神情歡喜，恭敬施禮。穿過花園的迴廊，竹林後的小亭處傳來男女說話的聲音，卻聽不清晰。

他哪有理會的閒情，走了兩步，腳步聲響，一陣女聲在竹林小徑間嬌呼道：「大爺回來！」

項少龍別頭望過去，原來是周薇。她可能因生活寫意，豐滿了少許，比之前更是迷人，盈盈拜倒地上，俏臉微紅，神情慌張古怪。

項少龍正奇怪她在與誰說話，人影一閃，往大梁接趙雅回來的烏果由竹林小徑處追出來，還叫道：「小薇薇妳！噢！項爺！小人！嘿！」跪倒周薇之旁，神色尷尬。

項少龍心中恍然，知道烏果這傢伙看中周薇，正著力追求。

當日自己曾鼓勵荊俊追求周薇，看來荊俊已把目標轉移到鹿丹兒身上去，給烏果個這可愛的傢伙冷手執個熱煎堆，心中大感歡喜。

周薇見烏果差點是肩碰肩地貼著她跪下，先狼狽地瞪烏果一眼，惶恐道：「大爺！小薇——」

項少龍趨前扶起兩人，欣然道：「小薇不用解釋，見到你兩人在一起，我只有歡喜之情，哪有怪責之念。」

周薇俏臉通紅，垂頭道：「大爺！不是那樣哩！」

項少龍見她說話時不敢望自己，哪還不明白她對烏果大有情意，想說話時，烏果跳起來，歡呼聲中，翻一個觔斗，抓著周薇的玉臂搖晃道：「小薇薇！我說得不錯吧！項爺定不會怪責我們的。」

周薇掙脫他的掌握，大嗔道：「你快給我滾，人家要服侍大爺。」

項少龍哈哈笑道：「小薇不用再服侍我。由今天開始，改由烏果服侍你吧！」

言罷舉步去了，留下烏果向周薇糾纏不清。快到後宅，香風撲至，田貞、田鳳兩人直奔出來，投入他懷裡，喜極而泣，像兩隻抖顫的美麗小鳥兒。項少龍擁緊兩人，進入大廳。烏廷芳與紀嫣然正在談心，快兩歲的項寶兒正依戀在後者的懷內。烏廷芳見到項少龍，什麼都忘掉，跳起身往他撲來。項少龍放開田氏姊妹，把她摟個滿懷。

烏廷芳一邊流淚，一邊怨道：「你這人哪！現在才肯回家！」

項少龍對她又哄又逗，紀嫣然抱著項寶兒過來，交到他臂彎內去。項寶兒箍著他頸項，以清脆響亮的童音叫了聲：「爹！」喜得項少龍在小臉上吻如雨下，心中塡滿家庭的親情和溫暖。

紀嫣然笑道：「好了！快進房看雅姊吧！她該睡醒哩。」

項少龍知道趙雅沒有睡午覺的習慣，一震道：「雅兒怎樣了。」

紀嫣然神色一黯道：「她身體很虛弱，快去看她！她等得你好苦呢。」

項少龍把項寶兒交還紀嫣然，順口問道：「致致和柔姊呢？」

烏廷芳欣然道：「她們三姊妹相會，沒有閒暇去理會別的人。」

項少龍吻了烏廷芳的臉蛋，田氏姊妹興高采烈地左右扯著他朝東廂走去。到達其中一間幽靜的房內，趙雅仍熟睡未醒，一名俏婢在旁看護。田氏姊妹識趣地拉走那名俏婢，待房內只剩下他和趙雅，他坐到榻沿旁，心中高燃愛火，仔細打量多災多難的美人兒。趙雅明顯地消瘦了，容色帶著不健康的蒼白，少去往日的照人艷光，卻多添三分憔悴的清秀之色，看得他的心扭痛起來。

項少龍伸手撫上她面頰，心痛地叫道：「雅兒！雅兒！」

趙雅緩緩醒轉，張開眼見到是項少龍，一聲嬌吟，掙扎要坐起來。項少龍把她摟入懷裡，湊上她的香唇，痛吻起來。

趙雅不知哪裡來的氣力，把他摟個結實，熱烈反應，接著仰起俏臉，欣然笑道：「我的男人終於回來，噢！爲什麼哭了？人家都沒哭嘛！」

項少龍倒在床上，與她相擁而眠，嘆道：「雅兒妳瘦了！」

趙雅吻他鼻尖，欣然道：「我為了你那對頑皮的手著想，已每天強迫自己吃東西，還要責怪人家嗎？唔！記著不可翻人家的舊賬，一句都不准說。」

項少龍見她美目異彩漣漣，心中歡喜，道：「雅兒妳定要康復過來，好陪我去遊山玩水，盡情享受。」

趙雅微笑道：「我的病是不會好的，但只要在最後一段日子能和我最心愛的人在一起，老天爺再不欠我趙雅什麼。」

項少龍湧起強烈的不祥感覺，責道：「不准說這種話，妳定會痊癒的，我對妳的愛就是天下間最好的仙丹妙藥，勝過所有大醫師。」

趙雅「噗哧」嬌笑，俏眼閃亮，再獻上香吻，才道：「扶人家起來吧！睡得人家累死了。」

項少龍事實上捨不得離開舒服得他直沁心脾的榻子，無奈下把她攔腰抱起，並坐床沿。

趙雅勉力摟著他脖子，嬌柔無力道：「到外面走走好嗎？看！下雪哩！」

項少龍望往窗外，果然雪花飄降，不忍拂忤她，找來斗蓬厚披風，把她裹個結實，擁著她往院落間的小亭去，摟著她坐在石凳上，愛憐地道：「雅兒覺得什麼地方不舒服呢？」

趙雅貼上他臉頰，看著亭外雪白的世界，微笑道：「你是說以前嗎？我感覺自己完全沒有氣力，坐和站會頭暈，有時想起你，心會痛起來。但現在一切很好，還很想吃東西哩！」

項少龍離開她少許，道：「我教人弄東西給你吃好嗎？愛吃什麼呢？」

趙雅眼中射出海漾深情，含笑搖頭道：「不！那只是一種感覺，現在我只要你抱著雅兒，讓雅兒知道項少龍仍是那麼疼我，雅兒已心滿意足。」

項少龍細審她的玉容，只見她臉色紅潤起來，一對秀眸閃爍著令人驚心動魄的奇異神采，失去了的艷光似又重現粉臉之上，心中歡喜，一時間說不出話來。

趙雅柔聲道：「趙大他們對雅兒忠心耿耿，你看看有什麼事適合他們的，讓他們給你効力吧！他們均尚未成家立室，這心願要靠你爲雅兒完成。」

項少龍終大覺不安，劇震道：「不准說這種話，你很快就會好過來的。」

趙雅淡淡笑道：「看！大雪多麼美麗，把人世間一切醜惡的事都淨化了。雅兒有過很多男人，眞正愛上的只有少龍一個，其他都忘記了。本來我在大梁早該死去，只是知道還有機會再見你，方能堅持著撐到此刻，剛才若非你喚我，恐怕再醒不過來。少龍啊！不要哭好嗎？」伸手以衣袖爲他抹拭熱淚。

項少龍全身冰冷，心如刀割，柔腸寸斷，顫聲道：「雅兒不要嚇我，妳定要堅持下去，天下間尚有很多美妙的東西，等待妳去品嘗享受。」

趙雅柔情似水地微笑道：「美麗的東西總是短暫的。我還記得第一次在邯鄲街頭見到你，那時你衣衫襤褸，一副落魄模樣，可是那種比任何王侯貴冑更驕傲的爽颯英姿，使雅兒無法按得下心中的情火。」眼中射出無比熾熱神色，輕吟道：「金風玉露一相逢，便勝卻人間無數。記得你在人家小樓說過的兩句美麗的詩文嗎？那是雅兒一生人中聽過最美麗動人的情話。人家之所以狠下心留在大梁，正是因著這兩句話，不過最後仍是忍不住來見你。」接著死命擁緊他道：「少龍啊！你就是趙雅那滴蜜糖！求你吻吻人家好嗎？」

項少龍的心碎作萬千片，神傷魂斷中，封上她灼熱的香唇。趙雅熱烈地反應，呼吸出奇的急促。然後她軟倒項少龍懷裡，唇皮轉冷。項少龍駭然離開她香唇，發覺她竟斷了氣。可是她嘴角猶掛著幸福滿足的笑意，秀眸輕閉，像只是酣睡過去。但他卻知道她永遠都不會甦醒過來。她能延命到今天，只因要強撐著見他最後的一面！

趙雅的逝世，使項少龍感到自己在邯鄲的過去也隨之而埋葬在時間的洪流裡。與自己有關係的三位趙國王族美女，先後死去，每一趟都狠狠打擊他，到這刻他已有麻木不仁的感覺，他實在太傷感勞累。同一天內，他目睹鹿公和趙雅的先後辭世，兩者都是突如其來，教他再受不起精神和肉體的雙重折磨！把趙雅的後事交給陶方去辦理，他依趙雅遺命安撫趙大等人，實在支持不住，躲回房裡痛哭一場，沉沉睡去。

醒來時發覺烏廷芳蜷睡懷內，忙哄她起來，匆匆梳洗，朝王宮趕去。滕翼、荊俊、十八鐵衛負責護行。現在與呂不韋的鬥爭愈趨激烈，隨時有被伏擊行刺之險，所以各人每次出入均非常小心。項少龍尚是首次參加朝會。在一般的情況下，像他這種守城的武官，根本沒有參加早會的可能。禁衛、都騎、都衛三大系統，專責王城安全，在中央集權的情況下，理論上全歸內廷指揮，而嫪毒的內史，則是負責聯絡的中間人，雖非三大軍系的上司，但卻有資格出席朝會。幸好項少龍另一個身分是太傅，傳統上當儲君尚未成年，太傅在特別欽准下，是可以出席朝會的。剛進宮門，昌平君和昌文君兄弟把項少龍截著，走到一旁說話。兩人又驚又喜，顯是知道了在他提議下昌平君被挑作左丞相的候選者。

眾人下馬，昌平君苦笑道：「我也不知該感激你還是該揍你一頓，儲君昨晚漏夜找我去說話，說你推薦我代徐相。唉！為何你自己不幹呢？若你肯做左相，我們這批人無不心服口服。」

昌文君更有點懷疑地道：「大哥若把事情弄得一塌糊塗，將變成因福得禍。」

滕翼笑道：「想不到你兩個小子平時天不怕地不怕，現在反怕了陞官發財，眞是笑煞旁人。」

荊俊捧腹道：「有儲君和我們在背後撐你們的腰，確是不行時就打回原形好了，有什麼大不了哩！」

昌平君氣道：「你們倒說得容易，呂不韋現在權傾朝野，人人均趨炎附勢，爭相捧拍和仰他鼻息說話。少龍你自己躲在一旁，卻教我去與他抬槓作對，以後我還有安樂日子過嗎？」

項少龍摟著他肩頭，淡淡道：「天將降大任於斯人也，必先……嘿！什麼苦其心志，放心吧！有李斯在後面給你打點出主意，呂不韋又沒有了莫傲，還怕他什麼？來！我們該進去了。」

昌平君懷疑地道：「李斯的公務這麼繁忙，何來時間助我？」

項少龍向滕翼等打個道別的手勢，扯著昌平君兄弟去了。

百官跪拜行禮中，小盤穩坐王座，朱姬坐於其右後側處。大殿王座的台階共分兩層，小盤的親衛由昌平君、昌文君兩人統率，由王座下的台階直排至殿門，氣氛莊嚴肅穆。除禁衛外，入殿者均不准攜帶兵刃。七十多個文臣武將，穿上整齊官服，雁列兩旁，右邊以呂不韋為首，接著是王綰、蔡澤、賈公成、雲陽君嬴傲、義渠君嬴棲等一衆文臣，李斯和嫪毒分別排在第十七和第十八位，官職算相當高了。另一邊則以王陵為首，跟著是王齕、蒙驁、杜壁。項少龍身為太子太傅，地位尊崇，居於杜壁之下，打後還有近三十人。

小盤首先表示對鹿公的哀悼，宣布大殮於七日後舉行，當然是由他親自主持。項少龍見小盤從容自若，隱有未來秦始皇的氣概，心下欣悅。

各人正待稟奏，呂不韋首先發言道：「太后、儲君明鑑，我大秦現今正値多事之秋，先有東郡民變，接著徐相在魏境遇襲身亡，鹿公又因憂憤病故，誠宜立即重整朝政，塡補空缺，勵精圖治，再張威德。」又冷哼道：「血債必須血償，否則東方小兒，會欺我大秦無人矣！」

王齕怒喝道：「楚人實在欺人太甚，以爲送上春申君首級，割讓五郡，可以平息我們的怒火，確是太天眞了。」

衆臣紛紛附和。聲勢浩蕩。

小盤冷冷審視衆人的反應，淡然道：「是否須向楚人討回血債，因此事內中另有隱情，暫且按下不提。至於徐相和上將軍空出來的兩個遺缺，寡人與太后商量過後，已有主意。」

呂不韋大感愕然，望向朱姬，見後者毫無反應，心知不妙，沉聲道：「徐相遇襲致死一事，楚人坦承不諱，未知尚有何隱情？請儲君明示。」

小盤不悅道：「寡人剛說過暫把此事擱在一旁，就是擱在一旁，仲父難道聽不清楚嗎？」

這幾句話說得極不客氣，呂不韋臉色微變，向王齕和蒙驁使個眼色，閉口不言。沒有了朱姬的支持，他哪敢直接頂撞小盤。王齕等想不到小盤如此強硬，一時間不敢冒失發言。自商鞅改革秦政，君主集權力於一身，故若朱姬不反對，小盤確可爲所欲爲，除非把他推翻，否則他的話就是命令。小盤卻是暗中稱快，自項少龍離秦後，在朱姬和呂不韋的壓力下，他一直在忍氣呑聲。現在項少龍回來，無論在實質上和心理上，他都感到形勢大改，哪還不乘機伸張君權，藉打擊呂不韋來達到震懾群臣的目的。他若非這樣的人，日後哪輪得到他來作始皇帝？大殿內一時靜至落針可聞。

朱姬首次發言道：「軍政院大司馬一位，由王陵大將軍補上，衆卿可有異議？」

項少龍聽得心中暗嘆，想到若這番話由小盤這未來秦始皇說出來，哪會徵詢各人意見。

王齕乃王陵同族之人，聞言欣然道：「王陵大將軍確是最佳人選。」

呂不韋本屬意蒙驁，但在這情況下，朱姬既開金口，已是無可奈何，不由狠狠盯項少龍一眼，知道是他從中搗鬼。

蔡澤恃老賣老，躬身道：「左相國之位，事關重大，若非德高望重之人，必不能教人傾服，未知太后和儲君心中的人選是誰呢？」

這回輪到朱姬說不出話來。因爲若說德高望重，何時輪得到昌平君。

項少龍望向站在階台上守衛一側的昌平君，只見他垂頭不語，脹紅了臉，顯是心中驚惶，知道若這時不爲他製造點聲勢，待群臣全體附和蔡澤，說不定朱姬會拿不定主意。哈哈一笑道：「蔡公說得好，不過微臣以爲尚未足夠，愚意以爲有資格補上徐相此位的人，必須符合三個條件。」

接著轉向小盤和朱姬躬身道：「太后、儲君明鑑，可否讓微臣陳舒己見？」

小盤大喜，向朱姬請示後，欣然道：「項太傅請直言，不須有任何顧忌。」

呂不韋等均心叫不好，偏又無法阻止。杜壁則臉帶冷笑，在他的立場來說，倒寧願左相國之位，不是落到呂不韋手下的人去。王齕雖傾向呂不韋，但終屬秦國軍方本土勢力的中堅人物，對項少龍亦有好感，所以只要項少龍說得合理，他自會支持。此中形勢，確是非常微妙。衆人眼光全集中到項少龍身上。

項少龍微微一笑道：「用人唯才，首先此人必須有眞材實學，足以擔當此職。至於德望是培養出來的，在目前反非那麼重要。就以呂相為例，在任相位之初，大家都知是什麼一番情景，但現在誰不心服口服，由此可知微臣提出這第一個條件背後的道理。」

眾人均啞口無言，蓋因項少龍硬將此事扯到呂不韋身上，若還出言反對，反變成針對呂不韋。呂不韋差點氣炸了肺，他最恨人提起他的過去，此刻偏是有口難言。

蒙驁臉色沉下來，冷冷道：「請問項大人，另外兩個條件又如何呢？」

項少龍從容道：「左相之位，轄下大部分均為軍政統屬，故此人必須來自軍方將領，且為了穩定軍心，此人須像徐相般乃出身自我大秦本土的軍將，如此可教我大秦兵將心悅誠服，此條件至關緊要，絕不可草率視之。」

這麼一說，等若把王綰或蒙驁當左丞相的可能性完全否定。而完全符合兩個條件的，只有杜壁和王齕，昌平君仍差了一點點。呂不韋氣得臉色發青，卻又是欲語無言，因為項少龍確占在道理的一方。秦國的軍方將領，自王齕打下，無不頷首同意。

小盤拍案道：「說得好！現在連寡人都很想知道第三個條件。」

項少龍先謝了小盤的允同，微笑道：「第三個條件，是此人必須年青有為，以能陪伴儲君一同成長，藉以保證政策的延續。這立論雖似大膽，但其中自有至理，只要細心一想，便知箇中之妙。」

坦白說，這本是項少龍三個條件中最弱的一環，群臣登時起哄，議論紛紛。

呂不韋呵呵一笑道：「項太傅這最後一個條件，實大有商榷之餘地，未知太傅心中人選是誰呢？」

小盤哈哈笑道：「項太傅之言，正合寡人之意，昌平君接旨！」

大殿倏地靜下來。昌平君跑了出來，跪伏龍階之下。

小盤肅容道：「由今天開始，昌平君就是我大秦的左丞相。寡人之意已決，衆卿家不得多言，致另生枝節！」

項少龍心中暗笑，看也不看氣得臉無人色的呂不韋，帶頭跪拜下去。原本沒有可能的事，就這樣變成事實。關鍵處自是先取得嫪毒和朱姬的支持，而如此一來，嫪毒和朱姬的一方，亦與呂不韋公然決裂，再沒有轉圜的餘地。

就在昌平君成爲左丞相的同一天，太子丹率衆返回燕國，項少龍使劉巢、蒲布兩人率都騎護送，以免呂不韋再使陰謀手段。與太子丹等依依惜別後，項少龍離城返回牧場去，好安葬趙雅。由於家有喪事，所以依禮沒有參加鹿公葬禮。至諸事辦妥，已是十天之後。小盤三次派人來催他回城，項少龍此時逐漸從悲痛中回復過來，決定明早回城。這天自黃昏開始，一直下著大雪，項少龍偕紀嫣然拜祭過趙雅，併肩歸家。

紀嫣然握緊他的手，柔聲道：「這次回城，你最好先去看望清姊，否則她會很不高興哩！」

項少龍愕然道：「你見過她嗎？」

紀嫣然點頭道：「見過了！她知道雅夫人去世的事，否則早不肯原諒你。」

項少龍苦惱地道：「你不是說過要我不可碰妳清姊嗎？爲何現在又似鼓勵我去找她呢？」

紀嫣然幽幽嘆道：「或者是因爲出於我對她的敬愛吧！我看她對你是愈來愈沒有自制力，否則不會在你回來後第二天即紆尊降貴前來找你。表面她當然說得像只是來找我！可是當知道你去參加朝會，整個人立即變得沒精打采，唉！我也不知怎麼說好了。」

此時剛跨進後院，人影一閃，善柔攔在兩人身前。兩人嚇得放開緊牽著的手。

善柔伸手擰一下紀嫣然臉蛋，露出迷人的笑容道：「美人兒！本姑娘要借你的夫君大人一會呢！」

紀嫣然想不到給善柔作弄，又好氣又好笑，嗔道：「借便借吧！我紀嫣然稀罕他嗎？」嬌笑著去了。

善柔主動拉起項少龍的手，到達園內的亭子裡，轉身抱緊他，嘆道：「項少龍！我要走哩！」

項少龍失聲道：「什麼？」

善柔推開他，別轉嬌軀，微嗔道：「說得這麼清楚，你還聽不到嗎？我要走！」

項少龍移前箍著她的小蠻腰，沉聲道：「柔大姊要到哪裡去？」

善柔搖頭道：「不要問好嗎？總之我明天就要返齊國去。或者將來某一天，會再來找你也說不定。」

項少龍想起在楚國時她說過的話，當時她雖曾於事後半眞半假的否認過，但照現在的情況看來，說不定是眞的。想到她因某種原因要投進別個男人的懷抱去，不禁大感洩氣，偏又無可奈何，一時說不出話來。

善柔低聲道：「爲什麼不說話，是否心中惱人家哩！」

項少龍放開箍著她的手，苦笑道：「我哪有資格惱妳，柔大姊愛做什麼就做什麼吧！那到我項少龍干涉？」

善柔旋風般別轉身來，雙手纏上他脖子，秀眸射出深刻的感情，以前所未有的溫柔道：「讓致致代表我善柔侍候你好了，但今晚我善柔只屬於你項少龍一人的，只聽你的差遣和吩咐，同時也要你記著善柔永遠都忘不了項少龍，只恨善柔曾對別人許下諾言，細節其實早告訴你。」

項少龍望向亭外漫天飄舞的白雪，想起苦命的趙雅，心中的痛苦掩蓋了對善柔離開而生出的憤怨，點頭道：「我明白的，柔姊放心去做妳想做的事吧！人生總不會事事如意，我項少龍只好認命。」

善柔一言不發，伏入他懷裡，終給項少龍破天荒首次看到在她美眸內滾動的淚光。

翌晨醒來，善柔已悄然遠去。

項少龍硬迫自己拋開對她的思念，起身練劍。

紀嫣然興致勃勃地取槍來與他對拆，烏廷芳、田貞姊妹和項寶兒在旁鼓掌喝采，樂也融融。

紀才女的槍法確是了得，施展開來，任項少龍盡展渾身解數，仍無法攻入她槍勢裡，收劍笑道：「本小子甘拜下風。幸好我還有把別人欠我的飛龍槍，待我這兩天到醉風樓向伍孚討回來，再向才女領教。」

紀嫣然橫槍笑道：「家有家規，你若想爲妻陪你度夜，必須擊掉人家手上之槍才行，廷芳等是見證人。」

烏廷芳等拍手叫好，一副唯恐天下不亂的樣子。

項少龍不懷好意地笑道：「若紀才女自問抵擋得爲夫的挑情手段，儘管誇下海口。」

紀嫣然霞燒玉頰，大嗔道：「若項少龍是此等卑鄙小人，我就算身體投降，卻絕不會心服的。」

項少龍知她是一番好意，藉此以激勵自己用功上進，正容道：「放心吧！我只是說笑而已！才女請給我三年時間，我必能把妳收服。」

紀嫣然杏眼圓睜，失聲道：「三年？」

項少龍大笑移前，把她擁入懷裡，安慰道：「三天我也嫌長，怎捨得讓才女作繭自縛，守三年生寡，哈……」

此時荊善來報，烏應元回來了。項少龍大喜，烏廷芳早搶先奔出去迎接。到得主宅大廳，神采飛揚的烏應元正給烏廷芳纏得老懷大慰，陶方則向他匯報最近發生的事情。一番熱擾攘，烏應元抱起項寶兒，坐下來與項少龍和陶方說話，烏廷芳主動爲乃父按摩疲倦的肩肌，洋溢著溫暖的親情。

烏應元誇獎項少龍幾句，笑道：「我這次遠赴北疆，看過烏卓所揀的地方，果然是風水福地、人間勝境、水草肥茂，現在烏卓建起一個大牧場，又招納了一些被匈奴人欺壓的弱少民族來歸，聲勢大壯，但也須多些人手調配，否則恐怕應付不了匈奴人。」

項少龍道：「我正有此意，因爲王翦很快會被調回咸陽，若失去他的支援，一切要靠我們自己的實力。」

烏應元道：「我和小卓商量過，最少要調二千人給他才行，有問題嗎？」

項少龍道：「沒有問題，就這麼決定。」

烏應元放下心事，轉向陶方道：「陶公你負責安排一下，我想把烏族的人逐步撤離秦境，那裡確是最好的安居之所，我們以後不用看別人的臉色做人。」

三人又商量了些細節，項少龍偕諸女和鐵衛返咸陽去。

回城後，項少龍第一件事是入宮見小盤。

小盤見項少龍到，大喜，如常在書齋見他，坐下後，劈頭便道：「廉頗丟官哩。」雖說早在算中，項少龍仍湧起難過的感覺，趙國從此變爲郭開和龐煖的天下，只不知李牧的命運又是如何？

小盤顯是對廉頗忌憚非常，如釋重負道：「沒有廉頗，趙人等若失去半壁江山，若連李牧都給趕走，趙人完了。」

項少龍知他對趙人怨恨至深，對此自己亦難以改變，沉聲道：「趙人殺了廉頗嗎？」

小盤淡然道：「廉頗老謀深算，一見勢色不對，立即率族人逃往大梁去，聽說他給氣病了，唉！他實在太老，無復當年之勇。」

項少龍聽得心情沉重。

小盤嘆道：「只恨李牧在雁門大破匈奴，看來他還有段風光日子，只要一天有李牧在，我們休想亡趙，現在只好找韓魏來開刀。」

項少龍想起韓闖、韓非子和龍陽君這群老友，心情更是低落。

他最關心的當然是龍陽君，道：「若魏人起用廉頗，恐怕攻魏不是易事。」

小盤誤會他的意思，低笑道：「師傅放心，這叫此一時也彼一時也。年初時廉頗率師攻魏，取了魏人的滎陽，魏安釐王對他恨之入骨，這次他到大梁去，不宰他來下酒，已是非常客氣，哪還會用他呢？」

項少龍啞口無言，小盤岔開話題道：「現在呂不韋聘用韓人鄭國來爲我大秦築渠，工程開始了年餘，計畫從仲山引涇水至瓠口，使水向東行，入北洛水。此事耗費大量人力物力，使我們暫時無力大舉東進，只有能力對韓人用武，蒙驁現在密鑼緊鼓，徵集新兵，加強實力，但我卻有另一個想法，希望由師傅親自帶兵出征，若能立下軍功，可把蒙驁和王齕等壓下去。」

項少龍暗吃一驚，忙道：「現在尚不是時候，若我走了，說不定呂不韋會弄些什麼花樣出來，至少要等昌平君站穩陣腳才成。」

小盤嘆一口氣，顯是覺得項少龍的話很有道理，不再堅持。旋又興奮起來道：「想想那天早朝我和師傅一唱一和，把呂不韋等人壓得抬不起頭來，確是精采絕倫。」

項少龍道：「呂不韋定不會服氣的，這幾天來又弄了些什麼把戲出來？」

小盤苦笑道：「他的手段教人防不勝防，你返牧場的第二天，呂賊懸千金於咸陽市門之上，還誇下海口，說若有人能增損他那娘的《呂氏春秋》一字者，立以千金賞之。使得人人爭相研讀他張貼出來的《呂氏春秋》，師傅也知道這部鬼書只是方便他奪我王權的工具吧，眞教人氣惱。」

項少龍聽得目瞪口呆，奸賊眞懂得賣廣告，如此一來，他等若控制了秦人的思想，同時大大損害商鞅改革以來的中央君主集權制。他來自二十一世紀，比小盤更明白鼓吹思想和主義的厲害。

這招不是動刀使槍可以解決的事，不由想起心愛的紀才女，長身而起道：「儲君不用慌張，我先去打個轉，回來後再把應付的方法告訴儲君。」

小盤大喜道：「我早知師傅定有應付的方法。快去！我在這裡等你的好消息。」

項少龍其實是抱著姑且一問的態度，至於聰慧若紀才女是否有應付良方，實在沒有半分把握，但現在見到未來秦始皇充滿期待的樣子，唯有硬著頭皮答應著去了。步出書齋，想起李斯，暗忖要應付「呂不韋主義」的散播，此人自然比自己有辦法得多，遂往官署找他。李斯正埋首案牘，見項少龍來到，欣然把他迎入室內。

項少龍笑道：「你在忙什麼呢？是否忙昌平君的事？」

李斯拉他憑几坐好，老臉一紅道：「今早忙完他的事，現在卻是忙別的。」

項少龍奇道：「爲何李兄卻像有點不好意思說出來的樣子呢？」

李斯低聲道：「少龍萬勿笑我，半年來小弟一直在研究商鞅的改革，發覺在官制方面仍有很多破綻和漏洞，所以下了點工夫，草擬出一個更理想的制度，若能施行，必可達致大治。縱使將來一統天下，仍可應付得來。」

項少龍喜道：「快說來聽聽！」

李斯立時雙目放光，精神大振道：「首先就是左右丞相的問題，現今職權重疊，難以分明，誰人權大，便可管別家的事，像呂不韋專愛管軍政，但若能把他限制在某一範圍之內，他將難以像現在般橫行無忌，亦解決了權臣誤國的問題。」

項少龍拍案道：「我明白了，李兄之意，實是針對《呂氏春秋》而作，對嗎？」

李斯點頭道：「正是如此，只可惜李某識見有限，只能從政體入手，仍未能創宗立派，以抗衡呂不韋集諸家而成的呂氏精神。若撇開敵對的立場，呂不韋確是一代人傑。」

項少龍道：「李兄先說說你的方法。」

李斯欣然道：「我的方法簡單易行，是設立三公九卿之制。所謂三公，是只保留一位丞相，爲百官之長，主掌政務；然後改左丞相爲太尉，專責軍務；再在這兩職之外，設立御史，爲儲君負責往來文書和監察臣下。丞相、太尉、御史，是爲三公，不相統屬，只向儲君負責，最終裁決權全歸於儲君。」

項少龍為之動容，暗忖三公九卿聽得多了，原來竟是出自李斯的超級腦袋，難怪李斯能名垂千古。同時亦看出李斯的私心，這御史一位，分明是他為自己度身定造。但想想人不為己，天誅地滅，立告心下釋然。

李斯續道：「所謂九卿，大部分屬我大秦原有的官職，只不過職權畫分得更清楚。三公只負責勛助政儲君治理國務，各方面的具體工作，則由諸卿分管。例如奉常，是主理宗廟禮儀，下面還有太樂、太祝、太宰、太史、太卜、太醫、六令丞等官員；其他郎中令、衛尉、太僕、廷尉、典客、宗正、治粟內史、少府等八卿亦莫不如是。像現在的禁衛、都衛、都騎三個系統，改制後將全歸於衛尉指揮統理，免去現在各系統互相傾軋之蔽。」

項少龍當然明白李斯對自己大費唇舌的用心，說到底是想自己把計畫推薦給小盤。他也樂於作這個對小盤有百利而無一害的順水人情，點頭道：「李兄儘管預備得好一點，待會我再入宮，和李兄一起向儲君進言。」

李斯大喜道：「項兄確是我李斯的良友和知己，若得儲君採納，也不枉我多年的努力。」

項少龍拍拍他肩頭，欣然而去。心想自己大可以頸上人頭擔保此事必成，否則二十一世紀的中國人就不會對三公九卿這名詞耳熟能詳。

第八章 五德終始

路經琴府，項少龍雖諸事纏身，終抵不住相思之苦，溜進去找府中主人。把門的家將無不清楚他和琴清的關係，不經通報地把他迎入府內。

管家方叔在府門處把他領進主廳，正要去通報琴清，項少龍笑道：「我只是匆匆路過，讓我向琴太傅打個招呼便成。」問明琴清所在，穿過迴廊，往後廂走去。

幾位俏婢正在園中鏟雪爲樂，見到項少龍，都交頭接耳、抿嘴偷笑，又爲他指點路途。跨過東廂門檻，只見琴清斜靠臥几，一身素綠裙褂，外加鳳紋紫色披肩，秀髮以一根玉簪固定頭上，有幾絲散垂下來，襯以她的絕世姿容，竟透出平時罕見的嬌冶風情，以項少龍的定力，仍看得呆了起來。她一手執帛，一手持針，專心刺繡。

琴清哪想得到項少龍會忽然出現眼前，吃了一驚，有點手足無措地伸手掠鬢，坐起來道：「噢！是你！」

項少龍見到她這更添風情的動作，心中一蕩，迅速移前，放肆地坐到臥几邊沿處，差點貼著她的腿側，俯前道：「琴太傅妳好！請恕項少龍遲來問候之罪。」

琴清往後稍仰，拉遠兩臉的距離，卻沒有怪他無禮，似嗔非嗔，動人至極點。

項少龍注意到她把手中刺繡，有意無意地收到身後，似是怕給他見到，大奇道：「琴太傅繡的是什麼圖案紋飾？」

琴清立時玉頰霞燒，低垂螓首，嗔道：「項大人檢點些好嗎？怎可與琴清共坐一席呢？」

項少龍知她臉嫩，暗忖刺繡可能與自己有關，心甜如蜜，柔聲道：「我只是來打個招呼，立即要走，即使是無禮也只片刻之事，琴太傅可否縱容在下一會兒？」

琴清赧然道：「你這人哩！偏要這麼闖進來，人家又是衣鬢不整的。」

項少龍湊近少許，俾可以享受到她如蘭的芳香氣息，微笑道：「我卻一點不如是想，若非如此，便欣賞不到琴太傅嬌慵動人的姿采。」

琴清回復平常的清冷，只是紅霞仍未盡退，由另一邊離几而起，把刺繡放到擺在一角的漆盒子裡去，珍而重之地摺疊整齊擺放妥當，剛闔上盒蓋，項少龍已來到她旁，學她般跪下再坐到小腿上，柔聲道：「見到我安然回來，心中歡喜嗎？」

在這角度，剛好欣賞到美女充滿古典和感性美的側面輪廓，項少龍心迷神醉，自然而然說出大有情意的話來。

琴清默然半晌，別過俏臉深深看他一眼，幽幽嘆道：「項大人不是還有很多事趕著去辦嗎？莫要把光陰浪費在這裡。」

兩句話就像是整桶冷水照頭淋下，項少龍立時頭腦清冷，熱情盡退，發了一會怔，再忍受不住兩人間那種難堪的沉默，兼之心中有氣，點點頭，一言不發地站起來，略施禮後，往門口走去，心中同時發誓永遠不再踏足琴府半步。

尚未跨出門檻，琴清低呼道：「項少龍！」

項少龍停下來，冷冷道：「琴太傅有何指教？」

足音輕響，琴清來到他背後，柔聲道：「你惱了嗎？」

項少龍苦笑道：「若妳是我，會高興嗎？」

琴清繞過他，移到他身前，淡淡道：「當然不高興哪！可是你知否剛才的行爲，實在太不尊重人家呢！」

項少龍呆了一呆，自省其身，暗忖若兩人間並無情意，剛才的所為，對琴清實是無禮之極，但若郎情妾意，又算什麼一回事呢？如此推之，琴清看來只把自己當作知己，而非情人，這麼說他和紀嫣然都會錯意了。想到這裡，不由心灰意冷，兼之想起趙雅和善柔，更是萬念俱灰，頹然道：「是我不對！琴太傅請見諒。」話畢繞過她，踏出門外。

琴清的聲音在後方響起道：「項少龍，答琴清一個問題好嗎？」

項少龍再次止步，冷淡應道：「琴太傅請下問。」

琴清猶豫半晌，幽幽道：「你究竟使了什麼手段，使太后同意讓昌平君當上左丞相呢？」

項少龍恍然大悟，原來琴清誤會自己，由於她在宮內耳目眾多，得知自己與朱姬獨處後立即得到朱姬的支持，故以為自己用的是美男計，故對他心存鄙視，於是變得如許冷淡。不由搖頭苦笑道：「琴太傅原來對我項少龍這般沒有信心，罷了！妳愛怎猜就怎麼猜，橫豎我也給妳誤會慣了。」

再不理琴清的呼喚，迅速離開琴府。

剛與十八鐵衛馳出琴府，迎頭碰上嬴盈和幾位女兒軍的少女，想避都避不了。

兩隊人馬在道旁勒馬停定，嬴盈顯是心中有鬼兼有愧，神情尷尬道：「項大人你好！為何回來這麼多天，仍不來探望人家呢？」

項少龍此時心情大壞，又知嬴盈終日與管中邪鬼混，哪有興趣敷衍她，冷冷道：「嬴大小姐有空嗎？」

再不理她，拍馬去了。回到烏府，忙往找紀嫣然。才女剛做完她最心愛的兩件事，就是小睡醒來、洗個熱水浴，香噴噴的挨在小几上，背靠軟墊，身上還蓋了張薄被，一個人悠然自得地在看簡書，懷中還擱著一支晶瑩的玉簫。這幅動人的絕世佳人休憩圖映入眼簾，項少龍立即忘記了今天不愉快的一切，毫不客氣地鑽入她的錦被內，埋進她的香懷裡去。

紀嫣然欣然放下簡書，任由項少龍嗅吸她的體香，徐徐道：「夫君大人是否受到挫折，否則怎會一臉忿然之色？」

項少龍舒適地嘆一口氣，先把呂不韋懸賞市門的事說出來。

紀嫣然蹙起黛眉，交疊雙腿，把幾條垂鬆的秀髮攏拂著，淡然道：「呂不韋這一手非常厲害，把自己塑造成一個新聖人的樣子；但也非全無應付的辦法，噢！不要親人家那裡好嗎？教人怎爲你籌謀呢？」

項少龍把貪婪的大嘴移離她的秀項，不情願地坐起來，細審嬌妻黑白分明的秀眸，喜道：「早知妳定有辦法的。」

紀嫣然白他一眼，美眸泛出笑意，油然道：「我也看過呂氏春秋，確是本不朽巨著，但最弱的一環，卻是呂不韋拾人牙惠的理論；比起我乾爹，他是差遠了。最致命處是不合時宜，只要我把乾爹的五德終始說搬出來，保證可蓋過他的高調空言。」

項少龍皺眉道：「乾爹的五德說不是一種預言學嗎？怎派得上用場？」

紀嫣然伏入他懷裡，嬌笑道：「夫君大人糊塗得可愛，呂不韋編撰《呂氏春秋》的目的，是要爲自己的聖人身分造勢，以壓倒秦人的君主集權。只要我們把五德終始說活用，例如周得火德，秦得水德，水能克火，故無所不勝。自然可把儲君變成應運而生的聖人，何時輪得到呂不韋抬頭？」

見駕如何？」

項少龍大喜，將散發著浴後體香，嬌慵無力的紀嫣然整個抱起來，哈哈大笑道：「紀才女陪我入宮

紀嫣然抗議道：「人家現在這麼舒服，明天入宮好嗎？」

項少龍笑道：「不！出嫁從夫，紀才女要立即陪我去才行。」

鬧得不可開交之時，田貞來報，琴清來了。

紀嫣然掙脫他的懷抱，親他一口道：「你去招呼清姊，人家換好衣服，再陪你入宮吧！誰叫我紀嫣然嫁了給你哩！」

笑著開溜。

項少龍步入主宅的大廳，琴清正背著他靜觀園內滿鋪白雪的冬景，優美高雅的嬌軀，是那樣實在，帶著說不出來的驕傲，絲毫不受世俗沾染。來到她身後，項少龍湧起歉意，暗責自己的器量太窄，累得她要紆尊降貴來找自己。輕嘆道：「對不起！」

琴清的嬌軀顫抖一下，用力地呼吸兩口氣，似是要竭力壓下波動的情緒，出奇平靜地道：「項少龍！琴清今天來拜訪，是要和你弄清楚一件事。」

項少龍很想抓著她香肩，把她拉入懷裡，可是琴清那種孤清高絕的美麗，總有種拒人於千里之外的味道，使他不敢造次。再嘆道：「若只是違心之言，就不要說好了，我已不再騙自己，但望琴太傅也向我這好榜樣多多學習，哈！」

琴清轉過嬌軀，秀眸閃著亮光，大嗔道：「琴清何時說過違心之言？」

項少龍知道經過此一誤會，兩人的關係親密了很多，不過由於琴清長期守寡，無論心理和生理都很難接受「得寸進尺」式的冒犯，適可而止道：「那就最好，現在我要和嫣然入宮覲見儲君，琴太傅和我們一道去嗎？」

琴清忘了自己的事，訝道：「什麼事要勞動我們的紀才女呢？」

紀嫣然盛裝而至，三人邊說邊行，坐上馬車，入宮去了。

在小盤的書齋內，聚集著小盤的權力集團裡最重要的幾個人物——項少龍、李斯、昌平君、王陵、琴清，與小盤一起聆聽得到鄒衍眞傳的紀才女詳述五德終始說。

紀嫣然坐到小盤右方首席，以她一貫瀟脫恬逸的風姿，娓娓爲各人道來說：「五德轉移，治各有宜，而符應若茲。所以能一統天下者，必須得到五行中其中一德才成。五德是金木水火土，每德到了一定時期就會衰落，而另一德代之而興。黃帝得的是土德；接著是木剋土，故夏禹得木德；金克木，商湯得金德；火克金，周文王得火德；現今周朝衰敗，乘時而起的，該是克火的水德。」

小盤聽得目射奇光，喃喃唸道：「水剋火！水剋火！」

王陵生性謹愼，道：「老臣知道鄒大家學究天人，但終是一家之言，未知是否有任何根據呢？」

紀嫣然美目流轉，登時使室內包括小盤和項少龍在內的男人，無不心迷神醉。淡然自若道：「五行之說，早見於《尙書》之內，所謂水曰潤下、火曰炎上、木曰曲直，金曰從革，土爰稼穡是也。自古以來，便有『天有六氣，降生五味』之說，五味是金味辛，木味酸，水味鹹，火味苦，土味甘。故音有五，是爲角、徵、宮、商、羽；味有酸、甘、苦、辛、鹹；色則青、赤、黃、白、黑，均與五行相配合，相生相剋，循環不休。」

坐在她旁的琴清接入道：「孟子也有言：『五百年必有王者興。』故『由堯舜至于湯五百有餘歲。由湯至文王五百有餘歲，由文王至孔子五百有餘歲，正是五德交替的現象。』」

李斯哂道：「孔子頂多只是個賢人，哪有資格稱王者，我看該是輪到儲君了。」

小盤大喜，但又有點擔心自己非是「新聖人」，皺眉道：「誰是孟子口中所指每五百年多便出世的王者，只是空口白話，怎樣方可拿來打擊呂不韋的謬言？」

項少龍笑道：「靠的當然是宣揚的手法和才女乾爹鄒先生的權威，試問誰比鄒先生更有資格判斷誰是新聖人，哪到別人不心服。」然後肅容道：「我們利用五德終始之說，同時推行李大人草議三公九卿的新官制，定可重整朝政，不讓呂不韋肆無忌憚的橫行下去。」

紀嫣然笑道：「這叫以子之矛，攻子之盾，因為《呂氏春秋》採的是各家之言，其中包括乾爹的五德終始在內，其中的《應同》篇便記載了『凡帝王者之將興也，天必先見祥乎下民。黃帝之時，天先見大螾大螻。黃帝曰：「土氣勝。」土氣勝，故其色尚黃，其事則土』等語。又說『代火者必將水，天且先見水氣勝。水氣勝，故其色尚黑，其事則水。』所以只要我們藉呂不韋宏揚《呂氏春秋》之勢，只採其五德之說，明褒實貶，呂不韋只好有苦自己知。」

小盤拍案叫絕道：「如此就好辦了。」

王陵仍有保留，懷疑地道：「剛才紀才女不是說過五德轉移，新聖人出世，必有符瑞之應。如黃帝見大螻，文王見火赤鳥銜丹書集于周社，若儲君不得符瑞，恐怕仍不能令天下人心服。」

項少龍來自二十一世紀，最清楚這類宣傳和愚民手法；暗想什麼漢高祖斬白蛇起義，說穿了不過是這類手段，靈機一觸道：「這事容易之極，只要儲君往祭某河之時，我們使人炮製一條能在河面翻騰的黑龍，像尼爾斯湖怪……嘿！沒有什麼，只要略露背脊，我們即可指其爲符瑞，那一切不合理的事，都有了支持。」

昌平君皺眉道：「這事說來容易，但假若被人揭穿，豈非是天大笑話。」

項少龍想起周薇的兄長周良這造船專家，又想到紀嫣然的越國巧匠團，笑道：「黑龍只要有幾下動作，迅即隱去，我們便大功告成，保證沒人可以看破。」

小盤眉開眼笑道：「拜託太傅。」轉向紀嫣然道：「寡人若得水德，定須有儀式和各方面的配合才成，請才女爲寡人擬定計畫，以便到時執行。」旋又肅容道：「此事只限今天與會之人知悉，若寡人發覺任何人漏出消息，必會追究，絕不饒恕。」

衆人俯首領旨。項少龍又湧起荒謬絕倫的感覺，想不到與呂不韋的鬥爭，竟會轉到宣傳造勢這方面去，直是另一場的心理和精神之戰。

歷史性的會議結束後，昌平君硬把項少龍由絕不情願的紀嫣然和琴清兩女手上搶去，到了昌平君在宮內的左丞相官署，昌文君早在恭候他的大駕。

關上門後，昌文君拍案罵道：「管中邪這小子眞是可惡，迷得大妹神魂顚倒，政儲君藉李長史之口知會我們，著我們管束大妹，這事如何是好？」

昌平君伸手摟上項少龍肩頭，笑道：「看來連琴太傅都對少龍你動了春心，區區一個嬴盈你還不是手到拈來，少龍定要給我們由管中邪手上把大妹搶回來。」

善柔的生離，趙雅的死別，加上徐先和鹿公先後過世，對項少龍造成連串的嚴重打擊，此時除了一個琴清外，他對女人確是心如止水。嬴盈的任性和善變，若放在他剛到這個時代起始的一段時間，會是刺激有趣的事，但自妮夫人香消玉殞和趙雅的背叛，他需要的只是深厚的感情和信任。此刻聽他們提起嬴盈，心中只覺煩厭，但又不忍心傷害兩位好友，頹然道：「此事我實是有心無力，不知管中邪和呂家三小姐娘蓉有什麼新的發展？」

昌平君道：「聽說呂娘蓉自己堅持要管中邪和你再拚一場，勝了後才肯嫁給他。」

昌文君道：「少龍你怎也要幫我們兄弟這個忙，否則若管中邪將來謀反，恐怕大妹脫不了關係，那可不是說笑的一回事。」

項少龍苦笑道：「這種事可是勉強不來的，你想我怎麼辦呢？」

昌平君道：「現在我們擺明是要和呂不韋對抗，不若大幹他一場，先挫掉管中邪的威風，大妹怎也不會和敗軍之將相好的，一切均可迎刃而解。」

項少龍淡淡道：「若要我打敗管中邪而去娶呂娘蓉，我情願輸掉算了。」

昌文君笑道：「放心吧！殺了呂不韋他都不肯把寶貝女兒送你，也不用公開和管中邪比武決勝，只要在某方面硬壓下管中邪的氣燄，增加少龍的聲勢，大妹該知誰才是眞正的威風人物。」

昌平君以哀求的語氣道：「現在咸陽最霸道的人，是仲父府的人，人人敢怒不敢言。少龍順帶一挫他們的威風，是大快人心的事。事實上我們這批人，無不等待你回來爲我們出一口氣的。」

項少龍勉力振起精神，想了想苦笑道：「好吧！今晚你們給我在醉風樓訂個酒席，指明要單美美和歸燕兩人陪酒，我們就去大鬧他娘的一場，順便討回我應得的飛龍槍。」

兩人大喜，忙去安排一切。項少龍乘機脫身回府，問起周良，方知他出門尋找心目中的鷹王，尚未回來，算算日子，這傢伙去了足有半年，擔心起來，找周薇來問話。不知是否受到烏果的愛情滋潤，周薇神采飛揚，美艷驚人，見到項少龍，頗有點不好意思。

項少龍囑她坐好，問道：「周良兄為何去了這麼久呢？」

周薇道：「大哥為了找尋最好的獵鷹，必須遠赴北疆，來回至少四個月，尚要費時尋找，還要看看有沒有運道哩！」

項少龍苦惱道：「我正要找他幫忙，怎辦好呢？」

周薇精神一振道：「家兄曉得的事，小薇亦懂得一二，不知是哪方面的事情呢？」

項少龍懷疑地細察她充滿信心的神情，道：「你懂得造船嗎？但又非是造船那麼簡單，而是……嘿！我不知怎麼說了。」

周薇欣然道：「大爺放心說出來，我們周家世代相傳，男女均熟知水性和造船之事，小薇不會差過家兄多少呢。」

這回輪到項少龍精神大振，把做假黑龍的計畫說出來。

周薇聽得眉頭大皺，好一會道：「若是由人在水底操縱，此事並不困難，難就難在如何在水底換氣，若冒出頭來，豈非要立即給人揭穿。」

項少龍道：「我早想過這方面的問題，卻是不難解決，若使操龍的人頭臉全給龍體罩著，只在龍身開個呼吸的氣孔，加上遠離岸邊，任誰都難以識破，但此龍必須有很好的浮力，可以在水中裝組和拆除，便可不留痕跡。」

周薇奮然道：「交給小薇去辦。啊！眞好？小薇終可以爲大爺出力。」

項少龍欣然道：「烏果不是待妳更好嗎？」

周薇玉頰霞飛，跪伏地上道：「一切由大爺作主。」

項少龍笑道：「那就成了，烏果好該成家立室。」

回到內堂，向烏廷芳說出烏果和周薇的事，烏廷芳欣然領命，負起安排兩人嫁娶的重任。項少龍逗著項寶兒玩了一會，又去誇獎紀嫣然，才由田氏姊妹侍候沐浴更衣，趕回官署去。此時都騎軍上下均視項少龍爲英雄偶象，見到他態度極爲恭敬。到了辦公衛署，卻見不到荊俊。

滕翼道：「小俊去找鹿丹兒了，噢！差點忘了，小俊央我求你爲他說親，這次看來他是非常認眞哩！」

項少龍喜道：「只要鹿丹兒不反對，一切該沒有問題，不過最好由王陵提親，比由我去說項更適合。」

滕翼道：「鹿丹兒現在愛小俊愛得瘋了，怎會有問題？但我認爲最好由你和王陵一起去向鹿丹兒的父母說，給足女家面子。」

項少龍坐下來，點頭答應。

滕翼道：「我給趙大他們安排了優差，昌平君已批下來，幸好是他當左丞相，否則恐怕沒有一件事可以順利獲准。」

項少龍笑道：「我們還有更厲害的手段去削呂不韋的權威。」

接著把假龍的事說出來。

滕翼讚嘆道：「這一著比硬捅呂不韋幾刀更厲害，自呂不韋懸金市門，我便擔心他會公然謀反。此事宜早不宜遲，你打算何時進行？」

項少龍道：「一俟黑龍的事解決後，立可擇日進行，看來應是春祭最適合，所以定要在兩個月內炮製一條黑龍出來。」

滕翼道：「都衛控制在管中邪手上始終不大妥當，最好能把他掃下來，聽小俊說仲父府的人愈來愈霸道，不時有欺壓良民的事，管中邪當然包庇他們，想想就教人氣憤。」

項少龍想起以前在二十一世紀鬧事打架的日子，笑道：「他們硬嗎？我們比他們更硬，今晚二哥有沒有興趣陪我到醉風樓鬧事？」

滕翼哈哈大笑，欣然道：「我正手癢得很，這半年來我比你勤勞多了，正想找管中邪來試劍，只怕他作縮頭烏龜吧。」

項少龍一看天色，道：「一個時辰後，我們在醉風樓見面，現在我想找蒙驁談談心事，只要能令他對呂不韋生出半點懷疑之心，便算成功。」

遣退下人，蒙驁定神看項少龍一會，嘆道：「若項大人是來說仲父的不是，最好免了。」頓了一頓，眼中射出歉然神色，淡淡道：「我蒙驁本是齊人，昭王時入秦，一直受秦人排擠，受盡辛酸悲苦。至仲父主事，始有出頭之日，仲父可說待我恩重如山，他縱有百般不是，即使要了我父子三人之命，我蒙驁也絕不會皺上半下眉頭。若非念在少龍曾捨命保著武兒和恬兒，我今天絕不肯讓你跨入我將軍府的門檻，但也是最後一次。」

項少龍愕然道：「大將軍原來早知那件事。」

蒙鷔眼中射出悲痛之色，緩緩點頭道：「當日我曾反覆問起武兒和恬兒洛水旁密林遇襲一事，自然知道其中別有隱情，不過事情已成過去，現在不願重提，項太傅請吧！」

項少龍想不到他對呂不韋愚忠至此，不由心中火發，長身而起，淡淡道：「人各有志，項某人難以相強，只望大將軍分清楚侍秦和侍呂不韋之別，免致禍及子孫親族。告辭了！」

言罷大步往正門走去。

蒙鷔暴喝道：「留步！」

項少龍停了下來，冷笑道：「大將軍不是想留下我項少龍頸上的人頭吧！」

蒙鷔霍地起立，沉聲道：「我蒙鷔一向恩怨分明，更不慣使卑鄙小人的行徑，仲父雖是熱中權利，說到底仍是爲了保命。試看歷代入秦當權之士，誰有好的下場？仲父只是迫不得已吧！若少龍肯捐棄前嫌，我可代少龍向仲父說項……」

項少龍搖頭苦笑道：「太遲了，自倩公主等給他害死開始，我和他之間只能以鮮血來清洗血債。而他後來毒殺先王，使人害死徐相，氣死鹿公，更與儲君和秦國軍方結下解不開的深仇，蒙大將軍現在只能祈望他能成功謀朝篡位，否則將是株連三族的大禍。話至此已盡，本人以後也沒有興趣再提此事。」

蒙鷔顯然不知呂不韋毒殺莊襄王和害死徐先的事，色變道：「你說什麼？」

項少龍哈哈一笑，透出說不盡的悲憤，再不理蒙鷔，大步走出廳外。

人影連閃，蒙恬蒙武兩兄弟左右撲出，跪在他身前，齊聲道：「太傅！」

項少龍愕然道：「你們在門外偷聽嗎？」

兩人雙目通紅，憤然點頭。

項少龍扶起兩人，低聲道：「千萬不要讓你爹知道，遲些來找我。」

這才走了。

項少龍踏入醉風樓，一位風韻猶存的中年美婦在四名俏婢的簇擁下迎上來，諛笑道：「奴家春花，歡迎項大人大駕光臨！」

四婢擁上來，爲他脫下外衣，服侍週到。

項少龍淡淡道：「伍樓主是否急病去世，爲何見他不到呢？」

春花尷尬道：「伍樓主確有急病，但只是在家中休養，過兩天該沒事的。」

項少龍心中暗笑，知道伍孚故意避開，同時知他必會通知呂不韋，求他保住自己這條小命，轉頭向衆鐵衛道：「今天伍樓主請客，你們可到樓下盡情玩樂，但卻千萬不要吃下有毒的酒菜。」

荊善等哪還不會意，齊聲歡呼，擁入樓內，累得春花慌忙遣人招呼，又惶恐地道：「項大人說笑了，酒菜怎會有毒呢？」

項少龍好整以暇道：「那要問你們的歸燕姑娘才知道，她不也是病了吧？」

春花垂頭低聲道：「管大人包下歸燕姑娘，今晚只陪他一個人。」

項少龍微笑道：「那單美美是否由仲父包了呢？」

春花惶然道：「包她的是嫪大人。」

項少龍聽得呆了一呆，冷哼道：「這事我自會問他們兩人，不過你最好與伍樓主說一聲，若我在半個時辰內見不到他，他的醉風樓以後不用開門，而明年今日就是他的忌辰，哼！」

心中暗笑下，大步往前走去。春花玉容失色，抖顫顫的在前引路。

今天晚宴的地方，是醉風樓主樓二樓的大廳，也是醉風樓最豪華熱鬧的地方，不像後院獨立的別院，二十多席設於一廳之內，有點像二十一世紀的酒樓，只不過寬敞多了。項少龍登樓之時，圍坐十多組客人，鬢影衣香，鬧哄哄一片。在廳子四角，均設有爐火，室內溫暖如春。見到項少龍上來，近半人起立向他施禮。項少龍環目一掃，赫然發覺管中邪和嫪毒均是座上客，而不知有意還是無心，兩席設於昌平君那一席的左右兩旁。但最令他生氣的是嬴盈竟在管中邪那一席處，與歸燕左右傍著管中邪。嬴盈顯然想不到會在這種場合遇上項少龍，手足無措地低垂俏臉，不敢看他。項少龍心中暗恨，知是管中邪故意帶她來，好令昌平君兄弟和自己難堪。項少龍哈哈一笑，舉手邊向各人打招呼，邊往自己那席走去。荊俊也來了，正向他擠眉弄眼。

嫪毒捨下身旁的單美美，迎上項少龍笑道：「稀客稀客！想不到竟會在這裡碰上項大人哩！」

項少龍親熱地抓著他手臂，拉到一角的爐火旁，笑道：「待我先猜猜，嫪大人必是忽然接到單美美的邀請，故到此赴會的，對嗎？」

嫪愕然道：「項大人怎會猜到的？」

項少龍輕鬆地道：「怎會猜不到呢？因爲小弟今晚來是要找伍孚晦氣，單美美和歸燕都脫不了關係，自是要找人來護花。假若我和嫪大人公然衝突，就正中隱身單美美幕後的呂不韋下懷，嫪大人明白嗎？」

嫪毒發了一會怔，咬牙切齒道：「美美這臭婆娘竟敢玩我，我定要她好看。」

項少龍拍拍他肩頭道：「切勿動氣，只要嫪大人明白就成，我今晚看在嫪大人臉上，暫不與單美美計較，大人放懷喝酒吧！」

嫪毒感激地點點頭，各自回席。經過嫪毒那一席之時，單美美螓首低垂，眼角都不敢瞧他。同席的還有幾個看來是剛加入嫪毒陣營的幕僚食客一類人物，人人擁美而坐，見到項少龍態度非常恭敬，其他姑娘對他更是媚眼亂飛。

項少龍停下來，一一與各人打過招呼，含笑道：「不見半年，原來美美忘掉我哩！」

嫪毒此時一臉不快之色，蓆地坐回單美美之旁，冷哂道：「美美就是這事不好，記性差透了，所以無論對她做過什麼好事，她轉眼就忘掉。」

這麼一說，項少龍立知嫪毒不快的原因，主要是因爲單美美把和呂不韋相好的事瞞著他。

單美美嬌軀輕顫，抬起俏臉，淒惶地看項少龍一眼道：「項大人大人有大量，不要和我這等小女子計較，美美眞個感恩不盡。」

項少龍雖明知她在演戲，但仍難以明著去欺壓她，瀟灑一笑，往隔鄰的己席走去。

管中邪霍地起立，笑道：「項大人怎能厚此薄彼，不來我們處兜個圈兒，閒聊兩句？」

項少龍目光往他那一席掃去，除了嬴盈、歸燕和侍酒的姑娘外，還有荊俊的手下敗將周子桓，另外是魯殘和三個面生的劍手，該是呂不韋這半年招攬回來的新血。只觀他們氣定神閑的態度和強健的體魄，便知是高手無疑。嬴盈的頭垂得更低，反而歸燕泛起迷人笑容，一點不似曾向他下過毒手的樣子。

項少龍與滕翼等打個眼色，來到管中邪一席處。男的全站起來，朝他施禮。

管中邪笑道：「讓我為項大人引見三位來自各地的著名劍手，這位是許商，來自楚國的上蔡，有當地第一劍手之稱。」

上蔡乃楚國西北的軍事要塞，能在這種地方稱雄，絕不簡單。項少龍不由留心打量了這年在三十許間、生得頗為軒昂英俊的年青劍手幾眼。

許商抱拳道：「項統領威名聞之久矣，有機會請項統指點一二。」

另一位矮壯結實，渾身殺氣的粗漢聲如洪鐘地施禮道：「本人連蛟，乃衛國人。」

項少龍淡淡道：「原來是管大人的同鄉。」

連蛟眼中掠過森寒的殺意，冷冷道：「連晉是本人族弟。」

管中邪插入道：「項大人切勿誤會，連蛟雖是連晉族兄，但對項大人劍敗連晉，卻只有尊敬之心。」

項少龍眼中寒芒一閃，掃連蛟一眼，沒有說話。

剩下那貌如猿猴、身形高瘦的人，三人中數他最是沉著，只聽他冷漠地道：「在下趙普，本是齊人，曾在魏國信陵君門下當差，是項大人到大梁後的事。」

歸燕笑道：「項大人為何不坐下再談呢？好讓歸燕有向大人敬酒的榮幸哩！」

項少龍哈哈笑道：「歸燕姑娘說笑，所謂前事不忘，後事之師，在下怎敢造次。」

轉向管中邪道：「管大人的時間拿捏得很好，一知道在下今晚要踏足醉風樓，立把歸燕姑娘包了下來，不過我看管兄最好擁美歸家，藏於私房，那小弟就真的爭不過你。」

以管中邪的深沉，歸燕的演技，聽到項少龍這麼充滿威嚇味道的話，亦不禁色變。嬴盈終於覺察到項少龍和管中邪、歸燕間的火藥味，嬌軀劇顫，仰起俏臉往項少龍望來。

項少龍含笑道：「嬴小姐妳好！」

嬴盈秀目射出惶然之色，香唇微顫，欲語無言。

項少龍哪有興趣理會她，向管中邪笑道：「為何不見娘蓉小姐陪在管兄之旁？回來後尚未有機會向三小姐請安問好，唯有請管兄代勞。」

哈哈一笑，不理嬴盈、管中邪和歸燕的臉色變得多難看，逕自返回昌平君那席去了。項少龍坐下後，昌平君和昌文君兩人氣得鐵青著臉，一半是為嬴盈的不知自愛，一半是為單美美和歸燕兩人明不給他們面子。要知兩人均為秦國王族，先不說昌平君剛登上相位，只憑禁衛統領的身分，咸陽便沒有多少人敢開罪他們。由此可見呂不韋實是權傾咸陽，小盤在朱姬和項少龍支持下，還可在一些人事的聘用上與他唱反調，但在事情的執行上，又或在王宮以外，實在沒有人能把他的氣燄壓下去。全廳十多席，只他們一席沒有侍酒的姑娘。

春花戰戰兢兢地坐在項少龍身旁道：「奴家喚白蕾和楊豫來侍候各位大人好嗎？」

醉風樓四大紅阿姑中，以單美美居首，其餘三人是歸燕、楊豫和白蕾。

昌平君冷喝道：「你給我滾得遠遠的，今晚若單美美和歸燕不來，其他人也不要來。」

春花嚇得臉無人色，慌忙退下。

滕翼冷冷瞥管中邪那席一眼，沉聲道：「管中邪今晚是有備而來，擺明要和我們對著幹。」

荊俊輕鬆地道：「他們在樓下還有二十多人，全是仲父府家將裡臭名遠播的霸道人物，若我們能狠狠教訓他們一頓，保證咸陽人人拍手叫好。」

項少龍淡淡道：「這個容易，荊善他們正在樓下喝酒，捎個信給他們就行，要鬧事還不容易嗎？」

荊俊大喜，起身去了。一陣嘻鬧聲由管中邪那席傳來，各人爲之側目，原來管中邪摟著嬴盈灌酒，嬴盈知有項少龍在旁觀看，大窘下怎也不依。昌平君知管中邪在故意挑惹他們，反沉下氣去。昌文君卻是忍無可忍，霍地立起，喝道：「大妹！你給爲兄到這裡來。」

管中邪放開嬴盈，雙手抱胸，笑而不語。

嬴盈偷瞥項少龍一眼，垂首應道：「有什麼事呢？回家再說吧！」

昌平君怕鬧成僵局，硬把昌文君拉得坐下來，嘆道：「眞教人頭痛。」

項少龍吃一口酒，懶洋洋地道：「我們愈緊張，管中邪愈得意。不過我曾明言若伍孚半個時辰不來見我，我就拆了他的狗窩，這就是管中邪致命的弱點。」

昌平君和昌文君兩人聞言，臉色好看了一點。

荊俊由樓下回來，瞥嬴盈一眼，低聲道：「丹兒告訴我其實兩位老兄的寶貝妹子心中非常矛盾和痛苦，因爲她眞的是歡喜三哥，只因既怕寂寞又愛玩鬧，兼之管中邪這傢伙對女人又有一套厲害手段，才在三哥離去這段時間愈陷愈深。不信你看她現在的表情吧！痛苦比快樂大多了。」

昌平君忿然道：「我昨天和她大吵了一場，嘿！我怎都要當好左丞相的，只要是能令呂不韋不快樂的事，我都要做，看老賊怎樣收場。」

項少龍道：「你辦妥調王翦回來的事嗎？」

昌平君道：「仍是給呂不韋硬壓下去，王陵對呂不韋相當忌憚，又被呂不韋通過蒙驁和王齕向他施壓力，說北方匈奴蠢蠢欲動，故一動不如一靜。太后聽得慌張起來，不敢支持儲君，所以這事仍在拖延著。」

荊俊道：「桓齮更慘！軍餉的發放，全操在呂不韋手上，給他左拖右拖，做起事來又礙手礙腳，此事定要爲他解決才行。」

項少龍笑道：「放多點耐性吧！當黑龍出世之日，就是呂賊退敗之時，那時只是嫪毒就可弄得他煩惱纏身。」

昌文君和荊俊並不知黑龍的事，連忙追問。

滕翼道：「回去再說吧！」伸指指往後方，笑道：「三弟的老朋友來哩。」

衆人望去，果然是伍孚來了。他一邊走來，一邊與客人寒暄，神色如常，沒有半點驚懼之色，顯是因有管中邪作大靠山在庇蔭他。經過嫪毒那一席，這傢伙特別熱情。當往項少龍這席走來時，隔遠一揖到地，卑聲道：「知項大人召見小人，嚇得病都立即好了，唉！小人實愧見大人，因爲槍盾均被夜盜偷走，我的病也是因此而起的。」

衆人聽得面面相覷，想不到此人如此無賴，不過亦想到是呂不韋和管中邪的主意，偏不讓飛龍槍盾落到項少龍手上。否則權衡利害下，伍孚實犯不著在這等小事上堅持。

項少龍淡淡道：「既然寶物失竊，本統領自有責任追查回來，伍樓主請隨我們回官署一行，提供線索，待我都騎兒郎把槍盾找回來好了。」

伍孚臉色微變，暗忖若到了都騎官署，哪還有命，忙道：「項統領好意心領，我打算不再追究此事，何況那是發生在贈槍的那個晚上，是半年前的事了。」

荊俊叱喝道：「好膽！槍盾已屬項統領之物，追究與否，哪到你來決定，你現在擺明不肯合作，若不是有份偷竊，就是縱容盜匪，蓄意瞞騙。」

昌文君冷冷接入道：「根據大秦律法，不告奸者腰斬，伍樓主竟敢視我大秦律法如無物，公然表示縱奸橫行，罪加一等，更是死有餘辜。」

伍孚嚇得臉無人色，雙腿一軟，跪倒地上，眼睛卻往管中邪望去。

管中邪想不到項少龍等拿著伍孚一句話來大做文章，長身而起道：「中邪身為都衛統領，城內有事，實責無旁貸，請項大人將此事交下屬處理，必有一個完滿的交待。」

此時廳內各人察覺到他們間異樣的氣氛，人人停止調笑，靜心聆聽。樓內寂然無聲，只餘管中邪雄渾的聲音在震盪著。

昌平君微笑道：「從槍盾失竊的時間，此事極有可能是針對項大人而來，且必有內奸，此事可大可少。兼且說不定賊人早把槍盾運出城外，照本相看，此事應交由項大人親自處理為宜，管大人不必多事。」

以管中邪的陰沉，亦不由臉色微變。要知昌平君貴為左相，比管中邪高上數級，又專管軍政，只要他開了金口，若管中邪還敢抗辯，便可治其以下犯上之罪。一時間，管中邪有口難言。伍孚想起腰斬之刑，忍不住牙關打戰，渾身發抖。嬴盈對各人關係，一直糊裡糊塗，此刻猛然發覺管中邪所代表的呂不韋一方，與項少龍和兩位兄長代表的儲君一方，竟是勢成水火，互不相容，自己夾在中間，處境尷尬之極，不由生出後悔之意。

就在此刻，單美美離座而起，來到伍孚之旁，跪了下來，嬌聲道：「若說知情不報，本樓所有人均犯下同樣的罪，丞相和項統領就把我們一併治罪好了。」

歸燕忙走過來，跪倒伍孚的另一邊。這回輪到昌平君等大感頭痛，總不能爲失去點東西，小題大作地把整個醉風樓的人問罪。嫪毒大感尷尬，說到底在此刻單美美總算是他的女人，若給項少龍拿去斬了，他本人亦感面目無光。管中邪坐回席位去，嘴角帶著一絲冷笑，一副隔岸觀火的神態。

項少龍仍是舒適閒逸的樣子，淡淡道：「冤有頭，債有主，醉風樓內，伍孚乃主事之人，槍盾既由他送我，若失去了，理應由他通知本人，既是知情不報，現在又不肯合作，當然是犯了縱容盜匪之罪，兩位姑娘硬要置身事內，究竟有何居心？」

單美美和歸燕想不到項少龍辭鋒如此厲害，登時啞口無言。

伍孚心知不妙，失去方寸，顫聲道：「請大人寬限小人一段時間，必可把飛龍槍追尋回來。」

滕翼哈哈大笑道：「這麼說，槍盾只是給伍樓主藏起來吧！否則怎有把握定可尋回來呢？」

伍孚知說漏嘴，不斷叩頭道：「小人知罪！小人知罪！」

管中邪等心中暗恨，差點要把伍孚分屍。

嫪毒發言道：「項大人可否把此事交由本官調停，只要伍樓主交出槍盾，此事就此作罷好嗎？」

項少龍乘機下台道：「既有嫪大人出面，就這麼辦吧。」

嫪毒打個手勢，立有兩名手下走了出來，挾起伍孚去了。單美美和歸燕似是這時方認識到項少龍的威勢，幽幽地瞥他兩眼，各自歸席。尚未坐好，樓下傳上來打鬥和杯碟箍地的吵聲。項少龍等會心微笑，知道荊善等人動手發難。

樓下大堂亂成一團，地蓆上全是翻倒的几子杯盤酒菜，狼藉不堪。

十八鐵衛有一半人帶傷，但都是無關大礙，管中邪的人卻慘了，二十三個人全受了傷，過半人爬不起來；雖沒有可致命的傷勢，卻是斷骨折腿，狼狽不堪。且還是烏言著等人手下留情。

管中邪看到這種情況，怒喝道：「發生什麼事？」

一名似是那群手下中的帶頭大漢，一手掩著仍不住淌血的鼻子，憤然指著荊善道：「這小子竟敢向我們席上的姑娘眉目傳情，我們便……」

管中邪厲喝道：「閉嘴！」

烏光攤手向項少龍道：「是他們動手在先，我們只是自保。」

管中邪雖心知肚明是荊善等故意挑惹，卻是無可奈何，因為先動手的終是自己的人。嬴盈退到兩位兄長之間，而昌平君兩兄弟卻對她視若無睹，更不和她說話。

管中邪喝令手下將傷者帶走，向項少龍肅容道歉，冷冷道：「上回田獵之時，中邪與項大人一戰，勝負未分，只不知大人何時有閒賜教，以決定三小姐花落誰家？」

鬧哄哄擠滿當事者和旁觀者的大廳，立時靜下來。人人均知管中邪動了真火，索性公然向項少龍挑戰。秦軍本嚴禁私鬥，但因此事牽涉到呂娘蓉的終身，又有先例在前，小盤亦難以阻止。

項少龍微笑道：「管大人請說出時間地點，縱使立即進行，本人亦樂意奉陪。」

各人目光全集中到管中邪身上。

管中邪尚未有機會說話，嬴盈一聲尖叫，搶了出來，攔在項少龍和管中邪之間，厲聲道：「不要打！」

眾人齊感愕然。嬴盈在咸陽一向出了名愛逗人比武，又愛看別人比武，她這麼插身阻止，實令人難以理解。

項少龍瀟灑地聳肩道：「此戰進行與否，主動並不在項某人，嬴大小姐若要阻止，可私下向管大人說話，恕項某人難以應承。」

嬴盈淒然望他一眼，悲切地道：「兩虎相爭，必有一傷，你大可不接受挑戰，誰可以勉強你？偏要對人家說這種風涼話，你今晚還不夠威風嗎？」

項少龍無名火起，冷笑道：「大小姐力圖阻止，是否因我們並非為妳而戰呢？」

嬴盈猛一跺走，「嘩」的一聲哭出來，掩面狂奔奪門而去。滕翼向荊俊使個眼色，後者忙追著去了。

管中邪神色不變，淡然道：「下月二十日，乃呂相大壽吉日，我們就在席上比武，順便為壽宴助興。」

腳步聲響，嫪毒的兩名家將把伍孚又押進來，還提著飛龍槍盾。

項少龍接過槍盾，哈哈大笑道：「就此一言為定，到時我或以此槍上陣，讓它們見識一下管大人的絕技。」

圍觀者立時爆起一陣采聲。管中邪臉色微變，經上次交手，他早摸清楚項少龍的劍路，半年來日夕苦修，全是針對項少龍的劍術來施展應付之法。可是項少龍改劍用槍，立時把他原本的計畫全破壞了。

項少龍卻是心中暗笑，現在離決戰之日仍有個多月，有足夠時間讓他從嫣然處學得她精妙絕倫的槍法。亦只有這種重型攻堅武器，不懼管中邪的驚人膂力，這正是戰術的靈活運用。上次他靠戰略占到上風，這回致勝之法，靠的仍是戰術，再沒有其他方法。

翌日起來，項少龍拜祭了鹿公和徐先，又入宮見過小盤，交待要與管中邪決戰的事，便到琴府去見琴清。琴清正在園內賞雪，見他到來，神情歡喜，但又含羞答答，不大敢看他，神態動人之極。兩人並肩在鋪滿積雪的花徑內漫步，雖沒有任何親熱動作，但卻感到比以前接近了很多。

項少龍淡然道：「下個月呂不韋壽宴之時，將是我和管中邪分出生死勝敗的一刻。」

琴清嚇了一跳，嗔道：「你這人哩！怎犯得著和那種人動刀動槍呢？」

項少龍道：「這個人文武兼資，智勇過人，又緊握都衛兵權，若不把他除去，我們始終沒有安樂日子過。」

琴清把斗篷拉下來，停步道：「若你敗了……唉！真教人擔心。」

項少龍轉過身來，俯頭細審她有傾國傾城之色的玉容，微笑道：「若我項少龍不幸戰死，琴太傅會怎樣呢？」

琴清臉色倏地轉白，顫聲道：「不要這麼說好嗎？你還嚇得人家不夠嗎？」

項少龍堅持道：「琴太傅尚未答我。」

琴清白他一眼，垂首輕輕道：「最多拿琴清的命來陪你吧！滿意嗎？」

項少龍一震道：「琴太傅！」

琴清搖頭嘆道：「想不到我琴清終忍不住要向一個男人說這種話，但我知道你是不會輸的，對嗎？項少龍！」

項少龍微笑道：「當然不會輸啦！假若沒有信心，就索性認輸好了，他能奈我何？」稍歇後續道：

「今天我是來專誠邀請琴太傅到牧場去小住一個月，因為我定要拋開一切，專心練武，為下一個月的決戰作好準備。可是我自問拋不開對妳的思念，為免相思之苦，只好來求妳陪在我身旁。」

琴清立即連耳根都紅透，垂首大窘道：「項少龍你可知對琴清作出這樣的要求，等若要琴清獻身於你呢？」

項少龍伸手抓著她蓋上雪白毛裘的香肩，柔聲道：「當然知道，請恕項某人不懂偽飾，我除了想得到琴太傅動人的肉體外，還要得到太傅的心，二者缺一，我均不會收貨。」

琴清象徵式地掙一下，大嗔道：「你怎可當人家是一件貨物？」

項少龍俯頭在她左右臉蛋各吻一口，徐徐道：「什麼也好，總之我是要定妳。我們以後不用再自己騙自己，生命有若過眼雲煙，錯過了的事物永遠不能回頭，我想通想透後才來找琴太傅的。」

琴清的秀頷垂得差點碰到胸脯去，以蚊蚋般的聲音道：「你什麼時候回牧場去？」

項少龍大喜道：「明早立即起程。」

琴清輕輕道：「先放開人家好嗎？」

項少龍愕然鬆手。

琴清一陣風般飄開去，到離他至少有十步的距離，正容施禮道：「明天琴清在這裡等候項太傅大駕光臨。項太傅請！」

橫他千嬌百媚、情深如海的一眼，轉身盈盈去了。項少龍神魂顛倒地看著她消失在花徑盡處，始能魂魄歸位，返官署去了。

都騎衙署門外，一騎橫裡衝出來，把他截著，原來是嬴盈，只見她容色憔悴，顯然昨晚沒有睡好，見到項少龍，劈頭道：「項大人，我要和你單獨說幾句話。」

項少龍向琴清正式示愛，又得到妙不可言的答覆，心情轉佳，點頭道：「到裡面說。」

嬴盈倔強地搖頭道：「不！我們到城外走走！」

項少龍生出警戒之心，徐先和鹿公先後身死，現在自己成了呂不韋最渴欲除去的眼中釘，這會否是管中邪透過嬴盈來布下的陷阱？旋又推翻這個想法，因爲無論嬴盈如何糊塗任性，卻絕不會要害死自己，遂道：「好吧！」轉頭正要吩咐荊善等自行到衙署，烏言著先一步道：「項爺！請恕我等難以從命，衆夫人曾有嚴令，囑我等寸步不離項爺。」

項少龍發了一會怔，讓步嘆道：「好吧！你們跟在我後面。」

言罷與嬴盈並騎出城。馳出城門，立即精神一振。往日草浪起伏的原野變成一片皚皚白雪，無盡的雪原，寧謐無聲，雪光閃耀。十八鐵衛策馬踏在二百步許的後方，徐徐而行，有種悄悄戒備的意味。項少龍打量嬴盈，她本已驚心動魄的誘人身材更豐滿了，可見管中邪對她滋潤有功。不過項少龍聯想到的卻是假若天香國色的琴清受到他本人的滋潤，又會是怎樣一番情景呢？當這個念頭湧上心田，項少龍憬然悟到自己對嬴盈只是有興趣而沒有愛意。

嬴盈輕輕道：「項少龍！不要和中邪比武好嗎？只要你肯公開表示因想把呂娘蓉讓給他，而拒絕比武，誰都不會因此說你是害怕他。」

項少龍心想這確是個解決的好辦法，由於田獵晚宴的一戰，自己占了點上風，加上有讓愛作藉口，當然沒有人會因此而認爲自己是怯戰。但問題卻是他和管中邪已到了一山不能藏二虎、勢難兩立的情況。就像他和呂不韋，只有一個人可以活下去。

嬴盈見他沒有回應，提高聲音怒道：「你根本不歡喜呂娘蓉，爭來幹嘛？」

項少龍正欣賞官道旁樹枝上銀白晶瑩的雪凍，淡然道：「大小姐對管中邪確是用心良苦，這麼處處爲他籌謀著想。」

嬴盈聽出他諷刺之意，氣道：「我難道不爲你著想嗎？半年來你在外朝夕奔波，中邪他卻每天苦練劍法，每天在等待與你決定勝負的一日，你還妄想可穩勝他嗎？」

項少龍不以爲忤，微笑道：「嬴小姐究竟想我和你的中邪誰人勝出呢？」

嬴盈氣得俏臉轉白，惱道：「我希望你兩個都死了就最好。」

項少龍哈哈笑道：「嬴大小姐不如請回城吧！再不用多費唇舌。」

嬴盈勒停駿馬，鐵青著俏臉，怒瞪他好一會，反軟化下來，淒然道：「是嬴盈不好，三心兩意，難怪你這樣對我。當是我求你好嗎？」

項少龍肅容道：「嬴盈妳最好理智一點，看清楚眼前殘酷無情的現實，那並非只是個人意氣之爭，而是牽涉到大秦整個權力的鬥爭，外人與本土兩股勢力的傾軋較量，敗的一方將會是抄家株族的命運。對管中邪來說，妳只是他其中一隻棋子，而妳卻仍是只懂得怨妳兩位兄長管束妳的自由。但妳有沒有爲他們對妳的安危擔憂設想過呢？妳只是任性地要別人來逢迎妳的想法和要求。」又傲然道：「生死勝敗，還要在比武場上見個眞章，呂不韋和管中邪想殺我，並非始於今天，而妳則只懂活在自己編織出來的夢想世界裡。現實卻是事與願違，假若妳下嫁管中邪，只好望老天爺保佑呂不韋奪權成功，不過那卻代表妳的兩個兄長不得好死。若呂不韋失敗，妳或者可以身免，但妳爲管中邪所生的子女必無倖理。這就是現實，政儲君也不能改變分毫，而形成現在這種形勢的罪魁禍首，正是呂不韋，管中邪和莫傲則是幫兇。莫傲死了，這次該輪到管中邪，妳明白嗎？」

再不理她，掉頭回城去。

尚未回到衙署，項少龍的心神早轉到琴清身上，想到明天可奉准對她無禮，心中有若燒起一爐熊熊焦炭，恨不得時間走快一點。

返抵衙署，滕翼低聲道：「圖先著你申時到老地方見他。」

項少龍喜道：「我正要找他。」

滕翼道：「寒冬一過，蒙驁會對韓人用兵，你的老朋友韓闖慘了。」

項少龍無奈道：「這事誰也沒有辦法，若勢弱的是我們這方，攻來的將是韓人的大軍。不過一天未建成『鄭國渠』，我們恐仍未有能力東侵，頂多再在東方三晉之地增設一、兩個郡縣，到大舉東伐之時，我們早溜到遠方去，眼不見為淨。」

滕翼道：「我知三弟對戰爭沒有一點興趣，但我看遲早你要帶兵出征，此乃無可避免的事。」

項少龍笑道：「那時須靠二哥，我看你已熟得可把墨氏補遺上的兵法倒轉頭唸出來。」

滕翼失笑道：「你說話眞誇大。」

項少龍問道：「小俊是否出巡去了。」

滕翼道：「他哪有這麼勤力，只是溜去陪鹿丹兒，我告訴他你肯為他向鹿丹兒的父母提親，小子高興得不得了，更沒有興趣理會公務。」

項少龍道：「鹿丹兒仍在守孝，這事待我宰了管中邪後再辦吧！明天我回牧場後，二哥有空便來陪我練武。」

滕翼忽記起一事，道：「少龍你還記得渭南武士行館嗎？」

項少龍想了想，記起武士行館的館主叫邱日昇，當年與楊泉君勾結，還派出三大教席之一的「疤臉」國興伏擊荊俊，把他打傷，後又在街上行刺自己。點頭道：「怎麼樣？」

滕翼道：「楊泉君被呂不韋弄死，邱日昇見勢不妙溜了到別處去，不知如何最近回來，還得到嫪毐包庇，最近大展拳腳，招納武士，氣得小俊牙癢癢的，我看終會鬧出事來。」

項少龍早知嫪毐不但不是好人，還是最卑鄙無恥之徒，這種招攬黨羽之舉，早在計算中，淡淡道：「二哥一定要阻止小俊，千萬不可輕舉妄動，到黑龍出世，我們站穩陣腳，才和敵人週旋到底。」

滕翼笑道：「小俊怎都不敢不聽我的話的。三弟的眼光眞厲害，看出嫪毐不甘蟄伏，如此公然包庇邱日昇，等若不給呂不韋面子。」

項少龍點頭道：「只要儲君建立起權力的班底，文的有昌平君和李斯，武的有王翦和桓齮，再加上掌握禁衛、都騎、都衛三軍，我們可以退回牧場，由得嫪毐和呂不韋鬥生鬥死。」

滕翼皺眉道：「如此發展下去，終有一天太后和儲君會站在敵對的位置。」

項少龍苦笑道：「這是誰都不能改變的命運，我們能夠做什麼呢？」

滕翼還要說話，手下來報，王齕請項少龍到大將軍府見面。兩人同感愕然，猜不到王齕找項少龍有什麼事。

項少龍與十八鐵衛抵達大將軍府，府前的廣場鬧哄哄一片，聚集近百名大漢，在看王齕射箭。王齕際此天寒地凍之時，仍赤膊上陣，盤弓拉箭，接連三箭命中紅心，惹來轟天采聲。西秦三大名將碩果僅存的人物，見項少龍到，含笑打過招呼，披上錦袍，精光矍矍的眼神掃視荊善等人，漫不經意道：「聽說少龍這些兒郎人人身手高明，橫豎有閒，不若陪我的人對拆幾招遣興。」

項少龍怎能不給他面子，無奈下答應。王齕微微一笑，領他進入主宅大廳去。廳堂寬敞舒適，牆上掛滿獸皮兵器，頗有殺氣騰騰的感覺。最奇怪是座南處橫放著七面大屛風，把後進之路完全擋著，看上去非常怪異。項少龍不由想起當日在屛風後偷看楚太后李嫣嫣，給她由足印發覺形跡的過程，自然而然往地上望去，立時汗流浹背，手足冰冷。原來地上隱見無數水痕，不用說皆因有多人剛從外面入廳，躲到屛風後面去，因著鞋底沾了外面的積雪，所以留下水 f ，而且是因自己的到來，剛布置好的。不用說是不懷好意，只要推倒屛風，十多把弩弓一齊發射，自己休想活命離去。

王齕到屛風前的主家席坐下，打手勢請他坐在右下首處，想先發制人的箝制著他亦沒有可能。項少龍心念電轉，猛一咬牙，坐了下來，暗中抽出五支飛針，藏在手裡。從未有一刻，他感到死神是這麼接近他。王齕最高明處，是不露痕跡的使人牽制著荊善等人，使他變得孤立無援。他爲什麼要殺死自己呢？要知王齕並不同於蒙驁，他本身是秦人，不管怎樣欣賞崇拜呂不韋，最終只會對小盤一人盡忠。想到這裡，心中現出一線希望。兩名婢女來奉上香茗，退下後，剩下兩人之時，王齕凝望他好一會，喟然嘆道：「這年來的變化太多了，先有高陵君因亂伏誅，接著徐先、鹿公先後辭世，令人難以接受。」項少龍摸不清他說話背後的目的，遂以不變應萬變，默然不語。

王齕眼中射出傷感的神色，感嘆道：「鹿公最希望見到我大秦統一東南六國，豈知就在剛有眉目的時刻，撒手而去，尤令人惋惜不已。」

項少龍忍不住淡淡道：「一天我大秦內部不靖，休想一統天下。」

王齕雙目閃過精芒，沉聲道：「這正是我找少龍來說話的原因，自仲父入秦，先是親滅東周，再遣蒙驁伐韓，建立三川郡，此乃兵家必爭之地，自此我秦界直迫大梁，威懾東方。若非得此據點，我和蒙驁便難以進軍三晉，由趙人手上重奪太原。後來五國聯軍來攻，又得少龍獻策，以反間計迫走信陵君，化危為安。此後鹿公、蒙驁和老夫先後對三晉用兵，再設東郡，我大秦形勢之佳，確是未之有也。偏在此時，國內動盪，使我等有力難施，少龍教我該如何辦呢？」

項少龍終於明白王齕是希望能化解他和呂不韋間的嫌隙。可知他由於終年在外征戰，並不清楚秦國權爭的原因，不過由於他對呂不韋有先入為主的肯定，要說服他站到自己這一邊來，絕非易事。假設自己仍然堅持，不用說屏風後的狙擊手會立即把自己幹掉。由此可以看出王齕並非唯呂不韋之命是從的人。沉吟半晌後，平靜地道：「當今之世，人人說起齊國，只知道有田單此人；說起趙國，則只記得太后韓晶；至於我大秦，不用說只有呂不韋，好像三國根本沒有君主的存在。這叫木實繁者披其枝，披其枝者傷其心，大其都者危其國，尊其臣者卑其主……」最後四句，他是剛由李斯處學來的，在這危急之時，派上用場。

王齕不耐煩地打斷他道：「此為形勢使然，非人之罪也。主少國疑，若沒有重臣輔政，國家必亂。我大秦歷來廣攬人才，謹尊墨翟尙賢的主張，對賢才高予之爵，重予之祿，任之以事，斷予之令。此乃我大秦一向傳統，故孝公以來，先後有商鞅、張儀、范睢和仲父拜相，若非如此，我大秦何有今日之盛世。」

項少龍進一步明白王齕心中想法，正考慮是否該把呂不韋害死莊襄王、徐先的事告訴他，王齕又道：「鹿公和徐先一直懷疑仲父先後毒殺兩位先王，此乃因他們懷疑政儲君實是呂不韋和太后所生的孽種，後既證實政儲君與呂不韋沒有血緣關係，當可知此是空穴來風，是有心人中傷仲父的謠言吧。」

項少龍聽得目瞪口呆，始知有一利亦有一弊，竟因滴血認不了親，致使王齕再不懷疑呂不韋這大奸賊。而自己反變成王齕欲誅除的罪魁禍首，皆因視他為阻礙大秦一統天下的絆腳石。

王齕又道：「仲父實為不世之才，只看其《呂氏春秋》即可見一斑，懸千金於市門之上，求改一字至今而不得，我看就算商鞅復生亦難以辦到。」

項少龍豁了出去，哂道：「世上怎會有一字不能易的著作，照我看是人人畏懼仲父的權勢才眞。有一事我縱然說出來大將軍亦怕不肯相信，徐先雖死於楚人之手，卻是出於田單的慫恿，而田單為何這樣做？只要想想徐相身死後我大秦的最大得益者是誰，大將軍當知是何人在背後主使。」

王齕劇震道：「這話可有證據？」

項少龍苦笑道：「這種事哪有什麼證據，鹿公正因此而急怒攻心給氣死，臨死前親口叮囑儲君和我為他報仇。現在形勢明顯，大將軍只可以在對儲君盡忠和臣服於呂不韋兩者間作一選擇。呂不韋於此時宣揚《呂氏春秋》，正是為他書內所說的『禪讓』制度造勢。我項少龍若是為了私利而和呂不韋作對，就不會兩次把相位讓給別人。」此乃生死關頭，說話再不用藏頭露尾。

王齕臉色數變，眼中透出厲芒，凝望著他。

項少龍冷冷與他對視，不亢不卑，心中卻想著如何翻几擋箭，好逃過一劫。

王齕目光上移，望往大宅頂的主樑，眼中露出思索的神色，有點迷失了般道：「我和徐先、鹿公，一向欣賞少龍，否則今天不會找你來說話。但一時間我仍很難接受你的說法，但無論如何，我只會對政儲君一人盡忠，有機會我會親向仲父勸說，希望他不會像商鞅般落得裂屍於市的下場。」

項少龍一呆道：「此事萬萬不可，若大將軍讓呂不韋知道你對他生出疑心，必招大禍。我只希望大將軍能主持公道，凡有利於我大秦的事均一力支持，那將是我大秦之福。」

王齕動容道：「少龍你確非卑鄙小人，若你一意想說服我對付呂不韋，你今天定難生離此處，因爲你今天與蒙驁說的話，已由蒙驁向呂不韋說了，只是以下犯上的誣陷之罪，呂不韋立可把你先斬後奏。」

項少龍抹過一把冷汗，暗責自己輕忽大意，想不到蒙驁竟對呂不韋愚忠至此，而王齕分明是奉呂不韋之命來處決自己的。此事既由王齕執行，事後小盤和朱姬亦無可奈何，只能不了了之。

王齕苦笑道：「所以我一是殺你，一是和你站在同一陣綫，沒有第二個選擇。若我和蒙驁聯手，你那區區都騎軍，根本沒有任何反抗的機會。不過放心吧！至少你沒有試圖煽動我去對付呂不韋，而呂不韋則確是一心想把你除去。但只要我不同意，縱有天大的膽子他仍不敢動手。哼！若我王齕有心防範，呂不韋能奈我何？」

項少龍舒一口氣後，忍不住道：「大將軍不是剛說過很難接受我的話嗎？爲何忽又改變過來？」

王齕眼中露出笑意，溫和地道：「因爲我忽然想到少龍你毫無戒心的來見我，還侃侃而言，皆因問心無愧。而且由先王至乎儲君、徐先、鹿公、王陵，又或昌平君、王翦等人，均對少龍鍾愛信任，正因爲你有這種毫無私心的態度。所以我突然間警醒過來，不致犯下大錯。雖然對少龍的話仍有保留，卻再不會像以前般完全信任呂不韋。」

項少龍心中一陣激動。在這一刻，他知道因徐先和鹿公之死而被破壞了的均衡，又因王齕的轉變巧妙地建立起來，否則他根本無法保命，更不要說對付呂不韋。王齕放棄殺他的主因，是清楚明白到小盤和呂不韋已到了勢不兩立的境況，而他終選取忠於自己的君主，因為說到底他仍是秦人，怎能助外人來謀朝篡位呢？

第九章 牧場之戰

小盤聽畢項少龍敘述剛才在王齕府內死裡逃生的經過，吁出一口涼氣道：「好險！」

項少龍已很久沒有見過他像此刻般眞情流露的關切表情，歡喜道：「萬事皆有前因，若非徐先和鹿公一向看得起我，王齕怕不會予我說話的機會。兼且秦國軍方一向忠於儲君，所以王齕懸崖勒馬，否則呂不韋這次可全盤致勝。唉！說到底仍是命運。」

小盤點頭道：「黑龍的事，師傅該快著手進行，若呂不韋使個藉口，調走王齕，只是蒙驁便有足夠力量對付你，唉！師傅仍要返回牧場嗎？我怕呂不韋會使人來侵犯牧場呢。只要他命人扮作馬賊，我很難入他以罪。」

項少龍心中懍然，同時下了決定，不但要加強防衛，暫緩分出一半兵力去支援塞外的烏卓，還要特別在偵察和情報上做工夫，否則動輒是家破人亡之局。

小盤苦惱地道：「呂不韋藉口建鄭國渠在在須財，拒而不發餉銀予桓齮的新軍，致使到現在只能徵集到數千人，武器盔冑均不完備。否則我可以遣他駐守牧場附近，好和師傅有個呼應。」

項少龍笑道：「儲君放心，我有足夠保護自己的力量，有了王齕牽制呂不韋和蒙驁，他們只能做些小動作，總之在黑龍獻瑞前，我們須把王齕留在咸陽，令呂不韋無所施其技。」

小盤嘆一口氣，頗有點無可奈何的神態，岔到新的話題去道：「太后今早把我召去，訓斥一頓，責我事事瞞她。眞是氣人，她自己其身不正，教我怎樣尊重她呢？這樣的母親不如沒有了更好。」

項少龍知他與朱姬的分歧愈來愈大，也迫使朱姬愈倚賴嫪毐，而其中微妙的原因，是小盤因受妮夫人印像的影響，無法容忍朱姬與嫪毐的姦情，這心態只有他項少龍清楚。

小盤又道：「師傅是否準備納琴太傅爲妻？琴太傅剛來向我和太后說，明天要隨你到牧場小住兩個月。嘿！我聽後心中很歡喜，若給嫪毒又或呂不韋得到琴太傅，我怕會氣得立即吐血。」

項少龍明白他逐漸將孺慕之情轉移到琴清身上去。妮夫人之死，可說是小盤一生人中最大的遺憾。所以先是朱姬，接著是琴清，都是他希望得到的補償。

小盤又欣然道：「半年來，嫪毒和呂不韋均在找種種藉口去親近琴太傅，幸好琴太傅從不予他們任何顏色。嘻！琴太傅最歡喜和我談你。說起你時神態不知多麼動人哩！哼！呂不韋不時向我獻上各國美女，給我一律拒絕，我是不會中他的計的。」

項少龍微笑道：「我若公然娶琴太傅為妻，不但呂不韋和嫪會嫉忌死了，國內亦怕會有很多人不甘心。」

小盤搖頭道：「此一時也彼一時也，現在師傅成為我大秦英雄的象徵，只要師傅能率軍贏他……哈……贏他娘的兩場勝仗，我再封師傅作個什麼君和侯，那時娶琴太傅，誰敢說半句話？」

項少龍失笑道：「儲君的粗話必在心內甕了很久哩！這事遲些再說，假若黑龍出世，我們乘機更換官制，儲君可否提陞李長史作御史大夫呢？」

小盤沉吟片晌，苦惱道：「我怕太后不肯支持，我心中的人選卻是師傅。」

項少龍嚇了一跳，自知難以勝任這類工作，忙道：「我仍是直接領軍較適合。放心吧！黑龍的威勢保證無與倫比。我們已遣人入蜀把鄒衍請回咸陽，到時由他的口宣布天命盡在儲君，挾此威勢，太后也難以阻擋，保證儲君可輕易把權力拿到手上。此後只須以嫪毒加上太后去牽制呂不韋，便一切妥當。到儲君加冕之日，我們可一舉將他們全部除去。」

小盤苦笑道：「可是師傅那時將離開我。」

項少龍正容道：「成大事者，豈能斤斤計較私情，只要儲君重用李斯、王翦，必能一統天下。儲君還要將一切有關與我的事抹去，不留痕跡，那儲君便可完全不受過去的陰影困擾。」

小盤兩眼一紅，啞聲道：「師傅為什麼對我這麼好？沒有一點私心。」

項少龍黯然道：「你自己該最清楚原因。」

小盤感動地道：「我明白！事實上我早把師傅視作眞正的父親。」

項少龍湧起想大哭一場的衝動，只要想想小盤由一個藉藉無名的趙國小兒，最後成為統一天下、建立中國的秦始皇，已是令人心神震盪的一回事，何況自己還與他有這樣親密的關係。就在此時，內侍來報，太后召見項少龍。兩人面面相覷，均猜到事情與琴清有關。

朱姬在太后宮的幽靜內軒接見他，下人奉命退出，她站起來走到項少龍身前，目光閃閃打量他好一會，輕柔地道：「項少龍，你坦白給哀家說，我朱姬有哪一方面比不上琴清？」

項少龍心中叫糟，女人妒忌起來，最是不可理喻。朱姬愈表現得平靜，心中的憤怨愈厲害。只好低聲下氣道：「太后切勿誤會，琴太傅是因想有嫣然作伴，故到牧場小住，根本沒有太后所說的那種意思。」

朱姬狠狠瞪他一會，背轉嬌軀，道：「少龍還想騙我嗎？女人最知女人家的心事，只看琴清喜上眉梢的春意神情，明眼人都曉得是什麼一回事。你和政兒現在都把我當作陌路人，是嗎？」

項少龍湧起要把朱姬豐滿誘人的身體摟入懷裡的強烈衝動，苦苦克制自己後，柔聲道：「太后請勿多心，微臣和政儲君仍是像以前般那麼敬愛妳的。」

朱姬淒然搖頭道：「不用騙我！唉！我朱姬究竟犯了什麼錯，老天爺要這麼懲罰我，所有男人都要離開我，現在連兒子都不把我放在心上。」

項少龍暗忖她的話不無道理，先是呂不韋把她送給莊襄王，接著是莊襄王給人害死，而在某一情況上又似再由自己把她送予嫪毒，累得小盤再不視她為母親，所以她現在雖是掌權的太后，心境卻絕不快樂。他還有什麼話可以說呢？

朱姬猛地轉回身來，臉寒如冰道：「項少龍！我對你已完全絕望，以後休想我再像從前般支持你。」

項少龍暗嘆這叫因愛成恨。若非朱姬有嫪毒，她絕不會變得這麼厲害。而且肯定嫪毒表面雖和自己關係良好，其實暗中卻不斷離間他和朱姬。說到底，嫪毒只是個卑鄙小人。禁不住心中有氣，冷然道：「太后言重，由邯鄲來此後，我項少龍有哪件事不是為太后和儲君著想，今天竟換來太后這幾句責備話。」

朱姬勃然大怒道：「好大膽！竟敢挾恩來指責我！」

項少龍亦無名火起，憤然道：「我項少龍何時挾恩要求過太后什麼事？太后說一件出來給我聽！」

朱姬登時語塞，旋又變臉叱道：「你是什麼身分，竟敢這樣和哀家說話？」

項少龍氣道：「你是太后，我是臣屬，什麼身分都沒有，但太后明知我心中對妳是怎樣的，只是礙於形勢，又念著先王恩典，故而不敢作出逾越的非份之想，妳卻偏要怪我忘情負義，這又算是什麼呢？」

朱姬怒瞪著他，高聳的胸脯劇烈起伏，顯是心中非常激動。

項少龍一點不讓地回望她，心中更是憤怨難平。

好一會後，朱姬平靜下來，垂下頭去，幽幽道：「對不起！我竟會這樣向你大發脾氣，人家心中確是充滿怨恨。」

項少龍心生歉疚，不好意思道：「是我不對和無禮。唉！我眞不明白爲何完全控制不了自己。」

朱姬移前三步，到了和他氣息可聞的距離，仰起俏臉，美目亮閃閃地看著他道：「少龍！我們可否重新開始，你該清楚人家對你的心意。無論你怎樣頂撞我，我始終難對你狠下心來。」

項少龍愕然道：「嫪大人怎辦呢？」

朱姬嬌軀劇震，玉容變色，由美夢和幻想中掉回冷酷的現實裡。項少龍知她對嫪毒已是泥足深陷，比嬴盈對管中邪的迷戀還要厲害，心中雖有解脫之感，卻難禁心頭一股悵惘無奈的情緒。

朱姬神色數變，最後回復先前冷傲的神色，點點頭道：「哀家確是失態，聽說你要和管中邪再決勝負，假若勝了，是否打算娶呂娘蓉爲妻？」

項少龍淡淡道：「呂不韋肯把寶貝女兒嫁我嗎？」

朱姬徐徐道：「哀家累了，少龍你可退下。」

項少龍離開王宮，馬不停蹄趕回烏府，與十八鐵衛換過衣服，喬裝爲平民百姓，在他們放哨掩護下，神不知鬼不覺赴圖先之約，不一會兩人在那幢房子見面。

圖先欣然道：「少龍你非常本事，莫傲給你算掉老命，現在呂不韋被迫事事均倚重圖某人，使我更清楚奸賊的布置。」接著神色凝重道：「但少龍最大的失策，是找蒙驁說話，今早呂不韋把王齕、王綰和蔡澤找來商議，看來很快會有所行動，我很爲你擔心。」

項少龍先認了錯，接著把王齕一事說出來。

圖先呆了起來，好一會道：「看來少龍仍是鴻福齊天，一失一得。不過千萬小心，呂不韋的性格囂張衝動，一計不成，必有另一計隨來。」

項少龍冷笑道：「只要他不敢公然舉兵，我怕他什麼？圖管家放心。」

事實上，圖先對他非常有信心，話題一轉道：「你自那天在田獵場大挫管中邪的威風，呂娘蓉對管中邪冷淡多了，使呂賊和管中邪均非常苦惱，怕她會歡喜上你。妮子驕縱慣了，像嬴盈般從不顧大局，少龍可設法利用她，說不定可收奇效。」

項少龍嘆道：「管中邪可以不擇手段，我哪有他這種本事？」

圖先肅容道：「對不起！我忘了少龍乃守正不阿的正人君子。」再道：「少龍這次追殺田單，竟徒勞無功，教人惋惜。」

項少龍搖頭道：「是誰說的？我在楚境追上他，還把他幹掉，過程非常順利。」

圖先愕然道：「怎會是這樣的？昨天田單使人捎信來給呂賊，說他已和旦楚安然返回齊國，與呂賊約定他攻燕之時，呂賊則攻打韓國，使趙、魏難以援燕。」

項少龍立即遍體生寒，想到又給田單算了一著。田單不愧老奸巨猾，事實上離開壽春之時，早和替身掉包，他自己與旦楚等由陸路溜回齊國，而替身則連楚人都瞞騙，而這正是田單突然離開壽春的原因。替身不但樣貌像田單，聲音亦沒有破綻，又肯爲田單獻上生命，使自己變了個要把名字倒轉來寫的大傻瓜。

圖先見他神色不對，追問下得知事情的經過，安慰他道：「不可能每事盡如人意的，少龍你破了齊楚的聯盟，已對田單和呂不韋做成非常沉重的打擊。若李園有見地的話，會牽制田單，教他不敢攻燕。」

項少龍心中擔心的卻是善柔，一個不好，她說不定會眞的落到田單的魔爪裡。想到這裡，剛稍爲平復的心情又被破壞無遺，還要立即通知小盤等各人，讓他們知道追殺田單的任務，終於徹底失敗。

圖先安慰他幾句，續道：「管中邪半年來每天早晚花上整個時辰練劍，準備雪去被你迫和之恥，此人心志之堅毅，乃圖某人平生僅見，少龍若沒有把握，索性託詞不想娶呂娘蓉爲妻，放棄與他比武，沒人敢說你半句不是。」

項少龍心中苦笑，圖先和嬴盈說話的口徑如出一轍，顯是管中邪劍術大進，令圖先和嬴盈均怕他不但輸掉這場比武，還要把命賠上。

項少龍雖然知道他兩人的勸告不無道理，但更清楚知道，若因怕輸而不敢應戰，那他以後休想在呂不韋和管中邪面前抬起頭來做人。想到此處，心中湧起強大的鬥志，微笑道：「不！我一定會贏的！」

返抵官署，剛把田單尚未授首一事告訴滕翼，後者爲之色變，荊俊匆匆來到，劈頭道：「呂不韋準備進攻牧場，正在調動人手。」

兩人再無暇去想田單的事，駭然道：「你怎會知道？」

荊俊坐下道：「剛才小恬偷偷來找我，說他聽到他老爹吩咐一名心腹將領，著他由親兵中調集三千人，與呂老賊的家將組成聯軍，扮作馬賊搶掠牧場，務要將我們殺得一個不剩，哼！想不到蒙驁愚蠢至此，我們不可以放過他。」

滕翼神色凝重道：「這非是愚蠢，而是夠狠夠辣，若讓他們得逞，有呂不韋在隻手遮天，誰能奈得他們何？若都騎軍落到呂不韋手上，那時還不是任他們爲所欲爲嗎？幸好我們一直在加強牧場的布置和防衛，他們對我們的眞正實力又一無所知，牧場最近更加建圍牆，所以我們絕非沒有一拚之力。」

項少龍道：「蒙驁深悉兵法，手下盡是能征慣戰之士，呂府家將又達八千之數，若調五千人來，兵力剛好在我們一倍之上。若非有小恬通風報信，驟然發難，我們說不定會吃大虧，現在情況當然是另一回事。」

滕翼色變道：「不好！蒲布和劉巢兩人今早率領的二千人，剛出發到塞外去，現在我們實力大減，形勢非常不妙。」

項少龍一震道：「什麼？這麼快就走了。」

滕翼嘆道：「是烏大爺的意思，大哥急需援軍，所以匆匆整頓好行裝，立刻上路。」

荊俊道：「不若在都騎或禁衛中祕密抽出人手去幫忙吧！」

項少龍斷然道：「萬萬不可！只要略有異動，定瞞不過呂賊耳目，況且我們的精兵團亦不宜離有外人，致減低作戰效率。倘若牽連到小恬，更不妥當。」

荊俊點頭道：「我差點忘了說，小恬只是想我們立即逃命，他根本沒想過我們有能力應付他的老爺子。」

滕翼湧起豪氣，沉聲道：「我現在立即趕返牧場，疏散婦孺，好好布置，三弟和小俊明早裝作若無其事的回來，千萬勿要驚動任何人，更不可不接寡婦清到牧場去。這一仗的勝數全在當敵人認爲他們是以有心算無心，而我們反將他們一軍。」

項少龍平靜下來，點頭道：「我明白，這次我們就讓呂不韋、蒙驁、管中邪一起栽個大觔斗好了。」

項少龍返家，將田單未死的事和呂不韋先策動王齕來對付自己，又準備偷襲牧場的事告訴三位嬌妻，紀嫣然亦聽得爲之變色。趙致好夢成空，加上擔心善柔安危，飯也吃不下去，躲入房內垂淚。項少龍勸慰她一會，出來與紀嫣然及烏廷芳計議。

紀嫣然嘆道：「田單的替身太懂作態，音容神態更是唯肖唯妙，輕易把我們騙過。」

烏廷芳苦笑道：「若非幾可亂眞，假田單沒有可能在田獵時瞞過這麼多人。」

項少龍心中大恨，若比奸謀，自己確遜老賊一籌，不過這招移花接木之計，主要針對的卻是楚人而不是他，豈知自己卻偏中此奸計，可見天意難測。

紀嫣然勉強振起精神道：「幸好清叔他們一直在牧場中製造少龍發明的種種兵器，這次將可試試它們是否有實效。」

項少龍想起那些加了料的兵器和甲胄，爲之精神一振，此時周薇挾著一卷帛圖，容色疲倦、但秀目卻透出興奮之色地來見他。

紀嫣然欣然道：「小薇接到你的指令，日夜不停地去設計假黑龍，看來終於有成績。」

周薇謙虛道：「全賴夫人提點！」

項少龍接過帛圖，打開一看，上面畫滿令人驚嘆的設計。

周薇坐下來，解釋道：「黑龍共分十八截，以牛皮製成，每截藏一人，只要用手拉著，可連成一條黑龍，在水面上載浮載沉，但造出來後，必須經過一番操練，方可不出漏子。」又解釋道：「在龍脊下藏有氣囊，注滿氣之時，可輕易在江面載浮載沉，但若戳破氣囊，可由水底離開。」

項少龍大喜，與紀嫣然和周薇研究了整整一個時辰，想遍所有可能會出問題的地方，作出改善，回房睡覺。次日醒來，項少龍和荊俊率領都騎內的烏族親衛，連同紀嫣然、烏廷芳、趙致、項寶兒、田氏姊妹等浩浩蕩蕩起程回牧場去，都騎交由烏果負責。項少龍先行一步，與十八鐵衛往接琴清。琴清正在府內等候，見他到來，欣然隨他動身起程。充盈古典美態的絕世嬌嬈，一身雪白的斗篷毛裘，還掛上擋風的面紗，其風姿綽約處，把荊善等都看呆了眼。

項少龍與她並騎而馳，暫且拋開呂不韋的威脅，笑道：「琴太傅今天特別美呢！」

琴清若無其事道：「儘管向我說輕薄話吧。」

項少龍開懷道：「琴太傅掛上面紗，是否怕給我看到羞紅了的粉臉兒？」

琴清一生貞潔自持，何曾有人曾這樣直接逗她，大嗔道：「你給我規矩些，否則人家在路上再不肯和你說話。」

項少龍嚇了一跳，連忙把下面的話吞回肚內去。

琴清「噗哧」嬌笑，欣然道：「原來項少龍的膽子並非那麼大的，昨天太后又找你去說些什麼呢？」

項少龍愕然道：「看來宮內沒有什麼事能瞞得過妳。」

琴清淡淡道：「太后在宮內畢竟時日尚短，宮內大多數仍是華陽夫人的舊人，所以項少龍你若做出口不對心的行爲，定瞞我琴清不過，現在勉強算你合資格。」

項少龍油然笑道：「琴太傅勿要怪我言語冒犯，照我說琴太傅才是心口不一，妳那顆芳心其實早繫在項某人身上，偏是小嘴兒卻硬不肯承認。哈！」

琴清絲毫不爲所動道：「男人總愛自狂自大，項太傅亦未能例外，今天之行，我只是爲陪嫣然、廷芳和致致，項大人怕是誤會了，方會如此滿口胡言，琴清念在此點，不與你計較，但勿要太過份。」

項少龍失笑道：「看來我是要強來方成。」

琴清嬌嗔道：「你敢！」

項少龍見城門在望，一夾疾風，增速趨前，大笑道：「原來和琴太傅打情罵俏如此精采，項少龍領教。」

出到城外，與紀嫣然等全速趕路，到了晚上，揀選一處險要的高地，安營造飯，享受野營的樂趣。

這晚天色極佳，滿天星斗下，雪原閃閃生輝，整個天地神祕不可方物。

琴清顯是心情甚佳，與紀嫣然等喁喁私語，仍不時送來一兩個動人的眼神，教項少龍全無受到冷落的感覺。飯後，烏廷芳、趙致兩位做母親的去哄項寶兒睡覺，田貞、田鳳則幫手收拾。項少龍陪著紀嫣然和琴清，到達一處斜坡，鋪上毛氈，安坐後仰觀夜空，徹底迷失在宇宙祕不可測的美麗裡。項少龍躺下來，紀嫣然在左，琴清在右，芳香盈鼻，一時心神俱醉，只希望時間能永遠停留在這一刻。好一會後，紀嫣然隔著項少龍跟琴清閒聊起來，兩女的聲音像天籟般傳入他耳裡。奇怪地，他一點不知道她們談話的內容，亦不願去聆聽，只在靜心品嘗她們動人悅耳的聲音，像聽立體聲的曼妙音樂般。明月緩緩昇離樹梢，悄悄地把溫柔的月色灑在他們身上，坡頂偶爾傳來戰馬的叫聲和人聲，一切是如此和平寧靜。項少龍舒服得嘆息一聲。

紀嫣然深情地低下頭來俯視他，柔聲道：「我們的項大人在看什麼呢？」

項少龍伸展四肢，有意無意地碰到琴清神聖的玉腿，雖忙縮回來，但後者已嬌軀輕顫，輕輕低呼。

紀嫣然詐作聽不到，微嗔道：「我在和你說話啊！」

項少龍的心差點溶掉，伸手輕握紀嫣然的玉手，憧憬地道：「我在想，不若今晚我們三人睡在這裡，看著無盡無窮的蒼穹，一顆一顆星去數它，累了就睡，看看能否在夢裡探訪天上的星辰。」

琴清大感興趣地道：「蒼穹怎會是沒有窮盡呢？」

項少龍微笑道：「若有窮盡，那界限是什麼東西哩！若是一堵牆的話，牆後又是什麼東西？」

紀嫣然秀眸異采閃閃，凝望夜空，輕輕道：「夫君大人這番話發人深省，也使嫣然想糊塗了，乾爹說過，每個人都是天上下凡來的星宿，死後回歸天上去，這個想法眞美。」

項少龍望往琴清，美女正仰望星空，美麗的輪廓像嵌進天空去，在月色下肌膚像絲綿般潔滑柔亮，心中一熱，忍不住探出另一手，把琴清的纖手也緊緊掌握。琴清嬌軀再顫，低頭白他一眼，掙兩下要把手抽回去，接著放棄，整塊俏臉火般燃燒起來。項少龍感覺自己忽然間擁有了整個美麗星夜，一切像夢般實現。想起初抵戰國時代的慘痛遭遇，受盡趙穆等惡人的欺凌，全賴自強不屈的奮戰精神，不但培養了個秦始皇出來，還得到當時代最美麗的幾位女子的芳心，人生至此，夫復何求。對二十一世紀認識他項少龍的人來說，他是早命喪黃泉，誰猜得到他竟在二千多年前的戰國享受著另一段生命。算否是另一個形式的輪迴呢？或者死後正是這麼在時間和空間中循環往復，只不過他因那時空機器而能保持著身體和記憶的完整吧！

紀嫣然微嗔道：「為何你們兩個人都不說話。」

琴清再掙了一下，知道無法脫離項少龍的魔爪，輕聲道：「不知為什麼，現在我懶得什麼都不想說。」

項少龍忍不住衝口而出道：「夜半無人私語時，此時無聲勝有聲。」

兩女同時一震，低下頭來望他。

紀嫣然嘆道：「這兩句話的意境眞美，很貼合現在的情景，再沒有更美麗的形容。」

琴清顯然動了眞情，反手把他抓緊，低聲道：「再作兩句給琴清聽聽好嗎？」

項少龍自知胸中墨水少得可憐，知道的都是從中學國文課本學來的東西，且很多時是硬湊出來，苦笑道：「這只可以是妙手偶得的東西，要特別作出來腦筋不會靈光。」

琴清動容道：「『妙手偶得』四字已道盡作詩的竅訣，唉！項少龍，你的腦袋怎能這麼與衆不同？」

紀嫣然笑道：「若項少龍平平無奇，清姊也不肯這麼坐在他旁邊，連他邀你陪他共眠賞星，仍沒有怪他冒犯。」

琴清立時玉頰霞燒，嬌吟道：「嫣然妹你眞是的，誰答應陪他……啊……人家不說了。」

紀嫣然催道：「夫君啊！快多說兩句美麗的情話給清姊聽，我也想看她為你心動的樣子哩！」

項少龍本想唸出「金風玉露一相逢，便勝卻人間無數」，旋又想起這是趙雅病逝前念念不忘的詩句，立即心如刀割，說不出口來。

琴清正細看他，訝然道：「項太傅是否不舒服？」

項少龍坐起來，大力喘幾口氣，壓下因思憶趙雅而來的悲痛，搖頭道：「沒有什麼？」

紀嫣然挨貼過來，柔情似水道：「現在除我和清姊外，不准你再想其他東西。」

項少龍腦內一片空白，茫然看著遠近被灑遍金黃月色的山野，點點頭。

琴清道：「嫣然若有帶那枝玉簫來就好哩。」

紀嫣然笑道：「我現在只想聽項少龍說的迷人詩句，清姊不想聽嗎？」

琴清大窘嗔道：「項少龍欺負得人家還不夠嗎？還要多了你這可惡的紀才女。」

項少龍心情平復下來，靈光一閃，吟道：「何處高樓無可醉？誰家紅袖不相憐？我項少龍何德何能，竟能同得當代兩位才女垂青，故可作此豪言壯語。」

兩女同時動容，眸光像被磁石吸攝般移到他臉上去。此時荊俊的聲音由後方傳來道：「找到他們了！」接著是烏廷芳和趙致來尋夫，嚇得琴清忙把手甩開。

翌晨天還未亮，項少龍醒了過來，忙披上外袍，摸黑而出，鑽入琴清的芳帳內。漆黑的帳內，傳來琴清均勻的呼吸聲。

不過項少龍瞬即發覺不對勁，原來腹部抵著一把匕首，耳內傳來紀嫣然的低喝道：「誰？」

琴清的呼吸屏止片刻，顯是給驚醒過來。

項少龍大感尷尬，低聲道：「是我！」

紀嫣然「噗哧」嬌笑，收起匕首，倒入他懷裡，喘著笑道：「對不起！嫣然實罪無可恕，竟破壞夫君大人偷香竊玉的壯舉。」

琴清雖一聲不響，但項少龍卻恨不能打個地洞鑽進去好得永遠躲在裡面。

天剛亮眾人拔營起程。琴清一路上離得項少龍遠遠的，項少龍心中有愧，與荊俊趕在大隊前方，全速趕路。午後時分，終抵牧場。只見所有高處和戰略地點，均有堡壘式的暗哨，守衛森嚴。滕翼正指揮精兵團在各處出入口設置陷阱和障礙，項少龍和荊俊加入他們，紀嫣然和諸女則逕自返回牧場的宅院去。

滕翼領著兩人巡視牧場的防禦布置，邊策騎徐行，邊道：「由於牧場太大，要防衛這麼長的戰線，根本是沒有可能的事，所以我把力量集中在院落的防守上，由於無險可守，只好加強圍牆的堅固度，增設哨樓，和在圍牆外加設陷坑等障礙物，至於畜生則趕往別處避難，只留下數百頭擺著作個樣子。」

三人馳上一座小丘之頂，俯視廣闊的牧場。「隱龍別院」座落牧場院落之內，牧場建築物由最先十八組擴建至六十多組，四週圍以高牆，就像一個具體而微的小城。但若以二千人去防守這條足有兩里長的戰線，實嫌不足。敵人自是有備而來，到時只要揀一兩處狂攻猛打，可輕易攻進來。

項少龍把想到的說出來，最後提議道：「這次我們必須從墨子補遺裡偷師，就給他們來一招『攻守兼資』，若我們在外面布下奇兵，事起時裡應外合，必教他們措手不及。」

滕翼皺眉道：「我也想過這方面的可能性，問題是若蒙驁親自來攻，此人深悉兵法，必不會把所有兵員全投進攻擊裡，而會把主力布在高地處，派人輪番來攻，那我們在外的奇兵，反變成孤軍，形勢會更不利。」

項少龍胸有成竹道：「那高地必就是我們現在立足之處。」回首指著山腳一片廣闊的雪林，道：「若能造出一條地道，由樹林通到這裡來，我們可一舉動搖敵人的主力。」

荊俊咋舌道：「沒有一兩個月的時間，休想可建成這樣的一條地道。」

項少龍暗責自己糊塗，改口道：「不如建一個可藏人的地壘。」

滕翼苦笑道：「若只藏十來人，根本起不了作用，且以蒙鷔的精明，說不定會給他一眼看破。」

項少龍大動腦筋，剛好看到牧場處炊煙裊裊而起，靈光一現叫道：「我想到哩！」

兩人愕然望向他。

項少龍凝望著炊煙，油然道：「只要我們在丘底處設幾個隱蔽的地坑，裡面堆滿火油柴枝和耐燃的東西，最好能發出惡臭，燃點後釋放出大量濃煙，其中總有幾個的風向會正確地從下方送上丘頂，在敵人驚亂下，我們再配合奇兵突襲，保證敵人陣腳大亂，不戰自潰。」

荊俊和滕翼同時動容。

項少龍暗忖這該算是古代的化學戰，續道：「敵人自該於晚上來襲，只要我們的人小心一點，點火後應可趁亂脫身，屆時以濕巾敷面，可以不怕煙嗆。」

荊俊興奮道：「我曾在附近見過一種叫『毒橡』的樹，燒起來會發出很難聞的氣味，現在我立即去砍他娘的一批來！」言罷策馬去了。

滕翼驚異道：「三弟智計百出，我們亦可在關鍵處多設幾個……嘿……幾個這種煙霧機關，到時再看風勢該點燃那幾個好了。現在我立即找人設計機關，你先返別院休息吧！」

當晚吃飯，滕翼仍在外忙著。項少龍和烏廷芳到主宅陪烏應元夫婦進膳，琴清則由紀趙二女相陪於隱龍別院。項少龍返來之時，紀嫣然和琴清正在琴簫合奏，他對音律雖所知甚淺，仍聽得油然神往。紀嫣然忽然提出由項少龍陪琴清到處走走，出乎意料之外，琴清竟然答應。項少龍大喜過望，知道琴清沒有怪他今早「偷營」之舉，忙伴著佳人出宅門去。

牧場處處燈火通明，二千烏家戰士與牧場的數千烏家牧人，正趕緊修築各項防禦工程，而煙霧阱則成爲首要的專項。木欄內的牲口出奇的安靜，一點不知道戰爭正逐漸迫來。項少龍與琴清沿著貫通牧場各處的碎石路漫步而走，到了一個水井旁，項少龍打一桶水上來，喝兩口，涼得血脈差點凝固。

琴清道：「牧野的生活眞動人，住在城內總給人以不眞實和沒有血肉的感覺。」

項少龍在井沿坐下來，拍拍身旁的空位置，笑道：「歇歇腳好嗎？」

琴清柔順地在他身旁坐下，垂下螓首輕輕道：「項太傅知否爲何琴清肯陪你單獨出來嗎？」

項少龍湧起不安的感覺，深吸一口氣道：「說吧！什麼我也可以接受的。」

琴清搖頭道：「並不是你想的那樣壞，我絕沒有絲毫怪責太傅之意。事實上琴清亦是情不自禁，才會隨你到這裡來。正如你所說的，我一直在騙自己，爲此受了很多苦，但由今夜開始，琴清再不會這麼愚蠢。」

項少龍喜出望外，湊過去細看她絕世的姿容，心迷神醉道：「琴太傅的意思是……」

琴清羞不可抑，微嗔道：「沒有任何意思，你們爲何整天不停工作？是否有人要來襲擊牧場呢？」

項少龍心知若對琴清太過急進，定要被她扣分，最妙無過於是由她自己忍不住投懷送抱，那就精采。遂耐著性子，把呂不韋的陰謀說出來，然後道：「琴太傅會怪我令妳擔驚受險嗎？」

琴清斷然搖頭道：「怎麼會呢？人家只會心中歡喜，因爲你終把琴清視爲……噢！沒有什麼。」

項少龍忍不住仰天大笑道：「琴太傅是否想說我項少龍終把妳視爲自己的女人呢？」

琴清大窘嗔道：「哪有這回事，不過腦袋是你的，你愛怎麼想悉隨尊便。」

項少龍伸手過去抓緊她的玉手，拉著她站起來道：「讓我爲琴太傅介紹一下這裡的軍事布置？免得琴太傅又怨我事事瞞妳。」

琴清略掙兩下，接受了玉手的命運，羞人答答地微一點頭，又爲後一句話狠狠橫他一眼，怪他在算舊賬。項少龍整顆心融化了，強忍吻她碰她的衝動，領著她夜遊牧場去。

回到隱龍別院，項寶兒早由奶娘哄了去睡覺，烏廷芳和趙致兩女在下棋，田氏姊妹在旁觀戰，紀嫣然和清叔在研究如何製造周薇設計的假黑龍。見到項少龍和琴清回來，清叔忙恭敬施禮。紀嫣然看看琴清神色，向項少龍露出會心微笑，後者唯有聳肩表示什麼都沒幹過的清白。琴清見他兩人眉來眼去，目標顯然是自己，赧然回房去。

項少龍加入討論，到清叔完全掌握他們的需要，項少龍順口問道：「清叔懂否製造煙花爆竹那類東西？」

紀嫣然得意洋洋道：「清叔擅長鑄劍，說到煙花爆竹嘛！虛心點向我紀嫣然請教吧！」

項少龍訝然道：「妳懂得火藥嗎？」

紀嫣然傲然道：「當然哪！我還懂得很多東西，試試來考較我。」

項少龍方知才女之名，非是偶然，正盤算是否該請清叔鑄造一把原始的手槍來防身，旋又放下這念頭，因爲如此簡陋的一把槍，遠及不上弩箭的威力，而且彈藥方面始終有問題，笑道：「我何來資格考較妳？」

清叔告退後，紀嫣然肅容道：「那就由我來考較妳，快給我回房睡覺。由明早開始，我負起訓練你成為用槍高手的責任。在與管中邪決鬥前，夫君大人只准一人獨睡，不准有房事行為。」

項少龍心叫救命，那豈非空有琴清這鮮美的寶貝在眼前而不能起箸嗎？咕噥道：「據調查報告，房事絕不影響運動員的體能。」

紀嫣然黛眉緊蹙道：「你在說什麼鬼？」

項少龍舉手投降道：「一切謹遵賢妻命令。」苦笑去了。

接著的五天，項少龍每天在雞啼前起來，接受紀嫣然嚴格的訓練，又主動到附近的大河游冬泳，閒來則與琴清和妻婢們騎馬閒遊為樂，豈知反贏得琴清對他的傾心，覺得項少龍非只是貪她美色，兩人關係更如水乳交融。滕翼等則努力加強防衛工事，牧場人人士氣高張，摩拳擦掌，恭候敵人大駕光臨。到得第六天，又下大雪。探子在五里外的一處密林，發現敵人的先頭部隊，氣氛立即緊張起來。項少龍領著穿上戎裝的三位嬌妻和琴清，到城牆上視察，清叔正在城牆上指揮手下安裝固定的重型弩弓機。這種弩弓機是照項少龍的要求而設計，依據機關槍的原理，可連續放射十二枝弩箭，射程達千多步，比普通手持弩弓的射程遠了近倍，唯一缺點是不便移動，但以之守城卻是最理想不過。項少龍極目遠眺，四方一片迷茫，正是利攻不利守的天氣。

紀嫣然道：「敵人會趁雪停前來攻，如此匆匆而來，準備與休息當不會充足，兼且蒙驁為人高傲自負，不會把我們放在眼內，就是他這種輕敵之心，我們將可穩操勝券。」

果然到黃昏時分，探子來報，敵人在東南角出現，人數在萬人間，卻只有十多輛撞擊城牆城門的檑木車。眾人放下心來，進入全面備戰的狀態中。布在外面的兵員全體撤回城裡，荊俊率領五百精兵團員，藏在那座高丘後早建好了的隱蔽地堡裡。餘下的一千五百名精兵團團員，在牆頭枕戈以待。其他三千多牧場的烏家族人，男女老幼，全體出動，預備到時擔任救火和支援牆頭的戰士，戰意高昂，充滿山雨欲來前的氣氛。

項少龍向旁邊的琴清問道：「冷嗎？」

琴清搖頭表示不冷，呼出一團白氣道：「人家還是首次處身戰事裡，或者因有你在身邊的關係，竟沒有半點害怕。」

項少龍想起她的丈夫葬身沙場上，順口問道：「琴太傅討厭戰爭嗎？」

琴清沉吟片晌，訝道：「我生平尚是首次聽到有人問這奇怪的問題，在大秦戰爭乃男兒顯本領、至高無上的光榮事。但細想下，鬥爭仇殺不知令多少人失去家園父母丈夫子女，確令人生出倦厭，項太博怎麼看待此事？」

項少龍苦笑道：「我雖不想承認，但戰爭似乎是人類的天性，國家和民族間的鬥爭，固是亂事的由來，但人與人間總存在競爭之心，亦造成弱肉強食的原因，那並非只是爭圖利益之心，而是人人都希望把別人踩在腳下，想想也教人心寒。」

烏廷芳移過來，嬌痴地靠入他懷裡，崇慕道：「項郎說得非常透澈。」

紀嫣然點頭道：「這正是乾爹和嫣然一直盼望有新聖人出來的原因，只有在大一統下，才有希望出現止戈息武的局面。」

項少龍默默看著在火光映照中飄飛的雪粉，想起一事笑道：「諸位賢妻知否我最愛聽琴太傅喚我作項太傅，若她稱我做項統領或項大人，情況就很不妙。」

琴清大嗔道：「你這人哩！總要記著舊事。」

趙致挽著琴清的玉臂調侃道：「清姊何時改口學我們叫他作項郎又或……嘻……你知我想說什麼吧！」

琴清大窘，又捨不得責怪她，臉紅如火不知如何是好，敵人來了。

果如滕翼所料，敵人先在高丘布陣，然後把檑木衝車和雲梯移至離城牆二千步外，準備攻城。項少龍等擺出猝不及防的假象，城上士卒奔走，號角驚響，似是措手不及，一片混亂，好引敵人來攻。

紀嫣然笑道：「守城之要，首在上下一心，視死如歸；次則組織得當，人盡其用；三須防備充足；四要 食無缺。現在我們的牧場的圍牆雖不夠堅厚，但勝在城外處處陷坑，可補不足，故四個條件無不兼備，所以此戰可穩勝無疑。」

勝翼此時來了，接口道：「嫣然仍漏掉守城必須塞此一至理，謂之以攻代守。」

紀嫣然笑道：「要看小俊的本領。」

戰鼓忽起，扮作馬賊的敵人開始移動衝車，分作四組從正面攻來。

滕翼笑道：「蒙驁想欺我乎，正面的攻勢，只是在牽引我們的主力，眞正來犯者，必是由後而至，我們就陪他們先玩一場。」

話猶未已，轟隆一聲，敵方其中一輛衝車掉進陷坑去，一時人仰馬翻，狼狽不堪。這些陷坑全在弩箭機射程之內，滕翼一聲令下，立時箭如雨發，敵人衝來由千多人組成的先頭部隊，紛紛中箭倒地，旋即又有另一輛衝車翻進布滿尖刃的陷坑內。戰鼓再起，左方和後方殺聲震天，敵人終於展開全面的攻城戰。矢石火器在空中交飛。由於弩箭機射程極遠，又是居高臨下之勢，硬把一波一波衝上來的敵人殺退。整個時辰後，方有兩輛衝車勉強捱到城下，卻給投石機投下巨石，硬生生砸毀。偶有火箭射進城裡，都給迅速撲滅。人人均知若給敵人破城而入，將是屠城局面，故而無不用命，殺得敵人血流成河，屍橫遍野。此時敵人已成功以木板橫過陷坑，以巨盾護身，推著餘下的五輛衝車攻來，聲勢驟盛。

項少龍知是時候，發出命令，號角聲揚。數十股濃煙立時由煙霧坑內冒出來，順著風勢向城外和丘上的敵人掩去，一時嗆咳之聲大作。滕翼叱喝督戰，加強反擊。項少龍分別吻了烏廷芳、趙致的臉蛋，吩咐他們留守城內，最後來到琴清身前。琴清俏臉通紅，側起臉蛋，含羞待吻。豈知項少龍伸手逗起她下頷，重重在她唇上吻一口，大笑著與滕翼和紀嫣然兩人下城去了。

濃煙漸斂，遠方丘頂處喊殺和箭矢破空之聲卻不絕於耳，顯然是荊俊和手下依計在濃霧外向敵人發動箭攻。大門處一千烏家戰士，早在馬上靜候，到項少龍三人上馬，一通擂鼓，大軍隊型整齊的殺出城外，依著安全的路線，利刃般直刺入敵陣。項少龍一手持飛龍盾，一手持飛龍槍，身先士卒，見人便挑，殺得早被煙嗆得失去戰鬥能力的敵人更是潰不成軍。烏家戰士表現出強大的攻擊力，人人奮不顧身，有若虎入羊群，轉眼間衝破一個大缺口，往丘頂的敵方主力攻去。此時丘上敵人早因濃煙和荊俊的突襲亂成一團，再給烏家戰士以迅雷不及掩耳的強勢衝擊，哪吃得住，人人士無鬥志，四散逃生。

城門再開，另一隊三百人的烏家戰士在烏言著的領導下衝出來，配合城上的攻勢，殺得敵人狼奔鼠竄，只顧逃命。項少龍這時與荊俊的軍隊會合，聯手追殺敵人二十餘里，收兵折返牧場。

此戰大獲全勝，殲敵三千，俘敵二百。己方只死了三十二人，傷者不過二百，雖可說戰績彪炳，但項少龍仍不覺開心，對他這愛好和平的人來說，戰爭傷亡始終不是愉快的事。天明後，烏族的人走出來收拾殘局。荊俊則負責把俘虜立即押返咸陽，好給呂不韋製造一點煩惱。

滕翼和項少龍巡視後的戰場，惋惜道：「只恨拿不著蒙鰲和管中邪，否則呂不韋將百詞莫辯。」

項少龍早知小盤登基前，沒有人可以動搖呂不韋的地位，嘆息一聲，沒有說話。

滕翼道：「被俘的人不是蒙鰲的親兵，就是呂不韋的家將，我很想知道呂不韋可以如何解釋此事。」

項少龍沉聲道：「不要小看呂不韋，我猜他定有應付的方法，此事只能不了了之。」

兩天後，答案回來了。荊俊派人回報說，當他們剛抵咸陽城，就在城門給管中邪的都衛截著，然後呂不韋親自出馬，把俘虜接收過去，表面當然說會嚴懲犯者，追究元兇。但際此呂不韋凶燄遮天的時刻，小盤難以說話，最後自是不了了之。荊俊早在項少龍指點下有充份的心理準備，只將由紀才女寫成的報告交給王陵，依足規矩轉送給左丞相昌平君，由他在早朝奏上朱姬和小盤。奏章厲害處是沒有一句直接指控呂不韋，但也沒有一句不暗含這意思。無論呂不韋如何膽大包天，短期內休敢派人來犯。

項少龍這天練槍份外精神，因爲琴清特別早起來看他。「劈劈啪啪」聲中，首次把紀嫣然迫得要全力施展，才勉強架得住他。項少龍見把心愛的紀才女殺得香汗淋漓，哈哈大笑，收槍疾退，倏地立定，威武有若下凡的天將。

烏廷芳、琴清諸女拍爛手掌聲中，紀嫣然欣然道：「夫君大人孺子可教也，只短短數天，便能把握槍法的神髓，嫣然甘拜下風。」

滕翼此時來了，手提清叔剛鑄出來的長刀，哈哈笑道：「二哥來了，好見識一下是你的飛龍槍厲害，還是由清叔依少龍提議設計出來的刀厲害。少龍萬勿掉以輕心，這刀內含有那種叫『鉻』的東西，我試過用它連斷十多把長劍，鋒口竟沒有絲毫破損。」

紀嫣然天生對新事物好奇心重，更兼此乃夫婿設計出來的寶貝，忙向滕翼討過長刀，研究一會後嘆道：「確是馬戰的好寶貝，眞不明白少龍是怎麼想出來的，若在戰場上，策馬執劍向敵人衝擊，由於馬速太快，主要靠揮臂劈砍攻擊敵人，而不是用劍向前推刺。這樣一來，尖長的劍鋒作用不大，雖兩側均是鋒刃，卻因劍身狹窄，最厚的地方只能安排在中脊處，鑄製難度既高，砍劈時又容易折斷，現在這把刀只一側有刃口，另一側是厚實的刀脊，不但極難折斷，利於砍劈，而且更好用力。唔！嫣然也要請清叔鑄一柄給人家把玩才行。」

項少龍聽得目瞪口呆。他之所以請清叔鑄一把刀出來，主因是一直很欣賞日本的東洋刀，哪想到竟有這麼一番道理。

烏廷芳由紀嫣然手上接過長刀欣賞，細看後驚異地道：「這把刀鋒沿的紋眞美，噢！刀柄還有名字，叫『百戰』。百戰百勝，意頭眞好！啊！百戰刀很重哩！」

滕翼解釋道：「清叔鍛劍的方法乃越國歐冶子祕傳的『百煉法』，分多次火煉，再重疊反覆鍛打多次，又淬以烈火而成，故遠勝一般兵刃。」再對紀嫣然笑道：「若嫣然想弄一把這樣的寶刀，恐怕得多等一年，但亦未必及得上百戰寶刀。這是清叔嘔心瀝血的傑作，一年半來失敗無數次，忽然老天爺開眼般煉成這麼的一把。好了，少龍來吧！」

衆人大感興奮，退往一旁。雪花紛飛下，滕翼提刀而立，氣勢不凡。項少龍大喝一聲，飛龍槍活了過來般彈上半空，靈蛇百頭鑽動地籠罩著滕翼胸腹位置。

滕翼知他怕因兵器長了一倍，容易錯手傷他，哂道：「竟對二哥沒有信心，快放馬過來。」

烏廷芳等見滕翼說得豪氣，忙對項少龍噓聲四起，琴清也不例外，可知美人兒已完全投入項少龍的生活去。項少龍哈哈一笑，沉腰坐馬，長槍閃電般刺向滕翼小腹。亦只有這等長兵器，可取這麼刁鑽的角度進擊，絲毫不怕敵刃覷上空檔反擊。滕翼冷哼一聲，百戰寶刀猛劈而下。項少龍改刺為挑，「噹！」的一聲，竟挑不開百戰寶刀，駭然下收槍防身，化作一片槍影，滕翼衝前搶攻，一時叮噹之聲不絕於耳。每一次刀槍交觸，長槍都給盪開去，若非飛龍槍是全條以精鋼打成，換了一般木槍桿的話，早折斷十多次。

十八鐵衛和善蘭聞聲而至，加入喝采的行列，更添熱鬧。再一下重擊，兩人分開來，均有力竭之感。

紀嫣然鼓掌道：「這次可說是平分秋色，但只要二哥有日來時間，熟習刀性，敗的必是我們無敵的項少龍無疑。」

項少龍仰天長笑，將飛龍槍隨手拋掉，大喜道，「我都是不用槍哩，下個月就以此百戰寶刀，取管中邪的小命。」

滕翼欣然把刀拋給他道：「祝少龍百戰百勝，無敵於天下。」

項少龍接過寶刀，揣起放下，秤秤它的斤両，讚嘆道：「這寶貝刀的重量差點比得上我的墨子劍，外表卻看不出來，必教管中邪大吃一驚，後悔要與我決鬥。」

滕翼笑道：「由今天開始，你的墨子劍是我的，用過百戰寶刀，其他兵刃除墨子劍外都變得索然無味。」

兩人相視大笑，那邊的紀嫣然剛聽過烏光的報告，奮然叫道：「烏光說拜月峰發現一個大溫泉，我們立即趕去。」

烏廷芳、趙致、田貞、田鳳等齊聲歡呼。

項少龍愕然道：「今天不用練習嗎？」

紀嫣然展露出迷人的甜笑，柔聲道：「有了把百戰無敵的寶刀，休息一天有什麼打緊哩！」

項少龍心中湧起強大的信心，說到底，自己之所以能活到現在，皆因多了二千多年的識見，手上這把刀是最好的明證。

熱氣昇騰中，整個石池籠罩在熱霧裡，加上從天而降的雪粉，有若人間仙界。灼熱的泉水由一邊石壁的三個泉眼瀉出來，注入池裡，水滿後，再流往五丈下較小另一層的溫池去，那處則成爲荊善等人的天地。在拜月峰這人跡難至的深谿內，一切人爲的規限再不復存。紀嫣然、烏廷芳、趙致、田貞、田鳳諸女露出凝脂白玉的天體，浸浴在溫泉中，再不肯離開，在沒有電熱水爐的古代，值此冰天雪地的時刻，沒有比這更高的肉體享受。琴清脫掉鞋子，把纖美的秀足浸在溫泉內，對她來說，已是能做到的極限。

項少龍不好意思與諸女看齊，陪琴清坐在池邊浸腳，笑道：「琴太傅不下池去嗎？我可以避到下面去的。」

琴清抵受著池水的引誘，慊然搖首道：「項太傅自己下池去好了，我這樣已很滿足。」

項少龍見她俏臉微紅，動人至極，心中一蕩，逗她道：「你不怕看到我赤身裸體的無禮樣兒嗎？」

琴清知這小子又在情挑自己，大嗔道：「快滾落池裡去，人家今天再不睬你，上次還未和你算賬哩！」

項少龍知她指的是吻她香唇一事，湊過去肆無忌憚地吻她的臉蛋，接著把她摟個結實，琴清正要掙扎，已和項少龍一起掉進溫熱的池水裡。

紀嫣然五條美人魚歡呼著游過來，笑聲、嗔聲和雪粉熱霧渾融爲一，再無分彼此。

晚膳後，趁琴清和諸女去和項寶兒玩耍，紀嫣然把項少龍拉到園內的小亭欣賞雪景，欣然道：「我從未見過清姊這麼快樂的，你準備好正式迎娶她嗎？」

項少龍沉吟片晌，道：「我看還是留待與管中邪的決鬥後再說。」

紀嫣然道：「我爲你想過這方面的問題，最好待黑龍出世、棄舊迎新之時，那縱使清姊的身分有變化，不致惹起秦室王族的反感。」

項少龍大喜道：「嫣然很爲我設想，有了清姊，我再不會有其他妄求。」

紀嫣然正容道：「要清姊答應嫁你，仍非易事，你最好對她嚴守男女之防，噢！我指的是肉體的關係，因爲清姊最不喜秦國女子婚前苟合的行爲，夫君大人該明白嫣然的意思。」

項少龍苦笑道：「現在我連你紀才女也沒有碰，怎會去冒犯琴清？」

紀嫣然媚笑道：「間中碰一次半次，看來該沒有什麼大礙，只要節制點便成。」

項少龍喜出望外，拉起紀嫣然的玉手，嘆道：「妳定是知我憋得很辛苦，故格外開恩。」

紀嫣然柔聲道：「是那溫泉在作怪，但今晚受你恩寵的卻不該是我，法由嫣然所立，所以我只好做最後的一個。」

大雪飄飛下，項少龍手提百戰寶刀，卓立雪原之上，身後是烏家牧場。不知是否因新得寶刀，十多天來，他幾乎是刀不離身，設法把墨氏三式融入刀法內。在一輪靜坐後，他心中澎湃著如海的情緒，似乎即要參破刀法的祕密，偏又差一點點才可作出突破。往事一幕幕掠過腦際，當他想起趙倩等慘遭殺害，熱血沸湧，再按捺不住，揮刀望空猛劈。百戰寶刀破空之聲，響個不絕。忽感順手之極，自然而然使出墨子劍法，但卻側重砍劈的招式，不知如何，仍總有差一點點的感覺。驀地腦際靈光一閃，明白問題所在。原來他忽然想到墨子劍法是主守不主攻，而百戰寶刀因著刀的特性，卻是主攻不主守。所以若妄圖把全套劍法融入刀法裡，自然不是味道。想到這裡，忙把整套劍法拋掉，只取其進擊的招數，一時刀芒閃閃，氣勢似雷掣電奔，暢快之極。

刀光倏斂。項少龍岩石般屹立不動，內心掀起萬丈波濤。他想到以前曾學習過的空手道和改良的國術，都是合乎科學原理，例如直線出擊，又或以螺旋的方式增加勁道，更或在適當的距離以拋物線擊拳，諸如此類，其實均可融入刀法內。又想起日本的劍道，來來去去只有幾式，卻是威力無窮。想到這裡，劍法刀法豁然而通。墨子既能自創劍法，自己於吸收他劍法的精粹後，配合自己對各國武術的認識，爲何不能另創一套更適合自己的刀法出來？項少龍只覺心懷倏地擴闊至無限，感動得熱淚盈眶，仰天長嘯，百戰寶刀幻起無數刀影，隨著他的移動在雪花中翻騰不休。

忽然刀影收斂。項少龍毫無花巧地劈出幾刀，竟生出千軍萬馬，縱橫沙場的威猛感覺。項少龍一震跪下，知道自己已掌握刀法的竅要，目下差的只是經驗和火候。

回到家中，忙把滕翼、紀嫣然拉了去試刀。

紀嫣然手持飛龍槍，見項少龍擺出架勢，大訝道：「夫君大人發生什麼事呢？爲何今天你只是提刀作勢，人家便生出無法進擊的頹喪感覺。」

項少龍大笑道：「這叫信心和氣勢，小乖乖快來，我現在手癢得緊。」

看著他那種天生似的英雄豪氣，琴清諸女無不露出意亂神迷的神色。紀嫣然一聲嬌叱，飛龍槍若長江大河般向項少龍攻將過去。項少龍精神大振，全力封格，手、眼、步配合得無懈可擊，腰扭刀發，每一刀均力貫刀梢，由以前的攻守兼備，轉變成全攻型的打法，絲毫不因飛龍槍的重量和長度有絲毫畏怯。刀芒到處，飛龍槍節節敗退，紀才女再無反擊之力。

紀嫣然湧起無法匹敵的感覺，長槍一擺，退了開去，大嗔道：「不打了！」旋又喜孜孜道：「項少龍啊！到今天我紀嫣然才對你眞的口服心服。」

滕翼二話不說，撲將出來，墨子劍巨浪驚濤般朝項少龍攻去。項少龍打得興起，大喝一聲，揮刀疾劈。這一刀表面看去沒有任何出奇之處，但厲害在刀勢凌厲至極，使人生出難攖其鋒的感覺。以滕翼的驚人膂力和木劍的重量，硬架下仍被他震退半步。滕翼大感痛快，正要反擊，項少龍唰唰劈出兩刀，寒芒閃動下，滕翼竟生出有力難施的感覺，連退五步，勉強應付了他這兩刀。項少龍得勢不饒人，刀刀搶攻，一時刀光四射，看得諸女和衆鐵衛心膽俱寒。滕翼終是了得，鏖戰十多招後，方再退兩步。項少龍收刀後退，隱有君臨天下的威勢。

滕翼哈哈笑道：「若三弟有心取我性命，怕我已非死即傷。」

荊善咋舌道：「這是什麼劍法？」

項少龍正容道：「這非是劍法，而是刀法！」

紀才女拍手道：「這是項少龍自創的百戰刀法，比墨子劍法更要厲害，管中邪這次有難哩！」

歡笑聲中，衆人返宅內去了。

「篤！篤！篤！」

琴清甜美的聲音由房內傳來道：「誰？」

項少龍乾咳一聲道：「是項少龍，可以進來嗎？」

琴清應道：「可以！噢！不！」

項少龍早啓門而入，奇道：「琴太傅爲何先說可以，跟著又說不呢？咦！琴太傅在幹什麼活兒啦？」

琴清由地蓆上站起來，由於閨房燃起火坑，溫暖如春，身上只是普通絲質白色裙褂，外披一件湖水綠的小背心，配上她典雅的玉容，確是美賽天仙。地蓆上放滿一片片的甲片，主要是方形、縱長方形和橫長方形，有些下擺呈尖角，邊沿處開有小孔，琴清正以幼索把它們小心地編綴在一起，已做好前幅，但仍有三十多片等待她處理。

琴清俏臉通紅，怨道：「你不是要去射箭嗎？爲什麼這麼快回來。」

項少龍看著地上的甲片，來到她身旁，微笑道：「是否清叔造的甲片？嘿！琴太傅是爲在下編製鎧甲，對嗎？」

琴清紅透耳根，赧然點頭，還要辯道：「琴清見閒來無事，廷芳和致致又要陪寶兒玩耍，嫣然則爲黑龍的事擬定改革的大綱，我便把工作接過來。唉！不要用那種眼光看人好嗎？」旋又垂首道：「知否這是琴清的閨房呢？」

項少龍欣然道：「幸好我沒有當這是行人止步的禁地，否則就沒有機會感受到琴太傅對我的心意，異日只要穿上這鎧甲，就若如……嘿！若如琴太傅在……」

琴清跺足道：「求你不要說下去好嗎？」

項少龍湧起甜似蜜糖的感覺，柔聲道：「那天我闖進府內找琴太傅，當時太傅把手中刺繡的衣物藏起來，不知……」

琴清大窘走開去，移到紗窗前背著他，垂首不語，顯然默認是爲項少龍而繡的新衣。項少龍熱血沸騰，來到她身後，猛下決心，探手抓上她有若刀削的香肩。琴清嬌軀抖顫一會，平靜下來，出奇地沒有掙扎。

項少龍湊前貼上她嫩滑的臉蛋，嗅著她的髮香體香，柔聲道：「還記得第一次見到琴太傅，是在政儲君的書齋外，當時給太傅妳嚴詞斥責，罵得我兩個狗血淋頭，那時我已對琴太傅驚爲天人，心生愛慕。」

琴清給他親熱的廝磨弄得嬌體發軟，往後靠入他懷裡，呻吟道：「你的用詞誇大卻新鮮，什麼狗血淋頭，驚爲天人，人家只是照事論事吧！你兩人卻毫不正經，還要惹人發噱，琴清當時差點給你氣死。」

項少龍毫無隔阻地感覺到她背臀的彈性，滿懷芳香，雙目則飽餐她古典美姿的輪廓，想起她的貞潔矜貴，登時湧起銷魂蝕骨的滋味，勇氣倍增道：「琴太傅！嫁給我吧！」

琴清嬌軀劇震，眼中先是射出歡喜的神色，接著神情一黯，搖了搖頭。

項少龍立時手足冰冷，愕然道：「琴太傅原來並不想嫁我嗎？」

琴清吃了一驚道：「不！唉！不要誤會人家好嗎？若不願從你，現在琴清不會任你溫存。琴清只是爲項太傅著想，這些年來，向琴清提親的王族和大臣將領，數都數不清有多少人，均被琴清以心如止水作理由，逐一嚴拒。若我忽然改變態度，嫁了給你，必會惹起別人妒忌，就算一時不能拿你怎麼樣，有機會定會害你一把。更可慮是太后，她似乎對我和你的關係非常猜妒哩！」

項少龍鬆一口氣，傲然道：「別人愛怎麼做就怎麼做吧！我項少龍怕過什麼人來？」

說時扳轉她的嬌軀，將她擁個結實。琴清張開小嘴，急促地呼吸，星眸半閉，那種不堪情挑的嬌姿美態，有多麼動人就多麼動人。

國色天香的俏佳人勉力睜著眼睛，呻吟道：「項少龍啊！假若你有一天眞要如你說的遠赴塞外，琴清寧死也要陪侍在旁，但卻千萬不要爲琴清致觸犯衆怒。唉！人家肯隨你到這裡來，早把你視爲丈夫，啊！」

項少龍貪婪地品嘗她的香唇，引導她享受男女親熱那毫無保留的愛戀纏綿，到離開她香唇，嬌貴自持的美女完全給他融化，玉手主動纏上他粗壯的脖子，身體卻是癱瘓乏力，又是灼熱無比。

愛火慾燄熊熊的燃燒著。

琴清在他耳邊呢喃道：「表面我們仍一切保持原狀好嗎？暗裡項郎想怎樣，琴清無不遵從。啊！」

項少龍哪還忍得住，將琴清攔腰抱起，往她香暖的秀榻走去。

項少龍醒過來，天已入黑。琴清美麗的嬌軀，仍是和他肢體交纏，難分難解。

項少龍忍不住雙手又不規矩起來，琴清悠然醒來，發覺項少龍向她施展怪手，羞得無地自容，不可開交之時，駭然坐起來，露出無限美好的上身，大嗔道：「糟了！都是你害人，錯過晚膳的時間，人家怎還有臉見嫣然她們呢？」

項少龍笑嘻嘻坐起來，把她擁入懷內，柔聲道：「男歡女愛乃人倫之常，誰敢笑我們的琴太傅，來！待我爲太傅穿衣。琴太傅的衣服是我脫的，項某人自須有始有終，負上全責。」

琴清雖與他有肉體關係，仍是吃不消，嗔道：「你給人家滾出去，探聽清楚，才准進來報告。」

項少龍一聲領命，跳下榻子，匆匆穿衣，一會後返來，琴清正坐在銅鏡前整理秀髮，給項少龍抓著她的手道：「不要梳理，我最愛看琴太傅秀髮散亂，衣衫不整的誘人樣兒。何況所有人早睡覺去了，只有田貞姊妹仍撐著眼皮在伺候我們。我吩咐她們把晚膳捧進房來，琴太傅可免去見人之窘。」

此時田貞、田鳳兩女嘴角含笑推門進來，爲兩人布置好膳食好，退了出去。

琴清「嚶嚀」一聲，倒入項少龍懷裡，嬌吟道：「項少龍呵！人家給你害慘哩！」

項少龍奇道：「我怎樣害慘妳呢？」

琴清眼中射出萬縷柔情，含羞道：「還不是害人嗎？以後琴清沒有你在身旁，日子會很難度過哩！」

項少龍抱起她到了擺滿佳餚美酒的長几前，蓆地坐下，搖頭道：「小別勝新婚，那才是最精采的情況。」

琴清喃喃唸了「小別勝新婚」，嘆道：「難怪以嫣然之才，對你仍要情不自禁，項郎說的話是世上最動聽的。」

項少龍心叫慚愧，柔聲道：「讓我餵琴太傅吃東西好嗎？」

琴清赧然點頭，接著自是一室皆春，此時眞個是無聲勝有聲。

接著的十多天，項少龍以最大的自制力，克制情慾，專心刀道，進步更是神速。

這天與十八鐵衛逐一較量，打得他們甘拜下風，紀嫣然神神祕祕的把衆人拉到牧場外的河旁，停下馬來，煞有介事道：「近日河裡出現了一條黑蛟龍，夫君大人敢否入水除害？」

旁邊的滕翼笑道：「假設眞除了這條蛟龍，看清叔肯否放過你們。」

項少龍大喜道：「黑龍製成了嗎？」

琴清叫道：「看！」

衆人連忙望去，只見一個怪頭驀地由水面冒起來，兩眼生光，接著長達十多丈的龍脊現在龍頭之後，確教人見之心寒。豈知黑龍的威勢保持不到半刻鐘，尚未遊過來，已斷成兩截，潰不成龍。

紀嫣然大嗔道：「沒用的傢伙！」

黑龍散成十多段，水花四濺中，龍內的人紛紛往岸旁游過來。烏廷芳等笑得花枝亂顫，差點掉下馬去。

滕翼苦忍著笑道：「不用擔心，只是龍身間的勾子出了問題，天氣也冷了點，多練習幾次便成。」

項少龍已大感滿意，誇獎紀嫣然兩句，策馬歸家時嘆道：「這個多月如若白駒過隙，轉瞬即逝，想到要返去面對那臭仲父，食慾都要失去。」

滕翼道：「小俊剛好相反，要他留在牧場卻是千萬個不情願。」

烏廷芳笑道：「當然哩！沒有鹿丹兒，他還有何樂趣哩！」

紀嫣然道：「現在離呂不韋大壽尚有十天，夫君大人準備何時回去？」

項少龍想了想，嘆道：「後天吧！」

琴清道：「小心呂不韋會在路上偷襲我們。」

項少龍道：「這個可能性應該不大，但琴太傅說得對，仍是小心點好。」

滕翼傲然道：「此事我早有安排，這次返咸陽的路線將捨近取遠，事先派人踩清楚路上的情況，一切交由我負責。」

趙致回頭笑道：「這趟我要去看項郎大展神威，把管中邪宰掉。」

烏廷芳拍掌讚成。

紀嫣然皺眉道：「假設呂不韋要把女兒嫁給夫君大人，怎辦好呢？」

琴清笑道：「這正是呂不韋要遣眾來攻牧場的原因，所謂不怕一萬，只怕萬一，呂不韋也怕管中邪會輸的。所以可知儘管項太傅贏了，呂不韋也會想方設法不把女兒許配給項太傅的。」

項少龍拍馬衝出，大笑道：「誰管得那麼多，至緊要先宰了管中邪，其他一切到時再頭痛好哩。」

豪情紛湧中，眾人紛紛拍馬急追，在雪地留下長長的蹄印。得到百戰寶刀，項少龍對任何人再一無所懼。

第十章 太后遷宮

項少龍剛進入城門，接到小盤的諭旨，立即進宮見駕。

小盤在內政廳與呂不韋、昌平君等一衆大臣議事，項少龍在書齋枯等半個時辰，小盤才來見他。坐下後小盤微笑道：「師傅認識馮劫這個人嗎？他是專責我大秦律法的大夫。」

項少龍以微笑回報道：「爲何儲君特別提起這個人來呢？」

小盤淡淡道：「此人頗有風骨、不畏權勢，寡人他也敢出言頂撞。只是不知他是否受《呂氏春秋》的影響，竟忽然批評我大秦律法過於嚴苛，殊失聖人教化之義。」

項少龍訝道：「如此說來，儲君理應很不高興才對。爲何說起此人，反有欣然之意？」

小盤哈哈一笑道：「師傅最瞭解我，只因此人說及一些其他的事情，卻非全無道理。例如他指出各國爲君者，每根據形勢變化，隨時發布新政策，朝令夕改，使吏不知所守、民不知所趨，犯者則因法出多門而得售其奸，確是正論。所以法令必需一統，捨此再無強國之術。」

項少龍呆望著快滿十八歲的未來秦始皇，心湧敬意，並非因小盤把握到明法制的重要，而是他容納諫言和被批評的胸襟。

小盤低聲道：「我初時還以爲他投向呂不韋，可是見他說話的軒昂神態頗肖師傅你，後來又拿著你的盜賊申訴書嚴詞詰問呂不韋，方知他只是像師傅你的不怕死。哈！此人雖不宜掌律法，但卻是當御史大夫的好料子。」

項少龍暗吃一驚，如此豈非令李斯好夢成空嗎？忙道：「儲君最好三思，李長史亦是個合適人選。」

小盤搖頭道：「若說合適，最好由師傅你來擔任。你聽過李斯正面頂撞過任何人嗎？論識見，李斯十倍勝於馮，而其刑名之學，比之商鞅亦有過之而無不及。故他最合做由他創出來的三公九卿裡廷尉一職，出掌律法。而寡人可以借他之學，統一和強化全國律法，爲將來一統天下打下堅實的根基。」

項少龍爲之啞口無言，說到治理國家，他怎敢和日後統一中國的超卓人物爭辯。幸而廷尉乃九卿之一，李斯該滿足吧。同時可以看出自己對小盤的影響有多大，小盤只因爲馮劫語氣神態酷肖自己，而判別出他爲仗義執言。成功非僥倖，正因小盤知人善任，日後的天下終於落入他手內。

小盤忽然興奮起來，壓低聲音道：「小俊已把牧場一戰詳細告訴寡人，過程確是精采絕倫，師傅或許比白起還厲害。日後若師傅領軍出征，必可戰無不勝。」

項少龍心中苦笑，那可是自己最害怕的事，小盤有此想法，自己定難逃此任，幸好非是迫在眼前的事，岔開話題道：「呂不韋如何推諉罪責？」

小盤眼中閃過冷酷的殺機，沉聲道：「當然是審也不審而全體釋放，再胡亂找些人來殺掉以首級充數，不用愁我們認出身分來。若非有黑龍這一招，說不定我會召他進來，親手把他幹掉。哼！蒙驁罪該萬死，幸好他還有兩個好兒子。」再向項少龍道：「黑龍該製成了吧！」

項少龍道出詳情。

小盤嘆道：「幸好師傅想出此一妙絕天下的計策，否則不知如何可以壓制呂不韋。嘿！我嬴政之有今日……」

項少龍打斷他道：「不要說這種話，儲君乃上天注定一統天下的人物，微臣充其量只是玉成其事吧！」

小盤露出感動的神色，好一會後，嘆一口氣道：「太后昨天搬往甘泉宮去！」

甘泉宮是座落城北的王室小行宮，與咸陽宮遙遙相對，朱姬搬到那裡去，離開兒子，自因兩人關係轉趨惡劣。

項少龍皺眉道：「你是否和她爭吵過呢？」

小盤一臉被冤枉的神色，搖頭道：「剛巧相反，近日我照師傅吩咐，蓄意與太后修好。她堅持要搬往到甘泉宮，我也曾苦苦挽留她，可是她卻沒有半點商量的餘地，那麼說搬便搬，眞是奇怪？嘿！其實她離宮更好，因爲寡人可眼不見爲淨。」

項少龍知他指的是朱姬和嫪毒的姦情。心中奇怪，照理朱姬若要保持對朝政的影響力，自該以留在宮中最屬明智。爲何她要搬離咸陽宮呢？想到這裡，心中一動，想到剛和自己發生肉體關係的絕色麗人琴清，憑她的消息靈通，當是暗查此事的最佳人選。順口問道：「她還有沒有參加早朝會和議事呢？」

小盤苦笑道：「她怎肯放手？雖不是常常出席早朝，但事無大小，均要先經她審閱，比以前更難應付。最氣人的仍是嫪毒，這賊種氣燄日張，一副太后代言人的神氣，不但說話多了，還不斷向太后打報告和搬弄是非，恨不得把他一刀斬了。」

項少龍默思片時，微笑道：「既是如此，我們不若來招順水推舟，把嫪毒變成太后的代言人。以這傢伙的狼子野心，必會與呂不韋爭權爭個焦頭爛額，我們便可坐山觀虎鬥。」

小盤憤然道：「可是我只要見到嫪毒，立即無名火起……」

項少龍笑著打斷他道：「若要成大事，必須有非常襟胸和手段，能人所不能。說到底，嫪毒只是個小角色，頂多是結黨營私，禍害遠及不上呂不韋。只是有太后爲他撐腰，才能攪風攪雨。且因他在別人眼中，始終是呂不韋一黨，他若弄至神憎鬼厭，於呂不韋更無好處。儲君還是多忍耐他幾年吧！」

小盤頹然道：「師傅說得對。一天我未正式登位，仍要看太后臉色做人。嘿！太后離宮前要我把嫪毒封侯，我當時婉言拒絕。豈知太后由那天開始，便不肯在我簽發的政令上加蓋璽章，害得文牘積壓。唉！看來只好如她所願。」

項少龍道：「這叫識時務者為俊傑，儲君可向太后晉言，待春祭之後，萬象更新，方為嫪毒封侯賜爵的好時機。」

小盤苦惱道：「事情仍非如斯簡單，太后還要把嫪毒的幾個奸黨，提升要職。例如內史之位，嫪毒要由他的族人嫪肆接任。此外還有令齊、韓竭兩人，一文一武，均是嫪毒新結的黨羽，太后著我許他們出掌要職，教人心煩。」

項少龍早知事情會是如此，而若非這樣，將來嫪毒亦沒有造反的能力。安慰道：「無論他如何擴張勢力，始終難成氣候。為得到太后支持，儲君只好忍一時之氣。何況！呂不韋要比儲君的頭更痛哩！」

小盤想了想，笑起來道：「不知為何，任何事落到師傅手上，總變得輕輕鬆鬆的。師傅的話，我當然言聽計從。」

兩人再商量一會，項少龍離開王宮，往找琴清。

琴清見分手不久，項少龍便來找她，神情歡喜，在內軒見他。

兩人自那天發生關係後，因項少龍專志練刀，再沒有作行雲布雨之事。此刻在琴清府內相見，不禁生出既親密又陌生的微妙感覺，對新的關係有種既新鮮又不知如何自處的動人情況。

還是由項少龍拉起她的玉手，步出後庭詢問道：「太后搬到甘泉宮一事，琴太傅曉得嗎？」

琴清黛眉緊蹙，低聲道：「我剛回府便知道，但因這次太后帶往甘泉宮的人，全是她的親信，故少龍若要人家去調查，恐怕要教少龍失望。」

項少龍拉著她走上一道小橋，在橋欄坐下來，另一手摟緊她的小蠻腰，苦惱道：「太后搬離王宮必有原因，令人費解。」

琴清給他一摟，立時嬌柔無力，半邊身挨往他，雖際此冰天雪地之時，俏臉仍紅如夏日的艷陽，半喜半嗔道：「項大人檢點些好嗎？下人會看見哩！」

項少龍哈哈一笑，將她擁坐腿上。琴清驚呼一聲，失去平衡，斜仰起嬌軀，香唇早給封貼。一陣銷魂蝕骨的纏綿，項少龍意足志滿道：「這是懲戒妳又喚我作項大人，琴太傅甘願領罰嗎？」

琴清既甜蜜又羞不可抑，風情萬種地白他一眼，嗔道：「霸道！」

項少龍給她的媚態弄得三魂七魄無不離位。暗忖只恨自己來到這時代，不知如何竟失去令女人懷孕的能力，否則若能弄大了像琴清又或紀才女她們的肚子，必是很幸福美滿的一回事，想到這裡，虎軀劇震。

琴清見他臉色大變，駭然道：「什麼事？」

項少龍兩眼直勾勾看著前方，微呻道：「糟糕！我想太后是有喜哩。」

踏入府門，聽得鄒衍回來，項少龍大喜，問得鄒衍正在內堂由紀才女親自招呼，忙趕去見面。鄒衍神采如昔，見到項少龍，自有一番歡喜之情。此時紀嫣然已把請他老人家回來一事的背後原因詳細說與他知，晚飯後，鄒衍與他到園中小亭說話，相伴的當然少不了紀才女，燈火映照下，雨雪飄飛，別有一番滋味。

項少龍先不好意思道：「為了我們的俗事，竟要勞動乾爹仙駕，我們這些小輩真——」

鄒衍灑然一笑，打斷他道：「少龍為何變得這麼客氣，更不用心中過意不去，因為老夫久靜思動，正要返齊一行，好看望那群稷下舊友。」

項少龍想起善柔，正要說話，紀嫣然已道：「你不用說，嫣然早請乾爹代我們尋找柔姊，憑乾爹在齊的人脈關係，該是輕而易舉的事。」

項少龍正為善柔擔心，聞言喜出望外，心想善柔的劍術出自稷下，鄒衍找她自該是水到渠成之事。

鄒衍在石凳坐下來，雙目異采閃閃，沉聲道：「想不到我鄒衍在風燭之年，仍可製造個新聖人出來，世事之出人意表者，莫過於此。」

紀嫣然輕輕向項少龍道：「乾爹已完成了他的不世傑作《五德書》，還把它賜給我代他暫作保管。」

項少龍心中泛起奇異的感覺，隱隱明白到鄒衍透視未來，知道將來天下必由小盤統一，故把嘔心瀝血的傑作留在秦國，否則說不定會毀於戰火。心中一動道：「乾爹想怎樣處理《五德書》，儘管吩咐下來。」

鄒衍雙目射出欣悅之色，微笑道：「將來黑龍出世，少龍你負責把此書獻上給政儲君，那比由老夫親說更有力百倍。」

紀嫣然愕然道：「乾爹不準備留到黑龍出世後動身嗎？」

鄒衍搖頭嘆道：「天數有定，乾爹恐怕不能等那麼久。這次就算你們不來找我，我也會回來探看你們，然後順道返齊。」

紀嫣然臉色立變，悽惶地看項少龍一眼，駭然道：「乾爹！」

鄒衍哈哈一笑，灑脫道：「春去夏來，此乃天理常規，人生無常，仍只是自然之象，嫣然難道還看不通嗎？」

紀嫣然畢竟是非常人，強擠出笑容道：「乾爹責怪得好！嫣然受教。」

項少龍點點頭，衝口而出，引用宋代大家蘇軾的名句道：「人有悲歡離合，月有陰晴圓缺。乾爹說得對。」

鄒衍目露訝色，與紀才女一起瞪他好一會，讚嘆道：「少龍比老夫看得更透徹。」然後續道：「呂不韋仍有點氣運，在儲君加冕前，少龍至緊要忍讓一點，避免與他正面交鋒，那老夫就放心哩。」

項少龍打從眞心露出敬意，鄒衍可說是當代最具明見的人。但亦只有他項少龍才眞正明白這宗師級人物洞識天機的智慧，難怪他的五德說影響如此深遠，廣及政治和學術文化的不同層面。

鄒衍仰望茫茫雪夜，沉吟不語。

紀嫣然柔聲道：「乾爹啊！我們這樣製造一條黑龍出來，是否有點像在騙老天爺呢？」

鄒衍啞然失笑道：「確是有點取巧，但天命已明，新聖人正是由少龍一手培養出來的政儲君。現在東方六國雖仍有點聲勢，卻是不知自愛，只懂互相攻訐，日後只要政儲君大權在握，六國滅亡之日，已是屈指可數。」

項少龍訝道：「說到底乾爹身爲齊人，爲何卻一點不爲己國的命運擔心？」

鄒衍從容道：「齊國只是老夫出身之地，老夫放眼卻是統一後的天下。兼之現今齊王建昏庸誤國，只要想到他老夫就心中有氣。」

紀嫣然接入道：「乾爹和嫣然都有同一看法，就是只有天下歸於一主，人民方有和平安樂的日子。

不過只要想起少龍說過『絕對的權力，使人絕對的腐化』兩句話，最怕政儲君將來會變質，再不若現在的知人善任、俯察下情。」

項少龍忍不住洩漏天機道：「只有當由人民推舉領袖的制度出現，情況才可以眞個改善過來，不過那可是二千多年後的事。」

鄒衍和紀嫣然聽得面面相覷，後者大奇道：「怎可能有這樣的制度？夫君大人爲何敢肯定是二千年後的事呢？」

項少龍心中大罵自己，搔頭尷尬道：「我只是隨便猜估。」

鄒衍微笑道：「少龍常有驚人之語，蓋因你非是普通人也。否則我這乖女兒不會對你死心塌地。」再望往不見星月、只見雪花的天空，語帶蒼涼道：「夜了！我也要早點休息，明天我便動程往齊國去。」

項少龍與紀嫣然對望一眼，均明白貫通天人之學的大師，掌握到自己陽壽將盡。此回是他們最後一次相聚。

翌晨項少龍、紀嫣然等把鄒衍送出城外，陪他走十多里，依依道別。鄒衍哈哈一笑，領著百多家將，在烏果的一千都騎護翼下，灑然去了。項少龍返回咸陽，已是黃昏時分。昨晚停下的雨雪又灑下來。項少龍想起等若永訣的別離，禁不住黯然神傷。與這位開整個中國術數之學先河的大宗師的交往，令他心中百感交集。若非鄒大宗師，他不但不會得到紀才女，可能早在大梁便送掉小命。

踏入府門，陶方迎上來道：「嬴盈在東廂等待你足有半個時辰。」

項少龍聽得眉頭大皺，向衆嬌妻告罪，來到東廂。

嬴盈正等得不耐煩，見他怨道：「你究竟到哪裡去呢？」

項少龍心中閃過明悟，知道縱使嬴盈回心轉意，他也再不會接受她，原因並非她曾是管中邪的女人，因爲對來自二十一世紀的他來說，根本不把女子的貞操放在心上。他以前起過追求嬴盈的心，主要是看在昌平君兄弟情面，亦有點貪她美色。可是經過多番接觸，對她僅燃起的一點愛火，已因她反覆善變、不分輕重和是非的性格而熄滅。現在就算有人拿刀架在他脖子上，他都不肯沾惹嬴盈。弄清楚自己的心意後，項少龍客氣地請她坐下，道：「嬴小姐找項某人有什麼事？」

嬴盈聽出他語氣中的冷淡和距離，楞了好一陣子，垂首蒼然道：「人家知你心中惱恨，唉！嬴盈不知該怎麼說。三天後是你和中邪決戰的日子，眞爲你擔心哩！」

項少龍見她不是來勸自己罷鬥，稍生好感。想起百戰寶刀和新悟出來集古今大成的百戰刀法，微笑道：「多謝小姐關心，人生總是充滿大大小小的挑戰，如此生命方可顯出動人的姿采。」

說眞的，若不是有管中邪的壓力，恐怕迫不出這套百戰刀法來。

嬴盈微抬俏臉，秀目射出茫然之色，輕輕道：「我不知爲什麼要來找你，中邪每天不斷練劍，已研究出種種破槍之法，唉！人人知你根本不擅用槍，故縱有飛龍槍，恐怕——唉——人家很擔心哩！」

項少龍淡淡道：「你難道不擔心管中邪嗎？」

嬴盈淒然點頭，低聲道：「最好當然不用比武，但我知道沒有人可以改變你們的決定。」又垂下頭去，幽幽道：「很多謝那天你對我說的那番話，我已考慮清楚，答應了楊端和的婚事，不過尙未告訴大兄和二兄，你們決戰後，端和會正式提親。」

項少龍大感愕然，也放下心事。楊端和是王齕手下最年青有爲的將領，很得鹿公、徐先的器重，只不知原來他在追求嬴盈。眼下之勢，誰娶得嬴盈，對仕途均大有裨益，只有管中邪是例外。

嬴盈有點惶然地偷瞥他一眼，試探道：「你是否心中不高興？」

項少龍怎敢表露出如釋重負的心情，同時想到她眞的曾對管中邪生出愛意，所以儘管不嫁給他，亦不願入自己之門。肅容道：「這是個明智的決擇，楊端和會是位很好的夫婿。」

嬴盈幽怨地瞧著他，沒有說話。

項少龍苦笑道：「小姐既決定終身，絕不可三心兩意。」

嬴盈淒然道：「你不怪我嗎？」

項少龍嘆道：「妳要我說什麼好呢？」

這句話顯是恰到好處，嬴盈平靜下來，想了想道：「你得小心點！」俏立而起。

項少龍把她送出府門，臨別時，嬴盈低聲道：「若我可以選擇，我會希望你贏，不但是爲自己，也爲了我們大秦，嬴盈終於想通。」

話尚未說完，熱淚早奪眶而出，淒然無奈地瞧他一眼，掩面飛身上馬，放蹄去了。項少龍呆望風雪中的咸陽，想著這突然終結的一段情，暗下決心，以後再不招惹任何美女。不過回心一想，又知這麼想是一回事，命運的安排卻又是另一回事。莊夫人和李嫣嫣，不正是兩個好例子嗎？

項少龍返回內宅，與項寶兒玩耍一會，滕翼和荊俊兩人回來，前者容色嚴峻，後者則一面憤然。紀嫣然看出不對勁，出言相詢。

滕翼坐下後，拍几罵道：「我已千叮萬囑要這小子忍一時之氣，不可招惹國興，哪知他仍是忍不住一見面就動手。」

項少龍笑道：「二哥且莫動氣，小俊你來告訴我是什麼一回事。」

衆人見項少龍若無其事的樣子，無不大訝，荊俊也愕然道：「三哥最明白我。唉！我並非說二哥不明白我，只是兩種明白是不同的。」

滕翼啞口失笑，烏廷芳忍不住「噗哧」笑道：「不要呑呑吐吐，快說！」

荊俊作個無辜的可憐模樣，攤手道：「這次惹事的絕不是我，剛才我到醉風樓逛逛，剛巧撞著渭南武士行館那批奸賊，當然少不了『疤臉』國興。我本打定主意對他們視若無睹，豈知他們故意說些冷言冷語給我聽，還辱及三哥，那些話我不想重覆，總之他們恃著嫪毒在背後撐腰，沒有一點顧忌。我什麼都可以忍，但就不可以忍他們散播損害三哥清譽的謠言。」

趙致皺眉道：「他們究竟說些什麼話？」

滕翼沉聲道：「那些人確是過份，說三弟是呂不韋的男寵，嘿！眞虧他們說出口來。」

紀嫣然秀眸厲芒閃動，冷然道：「若給嫣然聽到，必會立即取他們狗命。」

烏廷芳憤然道：「小俊你怎樣教訓他們？」

荊俊苦笑道：「我們只有八個人，他們卻有十多個，國興的劍法又非常高明，所以我們占不了多少便宜，還給他們打傷兩個人。剛巧嫪毒來到，把他們喝退，只是敷衍的叫他們道歉了事。我遵照二哥的吩咐，避開和嫪毒衝突，忍氣走了，二哥還要怪我。」

滕翼氣道：「我是怎麼吩咐你的，早叫你不要去逛青樓，偏不聽教。」

項少龍反是心平氣和，因早預了嫪毒會愈來愈囂張的。問道：「渭南武士行館究竟有些什麼人物？」

荊俊搶著道：「最有本領的當然是館主邱日昇，我朝有不少將領均是出於他門下，接著是包括國興在內的三大教席，另兩人一名常傑，一叫安金良，都是咸陽有名的劍手。嫪毒籠絡他們，等若多了數百名親將，這些人希望通過嫪毒的關係，搭通太后，好能入朝任職。聽說呂不韋對渭南武士行館重開一事非常不滿，只是礙著太后，沒話可說吧！」

滕翼補充道：「渭南武士行館有很多從各國來的劍手，良莠不齊，但其中卻不乏好手，現在人人都以少龍你爲假想敵，因爲若勝過你，立時可成大秦第一劍手，聲價百倍。唉！這些人總以爲少龍之所以能成爲儲君身旁的第一紅人，全因劍法高強所致。」

項少龍暗忖這就是武俠小說內成爲天下第一高手的無謂煩惱，若非由於自己有官職在身，出入大批親衛護駕，恐怕早有人攔路搦戰。點頭道：「他們愛怎麼想怎麼說由得他們，清者自清。但若他們太過份，我們亦不宜忍讓，但一切該待與管中邪決戰之後。除非不動手，若是動手，就要教邱日昇永不超生。」雙目寒芒一閃，瞪著荊俊道：「你已有了鹿丹兒，好該收心養性，勤力習武，否則異日對著渭南武士行館的高手，只會丟我們的臉，清楚嗎？」

項少龍少有這麼對荊俊疾言厲色，嚇得他汗流浹背，俯首應是。

項少龍目光掃過衆人，哈哈笑道：「找一日我們索性摸上行館去，既可讓他們嘗嘗二哥的墨子劍，嫣然的天龍槍，也讓他們見識一下什麼叫做百戰刀法。」

次日清晨。項少龍展開百戰刀法，一時丈許方圓之地，盡是寒芒閃閃，威猛無儔。即使以滕翼的本事，亦施展不開墨子劍法，不過墨劍主守，故仍能憑著強大的臂力和重木劍，堅守著一個極狹小的圈子，苦擋著似從四方八面進擊而來、精芒四射的百戰寶刀。首次見識到百戰刀法的荊俊、陶方等看得目瞪口呆，想不到竟有這麼可怕的兵器和凌厲迅捷的刀法。刀劍相交，總發出一下下響亮的金木鳴聲，更添激烈之勢。自項少龍出刀以來，兩人鏖戰數百回合，滕翼仍找不到百戰寶刀的破綻，予以反擊。項少龍卻是暢快之極，由於利用了二十一世紀武術那種吻合物理科學的自然之法，再配合上寶刀善於砍劈的特性，利用百戰刀本身的重量和腰步的輔助，故使起刀來耗力極少，如此猛烈的攻勢，似乎可以無限期的持續下去，造成對方心理上難以抵抗的感覺。故以滕翼之能，仍要處於完全的下風。

驀地烏廷芳尖叫道：「住手！」

項少龍不明就裡，聞言收刀後退。衆人愕然往她望去。

烏廷芳俏臉微紅，尷尬地道：「不要這麼看人家嘛！我眞怕項郎當二哥是管中邪哩！」

項少龍與滕翼對望一眼，哈哈大笑起來。

滕翼看著自己正因力竭抖顫的右手，喘著氣道：「廷芳叫停叫得非常合時，否則說不定我要當場出醜，百戰寶刀固是厲害，但眞正厲害的卻是三弟的刀法，來來去去只是直砍斜劈橫掃的幾式，卻變化無窮，角度刁鑽，如有神助，不愧百戰之名。」

項少龍向荊俊笑道：「小俊要不要來玩上兩手？」

荊俊苦笑道：「明天好嗎？現在我看寒了膽，連動手的念頭都起不了。」

衆人少有見到荊俊這麼謙讓，登時爆出一陣哄笑。

陶方道：「看過少龍的威勢，現在我反恨不得即可見到少龍與管中邪的決鬥。」

烏光走到項少龍身旁，低聲說了兩句話，項少龍把百戰刀交給趙致，向滕翼、荊俊和各嬌妻告罪一聲，朝內堂走去。

滕翼追上他，問道：「什麼事？」

項少龍低聲道：「小武和小恬偷偷的來了。」

施禮坐好，蒙武心悅誠服道：「項大人用兵如神，湯毅乃我爹手下第一勇將，又占上壓倒性的優勢，竟仍給你們殺得大敗而回。」

蒙恬接道：「爹氣得大發雷霆，卻又無可奈何，不過我們最清楚爹的脾性，他是絕不肯就此罷休的。」

原來蒙驁沒有以身犯險，親自帶兵。

蒙武苦惱道：「到現在我們仍不明白爲何爹對老賊如此死心塌地。」

蒙恬憤然道：「定是呂不韋送來那個婆娘媚惑阿爹，使爹連娘的話都不肯聽。娘親多次叮囑我們，呂不韋豺狼成性，絕不會有好下場。爹雖糊塗，但我們卻不會學他那樣的。唉！」

項少龍等開始明白兩人這麼靠向他們，除了有一段共歷患難的交往和曾受呂不韋的迫害外，還牽涉到家庭的內部糾紛。

荊俊與他們最是相得，拍胸道：「儲君已知你們兩人的忠義，無論你爹做下什麼錯事，都不會累及你們。」

項少龍點頭道：「小俊沒有說錯，我已將你們的事坦白告訴儲君，他會破格重用你們。而你們現在最關緊要的事，是不讓你爹識破你兩兄弟存有異心，將來可以接掌你爹麾下的人。」

兩人又喜又驚，蒙武淒然道：「儲君是否要對付爹呢？」

項少龍暗忖現在呂不韋最大的助力來自蒙驁，故可以支撐到小盤加冕後才敗亡，如此推之，蒙驁這幾年應該沒有問題，遂道：「你爹在儲君加冕前該沒有什麼事的，你們只要在未來五年多好好帶兵，做好本份，將來儲君加冕後一切難題自會迎刃而解。我會請儲君看在你兩兄弟份上，不會太過難為你爹的。」

兩人感激零涕，跪下叩頭。項少龍搶前扶起兩人，想起蒙恬乃王翦後秦國威望最高的大將，心中充滿憐惜和奇異的滋味。又叮囑兩人一番，著他們離開。

到達府門，蒙武擔心地道：「項大人後天對著管中邪時要小心點，昨天他到我們處找人試劍，我們兄弟先後下場，卻只有捱揍的份兒，他比田獵時厲害多了。」

蒙恬插入道：「項大人可否不給管中邪扳平的機會呢？那可硬生生把他和呂老賊氣死了。」

荊俊笑道：「我三哥乃天神降世，管中邪縱可長出三頭六臂，也難逃敗局。」

兩兄弟懷疑地瞪著項少龍。

滕翼摟著兩人，笑道：「小俊今天非是像平時般大吹牛皮，你們的項叔叔現在把我也壓伏得要俯首稱臣，你們等著看一場精采的比拚。」

兩人自知滕翼的厲害和不作誑語，稍稍放下心事。

蒙恬忽地雙目轉紅，垂頭道：「這次我們不肯站在爹的一邊，除了因呂老賊想殺我們和娘的吩咐外，更因我們要為倩公主和春盈姐她們報仇，將來對付老賊，定要算上我們兄弟的一份。」

項少龍想起當日他兩兄弟和諸女間的融洽之情，心中劇痛，搖頭苦嘆。滕翼和荊俊知他被勾起傷心往事，適時送走兩人。接著三人返回官署，吃午飯之時，王齕來了，項少龍放下箸子，到大堂會他。

項少龍請王齕在上位坐下，道：「大將軍何用紆尊降貴到這裡來？只要吩咐一聲，少龍自會到大將軍府受教。」

王齕微笑道：「你不怕我忽然改變主意，又布局坑你嗎？」

項少龍灑然笑道：「大將軍若想要我項少龍的小命，只是舉手之勞。」

王齕搖頭道：「你的小命並非那麼易取，至少呂不韋和蒙驁便為你鬧了個灰頭土臉，焦頭爛額。」接著眉頭深鎖，肅容道：「呂不韋確有謀反之心，藉口動用軍隊修築鄭國渠，問儲君和太后取得兵符，調動兵員，若非我力阻他動用我的人，恐怕現在咸陽已落入他和蒙驁手上。可是我遲早領兵出征，那時鞭長莫及，儲君的形勢會凶險非常，少龍可有什麼對策？」

項少龍很想告訴他這情況只要捱到黑龍出世便可以改變，但感到此事愈少人知道愈好，反口問道：「大將軍有什麼提點？」

王齕沉吟片晌後，嘆道：「因為我拒絕殺你，和呂不韋鬧得很不開心。你該知若田單攻燕，呂不韋定會遣我和蒙驁攻打三晉，那將是呂不韋作反的好時機，只要咸陽的守軍全換上他的人，太后和儲君只有由他魚肉。」

項少龍鬆一口氣道：「那至少是明年春暖花開的事，燕國處於偏北之地，冬季嚴寒，田單又須時間預備，所以我們仍有一段緩衝的日子。」

王齕不屑道：「齊自以管仲爲相，變革圖強，本大有可爲，豈知齊人只愛空談，不修武備，還妄稱東帝，卻給個小小燕國差點滅掉，雖說出了個田單，保命尚可，哪有回天之力？若非有趙國給他們擋著我大秦的軍隊，他早給蕩平。」

項少龍順口道：「現在趙國沒有廉頗，趙人仍足懼嗎？」

王齕露出凝重之色，道：「說到兵精將良，天下莫過於趙，若非孝成王昏庸，錯用趙括，白起亦難有長平之勝。廉頗雖去，還有李牧在，此人在兵法上有鬼神莫測之機，比趙武靈王更精於用騎兵，神出鬼沒，令人防不勝防，異日若少龍遇上此人，千萬勿輕敵，否則必吃大虧。」

項少龍心中祈禱勿要發生此事，心中同時湧起對這位連敵人也要折服的絕代名將由衷的敬意。想起他當日豪氣干雲贈自己以血浪劍，還囑他逃到這裡來，並表明異日若在沙場相見，大家絕不要容情。那種心胸氣魄，豈是他人能及。

王齕喟然道：「一天有李牧在，我們大秦休想亡趙。」

兩人各想各的，都是欷歔不已，反忘了迫在眼前的凶險形勢。

王齕忽然道：「少龍知否成蟜被封於長安後，不但與趙將龐煖暗通款曲，又在杜壁的協助下，祕密招兵買馬。所以只要咸陽有事，他必會回來搶奪王位，由於支持成蟜的人仍有很多，此事不可不防。」

項少龍大感頭痛，原來小盤的秦始王是在這麼艱難的情況產生出來的。點頭表示知道，道：「這事呂不韋該比我們著急，杜壁和成蟜要殺的第一個人是呂不韋，至少要再殺幾個人才排得到我，呂不韋必不會坐視不理的。」

王齕苦笑道：「說到玩權謀，我和你均非呂不韋的對手，這幾天我每晚找王陵喝酒，提起此事，老陵說呂不韋是故意縱容杜壁和成蟜，好存此威脅，迫使太后和儲君不得不倚重他。」

項少龍早猜到這點，問道：「杜壁和秀麗夫人究竟是什麼關係？」

秀麗夫人是莊襄王另一寵妃、成蟜的母親。

王齕道：「他們是堂兄妹，但我們都猜他倆有不可告人的關係。」顯是覺得岔得太遠，正容道：「我有一個想法，聽說你現在和楚人關係轉佳，可否設法說服李園，向他指出若田單亡燕，會向楚人開刀此一利害關係，使楚人陳兵齊國邊境，那可保證田單不敢貿然攻燕。」

項少龍爲之拍案叫絕，薑畢竟是老的辣，這等若圍魏救趙的翻版，妙在李園最忌的是田單，皆因秦國被東三郡的事給三晉緊緊牽制，無暇理會楚國。何況李園亦非善男信女，自然對齊國有土地上的野心，所以此著確是妙不可言。點頭應道：「這個容易，我立即修……嘿！找人修書一封，送予李園，此事應該沒有問題。」

王齕正容道：「事關重大，少龍千萬別以爲可純憑私情打動李園。」

項少龍恭敬受教道：「少龍曉得。」

王齕欣然道：「只要暫緩齊燕之爭，待王翦回朝，桓齮和小賁又練成他們的速援部隊，老夫可以放心出征了。」

項少龍得到最少掌握秦國四分一兵力的當權大將的支持，整個人輕鬆起來，記起荊俊的事，懇詞說起來。

王齕哈哈笑道：「怎會有問題？今天我找王陵一起到鹿府說親，你等待我們的好消息吧！」

旋又神情一黯，顯是想起鹿公和徐先。好一會後，喟然道：「少龍知否鹿公原不姓鹿，只因他田獵時獵鹿最多，先王戲稱他為鹿王，於是他改姓為鹿，封邑也叫鹿邑。自那時開始，人人叫他作鹿王，後來改稱鹿公吧！」

項少龍苦笑道：「大將軍可知我現在也不應叫項少龍，而應叫龍少項，因我曾誇下海口，若讓田單逃回齊境，須把名字倒轉來寫。」

王齕呆了一呆，接著哈哈大笑去了。

王齕走後，項少龍把荊俊喚來，告訴他王齕答應與王陵去為他向鹿府提親，喜得小子連翻幾個觔斗，呼躍去了。項少龍與滕翼兩個當兄長的，欣然相視而笑。滕翼眼中射出思憶的神情，項少龍見他虎目內隱見淚光，知這鐵漢又想起慘死的妻兒親族，也覺淒然。

滕翼嘆道：「若非當日之禍，小俊沒有今天的風光，老天爺的意旨令人無從測度。但無論如何，我們五兄弟之情，可以比照日月。」

項少龍暗忖或者老天爺並非無從測度，只是沒法改變吧！自己現在便是活在絕對宿命的過去歷史裡，但卻半點不明白為何會是這樣的。

滕翼忽道：「三弟還是回家休息，這裡的事有我打點就成，咸陽除仲父府的人愛鬧事外，治安一向良好。」

項少龍記起周良兄妹在市場內被人追打，搖頭嘆道：「管中邪其身不正，如何治好下面的人，待本大人後天把他順手革職，由你或小俊去管都衛，那就真的天下太平。」

滕翼失笑道：「若讓那些認定你會輸給管中邪的人聽到這番話，保證他們會聽得目瞪口呆，以為三弟大言不慚，只有我這領教過你那把百戰寶刀的人，明白你是如何謙虛。」

項少龍想不到滕翼這麼富幽默感，大笑而起，道：「要在世上愉快點做人，少做點功夫都不行，到目前爲止，先後有與連晉和王翦的兩次比武，每次都改變了我的生命，只不知後天的決戰，又會爲我帶來怎麼樣的命運？」

滕翼站起來，陪他步往署門，邊走邊道：「該說少點智慧都不成，眞不明白少龍怎能設計出這樣可怕的兵器來。在牧場的時候，那天你自己去了外面練刀。我和嫣然、琴清她們談起你，均覺得你深不可測，似有透視未來的能力。記得那晚到琴府的事嗎？琴清只說了呂不韋因嫪毐對她無禮要處罰他，你竟一語道破呂不韋的陰謀，那根本是沒有可能猜得出來的。」

項少龍心叫慚愧，苦笑道：「只是靈機一觸吧！二哥莫要當作是什麼一回事。」

到了署門，項少龍一拍滕翼肩頭，笑道：「多謝二哥提醒，我現在先去琴清的香懷內打個轉，際此冰天雪地的日子，沒有比美女的懷抱更溫暖的地方。」

荊善等早牽來疾風，在大笑聲中，項少龍翻身上馬，迎著北風，馳上行人稀少、鋪滿積雪的大道，往琴府的方向馳去。滕翼看著項少龍遠去的背影，心中湧起奇異的感覺。這個肝膽相照的好兄弟，不但改變了周遭所有人的命運，還正在改變著整個天下的形勢。

見到琴清，後者神色凝重道：「太后身懷嫪毐孽種一事，恐怕項太傅是不幸言中，昨天太后遣人往雍都，據說太后準備搬到那處的大鄭宮去，不用說是怕將來給人看破祕密。」

猜想歸猜想，事實歸事實。當想法間接被證實，項少龍心神劇顫，頹然坐下。這時代的婦女，若不想為男人生兒育女，會藉山草藥的土法避孕，所以朱姬在邯鄲這麼多年，終日應付趙穆、郭開等人，仍無所出。現在她竟心甘情願為嫪毒生子，可知她完全被這奸賊操縱。亦可說她已斷了對小盤的母子之情，以後將一力扶持嫪毒，希望他取小盤而代之。琴清知他心情，默默在他旁坐下。

項少龍沉聲道：「雍都在哪裡？」

琴清答道：「雍都乃我大秦舊都，與咸陽同在渭水之北，位於咸陽上游百里許之處，船程三天可達。雍都極具規模，城內有大鄴宮和蘄年宮，是宗廟所在之地。」

項少龍倒入琴清懷裡，頭枕上她動人的玉腿，仰望絕世佳人典雅秀逸的臉龐，嘆道：「嫪毒怕快要變成另一個呂不韋。」

琴清怨道：「不是你一手促成的嗎？」

項少龍滿肚子苦水。試問他怎可告訴琴清，因為早知命運如此，所以只有順水推舟，任由嫪毒坐大，好像歷史所記載般牽制呂不韋呢？事情確由他一手玉成，一切進行得很理想，但由於他對朱姬深厚的感情和歉疚，感覺卻絕不好受。一時間他欲語無言。

反是琴清安慰道：「對不起！我語氣太重，說到底並不關你的事，你只是因勢乘便。若嫪毒事事聽從呂不韋吩咐，那包括你在內的很多人早送掉性命。」

項少龍伸手勾著琴清粉頸，迫得她俯下俏臉，享受她香唇甜吻，伸個懶腰道：「今晚我在這裡不走哩！」

琴清正羞不可抑，聞言吃驚道：「怎行呢？」

項少龍早知她不肯如此明目張膽，只是開她玩笑，聞言坐起來，抱著她柔聲道：「不是說過任我為所欲為嗎？」

琴清赧然道：「至少也該待項大人決戰之後嘛！否則嫣然她們會怪我哩！」

項少龍喜道：「就此一言為定，若琴太傅到時食言，莫怪我給你一招霸王硬上弓。」

琴清訝道：「霸王硬上弓！噢！你這人壞透了，噢！快滾！我不再和你說話。」

看到她既窘且喜的動人神態，項少龍陰霾盡去，再占她一番便宜，神舒意暢的離開琴府，見天色尚早，順道入宮找李斯，把小盤欽定他作九卿之一的廷尉的消息告訴他。

本以為他會失望，豈知李斯臉露喜色道：「小弟其實心中本渴望當此一職，但卻怕爭不過馮劫，如此當更理想。」

項少龍自知很難明白這類有關官職權力的事，但總知道李斯將來是秦始皇統一天下的大功臣，所以理該官運亨通。

李斯感激地道：「李斯之有今天，全拜項兄所賜，我不知該說些什麼，方可表達出心中感激之情。」

項少龍謙虛道：「珍珠無論到哪裡都是那麼光亮，我充其量只是把蓋著珍珠的禾草挪開，而李兄正是這麼的一顆珍珠，將來儲君一統天下，正因有李兄之助。」

李斯苦笑道：「項兄太抬舉李斯，我大秦自簡公推行租禾之政，獻公行改革，孝公用商鞅變法，惠文王再加鞏固，大秦無論政治、經濟、軍事和文化均有長足發展。際此天下久亂思治的時刻，我們比以前任何時間更有統一天下的機會，唯一的障礙是儲君尚未真正掌權，事事均要太后蓋璽允准。但只待儲君行了加冕典禮正式登基，以儲君氣吞山河的雄才大略，必可完成史無前例的壯舉，李斯只是給儲君提提鞋兒，牽牽衣腳吧！項兄休要捧我。」

項少龍嘆道：「只是李兄不居功的態度，難怪可以得儲君器重。」

說到這裡，忽有所覺，轉頭往入門處望去，赫然見到昌平君正陪小盤站在那裡，後者雙目異采連閃，顯是聽到李斯這番話。兩人嚇得下跪施禮。

小盤大步走來，扶起李斯，感動地道：「李卿勿怪寡人不請自來，若非如此，便聽不到李卿的肺腑之言，李卿只要盡力辦事，寡人不會薄待你。」

李斯卻是汗流浹背，若剛才錯說半句話，一切完蛋。

項少龍與昌平君一道離宮，均讚嘆李斯鴻運當頭，這麼一番話，將使小盤對他推心置腹，而項少龍更從歷史中知道，小盤的秦始皇一生人均對李斯言聽計從，原因說不定就因這十來二十句話。兩人並騎馳出宮門，轉入咸陽大道，過了宮牆護河，兩旁盡是王侯公卿將官的巍峨大宅，其氣勢確非關中諸國能及。不禁嘆了口氣。

昌平君油然道：「少龍剛到過楚國，應知該地的情況，南方富饒，更勝我大秦，若非我們得到巴蜀之地，根本沒有比較的資格，但亦正是楚國之『富』，累死楚人。」

項少龍聽得大感興趣，放緩馬速，訝道：「富總好過貧，爲何偏是禍而非福？」

昌平君惋惜地道：「楚人既得海鹽、銅之利，雲夢之饒，又有皮革、鮑、竹、金、珠璣、犀、玳瑁、果、布之富，且因地廣人稀，飯稻羹魚，或火耕而水耨，果隋蠃蛤，不待賈而足，地沃食饒，無飢饉之患，故人人軌於安逸，欠積聚而多貧乏。遇上戰爭，兵無戀戰之心，故勢大而不強，否則天下早是他們的。」

項少龍心下同意，李園便是文采風流的人物，卻絕非刻苦耐戰之士。順口問起自己最熟悉的趙國，自己當年曾以南馬北馬對楚趙作出生動的比較。

不知為什麼原因，昌平君心情頗佳，侃侃而談道：「趙國土地亦廣，但山多地高，北部近林胡，民多強悍，像定襄、雲中、五原，本是由戎狄搶回來的土地，人民好射獵而不事農商。至於位於原晉國的邯鄲、太原、上黨等地，又多舊晉的公族子孫，愛以詐力相傾，矜誇功名，生活奢靡。像趙君的後宮妃嬪以百數計，婢妾被綺縠，酒肉有餘，而民則褐衣不完，糟糠不厭。故雖有天下無敵之精兵，上卻無懂得運用之人，又妒嫉人才，否則不會有趙括代廉頗而引來的長平之失。」

項少龍想不到昌平君如此有識見，刮目相看道：「這番話對趙人確是一針見血，其他列國的形勢又如何？」

昌平君得項少龍稱許，意氣飛揚道：「燕國地處東北，窮山僻壤，僅薊都似點樣子，可以撇開不論。韓國環境惡劣，人民大多居於山區，想積點糧貨也有心無力，若非有趙魏在背後支持，早給我們亡掉。」

項少龍未去過燕韓都城，不知詳情，但想起韓非當年到大梁借糧一事，知昌平君非是虛語。

昌平君續道：「魏國一向是我大秦的勁敵，當年起用吳起為河西郡守，我們只有吃敗仗的份兒。又廣泛結盟，硬阻我們東進。到遷都大梁，已擁地千里，帶甲三十餘萬。幸好魏人給勝利沖昏頭腦，竟恃強拔邯鄲，遂與趙人交惡，更犯眾怒，致有桂陵之敗，大將龐涓被俘虜，自此一蹶不振，否則現在當非這番局面。」

項少龍記起趙人間流傳「魏人最不可靠」之語，又想到魏安釐王派人假扮馬賊，肆虐趙境，暗忖魏人之敗，實是咎由自取。點頭道：「東方諸國給君上道盡虛實，只剩下齊國。」

晶平君想了半晌，故作神祕地道：「少龍知否齊人除了荒誕空談外，最流行的是什麼東西？」

項少龍哂道：「我怎會知道呢？說吧！」

昌平君笑道：「我雖當了左丞相，卻沒有半點威嚴，人人都像你這般對待我，哈！但我卻歡喜這個樣子。」

項少龍知他生性隨和，啞然失笑。

昌平君道：「現在臨淄最盛行的是高利貸，最富有的是一個放高利貸叫仲孫龍的大奸商，他比以前的呂不韋還要富有，看來沒有多少人能和他比身家。由此可知齊人是多麼驕奢淫逸，上面的人終日吹竽鼓瑟，鬥雞賽狗；下面卻是生活困苦，流亡者衆。否則以齊人漁鹽之利，商賈之盛，怎會給燕人差點亡掉。若非出了個田單，齊國更是不堪。」

項少龍衷心道：「這叫與君一席話，勝讀十年書，揀了你這小子作左丞相，看來是誤打誤撞碰對了。」

昌平君大笑道：「少龍竟來耍我，不過大妹因你一番話肯嫁給楊端和，就是你揍我幾拳，我也只好乖乖消受。」

項少龍終明白他爲何心情大佳，正要說話，道旁忽地一陣混亂，行人爭相走避，原來竟有兩幫人持劍追鬥。

昌平君大喝道：「給我把人拿下！」

十八鐵衛和昌平君的三十多名親兵紛紛下馬，蜂擁而去。

打鬥的兩幫人，人數相差頗遠，一邊是三十多人，另一邊只有五個人，但教人看得目瞪口呆的是占上風的竟是那五個人。而他們之能迫得對手狼奔鼠竄的原因，皆因其中一名大漢身手驚人。此人年約二十五、六，長得高大俊朗，閃移時步法如風，劍法狠辣，幾乎每一出劍，對手不是兵器被磕飛，就是中劍負傷。這種對手如何可以對抗？殺得人數較多的那方大漢狼狽不堪，只有逃命的份兒。那五人卻不肯放過對方，咬著尾巴追擊敵人。不過他們下手頗有分寸，敵人中劍者只是倒地受傷，失去移動的能力。長街上兩組人且戰且走，街上留下一個個倒地呻吟的大漢。荊善等搶到纏戰處，那五個人傲然收劍，雖見到來的是軍兵，卻是夷然無懼。另一邊尚未倒下的十多人，聚在一處，人人雙目噴火，怒瞪五人。項少龍和昌平君對望一眼，均看出對方心中駭然之意。看人多那邊的人的衣著服色，知是仲父府的家將，那五人究竟有何所恃，竟不畏懼仲父府的權勢？

昌平君凝望身手最厲害的俊朗漢子，吁出一口涼氣道：「此人劍法，怕可與管中邪一較短長。」

項少龍微一點頭，策馬衝前，喝道：「當街廝鬥，王法何在，給本統領報上名來。」

俊朗大漢卓立如山，自具不可一世的高手氣勢，向項少龍微微施禮，顯示出他並不把項少龍放在眼內，淡然自若道：「本人韓竭，乃內史府的人，這批人公然打著仲父府旗號，在酒樓上強迫賣唱女陪酒，本人看不過眼，故出手教訓。」

荊善等見他神情倨傲，本要喝令他跪下，但聽到是嫪毒的人，忙把話吞回肚內去。

昌平君來到項少龍旁，低聲道：「韓竭來自韓國，是嫪毒在韓時的朋友，有韓地第一高手之稱，果是名不虛傳。」

項少龍亦省起小盤曾提過此人的名字，與另一個叫令齊的一武一文，均是朱姬要舉薦爲官的人。

仲父府家將裡走了個帶頭的出來，眼閃怨毒之色，卻連禮都免了，昂然道：「項大人和左相明鑑，韓竭只是胡言亂語，我等兄弟正喝酒取樂，他們內史府的人卻來橫加干涉，此事我等必會奏與管爺，由他主持公道。」

韓竭冷哼一聲，寒聲道：「手下敗將，何足言勇，我們走著瞧吧！」

再向項少龍兩人微一躬身，掉頭走了。仲父府那群大漢像鬥敗公雞般，抬起傷者，垂頭喪氣地離開。荊善等人你眼望我眼，呆立一旁，皆因項少龍和昌平君兩人沒有發出指令。項少龍首次嘗到呂不韋和嫪毐兩人府將的目中無人和霸道，卻是無可奈何，唯有耐心等候黑龍出世的一天。但亦心中暗喜，呂不韋和嫪毒的對抗，終至勢不兩立的地步。怕自己都該有些安樂日子過吧！

這晚的月亮又大又圓，項少龍與嬌妻愛婢，到園內賞月，荊善等生起爐火，燒烤美食，充滿野火會的氣氛。項寶兒已懂得走路，由於步履未穩，每有失足，惹得衆人喝采嘻笑，非常熱鬧。善蘭、滕翼和愛兒來參加，兩個小子自是玩在一塊兒。滕翼和項少龍坐在小亭裡，看著兒子們玩鬧，心中湧起滿足和幸福的感覺。同時想到眼前的安逸，是他們以血和汗換回來的。以前是如此，以後亦會是如此。

滕翼有點感觸地道：「再過兩晚，就是你和管中邪決戰的時刻，那傢伙這些天來足不出戶，更沒有到醉風樓去，可知他是志在必勝。」

項少龍想起韓竭，順口問道：「二哥原居韓國，又曾參軍，可有聽過韓竭嗎？」

滕翼眼中精芒一閃，訝道：「三弟爲何竟知有此人？」

項少龍把今天的事說出來，滕翼露出凝重神色道：「當今之世，若論劍術，無人之名可過於有稷下劍聖之稱、自號忘憂先生的曹秋道大宗師。據說他的劍法達出神入化之境，能不戰而屈之兵。這次鄒先生到齊去，主要是爲見他一面。善柔正是他的關門弟子。」

項少龍早由趙致之口聽過這位近乎神話的人物，奇道：「曹秋道和韓竭有什麼關係？難道韓竭又是他的弟子嗎？那韓竭豈不是柔姊的師兄？」

滕翼道：「曹秋道雖在稷下開設道場，但收徒極嚴，所以徒弟不出百人之數，而據說他曾告訴齊王，在他收的徒弟裡，只有三人得他眞傳，其中一個是韓竭，可知這人絕不簡單。」

項少龍想起他那柄沒有人是他一合之將、鬼神莫測的劍，駭然道：「曹秋道今年多大年紀？」

滕翼道：「據說他最善養生練氣之道，所以看來遠比眞實年紀輕，他成名時我剛懂事，這麼推斷，他至少該有六十歲。」

項少龍想起武俠小說裡的天下第一高手，悠然神往道：「眞希望可去向他請安問好，只恨田單不會歡迎我。」

滕翼訝然失笑道：「看來你對曹秋道的興趣，比對韓竭大多了。不過曹秋道似乎對徒弟的品格不大介意，韓竭此人在韓聲名狼藉，動輒殺人，恃著自己是王族，曾壞過不少良家婦女名節，與嫪毒屬一丘之貉。這次來秦投靠嫪毒，說不定是因走投無路，唯有離國避難。」

項少龍笑道：「愈多又壞又高明的對手，我的百戰寶刀愈不感孤單，二哥你也該手癢哩。」

滕翼笑道：「若你不宰掉管中邪，他們兩人首先會鬥上一場，管中邪和連晉的師傅照劍齋曾由衛往齊挑戰曹秋道，給斬斷尾指。兩派人自此勢成水火。」

項少龍失笑道：「怎會有人叫作照劍齋呢？是否故弄玄虛。」

妃才女的聲音傳來道：「以齋為號，照劍齋非是第一人，夫君大人萬勿掉以輕心，若論劍名，忘憂先生之下就要數他，否則教不出管中邪這徒弟來。」

項少龍笑應道：「還有個叫連蛟的，剛抵咸陽，擺明是來找喳子的。」

紀嫣然移至兩人身後，倚欄斜挨，仰頭看著天上明月，柔聲道：「嫣然才真的手癢，嫁予你這夫君後，什麼都給你先架住了，真不公平。」

項少龍和滕翼聽得面面相覷，紀嫣然油然道：「可以想像後天晚上，就是呂不韋、嫪毒和我們項大人三大勢力的正面交鋒，秦人以勇力為貴，誰派勝出，勢將聲望大增，至少對一般士卒來說，實情確是如此。」

滕翼心中一動道：「雖說不大可能，但呂不韋會否鋌而走險，索性在壽宴上設局一舉殲滅所有反對他的人？只要蒙驁能緊握兵權，挾持儲君和太后雖會大亂一場，卻非是全無機會。」

項少龍皺眉道：「除非他得到王齕支持，否則呂不韋絕不敢如此孤注一擲。自商鞅變法以來，沒有一個國家的將士比秦軍更忠於王室，只要禁衛和都騎嚴陣以待，呂不韋絕不敢輕舉妄動。但不怕一萬，只怕萬一，明天我和昌平君及王齕研究一下，以策安全。」

紀嫣然道：「夫君大人後天須讓我們出席，好看看你如何大展神威。」

項少龍笑道：「怎敢不帶我們的紀才女去呢？」旋又嘆道：「真想到齊國一遊，一方面可以探望柔姊，另一方面則可見識一下天下第一名劍究竟厲害至何等程度。」

滕翼道：「想想就可以，若你離秦，定瞞不過呂不韋，他甚至會猜出你說不定是到齊行刺田單，那時齊人還不布下天羅地網等你去嗎？」

項少龍知他非是虛言，苦笑搖頭。

紀嫣然忽然道：「清秀夫人到秦國來哩！」

項少龍一時想不起清秀夫人是誰，愕然望向她。

滕翼更是一頭霧水，問道：「誰是清秀夫人？」

紀嫣然道：「清秀夫人是楚國大將斗介的原配夫人，由於斗介要了大夫成素寧的小妾，她一怒下離開斗介，立誓若斗介踏入她隱居處一步，立即自盡，記得嗎？」

項少龍這才恍然，原來是華陽夫人美麗的姪女，當年華陽夫人還託自己帶禮物給她，只是自己有負所託。

滕翼道：「她幹嗎來這裡？」

紀嫣然道：「當然是李嫣嫣派她來的，希望能憑著她和華陽夫人的關係，緩和秦人因徐相被殺而仇楚的情緒，亦想順道把楚國的小公主迎回楚國。」

滕翼道：「華陽夫人現在對秦廷還有什麼影響力？」

紀嫣然含笑橫項少龍一眼，別有深意道：「怎會沒有影響力？別忘記我們的琴太傅是華陽夫人一系的人，而她至少可以影響我們的項統領項大人。清秀夫人現在寄居清姊家中，剛才清姊使人來請她的項太傅明天到她家去見清秀夫人哩！夫君你怎都不可推託呀。」

項少龍苦惱道：「你清姊沒告訴她我早盡了力，儲君不會因此事對楚用兵的。」

滕翼笑道：「一個盡說什麼你的琴太傅，一個卻開口閉口你的清姊，究竟是怎麼一回事？」

項少龍與紀嫣然對望一眼，笑了起來。

紀嫣然離去前，微嗔道：「不理你們哩，夠膽便違背清姊的吩咐吧！」

次日項少龍參與早朝。朱姬仍有出席，也看不出什麼異樣之處，可見應只是剛有身孕，加上袍服的掩飾，幾個月內不怕會給人看破。百官集中討論鄭國渠和因而牽連到的種種問題，特別是財力和人力上的調動，更有數千民戶受到影響，須安排遷徙。項少龍對此一竅不通，聽得頭昏腦脹，更不要說插口。好不容易捱過，退廷時王齕和王陵把項少龍拉到一邊說話，前者欣然道：「幸不辱命，明天喪期過後，少龍可帶小俊親到鹿府拜會鹿大夫，詳談聘禮及有關細節。」

王陵道：「眞是巧合得教人心寒，鹿公喪期剛在呂不韋壽辰同一日滿了。」

項少龍也覺毛骨悚然。

王齕道：「昌平君告訴我，昨天你們見到仲父府和內史府的人當街惡鬥，是嗎？」

項少龍點頭道：「兩邊的人均視我們如無物，眞恨不得下手宰他們。」

王陵道：「都衛統領之職怎也要搶回我們手上，不過卻不容易。」

王齕皺眉道：「此事遲些再說，少龍那封信送出了嗎？」

項少龍道：「昨天已派人送往楚國。」

王陵道：「嫪毒現正招兵買馬，又派人往東方各地招募劍手，因有太后爲他撐腰，我們不敢說話。這假太監很多言行舉動，比呂不韋更要使人生厭。最近因要擴建內史府，硬把鄰宅的土地收歸己有，教人氣憤。」

項少龍嘆道：「現在儲君由於事事均須太后支持，所以怎也要多忍一會。」

此時瞥見李斯在遠處向他打出小盤召見他的手勢，再多謝兩人，順帶說出滕翼昨天怕呂不韋會乘機發難的疑慮，匆匆見小盤去。

書齋內除了小盤外，尚有昌平君；項少龍和李斯施禮坐在下首，小盤欣然道：「寡人先讓三位卿家見一個人。」

項少龍等三人大感愕然。

小盤傳令下去，不半晌有人進入書齋，到小盤座前施禮，再站起來，此人年約四十，身形頎長，留著濃密的山羊鬚，似屬智士謀臣一類的人物。

小盤客氣道：「先生請坐。」

衆人自是一頭霧水，小盤介紹項少龍諸人後，解釋道：「這位是齊國稷下名士茅焦先生，乃嫪毒遣人由齊請來咸陽，至於茅先生爲何來此，寡人請先生親自道來。」

茅焦淡淡笑道：「茅某這次來秦，非是鬧事卑鄙之徒，而是想看看大秦的威勢，爲何能震懾東方？」

李斯大興趣道：「不知先生有何看法？」

茅焦冷然道：「茅某和政儲君暢談半天，仍是一句話，一天呂不韋、嫪毒不除，秦室休想一統天下。」

小盤笑道：「寡人本想請先生任職朝廷，但回心一想，若先生肯屈就嫪毒，更能發揮作用，難得先生一口答應。」

項少龍心中叫妙，呂不韋府已有圖先作內應，現在若再有這看來比圖先更狡猾多智的茅焦作臥底，嫪毐還能飛出他和小盤的掌心嗎？同時看到小盤日漸成熟，開始懂得用計。李斯和昌平君拍案叫絕，各人仔細商量妥聯絡之法，茅焦退下去。項少龍記起蒙武蒙恬，把他們的事說出來，明示他們只忠於儲君。小盤幼時曾與他們一起習武，頗有交情，現在得項少龍保薦，哪會有問題，但想了半晌，卻找不到合他們的職位。

項少龍靈機一觸道：「假若明晚我幹掉管中邪，都衛統領一缺自是空了出來，無論我們提出任何人選，看來呂不韋都不肯接受，甚至嫪毐亦不希望城軍三大派系盡入我們掌握之內，唯有在蒙武、蒙恬中選其一人，才不會遭到反對，另一人由他隨老爹作戰，那麼有任何風吹草動，都瞞不過我們耳目。」

這次輪到小盤拍案叫絕，向昌平君道：「左相設法安排兩個小子來見寡人，待寡人好好鼓勵，以安他們之心。」

項少龍離開王宮，記起清秀夫人的事，忙趕往琴府去。琴清正和清秀夫人在廳內閒聊，見他依召而來，欣然介紹兩人相識。清秀夫人身穿項少龍最欣賞的楚式袍服，寬袍大袖，花紋華美，最引人是綴滿寶石的束腰寬帶，閃閃生輝，說不出的惹人遐想。不知是否項少龍來得突然，清秀夫人沒有戴上覆臉的輕紗，終給項少龍看到她嬌美的玉容。可能因婚姻的不如意，她的容色有點不健康的素淡，但卻一點沒有損害她秀麗的氣質，反使她的風姿有點與別人不同。她的眼神寧恬清澈，使人感到她是莊重自持，謹守禮法的女子。

三人分賓主坐好，清秀夫人以她悅耳的柔細聲音說了幾句禮貌的開場白，感激地道：「琴太傅把現時的情況告訴妾身，幸好有項大人為我們在儲君面前說項，使秦楚不因此妄興干戈，妾身謹代表敝國感謝項大人的濃情厚義。」

項少龍心中嘀咕，既是如此，為何還要我來見妳？表面當然謙讓一番。

清秀夫人淡淡道：「事實上我們早見過面，是嗎？」

項少龍暗忖此事極端祕密，該不會是李嫣嫣又或李園透露給她知道，訝然道：「夫人何有此言？」

清秀夫人仍是那種淡然自若的神態，道：「這次請得項大人大駕來見妾身，固是妾身要親自向大人道謝，還有是順帶把太后和秀兒夫人囑妾身帶來的兩份禮物交給大人。因曾聽琴太傅所言，項大人剛由壽春回來不久，現在見到大人，妾身自可把大人認出來。」

項少龍頗感尷尬，偷偷望向琴清，幸好她只是白他一眼，並沒有怪他到處留情，放下心事，道：「既給夫人認出來，項某人怎會否認。嘿！夫人的慧眼真厲害，當時似乎正眼都沒有看我，竟就認出是我項少龍。」

清秀夫人露出一絲動人但冷漠的笑意，伸手召來女侍，捧出兩個錦盒，道：「妾身起程來前，太后把妾身召進宮去，千叮萬囑不可讓人知道此事，希望項大人了解。」

由於李嫣嫣和郭秀兒的身分地位，她們只好把感情藏在內心深處，實在令人惆悵。驀地警覺到身前兩女正仔細端詳自己的反應和表情，忙岔開話題道：「李相國近況如何？」

清秀夫人似是不願談李園，輕描淡寫道：「尚算託福，李相請項大人若有空閒，可到壽春探他，必竭誠以待。」

項少龍對著似乎對事事漠不關心、口氣冷淡的美女，再找不到任何話題，打響退堂鼓道：「夫人準備何時回楚？」

清秀夫人道：「今晚見過姬太后，明天立即動程回楚，妾身不太習慣這裡的天氣。且妾身知項大人貴人事忙，不敢再留項大人。」

項少龍暗忖美人兒妳眞懂得什麼叫合作愉快，偷偷向琴清打個眼色，施禮離去。

新人間叢書105

尋秦記〈卷五〉

作　者—黃易
主　編—葉美瑤
編　輯—邱淑鈴・汪中玫
美術編輯—姜美珠
責任企畫—王嘉琳
校　對—黃易・鄭穎
董事長
總經理—趙政岷
總編輯—余宜芳

出版者—時報文化出版企業股份有限公司
10803台北市和平西路三段二四〇號三樓
發行專線—（〇二）二三〇六—六八四二
讀者服務專線—〇八〇〇—二三一—七〇五・（〇二）二三〇四—七一〇三
讀者服務傳眞—（〇二）二三〇四—六八五八
郵撥—一九三四四七二四　時報文化出版公司
信箱—台北郵政七九～九九信箱

時報悅讀網—http://www.readingtimes.com.tw
電子郵件信箱—liter@readingtimes.com.tw
印　刷—盈昌印刷有限公司
初版一刷—二〇〇一年七月二日
初版十九刷—二〇一五年十二月三日
定　價—新台幣二八〇元
⊙行政院新聞局局版北市業字第八〇號

ISBN 978-957-13-3421-9
Printed in Taiwan

國家圖書館出版品預行編目資料

尋秦記 / 黃易著； - 初版. - 臺北市 :時報文化,
2001[民90]
面； 公分. —(黃易作品集)(新人間；AK0101-0107)

ISBN 978-957-13-3403-0(卷一：平裝).
ISBN 978-957-13-3404-9(卷二：平裝).
ISBN 978-957-13-3416-2(卷三：平裝).
ISBN 978-957-13-3420-0(卷四：平裝).
ISBN 978-957-13-3421-9(卷五：平裝).
ISBN 978-957-13-3428-6(卷六：平裝).
ISBN 978-957-13-3429-4(卷七：平裝).

857.83　　90008474

編號：AK0105	**書名：**尋秦記〈卷五〉
姓名：	**性別：**______ 1.男　2.女
出生日期：　年　月　日	**身份證字號：**

______ **學歷：**1.小學　2.國中　3.高中　4.大專　5.研究所（含以上）

______ **職業：**1.學生　2.公務（含軍警）　3.家管　4.服務　5.金融　6.製造　7.資訊　8.大眾傳播　9.自由業　10.農漁牧　11.退休　12.其他

地址：______縣（市）______鄉鎮區______村______里______鄰______路（街）______段______巷______弄______號______樓

郵遞區號 ______

（下列資料請以數字填在每題前之空格處）

______ **您從哪裡得知本書／**
1.書店　2.報紙廣告　3.報紙專欄　4.雜誌廣告　5.親友介紹
6.DM廣告傳單　7.其他 ______

______ **您希望我們爲您出版哪一類的作品／**
1.長篇小說　2.中、短篇小說　3.詩　4.戲劇　5.其他 ______

您對本書的意見／
______ 內　容／1.滿意　2.尚可　3.應改進
______ 編　輯／1.滿意　2.尚可　3.應改進
______ 封面設計／1.滿意　2.尚可　3.應改進
______ 校　對／1.滿意　2.尚可　3.應改進
______ 翻　譯／1.滿意　2.尚可　3.應改進
______ 定　價／1.偏低　2.適中　3.偏高

您的建議／

______

______

______

請沿虛線撕下後對折裝訂寄回，謝謝！

請沿虛線摺下裝訂，謝謝！

廣告回信
台北郵局登記證
台北廣字第2218號

時報出版
CHINA TIMES PUBLISHING COMPANY
尊重智慧與創意的文化事業

地址：10803台北市和平西路三段240號3樓
讀者服務專線：0800-231-705・(02)2304-7103
讀者服務傳眞：(02)2304-6858
郵撥：19344724 時報文化出版公司

請寄回這張服務卡（免貼郵票），您可以——
●隨時收到最新消息。
●參加專為您設計的各項回饋優惠活動。

新感覺・新人間・文學的新版圖

新人間

寄回本卡，掌握新人間系列的最新訊息